Es gibt die Dinge, die wir nie verstehen werden. Die sich jeder Deutung entziehen und unheimlich sind. So ist es auch bei Robert Windhorst, der Hauptfigur dieses Romans. Er wächst in Hongkong in privilegierten Verhältnissen auf. Unter normalen Umständen wäre sein Leben vorbestimmt gewesen, angefüllt mit Wohlstand und Bildung. Doch es kam ganz anders. Die Zeit seiner Kindheit und Jugend unter einem tyrannischen Vater lässt Robert Windhorst zu einem extremen Einzelgänger werden. Er flüchtet sich immer stärker in Ersatzwelten aus Träumen, Drogen und Sex in den großen Partymetropolen dieser Welt. Reisen nach Ibiza, Istanbul, New York und Marrakesch werden zu seinem Mittel der Flucht. Robert Windhorst besucht schillernde Fashion Shows, Vernissagen und Partys, er sieht Stars an sich vorbeiziehen, doch Kontakt findet er nie. Und so nimmt das Schicksal, das ihn in immer verrücktere Traumwelten zieht, seinen Lauf. Und er rächt sich.

Für Jörg, meinen Bruder

Dirk Westphal

Fast ein Leben in Berlin

Roman

Impressum:
© 2019 Dirk Westphal
3.. Auflage
Coverfoto © Dirk Westphal
Lektorat u. Satz: Angelika Fleckenstein, spotsrock.de

Verlag und Druck
tredition GmbH
Halenreie 40-44
22359 Hamburg

978-3-7497-1342-4 (Paperback)
978-3-7497-1343-1 (Hardcover)
978-3-7497-1344-8 (e-Book)

Bibliografische Information der Deutschen Nationalbibliothek:
Die Deutsche Nationalbibliothek verzeichnet diese Publikation in der
Deutschen Nationalbibliografie; detaillierte bibliografische Daten
sind im Internet über http://dnb.d-nb.de abrufbar.

Hollywoodstars, Supermodels, Sterneköche, Couturiers, Filmpremieren, Vernissagen und wilde Partys. Hier eine neue Kollektion, ein Buch, ein Deal, ein bisschen Haute Couture und Prêt-à-porter, dort zum Champagnerempfang beim Gallery Weekend – stets lockte ein Event. Am Schlossplatz die Kunst, im Flughafen Tempelhof die Mode. Durch die Hangars flirrte Hip-Hop und House, Hostessen in High Heels, Blue, Red, Pink, always sexy. In einem U-Bahnstollen inszenierte Karl Lagerfeld das schwarze Kleine von Chanel, und die Künstler Julian Schnabel und Jonathan Meese lockten mit sich selbst. Und immer in Cinemascopeformat. Auch die Sammler kamen. Sie dekorierten die Prunkkammern der Berliner Republik. Ihr Nullmeridian war Berlin-Mitte, in NoTo, North of Torstraße. Sie alle prosteten einander zu. Zum Beat der Hauptstadtwerdung, und Berlin war Deutschlands Lustmacherfabrik. Die Sirenen von Mitte stießen ihre Lockrufe in die Nacht, und die Mischung war stets hochprozentig. Nicht jeder überlebte das. Manch anderer gerade so.

Gegenwart. Eine Bar in Berlin-Mitte, dem hippsten Bezirk der Hauptstadt. Am Tresen sitzt ein Mann, circa Mitte 40. Es ist eine Bar, in die man geht, um jemanden kennenzulernen. Aber noch ist sie nur spärlich gefüllt, es ist vor 24 Uhr, keine Zeit für Berliner Nachtschwärmer. Auf den Ledercouches entlang der Wände lümmeln sich ein paar Sushi essende und chillende Pärchen. Ein Plasmascreen zeigt die triumphale Wiederwahl Barack Obamas und seine Rede danach: „The best is yet to come." Der Mann an der Bar lacht, dann sinkt sein Kopf nach vorn, er wäre beinahe eingenickt. Voller Zorn brüllt der Mann: „The WORST is yet to come." Vor ihm steht ein leeres Whiskyglas. Ein paar Gäste in der Bar nehmen verängstigt Abstand ein. Mit einem leichten Kopfnicken bedeutet der Barkeeper dem bulligen Reinlasser Acht zu geben auf den Mann, der in diesem Moment ein weiteres Whiskyglas leert. Er ist an diesem Abend von Vernissage zu Vernissage gelaufen und hat sich vor wenigen Minuten auf der Toilette der Bar mehrere Lines Koks gelegt. Das Herz des Mannes hämmert in einem harten, brutalen Takt, hochgepuscht von der Droge, er atmet schwer. Eigentlich sollte ihn all das ängstigen. Doch der Mann weilt in Gedanken ganz woanders, tief in der Vergangenheit. *Als Kind wollte ich nur staunen und spielen, stattdessen gab es so vieles zum Fürchten,* denkt er, und ihm ist, als sei dies so seit anfangsloser Zeit. Und Robert, so heißt der Mann, erinnert sich. Daran, wie das Grauen über ihn und in sein Leben kam.

Im Jahr des Drachen

Vergangenheit, 60er Jahre, Hongkong. „La-la-la-Lalala-lala...", trällerte Robert Windhorst. Der sechsjährige Junge – dunkelblonde Augen, braune Haare und eine für sein Alter normale Figur – stand vor einem großen Panoramafenster im 32. Stockwerk eines mondänen Appartementhochhauses an der Queen Road im Zentrum der britischen Kronkolonie. Er trug einen hellen Leinenanzug. Seine Mutter hatte ihm gesagt, dass aus solchen Jungs später etwas werden würde.

Anders als aus den armen Chinesen, deren Häuser sich hinter den Wolkenkratzern an die Hügel der Stadt schmiegten. Von denen viele in engen, von Armseligkeit geprägten Gassen schufteten, ohne je in einem der prachtvollen Häuser wie die Windhorsts leben zu dürfen.

„So ein Anzug ist wie ein Versprechen auf eine goldene Zukunft, denn er steht für Bildung und deinen Stand. Du wirst eine bevorzugte Schule besuchen und Karriere machen", hatte seine Mutter ihm nicht nur einmal gesagt. Robert Windhorst hatte es nicht wirklich verstanden, aber er fand, es klang außerordentlich gut.

Die Wohnung seiner Eltern, die beide nicht zu Hause waren, bot einen überragenden Blick auf das Treiben in der Metropole. Robert war allein mit seinem Au-pair. Weischo, eine überschlanke und dezent geschminkte Frau Mitte 20, war mit dem Abwasch beschäftigt.

„Weischooo, haben wir noch Erdnussbutter?", rief Robert in Richtung der Küche, aus der leises Klimpern von Tellern sowie gedämpfte Musik zu hören war. Aus dem Radio, das auf der Anrichte der riesigen Wohnküche stand, dudelten Bob-Dylan-Songs.

„Einen Moment, Robert. Ich mache dir gleich ein Brot ..." Wenig später brachte sie ihm zwei Erdnussbutterstullen.

Verträumt betrachtete der Junge die an- und ablegenden Fähren, Passagierschiffe, Dschunken und Lastkähne im Victoria Harbour. Über die Queen Road tief unter ihm bewegte sich eine Prozession Hunderter Chinesen, die eine riesige Drachenfigur aus Pappmaschee mit sich schleppten.

Von den Geräuschen außerhalb des Appartementhauses war nichts zu hören. Die Laute wurden von dem Brummen der Klimaanlage übertönt, die wegen der tropisch-schwülen Luft auf Volllast fuhr. Während Robert an der Panoramafront entlangschritt, glitt seine Hand über das Fensterglas. Die kleinen Finger hinterließen auf der Scheibe feine Schlieren von der Erdnussbutter. Fasziniert verfolgte er, wie ein Flugzeug in einer verwegenen Linkskurve über die Häuserdächer einschwebte und zur Landung auf dem nahen Kai-

Tak-Airport ansetzte. Da hörte er plötzlich das Au-pair etwas rufen. Es klang wie: „Bang-baa-baiiiii." Weischo hatte irgendetwas in dem kleinen Monitor neben der Gegensprechanlage gesehen, das ihr nicht gefiel. Dennoch drückte sie den Türsummer, der den Eingang 32 Etagen tiefer freigab.

Robert hatte nicht zu dem Bildschirm geguckt. Er verließ sich ganz auf das Au-pair, das ihn und seine Schwester, sie war noch im Internat, betreute.

Zehn Minuten später stand Roberts Vater, Friedrich Windhorst, in der Eingangstür des Appartements. Friedrich, der ein gut aussehender Mann von sportlicher Statur war, vertrat eine große deutsche Bank. Er hatte, das erkannte Robert sofort, Alkohol getrunken, viel Alkohol. Friedrichs Gesicht war stark gerötet, sein Blick war glasig, die Augen starr und empfindungslos nach vorne gerichtet. Auf dem Revers seines hellen Leinen-Sakkos prangte ein lang gezogener Fleck.

Schleppenden Schrittes kam Friedrich heran. Wie hypnotisiert starrte er auf die feinen Schlieren von Erdnussbutter an der Panoramascheibe. Stumm zeichnete er die Spuren mit seinen eigenen Fingern nach, dabei lief er an dem Fenster auf exakt demselben Wege entlang wie sein Sohn wenige Minuten zuvor. Als er am Ende der Erdnussspur angelangt war, die dort nur noch aus der Nähe zu erkennen war, hielt Friedrich inne. In seinem Blick lag eine schier grenzenlose Aggression. Immer wieder bleckte er sich mit der Zunge über seine Lippen.

Ganz langsam lief der Junge nun rückwärts.

„Tut mir leid, Vater. Ich werd' es auch nie wieder tun, ich verspreche es dir." Robert sagte nie ‚Papa', sondern nur ‚Vater'.

„Du musst nichts versprechen, nein, das musst du nicht, Bengelchen", sagte Friedrich, dann riss er seine Aktentasche hoch und warf sie mit aller Kraft, zu der er in seinem Zustand fähig war, in Roberts Richtung. Aber die Tasche verfehlte ihn. Der Junge hatte sich geistesgegenwärtig rechtzeitig hinter einem Barcelona-Sessel in Deckung gebracht. Die Tasche prallte stattdessen gegen eine Stehlampe, die mit einem lauten Scheppern umfiel. Der Lampenschirm aus teurem Porzellan zerbarst in zahlreiche Bruchstücke. Ungläubig starrte Friedrich auf die Scherben.

„Das hast du zu verschulden, du Nichtsnutz. Duuu ...", schrie Friedrich. Er rannte auf Roberts Unterschlupf zu und packte den Jungen. Er schlug zu, und um Robert herum wurde es dunkel.

Waschen, waschen, ja Vater, ich bin dreckig und mache alles dreckig, bitte nicht mehr ..., kein Schmerz, bloß das nicht, ich will auch alles tun. Und ich verrate nichts.

„Schong-wang-hoo, bao... Schong-wang-hoo, baooo..!!!" Das Kreischen des Au-pairs hatte Friedrich in seiner Raserei gestoppt. Er schien kurz zu überlegen, schaute raubtiergleich zu ihrer Haushaltshilfe, dann zu Robert, der mit verdrehtem Oberkörper auf dem Boden lag und sich mit schmerzverzerrtem Gesicht auf dem Boden wälzte. „Du hast es so gewollt, du ... musstest mich ja herausfordern", brüllte Friedrich, der nun breitbeinig über Robert stand. Minutenlang verharrte er in dieser Position, schnaufend wie ein Büffel. Seine schwarzen Haare, die sonst immer akkurat nach hinten gegelt waren, hingen nun wie ein überlanger Pony vor seinen Augen. Speichel tropfte aus seinem Mund auf Robert herab, der sich bemühte, möglichst still dazuliegen. Es half. Friedrich hatte das Interesse verloren. Er strich sich die Haare nach hinten und richtete sich dabei auf. Sein Blick streifte kurz das Au-pair, das daraufhin verängstigt wegschaute. Friedrich zeigte auf die junge Frau: „Du ... du!" Dann ging er zum Schlafzimmer. Mit einem Krachen fiel die Tür hinter ihm zu.

Friedrich hielt inne. Da war doch noch was, ein kleiner *Vorrat*, den er jetzt dringend brauchte. Zielstrebig ging Friedrich auf den Schlafzimmerschrank zu. Hektisch zog er ein Podest heran, das er brauchte, um an die oberen Fächer heranzukommen. Er stieg hinauf, schob einen Stapel seiner khakifarbenen Hemden beiseite, dann hatte er gefunden, wonach er suchte. Eine Flasche mit 15-jährigem Jack Daniel's. Zitternd setzte er sie an und trank sie fast halb leer. Dann versank er in grüblerischen dunklen Gedanken.

Wenn das Bübchen mir noch mal dumm kommt, kann es was erleben. Der Balg, seine dumme Schwester und diese Pute von Frau, die ich im umnebelten Zustand geheiratet habe, nehmen mir meine Freiheit. Das lasse ich nicht zu. Ihr werdet eine Überraschung erleben, wenn ihr mir meine Freiheit nehmen wollt, dann ...

Als Roberts Mutter Renée nach Hause kam, fiel ihr das Au-pair weinend in die Arme. Stockend schilderte sie, was vorgefallen war. Renée wirkte fahrig, an ihrem Hals und auf ihrem Dekolleté, sie trug stets elegante Kleider, die ihre sportliche Figur betonten, hatten sich rote Flecken gebildet. Fassungslos betrachtete sie die Prellungen und Schürfwunden ihres Sohnes. An ihren Schläfen traten nun die Venen hervor. Nach Minuten des Schweigens verlor sie die Beherrschung, sie lief zum Schlafzimmer, rüttelte an der Tür wie eine Furie und schrie, so laut sie konnte. „Was hast du getan, was hast du nur getan? Ich bringe dich um, wenn du meinem Sohn noch einmal wehtust." Dann verfiel sie in ein haltloses Schluchzen.

Robert betrübte es, seine „Supa-Mama" weinen zu sehen. Sie war für ihn die schönste Frau der Welt. Französinnen, das hatte er gehört, galten ohnehin als schön, und wenn dem so war, dann war seine Mutter auch die schönste Französin. Er wusste, wie er sie aus seinen trübseligen Gedanken locken konnte. „Mama, darf ich dich noch schöner machen?"

„Ach du", Renée lächelte und wischte die Tränen weg, Robert nutzte es.

„Ich zupfe dir deine Augenbrauen, okay? So bekommst du die sooo schön geschwungen wie bei dieser Gina Lola ..., äh, oder die Französin, die fast so schön ist wie du, Brigitte, äh ..." Robert guckte verdrießlich, er konnte sich einfach keine Nachnamen merken.

Der Lärm und die Streitigkeiten bei den Windhorsts blieben anderen nicht verborgen. Paul Kowalsky, „Retired Officer" eines britischen Highlander-Batallions der Royal Army, der mit seiner Geliebten das Appartement neben Friedrichs Familie bewohnte, hatte sich gerade einen Kaffee zubereitet, als er merkwürdige Geräusche aus der Klimaanlage hörte. Sie war alt und übertrug alle möglichen Laute aus dem Haus, fast wie ein Verstärker. Kowalsky hatte sich deshalb schon mehrfach bei der Hausverwaltung beschwert, aber sie hatte nichts unternommen. Die Geräusche erinnerten den Ex-Soldaten an das entfernte Klatschen eines schweren Gegenstandes, und er meinte, auch Schreie gehört zu haben, eine hohe Stimme, die eines Kindes. Nach etwa einer Viertelstunde war der Lärm verklungen. Es war nicht das erste Mal, dass er Ähnliches aus der Nachbarwohnung gehört hatte.

Kowalsky, dessen Vater aus Polen stammte und in der polnischen Exilarmee gegen Hitler gekämpft hatte, ging mit seiner Kaffeetasse ins Schlafzimmer. Er sah sich selbst als neugierigen Menschen und nahm sich vor, der Sache auf den Grund zu gehen, später. Jetzt musste er sich erst mal um seine Freundin Bai-Li kümmern. Sie lag auf dem Bett und lächelte ihn verführerisch an. Es würde schön sein, das wusste er.

Mit einer leichten Migräne erwachte Kowalsky am nächsten Tag, es war schon früher Vormittag. Er bereitete sich ein Frühstück zu, Bai-Li schlief noch, dann zog er sich an. Kowalsky tat immer noch so, als trüge er eine Uniform, stets mit Binder, frisch gebügeltem Hemd und Jackett, ein Soldat im Ruhestand. Noch ein prüfender Blick in den Spiegel, er wollte nicht unordentlich vor seiner Nachbarin stehen, dann verließ er seine Wohnung und klingelte nebenan. Es dauerte Minuten, bis jemand öffnete. Renée stand mit verweinten Augen vor ihm. Im Hintergrund erblickte Kowalsky das Aupair, das verängstigt zur Tür geschaut hatte. Sie schien erleichtert, ihn zu sehen, das sah er mit einem Blick. In seiner

Armeezeit war er als Aufklärer tätig gewesen, er wusste Situationen einzuschätzen.

„Was ist passiert?" Mehr als dieser Frage bedurfte es nicht. Renée warf ihre Arme um seine Schultern und weinte sich aus. Sie erzählte ihm alles und sparte nicht mit Details. Er wünschte, sie hätte es. Kowalsky schlug ihr vor, Friedrich mit ein paar pensionierten Armee-Freunden „anständige" Umgangsformen beizubringen. Aber Renée lehnte ab, sie hatte Angst.

„Paul, ich weiß nicht, wozu er imstande ist, wenn wir danach wieder mit ihm allein sind. Es ist lieb, dass du an uns denkst, aber das würde in die Katastrophe führen. Das spüre ich ..."

„Dann rede wenigstens mit seinen Vorgesetzten oder verständige die Polizei, zeige ihn an. So geht es jedenfalls nicht weiter."

„Ja, sicher ... Danke noch mal, Paul. Ich muss mich hinlegen, entschuldige, ich komme kaum zum Schlafen, weißt du ..."

Als Renée auf dem Bett lag, weinte sie bitterlich. Sie hatte mit der Couch im Wohnzimmer Vorliebgenommen, um Friedrich nicht zu sehen. In ihrem Kopf drehte sich alles. *Eigentlich müsste ich heute ausziehen, nur wohin soll ich flüchten und womit? Meine Eltern würden mich für eine Versagerin halten: „Seht her, sie hat es nicht geschafft, sie konnte ihre Ehe nicht bewahren." Und wie konnte ich überhaupt diesen Trinker heiraten?*

Während sie darüber nachdachte und doch zu keinem Entschluss fand, dachte Robert in seinem Bett darüber nach, warum Renée Mister Kowalsky in letzter Zeit oft mit dem Vornamen anredete, auch hatte er bemerkt, dass ihre Blicke füreinander inniger geworden waren, Blicke wie sie sich doch nur Erwachsene zuwarfen.

Renée wusste nichts von Roberts Gedanken, sie mochte Paul Kowalsky, aber mehr als Freunde würden sie nicht werden, es war einfach nicht der rechte Zeitpunkt dafür, und schließlich hatte er eine Freundin. *Konzentrier dich!*

Sie hatte einen Vorsatz gefasst: Sie würde mit Friedrichs Chefs reden. Sie zermarterte sich den Kopf. *Wie kann ich die Kinder nur vor weiterem Schaden bewahren?* Aus dem Liegen heraus verfolgte sie, wie die Sonne hinter dem Gebäude der Bank of China unterging, dann schlief sie ein.

Kowalsky ging zu seiner Wohnung zurück. Das Gespräch hatte einen mulmigen Eindruck bei ihm hinterlassen. Die Situation bei den Windhorsts schien sich zuzuspitzen, davon war er überzeugt. Er nahm sich vor, ein Auge auf die Vorgänge in der Wohnung nebenan zu haben, er mochte Renée und ihre Kinder. Er hatte zu Weihnachten ein paarmal für sie den Weihnachtsmann gemimt. Auf das Klingeln einer kleinen Glocke hin, die Renée von ihrem Vater geerbt hatte und mit der auch dieser zur Bescherung gebeten hatte, war Kowalsky mit Geschenken unter den Armen vor Renées Kinder getreten. Er hatte gespürt, dass etwas nicht stimmte in dieser Familie, vor allem mit dem Vater, der eigentümlich *fern* wirkte.

Eine Sendung im Radio unterbrach Kowalsky in seinen Gedanken. Ein aufgeregt klingender Nachrichtensprecher meldete, dass England Geheimgespräche mit China über die Rückführung der britischen Kronkolonie an das kommunistische Land führen wolle. Zwar dementierte London, aber Kowalsky traute dem nicht. Der Ex-Soldat schüttelte den Kopf *und das zu meinen Lebzeiten!*, dann nahm er sich einen O-Saft aus dem Kühlschrank und ging zu Bai-Li. Dieses süße Muttermal unterhalb ihrer linken Schulter musste nur mit ein paar Küssen eingedeckt werden und schon würde sie sich maunzend umdrehen und...

„Na, meine Kleine ..." Er küsste sie leidenschaftlich, sie drehte sich zu ihm.

„Wo warst du denn?" Bai-Li lächelte ihn an.

„Ich habe nur, ähm, bei unserer Nachbarin ... gefragt, ob etwas nicht stimmt. Ich meinte, ihren Jungen schreien gehört zu haben. Aber das ist jetzt nicht so wichtig. Schlaf noch ein bisschen, meine Süße, oder wollen wir ...?" Er streichelte ihre Wange.

In *Gegenwart* von Bai Li sprach Paul Kowalsky nur von „der Nachbarin", wenn es um Renée ging. Für ihn war klar, dass er noch öfter vorbeischauen musste, bis Renée schließlich einwilligte, etwas zu unternehmen. Sie sprach mit dem Abteilungschef der Bank für das Südostasiengeschäft. Der Manager war oft bei ihnen zu Hause zum Essen gewesen, und der Mann mochte sie. Er hatte ihr sogar einmal bei einem Essen angedeutet, dass er bereitstünde zu helfen, falls Friedrich gänzlich den Halt im Leben verlöre, aber noch hielt Renée zu ihrem Mann. Deshalb ging sie auch nicht auf die Avancen des Bankers ein, sie sparte jedoch nicht mit Details aus ihrem Eheleben. Eigentlich hätte es dessen kaum bedurft, denn Friedrich fiel nun immer öfter aus, was genug über seinen Zustand erzählte.

Irgendein bedeutendes Geschäft musste in Friedrichs Abwesenheit fehlgeschlagen sein, erzählte Renée Jahre später. Jedenfalls wurde Friedrich und mit ihm seine Familie wenige Wochen nach dem Vorfall nach London versetzt, in eine untergeordnete Dienststelle.

Sie wohnten nun in einem Townhouse in Hampstead, eine gutbürgerliche Gegend, von der Robert später nicht mehr viel wusste, als dass dort viele putzig anmutende Häuser standen, und dass sie an einer Straße wohnten, die von einem halben Dutzend roter Telefonzellen gesäumt wurde. Irgendwie meinte er auch, sich an den Weg zur U-Bahn zu erinnern, mit der er ein paarmal zusammen mit Renée in die City gefahren war, aber darin war er sich nicht mehr so sicher. Woran er sich aber genau erinnerte, war, dass Friedrich auch dort seinen Vorlieben und Süchten nachgab. Er besuchte regelmäßig Clubs und Pubs in Londons Amüsierviertel Soho oder in Camden und blieb am Morgen darauf seinem Job weiterhin oft fern, oder er kam zu spät zu seinem Arbeitsplatz, meist in einem desolaten Zustand. Ein halbes Jahr später war es deshalb auch aus mit dem Job in London. Sie zogen um nach Hamburg. Roberts Vater war erneut degradiert worden.

99er-Oktan

1969, im Wohnhaus von Roberts Eltern in Hamburg-Eppendorf. Tief in der Nacht.

Robert saß im Wohnzimmer vor dem Fernseher. Etwas Großes stand bevor, das ahnte er. Zunächst zeigte das Fernsehbild nur Schlieren und Grieskornmuster. Dann gewann das Bild an Schärfe. Graugesichtige Männer deuteten auf ebenso graue Monitore, sie sprachen über den „Planetenraum" – und meinten das Weltall. Es war die umständliche Sprache der deutschen Raketeningenieure, die einst in Peenemünde für Hitler arbeiteten und nun in Alabama und Texas Triebwerke und aerodynamische Studien konzipierten und damit Amerikas Hoffnungen in Technik packten, um die Ersten zu sein beim Überschreiten der „new frontiers" im All. Und die grauen Männer lauschten in die Lautsprecherknöpfe hinein, die sie im Ohr trugen, und kommentierten Bilder auf flimmernden Monitoren und verstummten plötzlich. Ein Mann in einem weißen drallen Anzug war nun im Fernsehen zu sehen. Er hüpfte von einer Leiter auf eine grau gepuderte Kraterlandschaft hinunter. Ein Sprung wie in Zeitlupe, befreit von aller Erdenschwere.

„It's one small step for men, but a giant leap for mankind." Der Mann war Neil Armstrong, der erste Mensch auf dem Mond.

Verwundert verfolgte Robert, wie die Astronauten eine Fahne ausklappten, die zu flattern schien, obwohl die graugesichtigen Ansager doch gesagt hatten, auf dem Mond gebe es keinen Wind. Überhaupt stimmte einiges ganz und gar nicht. Warum hüpften die Ballonmänner, und selbst ihr kleiner Jeep, der über eine drollige Antenne verfügte, hob bei jedem Buckel, den er überquerte, ab. Fast so, als wolle er allein zurück zur Erde sausen. Befreit von aller Schwerkraft. Sollte er seinen Vater fragen? Robert entschied sich dagegen. Schließlich kannte er seinen Vater, und heute war überhaupt nicht der Tag, ihn zu stören. Das erkannte Robert ganz klar.

Und auch das: Was immer er auch täte, es wäre aus Friedrichs Sicht immer eine *Störung*.

Robert blickte während der Liveübertragung vom Mond immer wieder zur Seite. Friedrich saß nur wenige Meter entfernt in einem Fernsehsessel, den man in die verschiedensten Positionen bringen konnte. Friedrichs Beine ruhten auf einem ausklappbaren Polster, die Kopfstütze war stark zurückgelehnt, sein Gesicht war von Robert fort gewandt. Auf dem Tisch vor Friedrich stand fast ein Dutzend leerer Bierflaschen, neben seinen Füßen lagen zwei Flachmänner mit Wodka sowie eine Weinflasche – es war sein Treibstoff in jedem Sinne, höchste Klopfzahl, sein 99er-Oktan.

„Die Jungs können's", lallte Friedrich. Er hatte in dieser Nacht sehr viel getrunken und Probleme, überhaupt noch das Fernsehbild zu erkennen. Ein Mediziner hätte gesagt, der Visor des Mannes sei eingeschränkt, aber es gab viel mehr bei Friedrich Windhorst, das eingeschränkt war. Er schlurfte jetzt zu dem Fernseher, schaltete das Gerät aus und legte eine Schallplatte mit düsteren russischen Gesängen auf.

Ängstlich schaute Robert zu Friedrich. Die russischen Choräle, die nun durch das Wohnzimmer schallten, verdüsterten für gewöhnlich Friedrichs Stimmung um weitere gefährliche Quäntelchen des Zorns, das wusste Robert. „Unser Vater ist ein Idiot", hörte Robert seine fünf Jahre ältere Schwester Pheline flüstern. Feli, wie ihr Kosename lautete, saß neben ihm. Robert zupfte leicht am Ärmel ihres Pyjamas, um ihr zu bedeuten, dass es nun besser war, ein strategisches Absetzmanöver anzutreten. Aber er hatte die Rechnung ohne seinen Vater gemacht. Mit einem schnellen Griff, den sie Friedrich nicht zugetraut hatten, griff der zu einem Latschen und schmiss ihn mit voller Wucht in ihre Richtung. Weder fluchte er dabei, noch sagte er etwas. Robert rannte mit Pheline aus dem Zimmer.

Als die beiden Kinder unter Roberts Bett lagen – es war ein schweres Bett, unter das sie sich stets flüchteten, wenn Friedrich tobte – betrachtete Robert seine Schwester einge-

hend. Kleine Tropfen Schweiß hatten sich auf ihrer Stirn gebildet. Langsam kullerten sie an ihren Schläfen herab.

„Ist ja gut, ich bin ja bei dir, Feli", sagte Robert, während
er mit einer Hand den Rücken seiner Schwester umklammerte und sie mit der anderen streichelte. Er fand, dass sie
sich beunruhigend heiß anfühlte, wie jemand, der fieberte.

„Meinst du wirklich, alles wird gut?"

Feli zitterte nun, was Robert noch wütender auf seinen
Vater machte. Denn das Mädchen war ein Geschenk. Sie
hatte eine hohe Stirn und sah aus Roberts Sicht verdammt
clever aus. Irgendwie hätte sie gut in ein Märchen gepasst,
die kindliche Kaiserin, die über ein Märchenland herrschte.
Mit Elfen und Zaubern und natürlich auch mit ihm, an ihrer
Seite, neben dem Thron. Seine Aufgabe wäre es gewesen, einen zu ihr passenden Jüngling auszuwählen. Aber natürlich
wäre diese Suche nie abgeschlossen worden. Denn niemand
verdiente seine Schwester, so schön und klug sie war. An
ihre Stirn, dachte Robert, während er Feli leicht im Nacken
kraulte, hätte gut ein Diadem gepasst. Die Kindkaiserin und
das Diadem, Robert dachte, dies wäre ein Supertitel für ein
Kinderbuch. Vielleicht sollte er doch kein Maler oder For-
schungsreisender werden, sondern Buchautor, später, wenn
die Situation besser wäre, als sie war. Renée hatte einmal gesagt, das Leben sei ein Raum der Möglichkeiten. So richtig
hatte Robert den Sinn ihrer Worte nicht verstanden, aber aus
der Betonung schlussfolgern können, dass sie Großes bedeu-
teten und richtig und wichtig waren, und dass er es verstehen würde, später, wenn es an der Zeit war, und die Zeit
würde kommen, darin war er sich sicher. Dann wurde Robert aus seinen Gedanken gerissen.

„Wir müssen uns etwas überlegen", sagte seine Schwester, die sich nun wieder gefangen hatte, „so geht es nicht weiter." Robert sah es genauso. Die Geschwister schlossen einen
Pakt. „Niemals werden wir uns im Stich lassen, egal, was Vater auch tut", sagte Pheline, Robert nickte. Das war der Tag,
an dem er wusste: Es würde nie Sicherheit für sie geben, solange sich nichts bei ihnen zu Hause änderte. Oder solange

sie nicht groß genug wären, um etwas zu unternehmen. Etwas, das sie wieder friedlich schlafen lassen würde. Aber zunächst blieb dies eine Hoffnung. Denn das Grauen fing erst an.

Als immer neue Astronauten über den Mond hüpften und amerikanische Bomber vietnamesische Wälder mit Entlaubungsmittel eindeckten, quälten Robert oft Albträume. In einem von ihnen stürzte er stets von einem Hochhaus, raste dem Boden entgegen, schlug auf und erlitt stets furchtbare Schmerzen, bevor es schwarz um ihn wurde. Sein anderer Traum war das genaue Gegenteil. Mit der Kraft seiner Gedanken konnte Robert die Schwerkraft neutralisieren und riesige Sprünge vollführen, sogar in der Luft schweben. Dann schauten alle zu ihm hoch, in seinem Traum.

Die Bestie lief in ihrem Gefängnis umher seit einer Ewigkeit. Doch etwas hatte sich geändert. Ihre Herren hatten ihr etwas versprochen: Nahrung. Sie würde einen Seelentopf vorgesetzt bekommen und sie würde sich eine Seele daraus aussuchen dürfen. So lautete das Versprechen. Und ihre Lefzen tropften.

Schreckensträume

Robert schnellte aus dem Schlaf nach oben, er fieberte, hatte die Masern, doch deshalb war er nicht aufgewacht. Aus Richtung der Küche hatte er ein lautes Krachen gehört, gefolgt von einem Quietschen und Knarren, als ob jemand mit aller Gewalt Möbel verrücken würde. Robert wollte keine Details wissen, er tauchte unter seine Decke ab und zitterte am ganzen Körper. Im Nachbarzimmer sagte Feli irgendeine Art von Gebet auf.

„Bitte, bitte Vater, tu ..." Den Rest verstand Robert nicht.

Am nächsten Morgen drangen aus dem WC-Raum würgende, wimmernde Laute. Schließlich öffnete sich die Tür. Friedrich trat heraus, sein Gesicht war kreidebleich und von Schmerzen verzerrt. Feli stand in der Diele und schaute ihren Vater wortlos an, der sich mit kreisenden Bewegungen und Stöhnen den Bauch rieb. Er lehnte an der Dielenwand, als müsse er Kraft für ein entscheidendes Unternehmen gewinnen, dann gab er sich einen Ruck und setzte sich kommentarlos zu seiner Familie an den Frühstückstisch.

Mit ihnen am Tisch saß Amelia, Friedrichs Mutter, die sie im Abstand von 14 Tagen besuchen kam. Ob Friedrich dies gut fand, war nicht zu erkennen. Stumm saß er am Tisch. Sein Gesicht kündete von finsteren Gedanken.

Amelia hatte Kartoffelpuffer und Arme Ritter, in Eigelb und Milch eingeweichte Brötchen zubereitet, die gebraten wurden und die man, je nach Geschmacksrichtung, mit Süßem bestreichen konnte.

„Das hab ich oft gegessen, Kinder, als ich mit eurem Papi in Hamburg im Luftschutzkeller saß", sagte sie und zwinkerte Renée zu.

„Oh Gott, lass das, bitte, in Hongkong haben wir ...", sagte Renée, vollendete den Satz jedoch nicht, weil Friedrich bei der Erwähnung Hongkongs kurz aufgezuckt war und im Anschluss eine noch düstere Mimik gezeigt hatte.

Robert wollte den Vater aus seiner dunklen Gedankenwelt reißen. Der Junge entschied sich für eine Frage, die ihn schon länger beschäftigt hatte. „Haben Autos einen Raketenantrieb? Da kommen doch hinten keine Flammen raus ..."

Friedrich sagte nichts, sondern blickte nur starr geradeaus. Robert schob eine weitere Frage hinterher.

„Wie bin ich auf die Welt gekommen, Vater?"

„Ich hab dich in einem Laden gekauft. Ich dachte: der, ein neues Auto oder das Stück Käse, das ich in einer Auslage hatte liegen sehen? ... Hab mich halt für dich entschieden." Friedrich grinste, als habe er einen besonders guten Witz gerissen. Dann stand er auf, ging in den Flur, zog eine Flasche aus seiner Jacke, die am Garderobenständer hing, nahm einen großen Schluck daraus und ging dann ins Wohnzimmer, wo er sich mit ächzenden Geräusch in den Fernsehsessel fallen ließ. Er blieb den Rest des Tages dort sitzen, unterbrochen nur durch seine Gänge zur Toilette.

„Ihr Lieben, ich lass euch dann mal allein, will noch ins

KaDeWe, was einkaufen", sagte Amelia und gab Friedrich einen Kuss auf die Stirn. Den anderen am Frühstückstisch winkte sie kurz zu, ohne sie jedoch wirklich angesehen zu haben, dann war sie fort.

Wenn man schon mal in Berlin war, musste man auch ins KaDeWe, zumal, wenn man schönes Essen und erlesene Düfte mochte, so wie Amelia. Friedrichs Mutter hastete in das Kaufhaus, besuchte kurz den Stand von Chanel und fuhr dann in die Gourmetabteilung. Am liebsten mochte sie die Fischabteilung. Sie wusste nicht weshalb, aber dies war schon so gewesen, als sie das erste Mal das berühmte Kaufhaus besuchte. Vor den Bassins mit den Hummern blieb sie stehen. Amelia sah einem Fischverkäufer zu, der neue Lobster in das Bassin setzte. Aber so richtig war sie nicht bei der Sache, sie ärgerte sich über Renée. *Sie schadet meinem Friedrich. Sicher, mitunter ist er zu streng. Aber sie hat ihn halt oft provoziert …*

Amelia rief sich zur Besonnenheit. Sie starrte auf einen Hummer, dessen Tentakel erst an der Scheibe des Bassins entlangglitten und nach einer spontanen Wendung in dem Behältnis einen Artgenossen abtasteten. *Wenn du seiner Karriere schadest, dann...*

Für Friedrich Windhorst schien die Abwesenheit seiner Mutter ein imaginäres Signal zu sein, aus seiner Passivität zu erwachen und Renée und den Kindern etwas zu verkünden, das dringend zu erledigen war.

„Ich könnte mir vorstellen …, dass …" Er begann den Satz mehrmals, ohne ihn jedoch zu beenden. Lange starrte er auf ein Foto, das in einem großen Stellrahmen im Wohnzimmerschrank stand und seine Familie in freundlich vereinter Pose vor dem Gebäude der Admiralität in Hongkong zeigte.

Wieder war es, als ginge ein Ruck durch Friedrich, als habe er einen Entschluss gefasst, er beendete nun den wenige Minuten zuvor begonnenen Satz: „Ich könnte mir vorstellen, mit allem Schluss zu machen." Während er dies sagte, blickte Friedrich empfindungslos geradeaus, in ein namenloses Irgendwo, vorbei an seiner Frau und seinen Kindern.

Renées Gesicht, die ihren Ehemann jahrelang vergöttert und deshalb geflissentlich über dessen Sucht und zunehmenden Aussetzer hinweggesehen hatte, verlor auf Anhieb die für sie typische gesunde Farbe. Phelines Gesicht war bereits schneeweiß, und Robert saß regungslos auf seinem Stuhl. Das Stück Puffer, das er wenige Sekunden zuvor auf eine Gabel gespießt und zum Mund geführt hatte, blieb unangetastet. Kühl musterte er seinen Vater, es war nicht zu erkennen, was der Junge dachte oder fühlte. Die folgenden Stunden jedenfalls vergingen, ohne dass Weiteres geschah, das Grund zur Besorgnis gegeben hätte. Aber dabei würde es nicht bleiben.

Es wurde Nacht, und wieder dröhnte ein Rumpeln und Knirschen wie von splitterndem Holz durch die Wohnung, gefolgt von einem langen Schrei.

„Was war das, wer hat da gebrüllt?", rief Robert zu Pheline, die bereits seit Längerem wach schien. Sie saß aufrecht in ihrem Bett und blickte zu der Tür, die die Kinderzimmer vom Flur der Wohnung trennte. Seine Schwester pendelte mit dem Oberkörper vor und zurück.

„Mhhh, mhhh ..." Pheline bekam keinen anderen Laut heraus, sie zitterte am ganzen Körper und lutschte am Daumen. Robert traute seinen Augen nicht. Seine Schwester, die älter war als er, lutschte am Daumen? Das konnte nicht sein. Aber er wagte es nicht nachzuschauen, was sie derart beunruhigte. Ganz langsam zog er seinen Teddy an sich und schlief, als es gefährlich still geworden war, wie er fand, in dieser Haltung ein. Wie im Fieberwahn wälzte er sich hin und her.

Es konnte nicht viel Zeit vergangen sein, das schloss Robert aus dem von keinen morgendlichen Sonnenstrahlen überblendeten Licht der trübe dahinfunzelnden Straßenlaternen, als jemand an seiner Schulter rüttelte.

„Ist ja gut, ist ja gut." Seine Mutter stand neben ihm. Sie

lächelte ihn an. Ihre linke Augenpartie war von herabfallendem Haar überschattet. Ein dunkler Fleck prangte unter dem linken Auge, es ähnelte einem Clownsauge, dachte Robert, nur war es nicht geschminkt.

Renée lachte ihn an, dann öffnete sie die oberste Schublade des Nachtisches, der neben Roberts Bett stand. Sie zog ein großes Buch und las ihm eine Geschichte über Zwerge vor. Es war seine Lieblingsgeschichte. In ihr reisten ein paar Zwerge auf einem Baumstamm über einen Wildwasserbach reitend durch einen mystischen Wald voller Geheimnisse. Sie suchten ihren Anführer, der verschollen war, außerhalb ihrer Welt, in dem Land ohne Wald, das sie nur aus Sagen kannten.

Als Renée ihm vorlas, nuckelte Robert an seinem Daumen. „Dafür bist du zu alt, Robert, lass' das", sie schnitt einen Knopf von ihrem Morgenmantel ab, „wenn du den in deiner Hand hältst, bin ich immer bei dir."

„Lässt du das Licht an, Mama? Mac'h bitte nicht die Tür zu."

„Schlaf, mein Kleiner, schlaf."

„Mama, was ist mit deinem Auge?"

„Es ist nichts ..."

„Aber Mama, wir müssen mit Feli weggehen, bitte, bitte, nur weg von hier ..., ich habe solche Angst."

„Dir wird nichts passieren, mein Kleiner, glaub mir ..."

Als Renée das Zimmer verlassen hatte, bückte er sich zu dem kleinen Schränkchen neben seinem Bett. Er zog ganz leise die oberste Schublade auf. In ihr lag ein Knopf von Renées Morgenmantel. Robert nahm ihn heraus, seine kleine Kinderhand umschloss den Knopf, ganz fest, so war Renée bei ihm, immer, auch wenn sie fort war. Über ihm, an der Deckenlampe, hing ein Lampion mit einem Clownsgesicht. Langsam drehte sich die Clownslampe um ihre Achse. Robert fand, dass er etwas fies aussah, aber sein Teddy, der auf dem Fensterbrett saß, lächelte, ein gütiges, freundschaftliches Teddybärenlächeln, und selbst in der Nacht leuchteten seine kleinen weißen Goofy-Handschuhe, die er Teddy übergezogen hatte. Eine Weile lang schaute er noch auf seine Zehenspitzen, die unter dem Bettzeug hervorlugten, dann schlief er ein.

Am nächsten Morgen ahnte Robert, dass alles unverändert war.

Friedrich saß fast reglos auf einem Stuhl, auf dem Tisch vor ihm lag ein kleiner, geleerter Flachmann. Renée schmierte Schulbrote. Die Kinder schauten ängstlich zu Friedrich, darum bemüht, möglichst keine Geräusche zu machen. Robert und Feli waren jederzeit bereit, sich wegzuducken, falls ihr Vater ... Doch Friedrich blickte emotionslos aus dem Küchenfenster. Er beachtete seine Familie nicht und ließ, wie fast immer, das Frühstück unangetastet. Dann kleidete er sich an und ging. Genauso wortlos wie er am Tisch gesessen hatte.

„Ich habe ein Spiel für mich entdeckt, um dem zu entkommen", eröffnete Robert Pheline nach der Schule, „ich träume mich in Träume hinein." Robert versuchte, es Feli zu erklären, doch sie verstand ihn nicht. Ein Wissenschaftler hätte es vielleicht folgendermaßen erklärt: Robert entrückte sich in eine Parallelwelt, in der es keinen Vater gab. Nur Formen, Farben und Traumfiguren. Mit ihnen, das versuchte Robert nun Pheline zu erklären, war er ein Bündnis eingegangen. Die Figuren unterhielten ihn, und er verriet sie nicht. Das Tagtraumland war seine innere Klause, ein unangetastetes, unbeflecktes Refugium für kindliche Spiele. Ein Ort ohne jedwede Notwendigkeit eines Gedankens an Flucht. Dort wollte Robert, ganz im Gegensatz zu seiner tristen Realität, nicht enteilen, sondern nur bleiben.

In seiner Traumwelt flog er auf dem Rücken eines Urvogels über namenlose Schelfmeere, die vor Jahrmillionen existierten. Tief unter ihnen, auf den grünen Ebenen der Urkontinente, grasten Saurier. Ein anderes Mal fuhr er mit einem Balsafloß über den Pazifik, trotzte allen Stürmen und aller Gischt, steuerte das Floß am Ende erfolgreich über ein gefährliches Riff in die sichere Lagune. Es waren Träumereien.

Sie gaben ihm einen Hafen, bis die Wirklichkeit die Träume vertrieb.

Robert hatte gerade in seinem Lieblings-Comic „Rex Dany" geschmökert, als mit einem lauten Knall die Wohnungstür aufflog. Friedrich war spät von seinem Job heimgekommen. Eine lange blutige Schramme prangte auf seiner Stirn, das Jochbein war blau und angeschwollen.

„Was hast du wieder getan, hast du keinen Respekt vor unseren Kindern, und wo ist das Haushaltsgeld?", rief Renée. Friedrich beachtete sie nicht, taumelte durch den Wohnungsflur geradewegs auf das Schlafzimmer zu und riss dabei die Porzellanskulptur eines roten Drachen um, die ein britischer Diplomat ihnen in Hongkong geschenkt hatte. Robert flüchtete sich in sein Kinderzimmer. Im Nebenzimmer saß Feli, sie pendelte wieder mit dem Oberkörper: „Mh-mh-mhhh, MHHH-mhhhhh." Ihre Augen waren verdreht.

„Feli, deine Augen ... sie sind ... ganz weiß." Robert duckte sich weg.

Friedrich haute die Schlafzimmertür hinter sich zu und schloss die Tür ab. Er war froh, dass er es nach Hause geschafft hatte. In einer Kneipe hatte es Streit mit zwei anderen Männern gegeben. Einer von ihnen hatte ihn verfolgt. Es war zu einer Schlägerei gekommen, wobei er ausgerutscht und sich diese verdammte Schramme am Kopf zugezogen hatte. Friedrich rieb sich über die Stirn, die Wunde war noch nicht ganz getrocknet. Eigentlich hätte sie genäht werden müssen, aber Friedrich dachte an anderes. *An allem sind diese Bälger und diese Pute von Frau schuld. Sie wollen meinen Untergang. Aber wenn ich untergehe, gehen sie mit mir unter.*

Am nächsten Morgen packte Robert seinen Ranzen. Er drückte Renée schnell noch einen Kuss auf die Wange, „bis nachher, Supah-Mama!", dann machte er sich auf den Weg zur Schule.

Renée hauchte ihm lachend einen Kuss hinterher, als er sich noch einmal nach ihr umdrehte. Robert gab ihr Kraft, das Gefühl, *wirklich* gebraucht zu werden. Einen Grund weiterzumachen ...

24

Renée hatte ihm angeboten, ihn zu begleiten, aber er hatte abgelehnt. Er wollte sich von seinen Schulkameraden nicht vorwerfen lassen, ein Muttersöhnchen zu sein. Auch von seinen Problemen zu Hause wollte Robert sich nichts anmerken lassen. Er agierte wie ein Roboter, schaute im Unterricht kaum nach rechts und links, folgte den Ausführungen der Lehrer selbst dann noch, wenn alle Schüler um ihn herum wild kreischten. „Ordnung ist ganz, ganz, ganz wichtig", sagte er zu seinem Klassenlehrer, Herrn Schelper, und lächelte ihn scheu an.

„Ist alles bei dir zu Hause gut?", fragte Schelper. Robert nickte artig.

Herrn Schelper beschäftige das Verhalten des Jungen. *Er wird immer stiller, wirkt verängstigt und eingeschüchtert, da stimmt etwas nicht.* Roberts Klassenlehrer war entschlossen, dies im Lehrerkollegium anzusprechen.

Den schönen Sommern jener Zeit folgten schneereiche Winter. Doch Robert konnte sie nicht genießen. Er ging auf Abstand zu den Klassenkameraden und Kindern in seiner Nachbarschaft, wann und wo immer es ging. Als er sich später an diese Zeit zurückerinnerte, konnte er nicht mehr sagen, ob er Freunde hatte und wenn ja: wie viele. Er war damit beschäftigt zu überleben. Er half Renée im Haushalt, wenn Friedrich fort war und sich betrank. Er befeuerte den Ofen, brachte den Müll weg, harkte den Rasen im elterlichen Garten und arbeitete die Hausaufgaben mit derselben Ordnung ab, mit der ein Soldat vor dem morgendlichen Antreten seinen Spind aufräumt.

An einem unscheinbaren Nachmittag nahm Robert eine Schere und schnitt aus alten Tageszeitungen Buchstaben heraus. Er spielte mit ihnen, kombinierte immer neue Wortkombinationen. Ein Schnipselwort überdauerte alle anderen. Es lautete: VA-TER-F-ALL.

Gegenwart. Die Großen aus Hollywood sind da. Überall. Vor den Hotels, in den angesagten Restaurants, manchmal auch im KaDeWe oder den Galeries Lafayette. Filmstars laufen durch Berlin und posieren an den roten Teppichen der

Premierenkinos. Denzel Washington lacht in die Kameras. Schauspielerkollege Edward Norton sitzt bei der Fashion Week in der ersten Reihe. Robert war dabei gewesen, hatte neben den flirrenden Absperrbändern gestanden und geguckt und geklatscht. Nun sitzt er in der Berlin-Mitte-Bar und trinkt Whisky nach Whisky, erinnert sich und weint.

„Hey, Mann, kann ich dir helfen?", fragt der Barkeeper.

„Geh' lieber nach Hause. In so einer Stimmung sollte niemand ausgehen ..."

„Bitte noch einen, for to go ..."

Allein mit Caruso

Eppendorf, Anfang der 70er Jahre, das Elternhaus. Zwei Männer standen vor dem Wohnhaus von Roberts Eltern. Sie klingelten. Renée öffnete, bat die Männer ins Haus und schickte Robert in sein Zimmer.

„Kleiner, spiel doch ein bisschen. Das ist jetzt was nur für Erwachsene."

Aber Robert dachte gar nicht daran, er lauschte hinter der Tür.

Einer der Fremden sagte: „Frau Windhorst, wir kennen einander nicht. Ich bin seit, ähm, einiger Zeit, der ... Vorgesetzte Ihres Mannes, und ich will ehrlich sein: Ihr Mann schafft seinen Job nicht mehr, schon lange nicht mehr. Wir haben in der Führung der Bank ... über den Fall geredet und nach einer Möglichkeit gesucht, ihm noch eine Chance zu geben, ... ohne ihn zu kündigen. Wir haben eine Stelle in West-Berlin ..."

„Schon wieder ein Umzug ... und ein Abstieg. Ich hab zwar Geld zurückgelegt, aber ... was soll aus uns nur werden, den Kindern?"

Nun redete der andere Mann, er ging nicht direkt auf Renées Worte ein: „Es ist zwar nicht mehr die Stelle eines Direktors oder Filialleiters, aber doch immerhin eine Stelle. Sehen Sie: Ihr Mann kam seit Monaten nur noch unregelmäßig ins Büro, darüber können wir nicht ..."

„Aber er ist doch jeden Morgen zur Arbeit gegangen."

„In der Hauptfiliale in Berlin ist der Posten des stellvertretenden Leiters zu besetzen. Unter den gegebenen Umständen ... Es gibt auch andere Bewerber, und es ist die einzige Option, die Ihrem Mann bleibt, die einzige, ohne gekündigt zu werden. Wir haben dies nur getan, weil ... Ihretwegen und wegen der Kinder."

„Immerhin kenne ich die Stadt. Mein Vater hat dort gearbeitet", sagte Renée leise und mehr zu sich selbst, als gelte es, sich Mut zu machen, sich einzustimmen auf das Unvermeidliche, das kommen würde, so oder so, das war ihr klar.

Der Alkohol, das Böse, so viel verstand Robert, hatte vollends Macht über seinen Vater gewonnen. Der kleine Junge wollte nicht mehr hören, was die Erwachsenen besprachen. Er rannte in sein Zimmer, schlug die Tür hinter sich zu und warf sich auf sein Bett. Über ihm drehte sich träge der Lampion mit dem Clownsgesicht. Es sah so traurig aus, fand Robert.

„Lach doch, lieber Clown, mach, dass es mir gut geht."

Etwa eine halbe Stunde später hörte er das Zufallen der Wohnungstür, die Männer waren fort, und Tage später auch die vertraute Umgebung Hamburgs. Sie zogen nach Düppel, ein Ortsteil im Süden West-Berlins, unweit der Mauer zur DDR.

Ihr neues Heim, ein schlichtes, aber relativ großes Reihenhaus, dessen Einliegerwohnung im Erdgeschoss Friedrich Windhorst aus Kostengründen an eine andere Familie vermietet hatte, hielt keinem Vergleich mit ihren Unterkünften in London, Hamburg oder Hongkong stand. Aber es war bedeutend billiger, was Renée zu der Annahme verleitete, dass die Familie auch diesen Abstieg verkraften und Friedrichs Trinkschulden in den Bars und Kneipen irgendwie würde kompensieren können. Doch was sie bisher erlebt hatten, war nichts anderes als ein klägliches Vorspiel zu dem, was noch folgen sollte.

Nachbarsblicke

Hermine Dieterich wohnte im angrenzenden Reihenhaus neben den Windhorsts. Die Häuser stammten aus den 30er Jahren, Siedlungsbauten, die eine Bank für ihre Angestellten errichtet hatte. Die Häuser besaßen zur Straße hin kleine Vorgärten, dahinter lagen die eigentlichen, viel größeren Gärten, in denen manche ihrer Besitzer neben Zierpflanzen auch Obst und Gemüse anbauten. Zwei Häuser standen immer neben einander, Brandwand an Brandwand, sodass man manchmal mithören konnte, wenn jemand im benachbarten Haus laut wurde. Hermine Dieterich war nie zu hören. Sie war Rentnerin, deren Mann, ein Beamter, bereits vor einigen Jahren gestorben war. Sie lebte nun von seiner Pension und hatte tagsüber nicht viel mehr zu tun, als ihre Goldfische zu pflegen und sich über so manches in ihrer Umgebung Gedanken zu machen, über die Windhorsts etwa. Irgendetwas, darin war sich die Seniorin sicher, stimmte ganz und gar nicht mit dem Mann, der vor Kurzem in das Nachbarhaus mit seiner Frau und Kindern – unerhört nette Kinder, wie sie fand – eingezogen war. Zwar sah der Mann, wie sie fand, immer *adrett* gekleidet aus, aber die Art und Weise, wie er lief, *passte* nicht zu der äußeren Erscheinung, da war sie sich sicher. Der Mann bewegte sich wie ein *Automat*, man konnte es kaum beschreiben, aber die Art und Weise seines Ganges hatte etwas Maschinenhaftes, Erzwungenes, Kontrolliertes. In ihm war kein Gefühl, keine Natürlichkeit, und sie konnte das doch beurteilen, denn sie und ihr Mann Hermann waren leidenschaftliche Tänzer gewesen, bis er eines Tages bei einem Standardtanz-Wettbewerb vor ihr umgefallen war, einfach so. Seither hatte Frau Dieterich viel Zeit. Sie nahm sich vor, den neuen Nachbarn einen Teil ihrer Freizeit zu widmen.

Spätabends an Heiligabend im Haus der Windhorsts. Es hatte Gänsebraten gegeben, von dem Robert zu viel und zu hastig gegessen hatte. Es dauerte nicht lang, da überkam ihn eine massive Übelkeit. „Mama, ich muss mal zur Toilette, darf ich aufstehen?"

Renée schaute besorgt und nickte.

„Natürlich, mein Sonnenschein!"

Friedrich blickte desinteressiert zur Decke, als habe er nichts gehört. Aber er hatte alles gehört, und es schien ihm nicht zu gefallen. Die Finger seiner linken Hand trommelten hart auf dem Tisch.

Robert erwiderte den Blick mit einem missglückten Lächeln, legte Serviette und Besteck neben seinen Teller. Er stand auf, darum bemüht wenig Krach zu machen, denn nichts hasste sein Vater mehr als Krach, dann lief er leise zum Bad. Aber er schaffte es nicht bis dorthin. Noch vor der Badezimmertür landete sein Teil des Gänsebratens auf dem Boden der Diele. Und als ob es an Ungemach noch nicht reichte, hatte Friedrich wenige Meter hinter ihm drohend Position bezogen.

„Hast gedacht, kommst mit der Schweinerei einfach so davon, Bengelchen, was? Dabei kennst du doch die Strafe für Unordnung." Friedrich zog den Gürtel aus dem Hosenbund. Er ließ ihn durch seine Hände gleiten. Renée schrie etwas, aber das hörte Robert schon nicht mehr.

Tschak, tschak, tschak.

Waschen, ich werde mich waschen, Vater, ich verspreche es dir, es kommt nie wieder vor.

„Hilf ... ahhh ..."

Niemand hörte die Schreie.

Neben der Tagträumerei war das Schlafen Roberts Mittel der Flucht. Er dachte, in den schier endlosen Ebenen dieses Asyls würde ihn die Kälte Friedrichs nicht erreichen. Und mochte sie auch dessen Währung sein, in seinen Zufluchtsstätten besäße sie keinen Wert, glaubte Robert, er irrte.

Das Leben erschien ihm eigenartig. „Was sollen wir auf dieser Welt, wo sich doch unser eigener Vater nicht um uns schert, und wie kommt es, dass Mutter immer noch zu ihm hält?", fragte er Feli.

„Ich weiß nicht", antwortete seine Schwester und schaute traurig in Richtung ihrer lädierten Lieblingspuppe. Sie hatte sich mehrfach eine neue gewünscht, aber keine bekommen. Renée hatte ihren Kindern eröffnet, dass Friedrichs Trinkschulden bei seinen Saufkumpanen und Kneipenwirten mittlerweile in die Tausende gingen und dass sie deshalb sparen müssten. Stets versteckte sie Geld, damit Friedrich es nicht in Alkohol umsetzte, verspielte oder anderes mit dem Geld tat, über das ihre Mutter nur vage Andeutungen machte.

Mithilfe ihres Vaters, der als Diplomat durch die halbe Welt gereist war, organisierte sie sich einen Halbtagsjob bei einer Reiseagentur. Gegen neun Uhr, wenn Friedrich wochentags zu seiner Arbeit gegangen war, eilte sie zu ihrem Job, und lange bevor er aus seinem Büro heimkehrte, war sie zurück.

„Ich habe einen kleinen Nebenjob, aber das ist unser Geheimnis, hörst du? Du darfst Papa nix davon sagen."

„Ja, versprochen, du bist doch meine Supah-Mama." Robert nickte.

Wenn er schulfrei hatte, saß er oft starr auf seinem Bett und blickte aus dem Fenster in den Himmel, fast wie eine Puppe, stundenlang.

„Das Kind ist so passiv, da stimmt doch was nicht. Malt er denn nicht, er wollte doch mal Maler werden, hat er das nicht einmal erzählt, oder bringe ich da was durcheinander?" Eine Jugendfreundin seiner Mutter war vorbeigekommen. Argwöhnisch taxierte sie Robert. Er hatte aus Bounty-Schokoriegelpackungen Pappstreifen gesammelt und fertigte aus ihnen eine Rampe mit Loopingfunktion für seine Matchbox-Autos.

„Der Junge wirkt sehr in sich gekehrt. Vielleicht solltest du ihm ein Musikinstrument kaufen", riet die Tante.

Renée nahm den Rat an und kaufte Robert eine Trompete und engagierte einen Studenten, der Robert das Spielen beibringen sollte. Es hatte sein Interesse an der Musik geweckt. Oft saß er nun vor einer großen Telefunken-Truhe, die im Nierentischdesign gestaltet war. Sie enthielt eine Auswahl kleiner und großer Schallplatten, akkurat in Schlitzfächern verstaut, senkrecht und stets griffbereit für die Hebelapparatur, die auf Knopfdruck zunächst die gewünschte Platte auf den Drehteller hob und dann langsam den Tonabnehmer auf sie herabsenkte.

Hinter einer Glasscheibe in der Mitte der Truhe war ein Inhaltsverzeichnis der Platten angebracht, hinter jedem Titel ein Buchstabe und eine Zahl. Seine Lieblingstastenkombination war die C 3, der Radetzky-Marsch, ein großes Dschingderassasa. Robert liebte die Musiktruhe. Staunend las er die Namen, die in der Mitte der LPs und Singles abgedruckt waren: Ravel, Caruso, Callas, Schostakowitsch, Smetana, Haydn. Die Truhe war ein Schatz, sein Nibelungenschatz. Er liebte das Wort. Erst vor wenigen Tagen hatte er eine Hörbuchplatte aus dem Europaverlag mit der Siegfriedsaga gehört. Sein Gold, darin war sich sicher, das waren die Platten aus der Truhe, mit ihren wunderbaren Melodien, die ihn träumen ließen, wenn er allein war, und er war gern allein.

„Das ist so schön. Ich brauche gar keinen Papa", sagte Robert. Er weinte dabei.

Friedrich fiel nun immer öfter in seinem Job aus, mitunter kam er gar nicht nach Hause, andere Male erst, wenn Robert und seine Schwester Feli bereits längst schliefen. Wenn er jedoch zur Arbeit ging, dann akkurat gescheitelt und in seinem besten Anzug.

„Wie kann so jemand eigentlich arbeiten?", fragte Robert Feli, die in ihrem Bett lag. Sie antwortete nicht. Er wollte sie trösten und ging zu ihr. Doch Feli drehte sich abrupt fort, er sah warum: Seine Schwester hatte ins Bett gemacht.

Am nächsten Morgen brach Feli ungewöhnlich früh auf. Sie fuhr mit der S-Bahn zum Bahnhof Wannsee, umrundete die Station und betrat auf der gegenüberliegenden Seite wieder das Bahngelände. „Mama, sei nicht böse. Mama, Robert, seid mir nicht böse ...", sagte sie leise, während sie ihren linken Ballerinaschuh auf die Schiene tippen ließ. Sie wartete, auf einen Zug. Es kamen viele. Aber sie zögerte. Feli nahm sich vor, Robert nichts von ihrem kleinen Ausflug zu erzählen.

Hey, Dany

Es war Roberts großer Tag, es hatte Zeugnisse gegeben, und seine Noten waren gut ausgefallen. Im Arm hielt er eine große Tüte mit Süßigkeiten, seine Belohnung. Renée, Roberts Patentante und Friedrichs Mutter Lini, die SPD-Genossen bis 1945 bei sich in einer Mädchenkammer versteckt hatte und so vor dem Tod im KZ bewahrte, standen vor der Schule. Friedrich fehlte.

Am Nachmittag, es war zu früh, als dass er in der Bank gearbeitet haben konnte, kam Friedrich schwer betrunken nach Hause. Er polterte, randalierte und sprach Unverständliches. Als er sich in der Küche setzen wollte, verfehlte er den Stuhl und krachte zu Boden.

„Ich hasse dich", brüllte Robert, so laut er konnte. Friedrich würdigte ihn keines Blickes.

Wenig später kehrte auch Renée heim. Sie hatte eingekauft und war krampfhaft bemüht, ihr Bürooutfit vor Friedrich zu verbergen. Die Vorsicht war unnötig. Er wandte sich gelangweilt ab und verschwand im Schlafzimmer. Es polterte noch einmal kurz, dann war nur noch sein Schnarchen zu hören, was Renée erleichtert aufatmen ließ.

„Wie konntest du nur diesen Mann heiraten?", fragte Robert.

„Ich habe ihn geliebt, liebe ihn vielleicht noch, da hat man keine Wahl."

„Aber Mama, das klappt doch hier alles nicht, siehst du das nicht ...?"

„Es wird, mein Kleiner, hab Geduld. Wir müssen ihm noch eine Chance geben."

Robert schaute grimmig.

„Aber Mama, er hatte so viel Zeit, sich zu ändern." Robert ging in sein Zimmer.

Er hatte etwas mit seiner Schwester zu besprechen: „Wir müssen uns überlegen, wohin wir flüchten können, wenn es mit Vater gar nicht mehr geht." Während Robert dies sagte, erzitterte plötzlich das Haus seiner Eltern. Alles vibrierte, die

Gardinenstangen, das Porzellan und die Schallplattentruhe und selbst Roberts Teddy, der zur Seite kippte. Diesmal hatte Robert keine Angst, er kannte das Geräusch. Amerikanische Panzer rollten über das Kopfsteinpflaster. Sie kamen von ihrem Übungsplatz im Süden Berlins und fuhren zurück zu ihrer Kaserne. Robert rannte auf die Straße und riss seine kleinen Hände hoch, zum Gruß den Zeige- und Mittelfinger gespreizt, das Victory-Zeichen.

Die Soldaten winkten zurück. Viele von ihnen waren Farbige. Robert bewunderte ihre perfekten Uniformen und ihre strahlend weißen Zähne. An jedem 4. Juli feierten die GIs vor ihrer Kaserne den Unabhängigkeitstag der Vereinigten Staaten. Die Berlin-Brigade der Amerikaner stand Spalier. Auf den Tribünen standen die Stadtkommandanten und West-Berlins Bürgermeister. Davor die Truppenfahnen und jene der Bundesstaaten. Der riesige Platz hieß nun auch Platz des 4. Juli, dabei war er einer ganz anderen Zeit entsprungen, war Teil einer von den Nazis geplanten Autobahn gewesen, der „Vierte Ring", wie ihn die Nazis genannt hatten. Er sollte Teil eines gigantischen Autobahnringes werden, die Hitlers Architekt Albert Speer um die Hauptstadt des „Dritten Reiches", Germania, errichten wollte. Dies hatte Robert von Friedrich in einem jener wenigen lichten Momente erfahren, in dem sein Vater mit ihm geredet hatte. Robert hatte nicht alles davon verstanden, aber er war sich sicher, dass die meisten Gis auch nicht wussten, wo sie nun standen, mit ihren blank polierten Helmen und ihren prächtigen Uniformen.

„Utaaah, Nebraskaaa, North Dakotaaa, Wyoming, Arkansas ... and the territories of Puerto Rico, Hawaii ...", hallte es markig aus den Lautsprechern über den Kasernenvorplatz und die angrenzenden Kleingärten. Es folgten Salutschüsse und das Dröhnen schwerer Militärflugzeuge, die von der Frankfurt Main Airbase einschwebten. Die Deutschen mussten nicht um Erlaubnis gefragt werden, der Luftraum gehörte den Alliierten. Die Russen zeigten, was sie davon hielten, und ließen ihre MIG-Jäger über West-Berlin die

Schallmauer durchbrechen, es krachte gewaltig und war eine Botschaft: Vergesst uns nicht, wir sind auch da. Es war die eiskalte Phase des Kalten Krieges.

Am 4. Juli 1971 schnappte sich Robert sein Fahrrad und fuhr zu der Paradestrecke. Es gab dort Süßes für Kinder, Candy. Geduldig wartete er das Ende der Parade ab, pfiff jemand laut. Robert schaute in die Richtung. Ein US-Sergeant rief: „Hey boy, so alone? Come to me, Dany."

Robert blickte skeptisch zu dem Soldaten hinüber, der einen Streifen Kaugummi in der Hand hielt und mit diesem werbend herumwedelte.

„Hey, boy, don't be that shy!" Robert riss dem GI den Kaugummi aus der Hand, stieg auf sein kleines Fahrrad und radelte hastig fort.

Er war noch einen Häuserblock von der Wohnung seiner Eltern entfernt, als ein Junge seine rasante Fahrt blockierte. Er sah nicht aus, als wollte er spielen.

„Willst du dich rollen?"

„Was meinst du?"

„Das hier ..." Der andere Junge, der zwei Köpfe größer war, warf sich auf Robert und prügelte los. Robert erkannte, dass er gegen diesen Gegner keine Chance hatte. Und so tat er, was er schon oft getan hatte, wenn er etwas *Falsches* getan hatte und Friedrich den Gürtel zog. Er stellte sich tot und steckte ein und träumte sich hinweg und gab vor, als spüre er nichts.

Lieber Gott im Himmel, lass es bitte schnell vorübergehen und mach, dass es hinterher nicht wieder so wehtut, das kannst du doch, oder?

Der andere Junge ließ ab von ihm. Er musterte Robert, der auf dem Boden lag wie eine tote Beute, dann schüttelte er den Kopf und ging pfeifend fort. Robert erzählte Renée und Feli nichts davon, es blieb sein Geheimnis.

Gegenwart. Milliardär und Kunstsammler Nicolas Berggruen ist in Berlin, er hat ein paar Häuser gekauft, berichtet der Nachrichtendienst Twitter. Vor der Mitte-Bar, in der Robert an seinem Absacker nippt, sind zwei Autos zusammengeprallt. Der Türsteher der Bar rennt zu dem Wagen und ruft: „Ist jemand verletzt worden?" Robert dreht sich phlegmatisch um. In diesem Moment betreten zwei Tänzerinnen der Friedrichstadtpalast-Compagnie die Bar. „Eine Runde für die Girls, geht aufs Haus", sagt der Barkeeper. Eine der Tänzerinnen heißt Marielle. Der Name erinnert Robert an eine Begegnung in seiner Kindheit.

Verstaubte Gedichte

Marie brachte den Zauber in sein Leben. Sie wohnte gegenüber und war einige Jahre älter als er. Manchmal tanzte sie auf dem Rasen vor Roberts Haus, drehte kleine Pirouetten, während er sie schüchtern durch den Türspion oder den Schlitz für die Hauspost beobachtete. Ein anderes Mal saß Marie nur auf der Treppe am Eingang des Hauses und spielte mit ihrem Terrier Dodie. Robert fand Marie umwerfend schön und wurde stets rot, wenn sie ihn ansprach, und das tat sie gern. Auch an diesem Tag.

„Na, wie geht's dir heut?"

„Geht so", Robert schaute zu Boden

Aus dem Radio dröhnte Musik der Beatles „All my trouble seemed so far away" und „Hey, You, All you need is Love ...". In Roberts Kinderzimmer tanzte Marie, die Au-pair-Dienste bei Robert übernahm, wenn Renée arbeitete, auch diesmal. Paul McCartney und John Lennon waren Maries Stars. Seine würden David Bowie mit *Heroes* und die Eagles mit *Hotel California* sein, später.

„Kannst du für mich tanzen?", fragte Robert leise. Marie lachte, er drehte sich weg.

„Mach ich." Und sie tanzte.

Er genoss Maries Anblick, doch seine Freude an ihren Hüftschwüngen wurde jäh unterbrochen.

Seine Eltern kehrten, was selten der Fall war, in diesem Moment Zeit heim. Sie mussten schon auf der Straße eine

Auseinandersetzung gehabt haben, das erkannte Robert sofort. Renée schrie Friedrich an: „Was hast du mit dem ganzen Geld gemacht, wovon sollen wir die Miete zahlen? Bist du verrückt, hast du den Verstand verloren, willst du, dass ich mit den Kindern fortgehe, willst du das? Überleg es dir gut!"

Es war so laut, dass Robert das Gespräch noch aus 20 Meter Entfernung hätte verfolgen können. Friedrich brüllte etwas zurück, schloss sich eine Viertelstunde später mit einer Wodkaflasche im Badezimmer ein. Dann wurde es still, unheimlich still.

Renée trommelte mit beiden Fäusten gegen die Tür. „Ich kann so nicht mehr leben, mach' eine Entziehungskur, dir und uns zuliebe."

Robert kannte die Bedeutung des Wortes nicht, er wartete auf eine Reaktion seines Vaters, vergebens. Eine halbe Stunde später verließ Friedrich das Bad, keuchte, stützte sich auf einem Schmutzwäschekorb ab, der jedoch unter seiner Last nachgab. Erst Minuten später raffte sich Friedrich auf, was der Korb mit einem Knirschen seiner Stäbe aus Bast quittierte. Friedrich wankte zu seinem Bett.

„Ich geh dann mal", sagte Marie und flüchtete sich aus der Wohnung. Sie kam nie wieder.

Friedrich redete nach dem Vorfall nur noch, wenn es sich nicht vermeiden ließ. Es lag nicht daran, dass er nicht wollte, denn einst liebte er die Sprache. Davon zeugten Gedichte, die Robert in einer verstaubten und hinter einem Kamin deponierten Aktentasche auf dem Dachboden gefunden hatte, als er mal wieder mit seiner Plastiksoldatenarmee spielen wollte, für die er aus Zeitungsknüllpapier, Tapetenkleister und Miniatur-Kunststoffmoossträuchern eine Landschaft mit deutschen Tigerpanzern und Atlantikbunkern nachgeahmt hatte, durch die er amerikanische Sherman-Panzer rollen ließ.

Robert war fast zufällig über die Tasche gestolpert, die unauffällig hinter einer Schachtel mit abgehängtem Lametta und Christbaumkugeln stand und die prall gefüllt war mit

Gedichten, getippt auf einer Olympia-Schreibmaschine, auf Durchschlagpapier mit blauer Kopierfolie dazwischen. Einige der metallischen Buchstabenhebel hatten Löcher in das Durchschlagpapier gestanzt. Aufgeregt kletterte Robert mit seinem Fund die Klapptreppe vom Dachboden zu ihrer Wohnung hinunter und rannte dann zu seiner Schwester.

„Vielleicht wollte Vater daraus mal ein Buch machen, was meinst du?" Er kramte einige der Zettel aus der Tasche hervor und hielt sie seiner Schwester direkt unter die Nase.

Aber Feli antwortete nicht einmal, so wie meist neuerdings, ja sie guckte die Schreiben nicht einmal an. Robert bereitete das große Sorgen. Seine Schwester wurde immer schweigsamer, stotterte bisweilen und litt unter Ess-Störungen. Renée würde etwas unternehmen müssen, er würde noch heute mit seiner Mutter darüber reden. Aber zunächst galt es, die Lage zu sondieren. Robert lugte um den Türpfosten ins Wohnzimmer.

Friedrich saß in seinem Fernsehsessel und füllte Kreuzworträtsel aus, sonst schrieb oder las er nur noch wenig. Meist brütete er vor sich hin.

Robert unternahm einen Vorstoß und sprach seinen Vater auf die Gedichte an. Der Moment schien günstig, denn Friedrich war fast nüchtern. Vor ihm stand nur eine leere Bierflasche.

„Vater, warum liest du nicht mehr, warum schreibst du nicht mehr, all die Gedichte auf dem Dachboden ..."

Bei dem Wort „Gedichte" war Friedrich zusammengezuckt, dann wandte er sich Robert zu.

„Du hast in meinen Sachen geschnüffelt?" Mit einem Ächzen drückte sich Friedrich aus seinem Sessel empor.

„Ich wollte nicht, Vater, wollte nicht ... ganz bestimmt nicht. Ich werde auch nie wieder ..."

„Ich werde auch nie wieder, niiie wiiieder", äffte ihn Friedrich mit einer völlig hochgedrehten und entstellten Stimme nach, „natürlich wirst du nie wieder, dafür sorge ich schon."

Ganz langsam zog sein Vater den Gürtel aus der Hose,

faltete diesen in der Mitte, schlug das doppelbündige Leder in die geöffnete linke Hand.

Tschak, tschak, tschak.

Friedrich lachte.

„Strafe muss sein, Rotznase. Hast es dir verdient."

„Vater, das ist nur der Alkohol. So bist du nicht."

Robert rannte in sein Zimmer, nahm seinen Teddy in den Arm und hechtete unter sein Bett.

Lieber Gott, wenn es einen Weg aus dieser Hölle gibt, dann bitte zeig ihn mir doch, dachte er, dann stand Friedrich in der Tür. Er grinste immer noch, und seine Augen waren kalt und leer und dunkel.

„Du kleiner Scheißer, ich weiß, wo du bist."

„Aber, Vater ..."

Dunkelheit und Schmerz.

Hört mich denn niemand, so hört doch...

Es war ein normaler Wochentag, als abends das Telefon bei Roberts Eltern klingelte. Seine Klassenlehrerin, Frau Otto, bat Friedrich und Renée zu einem Gespräch. Robert sei intelligent, das sei offenkundig, schließlich habe er viele 1er- und 2er-Noten, aber irgendetwas stimme nicht, eröffnete ihnen Frau Otto. Der Junge bringe sich nicht genügend ein, sitze während des Unterrichts oft passiv herum, wirke verstört, verträumt und sonderbar ängstlich-eingeschüchtert.

„Ich bilde mir das nicht nur ein", sagte Frau Otto und schaute Roberts Eltern streng an.

Renée, die sichtlich unangenehm berührt war, wich aus. „Das wird sich sicher legen, wenn er älter ist", sagte sie. Kurz überlegte sie, ob sie hier und an diesem Tag mit der ganzen Wahrheit heraussollte, dann überlegte sie es sich jedoch anders.

Friedrich gähnte und redete plötzlich über Frank Sinatra. „Dessen Rolle als ein dem Heroin Verfallener in ‚Der Mann mit dem goldenen Arm' ist ein Meisterwerk, ein Meisterwerk ... Haben Sie den Film gesehen, nein? ... Ach so: War's das jetzt eigentlich?" Friedrich wartete die Antwort von Frau Otto nicht ab: „Komm, Liebes."

Renées Mund wurde schmallippig.

Frau Otto schaute erst Renée, dann Friedrich an, sie sagte nichts.

Robert lauschte aufmerksam, als seine Mutter ihm über das Treffen berichtete, er schämte sich für seinen Vater. „Mama, ich gehe jetzt schlafen", sagte er und machte sich auf zu seinem Bett. Er legte sich hin und wartete. Als es still geworden war in der Wohnung, lief Robert zum Garderobenständer im Flur, fasste in Friedrichs Manteltasche und zog eine kleine Wodkaflasche hervor. Er nahm sie mit in den Keller. Dort lagerte Benzin in kleinen Flaschen. Er schüttete ein wenig von dem Wodka auf den Boden und ersetzte ihn durch das Benzin. Wieder in der Wohnung krümelte er Salz in die Flasche, schüttelte diese, so dass Friedrich nicht sofort bemerken würde, dass etwas nicht stimmte. Dann verstaute er sie wieder im Mantel.

„Wohl bekomm's", flüsterte Robert. Er schlich in sein Zimmer zurück. Das Clownsgesicht auf dem Lampion an der Decke schien gütig zu lachen.

Am nächsten Morgen musste Friedrich zum Arzt.

Mörderische Gedanken

Bei Robert traten nun Verhaltensauffälligkeiten auf, die weit über das hinausgingen, was seiner Klassenlehrerin einst aufgefallen war. Es war ein ganz normaler Schultag, er saß mit Schulkameraden auf dem Pausenhof und packte sein Schulbrot aus, als er plötzlich im Gesicht knallrot anlief und unkontrolliert zu zittern begann. Auch an seinem Hals und auf seiner Brust hatten sich rote Flecken gebildet. Robert fühlte sich krank, er flüchtete unter einem Vorwand aus der Schule. Von diesem Tag an aß er nur noch allein. *Beobachtet mich nicht, denn ich kann es nicht ertragen...*

Seinen Eltern erzählte Robert nichts von seinen Gedanken.

Am folgenden Tag verlangte Friedrich, ihn bei einer „Fahrradtour" zur Berliner Mauer zu begleiten. Es war eines der wenige Male, dass Friedrich etwas mit Robert unternahm, wenn man denn überhaupt von einer Unternehmung reden wollte, denn für gewöhnlich gab es bereits kurz nach Beginn einer solchen Tour einen Zwischenstopp vor einer Kneipe.

Auch heute. Angeekelt schaute Robert zu, wie Friedrich drei Korn und zwei Bier hinunterstürzte. Dann ging er wortlos zu seinem Fahrrad. Ohne sich umzuschauen, trat er in die Pedalen. Robert eilte hinterher, es ging weiter, zur Berliner Mauer im Süden der Stadt.

Sie erklommen einen der hölzernen Beobachtungstürme, die in regelmäßigen Abständen vor der Mauer standen. Robert wunderte sich, wie sehr Friedrich beim Hochklettern der Treppe schnaufen musste. Als sie auf der Aussichtsplattform angekommen waren, hielt sich sein Vater schwer atmend am Geländer fest. Doch Robert wurde abgelenkt.

An lange Metallketten gelegte Schäferhunde rannten hinter der Mauer auf und ab. Sie bellten so laut, als hätten sie seit Monaten keine Nahrung bekommen. Wer auch immer in ihre Fänge geriet, würde zerfetzt, davon war Robert überzeugt. Auf dem Postenweg patrouillierten Männer mit Maschinengewehren. Sie beobachteten ihn und Friedrich mit Ferngläsern, einer schoss sogar Fotos von ihnen. Weshalb, verstand Robert nicht, auch nicht, warum sein Vater vom „Todesstreifen" sprach. Robert fragte ihn, erhielt aber wie meist keine Antwort. Stattdessen erklärte Friedrich den Ausflug für beendet.

„Ich habe noch etwas zu besorgen", sagt Roberts Vater und fuhr in Schlangenlinien fort.

„Wie komme ich nach Hause, Vater?"

„Das schaffst du schon, läufst doch auch allein zur Schule!", rief Friedrich, dann war er aus Roberts Sichtfeld verschwunden.

Erst spät in der Nacht kam Friedrich von der Fahrradtour zurück nach Hause. Er tappte zu der Musiktruhe, wählte die „Götterdämmerung" und ließ sich dann in den Fernsehsessel fallen. Er bemerkte nicht, dass sich um ihn herum Entscheidendes zu verändern begann.

„Mach' nur so weiter. Ich werde das nicht mehr mitmachen", sagte Renée.

„Du machst, was ich sage, ... oder du wirst ...", es folgte eine überlange Kunstpause, „gar nichts mehr machen." Friedrich sah dabei aus, als habe er lediglich eine aufziehende Schäfchenwolkenformation am Himmel kommentiert. Er blickte gelangweilt zum Fernseher. Als er eingeschlafen war, hörte Robert Renée mit einer Freundin telefonieren.

„... er wird unberechenbar. Ich habe es satt, dass er unser ganzes Geld versäuft, dass ich ihn immer in der Bank entschuldigen muss: ,Verstehen Sie: Er fühlt sich heut nicht so gut, er schläft noch, hat sich beim Renovieren verhoben, ist unpässlich, tut uns leid.' Manchmal möchte ich ihn ... Wie soll ich das vor meinem Vater rechtfertigen? Er ist Diplomat, er hält mich für verrückt."

Robert lag regungslos auf seinem Bett, er hatte jedes Wort gehört.

Ich werde dir helfen, Mama ..., dachte er. Das wünschte sie sich doch, das war doch klar. Er hasste seinen Vater, und das Einzige, das ihn davon abhielt, seinen Vorsatz bis in die letzte Konsequenz zu Ende zu denken, war der Gedanke daran, dass seine Mutter Friedrich in einer kleinen versteckten Ecke ihres Herzens immer noch liebte.

Gegenwart. Die Bar in Berlin-Mitte. Robert ist in den vergangenen Wochen durch die Nachtszene Berlins getourt, hat die Shows der Berliner Modewoche besucht, am Catwalk gesessen, Labels und Models bewundert. Kaviar Gauche, Esmod, Kilian Kerner, Frida Weyer, Lala Berlin. Die Bilder von den Labels und First-Row-Best-View-VIPs flirren an ihm vorbei. Mit einem Trick erlangt er immer Zutritt zu den besten Partys. Er wartet auf Gäste, die früh gehen und ihr Einlassbändchen nicht mehr benötigen. Sie chillen später in den besten Clubs der Stadt, im „Berghain", „Watergate", „Kater Holzig", „Ritter Butzke" oder „Kiki Blofeld". Stets ist Robert dabei, doch diesmal kann er nicht mehr, sieben Gin Tonic, es ist zu viel. Er taumelt aus der Bar, kotzt in die Spree und setzt sich auf eine nahe Parkbank. Er erinnert, warum alles so kommen musste, wie es kam.

Vatersgleiche

Anfang 70er Jahre, in ihrem Haus in Düppel.

Mitunter wird das Grauen lange im Voraus angelegt und vererbt sich, so wie sich Krebszellen vererben. Dann wandert es an einer unsichtbaren Linie entlang und entlädt sich. Vom Vater auf den Sohn etwa.

Friedrich rief seine Kinder zu sich. Er hatte ein Fotoalbum in seiner Hand, das ihn als kleinen Jungen mit seinem Vater zeigte. Neben ihren Füßen hatte ein Hund Platz genommen. Der Vater trug eine Popeline-Jacke. Am Revers haftete das Parteiabzeichen der NSDAP.

„Mein Vater benutzte oft die Hundepeitsche. Hasso, seinen Hund, liebte er abgöttisch. Er bekam seine Liebe, die anderen seinen Hass", erzählte Friedrich, etwas lallend zwar, aber sich seiner Worte sehr bewusst.

Robert blickte Friedrich an, wollte etwas aus dessen Gesicht herauslesen, aber es war nicht zu deuten. Langsam, ganz langsam löste sich eine einzelne Träne aus Friedrichs linkem Auge. Sie war klein und blieb an seiner Wange haften. *Merkwürdig, er kann nicht einmal richtig weinen*, dachte Robert. Dann wurde er in seinen Gedanken unterbrochen. Renée rief zum Essen. Sie schaute ihn lange und nachdenklich an.

Robert wird einen Schaden bekommen, wenn ich nicht handle, bald handle, dachte sie.

„Mama, was ist denn, warum schaust du so?"

„Es ist nichts, mein Kleiner. Ich bin so froh, dass ich dich hab und Feli. Ohne euch..." Renée beendete den Satz nicht. Sie erschrak darüber, was sie hatte sagen wollen.

Am Nachmittag desselben Tages fand Robert im Garten einen kranken Spatz. Der Vogel, das sah er sofort, konnte nicht mehr fliegen und sein Kot war blutig. Robert holte aus dem Keller eine ausrangierte Schuhschachtel und legte sie mit etwas Stroh und Watte aus, ein Nest, das dem kranken Tier eine kleine Unterkunft geben sollte. Am Tag darauf opferte er sein Sparschwein für den Kauf eines Käfigs, den Renée auf seinen Wunsch hin bei einer Einkaufstour besorgte. Robert fütterte den Vogel, so gut es ging. Aber Tobi, so hatte er den Spatz getauft, hatte kaum noch Appetit.

Rund zwei Wochen lang pflegte Robert den Spatz, aber so richtig erholte dieser sich nicht. Robert ging zu einer Tierhandlung, um ein Aufbaupräparat zu kaufen, als er zurück nach Hause kam, war Tobi fort. Die Tür des Vogelkäfigs war jedoch verschlossen, was Robert verwunderte, vor allem, weil einige der Stäbe aufgebogen waren.

„Mama, Mama, Tobi ist fort ...“

Renée schaute furchtvoll weg. Friedrich lachte frivol und zog einen Flachmann aus seiner Hose hervor.

Düsterbilder

Noch am selben Abend spielte Friedrichs Körper nicht mehr mit, er wurde in eine Klinik noteingeliefert. Die Ärzte diagnostizierten eine starke Alkoholvergiftung. So etwas käme nur bei gepanschtem Alkohol oder erheblichem Überkonsum vor, erklärten sie. Als Renée dies ihren Kindern erzählte, zog sich Feli in ihr Kinderzimmer zurück. Sie verdrehte wieder die Augen und stieß diese „Mh-mh-mmh“-Laute aus, für die Robert keine Erklärung hatten, außer jene, dass daran auch ihr Vater schuld war, schuld sein musste. Robert beobachtete Feli aus seinem Zimmer heraus, wie sie mit dem Oberkörper pendelte.

Keine Sorge Feli, lange werden wir nicht mehr leiden müssen, Schwester, halte durch, irgendwie.

Friedrichs Chefs drängten nun auf einen Entzug und verlangten, dass er das durch die Trinkexzesse Versäumte an Wochenenden nacharbeitete. Er gab sich willig und schauspielerte.

„Kommt Kinder, habt ihr nicht Lust, mich ins Büro zu begleiten?"

Robert und Feli begleiteten ihren Vater an dessen Arbeitsplatz. Aber das Nacharbeiten gestaltete sich gänzlich anders, als es sich alle außer Friedrich vorgestellt hatten. Im Büro eilte er als Erstes zum WC. Nach einer Viertelstunde kehrte er zurück. Schweißperlen tropften von seiner Stirn, er roch nach Schnaps.

„Hier, Kinder, das ist mein Schreibtisch. Hier verdient Papa euer Taschengeld."

Friedrich schlug zwei Aktendeckel auf, guckte kurz hinein, schob die Hefter danach akkurat an ihren Platz zurück, schaute in die Luft, pfiff ein Lied, spitzte zwei Bleistifte an und positionierte den einen links neben der Schreibtischunterlage, den anderen rechts. Dann musterte er seine Fingernägel, ordnete den Schlips und fasste einen Entschluss.

„So, dann kommt mal, wir wollen doch noch was vom Tag haben ..."

„Vater ist ein Andersmensch", sagte Robert laut, als er wieder zu Hause war. Renée dachte kurz über eine Antwort nach und bemühte sich um ein paar unverfängliche Worte, die ihre Sorge um ihn nicht offenbaren sollten. „Robert, du redest manchmal sehr merkwürdig."

Ein penetrantes Sturmklingeln an der Haustür unterbrach sie.

Friedrich war spät nach Hause gekommen und hatte seinen Schlüssel nicht gefunden. Als Renée ihm öffnete, torkelte er an ihr vorbei und verlor bei dem Versuch, seine Jacke aufzuhängen, das Gleichgewicht. Er hatte sehr viel getrunken und delirierte.

„Wo bin ich?" Friedrichs Augen funkelten wirr und bedrohlich.

Robert betrachtete seinen Vater mit einem kühlen Forscherblick. In diesem vollends aufgelösten Zustand hatte er Friedrich noch nie gesehen.

„Das vor den Kindern! Du bist ja nicht mehr Herr deiner Sinne! Schäm dich, Friedrich! Es ist vorbei!", sagte Renée. Sie nahm Feli und Robert an die Hand, dann ging sie ganz langsam und rückwärts mit ihnen Richtung Schlafzimmer. Friedrich drehte sich wie in Zeitlupe um und ging mit großen, unsicheren Schritten hinter ihnen her.

Renée warf die Schlafzimmertür zu, doch Friedrich hatte noch seinen Fuß zwischen Tür und Rahmen bekommen. Durch den Spalt schlug er nach Renée. Wie Windmühlenräder schaufelten seine Arme und versuchten, sie zu packen. Renée brachte aus ihrer Schürze eine Schere zum Vorschein und rammte sie in Friedrichs Hand. Friedrich stieß einen markerschütternden Laut aus. Renée rannte zum Fenster und schrie mit aller Kraft um Hilfe.

Hermine Dieterich, ihre Nachbarin, hatte alles gehört. Sie rief die Polizei.

Minuten später ertönte die Sirene eines Einsatzwagens. Als Renée die Beamten einließ, lag Friedrich auf einer Couch, als sei nichts passiert. Das Ganze sei ein Missverständnis, ein Ausrutscher, und es passiere garantiert auch nie wieder, erklärte er. Dabei rieb er sich die Augen wie ein verwundertes Kind, das nicht begriff, was geschehen war. Es wirkte. Die Polizei zog ab.

Am nächsten Morgen, Friedrich war zu seinem Job gefahren, packte Renée einen Koffer mit dem Nötigsten. „Vergesst nicht euer Waschzeug", sagte sie zu Feli und Robert. Sie schulterten ihre Bettwäsche und flohen aus der Wohnung. Selten hatte Robert seine Mutter entschlossener gesehen.

„Kommt, Kinder!", sagte sie und ließ keinen Raum für Deutungen dieser Worte.

Wie Ausgebombte auf einem Kriegsschauplatz zogen sie über die Straße, die Laken und Kopfkissenbezüge flatterten im Wind des Berliner Herbstes. Sie bezogen eine Notunterkunft, ein einzelnes Zimmer im Dachgeschoss eines schmalen Hauses, das der Schwester von Frau Dieterich gehörte. „Ich lasse nicht zu, dass Sie unter die Räder kommen", hatte sie zu Renée gesagt.

Robert entwickelte während dieser Zeit eigenartige Wesenszüge. Eines Tages nahm er seine Buntstifte aus der kleinen Schultasche und begann, düstere Bilder zu malen. Eigentlich waren es gar keine richtigen Bilder, sondern Darstellungen wie bei Würfelspielen. Einige ähnelten geheimnisvollen Wegbezeichnungen, andere magischen Abbildungen, und wiederum andere zeigten geheimnisvolle Spirallinien, dämonische Fratzenbilder und Felder, die es abzulaufen galt. Oft schritt Robert die Felder mit zwei Fingern ab, dann murmelte er Merkwürdiges, vieles davon blieb unverständlich, nur eines nicht, das er immerzu wiederholte: „Stirb, sti-hirb!"

Als er wieder einmal sein seltsames Spiel spielte, stand Renée plötzlich neben ihm. Er hatte sie nicht kommen hören, so tief war er in seinen Gedanken versunken. Er lachte sie unsicher an, sie schüttelte den Kopf: „Mein Kleiner".

Robert antwortete: „Sei nicht traurig Mama, es gibt viele andere Männer." *Ich muss nun ein Mann sein. Die Kindheit ist vorüber. Ich bin Felis und Renées Beschützer.*

In den darauf folgenden Wochen berichtete seine Schwester immer öfter über böse Gedanken, die sie quälten und nicht zur Ruhe kommen ließen. Mehrmals am Tag musste sie diese Renée hinter verschlossener Tür erzählen, sie nannte es *Beichte*. Es war nicht das einzig Merkwürdige an ihr. Auch das hektische und nervöse Augenrollen, das seit Monaten bei ihr zu beobachten war, nahm zu. Doch es war bei Weitem nicht das Schlimmste. Sie beichtete Robert, dass sie im vorangegangenen Winter auf einen nur dürftig zugefrorenen See gelaufen war, um *nicht zurückzukommen*. Robert schaute sie traurig an. Dann packte er erneut seine Stifte aus, schnappte sich ein paar A3-Bögen, die er aus der Schule mit nach Hause genommen hatte, und begann wie in einem Wahn drauflos zu malen. Kurz vor Mitternacht beendete er sein Werk. Seine Hände und Arme schmerzten. Er hatte drei Bilder gemalt, sie zeigten düstere zornige Gestalten vor einem blutroten Hintergrund. Aus ihren Rücken wuchsen Flügel. Es waren dunkle, gefallene Engel.

Kurz vor null Uhr, es war Silvester, klingelte der Terror

an der Haustür ihrer neuen Wohnung. Fröhlich rannte Robert zur Tür. Er öffnete, da sauste mit voller Wucht eine Metallstange heran. Sie verfehlte Robert nur um Haaresbreite, die Sicherungskette war vorgelegt. Vor der Tür stand Friedrich, sein Gesicht war zu einer hasserfüllten, unmenschlichen Fratze verzerrt. Er schrie Unverständliches und tobte. Roberts Hände zitterten unkontrolliert, aus dem hinteren Zimmer hörte er Feli immer wieder „mhh-mhhh-mhhh" brabbeln. Sie saß auf einem Stuhl, pendelte mit ihrem Oberkörper hin und her und hatte sich wieder ins Höschen gemacht.

Der Lärm blieb nicht unbemerkt. Aus der Nachbarwohnung war ein Mann von stattlicher Statur herausgetreten, Friedrich flüchtete. Aber er hatte Spuren hinterlassen. Renées Nerven waren angegriffen. Zitternd fingerte sie ein Päckchen mit Skatkarten aus dem Schrank, die ihre Mutter ihr hinterlassen hatte. Sie steckten in einem alten ausgeblichenen Lederetui und waren an den Ecken stark abgenutzt, sie mussten Hunderte Male benutzt worden sein, dachte Robert. Renée mischte die Karten, ließ Robert einen kleinen Stapel davon abheben, um ihn sogleich auf die anderen Stapel zu verfrachten und wieder mit den anderen Karten zu mischen. Dann legte sie sich ein Blatt: Pik-Dame, Karo-König – nur den Herz-Buben, den gab es nicht. Ein Arzt verschrieb ihr eine Kur, sie nahm sie an – und Robert mit.

Während sie Moorpackungen, Wassertretkurse und Gymnastik absolvierte, lief der Junge durch den Ort, schaute sich den Kurpark an und sprach mit niemandem. Er ließ nur noch wenige Menschen an sich heran und vertraute fast niemandem. Sein Lieblingsplatz war der in der Lobby des Kurhotels. Stundenlang beobachtete er die an- und abreisenden Gäste. Nach einigen Tagen konnte er vom Aussehen ihrer Koffer auf ihren Herkunftsort schließen.

Als Renée zu einer Kuranwendung musste, schnappte sich Robert eines der Boulevardblätter, die in der Lobby auslagen, und nahm es mit in sein Zimmer. Er starrte auf das nackte Seite-1-Mädchen. Sein Pimmel schwoll an. Er tastete es ab, es bereitete ihm schöne Gefühle. Davon hatte er bislang nur im Sexualkundeunterricht gehört, bei seiner Lehrerin, Frau Otto. An sie dachte er, als er das Covergirl vollspritzte. Und er staunte über seinen *Supah-Schniedel*, was für ein Ding, so wie das der größeren Jungs.

Hihi, das macht Spaß.

Während Robert seinen Schniepel bearbeitete, kontaktierte 300 Kilometer entfernt Friedrich seinen Anwalt. Er ließ ausrichten, dass er trotz der Trennung weiter darauf bestand, seine Kinder zu sehen. Er lud Robert ein, ihn in der einstigen gemeinsamen Wohnung zu besuchen. Der Junge hatte ein ungutes Gefühl. Voller Furcht fuhr er Tage später dorthin, dann stand er vor der Tür des Hauses und klingelte. Friedrich öffnete.

„Da bist du ja ... Ich habe lange gewartet, es ist nicht gut, wenn Kinder sich nicht daran halten, was die Erwachsenen von ihnen verlangen, das ist gar nicht gut", sagte sein Vater. Er bat Robert herein und kam sogleich zu der Sache, die ihn beschäftigte. Friedrich ging zu einer Kommode im Schlafzimmer und zog aus der obersten Schublade eine Pistole hervor, ein handliches Modell, silberfarben.

„Willst du die mal in die Hand nehmen? Keine Angst: Die ist nur zur Selbstverteidigung, ein Schreckschussmodell, man kann ja nie wissen", sagte Friedrich, „nun, ist ja ohnehin alles egal, weißt du. Ich habe eh nicht mehr lange zu leben, das spüre ich. Auf dem Dachboden steht bereits mein Sarg, ganz in Weiß, zwei Meter lang. Kannst ihn sehen, wenn du willst, kann ihn dir gern zeigen." Ein sardonisches Lächeln umspielte Friedrichs Mund.

„Nein, muss nicht sein", antwortete Robert verängstigt. Friedrich nahm es kommentarlos hin, dann schien es, als horche er in sich hinein und warte auf eine Antwort, wie mit dem Jungen zu verfahren sei. Wenn es so war, fiel die Antwort zugunsten Roberts aus. Friedrich brachte Robert zur S-Bahn, er winkte nicht.

Droh mir noch einmal, ein einziges Mal, Vater. Es wäre schlecht für dich.

Und die Bestie lief und leckte an den Gitterstäben und wollte Auslauf und rieb ihre Lefzen an dem Käfig, der allein ihren Lauf begrenzte. Die Bestie mochte die Bilder, die der Junge gemalt hatte, vor allem das mit den gefallenen Engeln.

Dunkle Wege ins Paradies

West-Berlin war ein großer sich selbst erhaltender Zirkus, ein großes Freiwildgehege für Wehrdienstverweigerer, Spione, Westwaren suchende Ostrentner, Kommunarden, RAF-Sympathisanten, Möchtegernpolitiker, Kleingärtner, Hausbesetzer, wahre und vorgebliche Künstler sowie Dauerstudenten. Ein ummauertes Riesenhabitat, dessen Versuchsanordnung darauf ausgelegt war zu testen, wie lange es seine Bewohner in ihm wohl aushalten würden, ohne verrückt zu werden. Und da man überall an eine Mauer stieß, war die Wahrscheinlichkeit, dort den Verstand zu verlieren, nicht so klein. In Hinterhöfen, Kellerwohnungen und Clubs war Party angesagt, und das sollte lange Zeit so bleiben.

Robert war mittlerweile 14 Jahre alt, die Sommersonne brannte vom Himmel herab, und seine Einsegnung stand kurz bevor. Der Pfarrer stand neben dem Altar, Helfer verteilten Zettel mit den Nummern für die Gesangsbücherliedertexte.

„Du musst keine Angst haben, wenn du nach vorne musst, Robert. Stell dich einfach neben den Pfarrer und mach, was er von dir verlangt", sagte Renée, während sie Roberts Nacken streichelte.

„Meinst du, Mama? Ich weiß nicht so recht ..." Robert blickte eingeschüchtert zum Altar, neben dem bereits einige andere Jungs Spalier bezogen hatten.

Aber die Zeremonie nahm einen anderen Verlauf, als Renée es sich für ihren Sohn gewünscht hatte. Robert, der sich unsicher zu dem Pfarrer gesellt hatte, stand nun hilflos vor dem Kirchenaltar und sollte Bibelpassagen zitieren, aber er hatte die falschen ausgesucht.

„Tut mir leid." Robert blickte zu Renée, die leicht den

Kopf schüttelte.

Der Pfarrer schaute ihn mahnend an, wartete auf irgendetwas, eine Form der Entschuldigung, Robert blieb sie ihm schuldig. Tadelnd schaute ihn der Pfarrer an.

„Du bekommst nur einen provisorischen Einsegnungsschein. Den richtigen musst du dir verdienen, mit dem Aufsagen der richtigen Textpassagen", sagte der Geistliche.

Robert schüttelte den Kopf: „Ich glaube nicht, dass Gott provisorische Scheine ausstellt." Er schaute sich nach einer Schale Weihwasser um. Gern hätte er einen Finger hineingetupft. *Vielleicht wäre das Wasser ja verdampft.* Robert lachte bei dem Gedanken. Als er den Pfarrer sah, der sein Lachen mit Unverständnis registriert hatte, senkte Robert reumütig den Kopf, er errötete.

Verdammt, dass mir das ausgerechnet jetzt passiert. Robert fasste sich an den Kragen. *Diese blöde Krawatte sitzt einfach zu fest.*

Obschon er nie den richtigen Einsegnungsschein erhielt, weil er nicht tat, was der Pfarrer verlangte, steckten ihm Renées Freunde ein Geschenk zu, es war ein Fernglas. Er nutzte es oft an Abenden, wenn er sich in seinem Kinderzimmer einschloss und seine Buntstiftbilder mit den mysteriösen Zeichnungen aus einem Geheimversteck hervorkramte. Einige ähnelten jenen Feldern, wie es sie bei manchen Würfelspielen gibt. Robert lief dann einige der Felder mit seinen Fingern ab und murmelte Unverständliches. Danach schaltete er das Licht in seinem Zimmer aus und richtete sein Fernglas auf eine gegenüberliegende Wohnung.

Komm, komm schon.

Immer um 21 Uhr ging im Schlafzimmer des anderen Appartements das Licht an. Dann betrat eine unbekannte Schöne den Raum. Vor einem Spiegelschrank zog sie sich aus und tanzte, bis sie nackt war. Es war ein Ritual. Mitunter zog sie danach lange Strümpfe an, die sie vorher langsam durch die Hand gleiten ließ. Manchmal legte sie auch eine Art Gürtel um, an dem sie die Strümpfe mit einem Clip befestigte. Robert griff immer in diesem Moment an seine

Hose. Einmal beobachtete er, dass ein Mann das Zimmer der Frau betrat. Das unbekannte Paar stritt miteinander, das war klar zu erkennen. Die Frau drängte den Mann ab, daraufhin schlug er mit der flachen Hand zu, die Schöne fiel aufs Bett, sie lachte. „Komisch ...", murmelte Robert. Er fand dies alles eigenartig, aber interessant.

„Das lenkt uns ab, das haben wir uns verdient", eröffnete Renée Robert an einem unscheinbaren Nachmittag. Sie hatte für sich und ihn – Feli musste der Schule wegen zu Hause bleiben – eine Schiffsreise durch die Karibik gebucht. Das Flugzeug, das sie zu ihrem Schiff bringen sollte, startete in Amsterdam. Vor Reiseantritt galt es jedoch, eine gewisse Vorsorge zu treffen, denn Friedrich hatte ausrichten lassen, dass es noch eine *Rechnung* zu begleichen galt. Er spaßte nicht, das wussten sie.

Renée hatte ein kleines Ablenkungsmanöver für den Fall vorbereitet, dass Friedrich durch irgendeinen Zufall von ihren Reiseplänen Kenntnis erhalten hatte. Sie fuhr mit Robert zum Bahnhof Friedrichstraße im Ostteil Berlins. West-Berliner konnten zu der Station problemlos mit S- und U-Bahn hingelangen und dort in Fernzüge umsteigen, die dann nach West-Berlin weiterfuhren. Genau das hatte Renée vor. Sie wollte so ausschließen, am Bahnhof Zoo, der größten Station im Westteil Berlins, Friedrich zu begegnen.

Gelbes Neonlicht tauchte den Bahnhof Friedrichstraße in unwirkliches Licht. Über die Bahnsteige patrouillierten DDR-Grenzsoldaten mit Hunden. West-Berliner versorgten sich in einem Intershop-Kiosk auf dem Bahnsteig mit billigen Zigaretten und Schnaps.

„Warte hinter dem Intershop", sagte Renée zu Robert. Er stand schlotternd im Schatten des Kiosks, während seine Mutter die Lage sondierte. Sie sahen Friedrich nicht und hasteten in den Zug, der sie nach Amsterdam bringen sollte. DDR-Grenzer mit Hunden patrouillierten an dem Zug vorüber, dann setzte er sich in Bewegung. Nächster Haltepunkt war Zoologischer Garten.

„Vater ist bestimmt nicht dort, sorg' dich nicht Mama."

„Ich glaube es auch nicht. Lass uns versuchen zu schlafen, zieh die Gardinen zu, Kleiner", sagte Renée. Robert tat es.

Als der Zug im Bahnhof Zoo einrollte, spähte Robert, der zu aufgeregt zum Schlafen war, durch den Schlitz des Vorhangs.

„Er ist nicht da", sagte er und wandte sich lachend seiner Mutter zu. Doch Renée erstarrte. Robert drehte sich langsam um.

Direkt vor ihrem Fenster stand Friedrich, er stierte in ihr Abteil. Für einen Moment wirkte er wie festgefroren in der Zeit, unschlüssig, was zu tun war. Dann wirbelte er herum und rannte den Bahnsteig entlang zur nächsten Waggontür. Es war zu spät für ihn. Genau in diesem Moment schlossen sich die Türen, der Zug startete Richtung Holland. Robert war kreidebleich.

„Alles wird gut, alles wird gut ...", sagte Renée und nahm ihn in den Arm.

„Ich weiß nicht, Mama." Robert schloss die Augen und versuchte zu schlafen.

Am Airport Amsterdam/Schiphol bestiegen sie einen Jumbojet der Trans World Airlines nach Curacao. Von dort aus ging es mit der „Bremen", einem großen Kreuzfahrtschiff unter griechischer Flagge, zu den kleinen Antillen. Martinique, Antigua, Curacao, Barbados, Trinidad und Tobago. Für Robert war es das Paradies. Er lief über die Brücke, zu den Rettungsboten, beobachtete Tümmler, die das Schiff begleiteten, blickte den Flocken der Gischt hinterher, die der Bug des mächtigen Schiffes als ständigen Begleiter in die Luft spitzen ließ, und träumte, sah sich mal als Offizier, dann als Pirat. Manchmal lag er auch nur in einem der Liegestühle auf dem Promenadendeck und beobachtete amerikanische Rentner beim Bingo-Spielen. *Ich bin auf den Spuren von Kolumbus.* Robert war begeistert.

Ein Oberkellner verguckte sich in Renée, die dem Verehrer nicht abgeneigt war. Robert nutzte die Zeit für einen Besuch im Bordcasino. Zwar war er viel zu jung für das Glücksspiel, aber der verantwortliche Steward sah gönnerisch darüber hinweg. Und so wechselte Robert eine Fünf-Dollar-Note, die ihm seine Mutter als Tagesgeld zugesteckt hatte, in amerikanische 10-Cent-Stücke. Mit aller Kraft zog er immer wieder die Hebel der einarmigen Automaten. Fasziniert verfolgte Robert das quietschig-bunte Wirbeln der Symboltrommeln hinter der Glasabschirmung. Zwei Himbeeren, eine Kirsche, nie passte es. Dann stoppten die Trommelrollen. Vier Orangen in einer Reihe der Automat schüttete eine Flut von Münzen aus. Robert fing den Schwall der Münzen mit einem Pappbecher auf, dann wechselte er sie ein. Der Kassenwart gab ihm 32 Dollar in Scheinen. Robert strahlte.

Wo bleibt nur mein Kleiner?, dachte Renée und ruckelte ihr Kleid zurecht. Sie kam aus Stavros Kabine. Der Oberkellner hatte schon ein Auge auf sie geworfen, da hatte sie gerade mit Robert ihre Kabine bezogen. Stavros stellte ihr von diesem Zeitpunkt an jeden Morgen eine Rose ins Zimmer. Verliebt blickte er sie an, wenn sie mit Robert vom Dinner oder Lunch zurückkam. Stavros wartete immer vor ihrer Kabine.

Irgendwann hatte sie seinen Avancen dann nachgegeben. Seither hatten sie sich öfter getroffen. Sie hatte es auch für diesen Abend geplant, zuvor galt es aber Robert zu finden. Sie eilte zu ihrer Kabine, denn das Dinner hatte schon begonnen, und sie musste sich dafür noch umziehen. *Ein schickes Cocktailkleid vielleicht? Es könnte Stavros sehr gefallen.* Sie hatte ihre Kabine fast erreicht, da sah sie Robert zwei Quergänge weiter um die Ecke auf den Flur zu ihrer Kabine einbiegen. Täuschte sie sich, oder hatte er besonders verzotteltes Haar?

„Mein, Kleiner, wo warst du denn?"

„Ich ...", Robert wurde rot im Gesicht, „war spielen. Kann ich mich noch duschen, Mama?"

„Ja, aber mach schnell, bitte."

„Sage mal: Würde es dir etwas ausmachen, wenn du im nächsten Hafen allein eine Inselrundfahrt mit dem Taxi unternimmst, oder mit der netten Dame von unserem Dinner-Tisch. Mama muss was erledigen, weißt du?"

Wenn der Kleine einwilligt, kann ich mit Stavros ...

„Ich will aber nicht ..." Robert schaute verdrießlich drein. Die „nette Dame vom Dinnertisch" war eine Frau von Mitte 70, die in Caracas zugestiegen und in einem solchen Ausmaß mit Perlen und Ketten behängt war, als fürchte sie, dass jemand ihre Kabine plündern könnte, wenn sie beim Essen war oder mit den anderen älteren Ladys Bingo spielte. Robert war sich sicher, dass sich die „Caracas-Lady", wie Renée sie nannte, Besseres vorstellen konnte, als mit einem minderjährigen Jungen über die Insel zu kurven. Sie hatte stets äußerst interessiert dem 1. Offizier, ein junger gut aussehender Mann, hinterhergeschaut, wenn dieser durch den Speisesaal lief, das war Robert nicht entgangen. Auch nicht, dass der Offizier die Blicke der wohlhabenden Frau offenkundig erwiderte.

Mit der Unbändigkeit einer maschinellen Urgewalt flutete das tiefe Brummen des Signalhorns über das tropische Inselparadies, vor dem die „Bremen" Anker geworfen hatte. Über Lautsprecher kündigte der Kapitän einen Stopp vor Grenada an, dann wurden die Beiboote herabgelassen. Auf der Insel schien die Zeit stehen geblieben. Wo die Beiboote zu Wasser gebracht wurden, hatten sich einheimische Jungs in kleinen wackeligen Booten positioniert. Sie tauchten für Münzen, die ihnen die Bing-Spieler zuwarfen. Man konnte das Absinken der Münzen noch meterweit unterhalb der Wasseroberfläche sehen, so klar war das karibische Meer. Die Boote dümpelten neben der „Bremen", und die Jungs tauchten. Robert bewunderte sie. Er hatte sich nie getraut tief zu tauchen, denn ab einer gewissen Tiefe legte sich immer ein starker Druck auf seine Brust, was er nicht mochte.

Ein pausbackiger Fahrer kreolischer Abstammung fuhr sie. Robert hatte sich mit einem Jungen vom Nachbarstisch zusammengetan in einem 50er Jahre Chevy zu einem einsamen Strand. Umkleidekabinen gab es nicht, auch keine anderen Touristen, aber viele neugierige Blicke der Inselbewohner. Es dauerte keine fünf Minuten, da standen einige Dutzend von ihnen in einem Kreis um Robert und seinem

Begleiter und bestaunten ihre ungebräunte Haut. Homo sapiens blanco blanco. Das gab es im Calypso-Limbo-Blechtrommelland nicht oft zu sehen.

Schiewamschieschie, Schiewamschieschie, Kalimar, Kalimarrrrr! Robert erwartete einen Kriegerpriester, der ihm das Herz herausreißen würde, schließlich war dies doch das Voodooland, mit Untoten und Zombiepuppen. Das Land der schwarzen Magie. Es bot viel Stoff für seine Fluchten, seine Träume.

Immer näher rückten die Einheimischen heran. Robert, der stets Angst vor dichtem Menschengedränge hatte, begann zu zittern. Er konzentrierte sich auf das kleine blaue, unverdeckte Rund des Himmels über ihnen. Als er dachte, keine Luft mehr zu bekommen, öffnete sich der Menschenkreis unerwartet spontan - und entließ sie zu ihren Fünfgängemenüs, Captainsdinner, Shuffleboardspielen, Tontaubenschießen und One-Arm-Bandits.

Etwa 1.000 Seemeilen von Südengland entfernt, das Passagierschiff stampfte durch schwere See, erreichte sie ein Notruf per Seefunk.

„Es ist etwas Schlimmes passiert", berichtete Feli, mehr nicht. Erst in Berlin erfuhren sie, was geschehen war. Friedrich war in seiner Wohnung zusammengebrochen und in eine Klinik eingeliefert worden.

„Es sieht ernst aus", sagte Feli. Doch der Horror war viel größer. Friedrich hatte ihr in der Nacht zuvor einen Besuch abgestattet.

„Er sagte, er wolle nur reden." Feli weinte, als sie Robert alle Details erzählte. Mit einem Gefühl des Grauens lauschte er ihren Worten.

„Es ging alles so schnell. Ich konnte mich nicht wehren. Plötzlich lag er über mir und fasste mir zwischen die Schenkel. Sein widerlicher Atem, er stank so nach Alkohol, ich ... und dann hat er mich ... *gefickt*, immer wieder *gefickt* ... es tat so weh. Dann hat er mich auf den Bauch geworfen, meine Arme auf den Rücken gedreht ... er war so betrunken. Irgendwann ließ er dann ab." Feli konnte nun nicht mehr an sich halten, sie brach vor Robert zusammen.

Robert blickte wie versteinert geradeaus. Er stellte ihr nur eine Frage: „In welchem Krankenhaus liegt das Schwein?"

Seelentrümmer

Die Besuchszeit war längst vorüber, als Robert die Klinik, ein renommiertes Haus im feinen Charlottenburg, betrat. Soeben rückte die Nachtschicht an, alles ging etwas hektisch zu. *Ein guter Moment*, dachte Robert. Er pfiff beschwingt, als er durch einen der Flure lief, seine Finger glitten über die Kittel, die die Ärzte beim Schichtwechsel vor dem Schwesternzimmer zurückgelassen hatten.

So ordentlich, so soll es sein.

Der letzte Kittel, an dem Robert vorbeilief, glitt fast wie von selbst in seine Hand. Auf dem Schild über der Einstecktasche befand sich ein Namensschild: „Dr. Paulsen" stand darauf. Robert ging mit dem Kittel zu einer Toilette. Dort zog er ihn über, er entfernte jedoch das Namensschild und warf es im Vorübergehen in einen Papierkorb. Er blieb jedoch kurz stehen, nahm das Schild wieder aus dem Korb und legte es auf einen Stuhl. Wegwerfen war nicht seine Sache. Seine Eltern hatten ihm schließlich beigebracht, dass man *nichts*, und sei es noch so unbedeutend, wegwarf.

Für einen Doktor bin ich noch zu jung, ich bin ja erst 16, aber als ein Auszubildender ..., das könnte passen...

Noch zwei Quergänge und Flure weiter, dann hatte er Friedrichs Zimmer erreicht. Kurzzeitig machte sich in ihm ein Gefühl der Beklemmung breit, als er vor seinem Vater stand. Er war umgeben von einem Pulk von Überwachungsmonitoren, das Gesicht wächsern-bläulich, die Brust verkabelt mit zahlreichen Maschinen. Aus Friedrichs Mund ragte ein Schlauch. Seine Augen waren geschlossen.

Hast du Feli oder mir irgendetwas zu sagen, Vater? Das Wort „Vater" brüllte Robert in Gedanken.

Er starrte auf die Monitore. Der Puls Friedrichs schien stabil, obschon auf geringem Niveau. „So so, mein Guter, da hast du es also fast geschafft, was? Nur noch ein kleiner Schritt, dann ist's vorbei ..." Robert flüsterte die Worte. Eine ungeheuerliche Kälte machte sich in ihm breit. Er setzte sich auf den Besucherstuhl und rückte diesen so hin, dass er für vorbeilaufendes Krankenhauspersonal nicht zu sehen war. Er zog den Füllfederhalter hervor, der mit seinem Metallclip an der Brusttasche des Kittels befestigt gewesen war, ein Montblanc, *muss einem der oberen Ärzte gehören*, dachte Robert. Er nahm den Schreiber und schlug ihn wie einen Minibaseballschläger in seine offene linke Hand. Der Füller erzeugte dabei ein kaum hörbares Geräusch. *Tschak-tschak-tschak.* Über die Bildschirme wanderte in immer denselben Bildern eine schwächlich ausgeprägte Kurve, und über den Ein- und Ausschaltern der Monitore blinkten kleine Lämpchen. Ein und Aus, Ein und Aus. Die Lichter der Lampen flirrten vor Roberts innerem Auge. *Zeig mir, Vater, wie viel Leben in dir ist.*

„Schauen wir doch mal, wie lange du durchhältst", flüsterte Robert. *Durchhältst*, das Wort hallte in ihm nach und setzte eine längst vergessene Erinnerung frei.

Es musste Anfang der 70er Jahre gewesen sein. Robert hatte sich vorgenommen, den Garten seiner Eltern, in dem es aus seiner Sicht vielerlei gut schmeckende Dinge wie Himbeeren und Erdbeeren gab, vom Unkraut zu befreien. Mit einer kleinen Schaufel, wie sie Gärtner zum Eingraben von Setzlingen benutzen, pflügte Robert die Beete um, zupfte hier und dort ein paar Farne aus dem Boden, bis er zwischen den lehmigen Erdbrocken auf seiner Schaufel plötzlich einen kleinen metallischen Gegenstand entdeckte. Robert rieb ihn an seiner Lederhose, die ihm Oma Lini Jahre zuvor aus Bayern mitgebracht hatte. Verwundert betrachtete Robert den Gegenstand, es war ein Pfennig aus dem Dritten Reich. Ihm war nicht viel Zeit geblieben, die Münze zu bestaunen. Hinter ihm hatte sich jemand laut geräuspert. Robert drehte sich um und lächelte. Friedrich stand direkt hinter ihm.

„Schau Vater, was ich gefunden habe ..."

„Hast du dich wieder dreckig gemacht, du kleiner Schei-ßer, na warte …"

Friedrich blickte zu den Nachbarhäusern, er sah niemanden, es war Mittagszeit, eine gute Zeit, wie Friedrich dachte. Er öffnete seine Gürtelschnalle.

Tschak-tschak-tschak. Das Leder klatschte in Friedrichs Hand …

Vater, ich werde es nie wieder tun, ich verspreche es dir …

Die Szene verflüchtigte sich und wurde von einem anderen Bild aus Roberts Kindheit überlagert. Er hatte mit Tommy, einem Nachbarsjungen, in dessen Baumhaus gelegen und Comics gelesen, die sie sich stets gegenseitig ausliehen, um Geld zu sparen. „Michel Vaillant", ein Rennfahrer, war ihr Comic-Held, der alle Prüfungen bestand und mit seinem fantastischen Aussehen auch die Herzen der noch schöneren Frauen gewann.

Als sie die Hefte ausgelesen hatten, spielten sie Karten. Solche mit Kriegsschiffen, auf denen die Tonnage, PS-Zahl und Bewaffnung der Schiffe angegeben war. Die größten und feuerstärksten Schiffe gewannen. Robert hatte das bessere Blatt, er gewann. Tommy war daraufhin ziemlich frustriert gewesen und hatte sein Ding aus der Hose geholt, das mächtig groß war, zumindest sah Robert es damals so. Er hatte sich nicht getraut, Tommy seines zu zeigen, der aber darauf bestand. Robert lenkte ihn ab.

„Lass uns ein Feuer machen und Kartoffeln braten", schlug Robert vor, und Tommy nickte begeistert. Die Jungs holten ein paar Kartoffeln aus dem Keller von Tommys Eltern, wo es einen schier unendlichen Vorrat von ihnen gab, genauso wie an Kohlen. Sie wickelten die Kartoffeln in Stanniolfolie und errichteten in einem Buddelkasten eine kleine Feuerstelle. Robert hastete in das Haus seiner Eltern, irgendwo in einem der Mäntel seines Vaters mussten noch Streichhölzer liegen, denn Friedrich war Raucher, Robert fand sie.

In wenigen Minuten hatten die beiden Jungen mit viel Pusten unterhalb einiger kleinen Hölzer und Zweige eine

Glut entfacht, die schnell zu einem kleinen Feuer aufloderte. Sie warfen die Folien-Kartoffeln in die Glut und ließen sie garen. Robert hatte darüber in einem Pfadfinderbuch gelesen, und es funktionierte. Begeistert verspeisten die Jungs wenige Minuten später die Kartoffeln, die zwar sehr heiß waren, aber exzellent schmeckten.

Doch der Spaß endete jäh. In einem unbeobachteten Moment war das Feuer auf die ausgetrocknete Wiese des Nachbargartens übergesprungen, die schon lange nicht mehr gewässert worden war. Es passierte nicht viel, nur dass das Gras herunterbrannte, und es wäre auch kaum jemandem aufgefallen, wäre nicht just in diesem Moment Friedrich um die Ecke des elterlichen Wohnhauses gebogen und auf sie zugelaufen gekommen. Er war angetrunken, das konnte Robert schon aus großer Entfernung sehen.

„Scheiße", sagte Robert, und Tommy: „Ab ins Baumhaus." Als wäre der Leibhaftige persönlich erschienen, kletterten die Jungs die Treppe zu Tommys Baumhaus nach oben. Hoch oben über dem Garten braute sich unterdessen ein Sommergewitter zusammen.

„Wenn es regnet, haut mein Vater ab. Er hasst es, nass zu werden, drück die Daumen", sagte Robert.

„Darauf kannst du wetten", entgegnete Tommy, „dein Vater hat sie doch nicht alle. Der grinst ja wie ein Irrer."

Die Luft war voll von jener heißen drückenden Schwüle, die es zu einer Frage der Zeit machte, dass sie sich entladen würde. Und so kam es auch. Mit urweltlicher Kraft und unter dem begleitenden Dröhnen zahlreicher in nicht allzu großer Entfernung vom Himmel herabzuckender Blitze entlud sich über ihnen ein Sommergewitter, das die Straßen in der Nachbarschaft in kürzester Zeit in kleine Kanäle verwandelte. Das Regenwasser schwappte über die Bordsteine, und am Fuß der Leiter zu ihrem Baumhaus bildete sich auf dem platt gestampften und rasenlosen Boden ein kleiner Teich, der rasend schnell an Umfang gewann. Friedrich wandte sich fluchtartig ab, klappte den Kragen seiner dünnen Fleecejacke nach oben und rannte zum Haus zurück.

„Na, also…" Robert atmete erleichtert auf, Tommy feixte, doch dann erstarrten die Jungs. Friedrich, der schon fast den Eingang des Hauses erreicht hatte, war abrupt stehen geblieben. Seine nassen Haare hingen von der Stirn herab. Durch die Spalten des klatschnassen Haares funkelten zwei dämonische Augen. Er kam auf sie zugelaufen, als spiele Zeit keine Rolle und als störe auch kein Regen. Friedrich zog den Gürtel aus seiner Hose.

Tschak-tschak-tschak.

Es war schlimmer denn je, daran konnte sich Robert noch erinnern, während er weiter auf die Monitore starrte, die Friedrichs Lebensfunktionen in dessen Krankenhauszimmer anzeigten. Robert stimmte ein Lied an, von dem er nicht mehr wusste, woher er es eigentlich kannte.

„Eene meene muh und raus bist du … Ich werd' und ich wi-hill …"

Eineinhalb Stunden später verließ Robert das Krankenzimmer, so unauffällig, wie er gekommen war. Der Ausdruck seines Gesichtes zeigte eine Mischung aus Entschlossenheit und tiefer Zufriedenheit.

„Ich sollte mich waschen, waschen ist wichtig …", sagte Robert leise und suchte noch mal das WC auf. Er warf den Kittel in eine Ecke und wusch sich die Hände.

Vater, ich bin nicht dreckig, will bloß sauber werden…

Am nächsten Morgen wurde Robert von Felis kreischender Stimme geweckt: „Wach auf, Robert. Du musst aufwachen. Friedrich ist tot. Die Ärzte sagen, er habe es nicht geschafft. Er soll nicht mehr zu Bewusstsein gekommen sein." Dieses Mal weinte Feli nicht.

„Ach so?" Robert, der immer noch im Bett lag, drehte Feli den Rücken zu und bedeutete ihr, noch etwas dösen zu wollen. Ein schmallippiges Lächeln umspielte seinen Mund. Aber in Gedanken weilte er schon woanders. Robert dachte daran, dass Renée ihn schon seit längerer Zeit oft besorgt anschaute und auch ermahnte. Er reagiere oft aggressiv, selbst bei Lappalien, hatte sie ihm vorgehalten. Und es stimmte: Es genügte oft nur ein kleiner Anlass, der Robert aus irgendeinem Grund nicht passte, um ihn ausrasten zu lassen. Er wusste es selbst, nur nicht, warum die Wutanfälle an Intensität zunahmen. *Ich muss aufpassen.*

Friedrichs Beerdigung fand im kleinstmöglichen Rahmen statt, so hatten sie es sich gewünscht. Robert und Feli standen vor dem Sarg. Ein klägliches Spalier zu zweit. Einige Bekannte von Friedrich nahmen teil, auch seine Brüder, das war es. Renée war nicht mitgekommen, denn sie hatte längst mit Friedrich und dem, wofür er stand, abgeschlossen. Der Priester redete salbungsvoll über den Toten, den er nicht kennengelernt hatte. Feli und Robert schwiegen.

„Geheiligt werde dein Namen, dein Wille geschehe ..."

Robert blickte finster drein, als der Sarg in die vorbereitete Grube herabgelassen wurde. *Was hast du hinterlassen außer Schulden und Hass? Grüß mir den Teufel, denn in den Himmel kommst du nicht!*

Gegenwart. Robert kehrt von der Parkbank, an der er sich ausgeruht hatte, in die Berlin-Mitte-Bar zurück, getrieben von dem Gedanken, irgendetwas Bedeutsames zu versäumen, was selten der Fall war.

„Bitte noch einen Gin Tonic", sagt Robert. Der Barmann blickt Robert lange an. „Ist es nicht besser, wenn du jetzt nach Hause gehst, alter Mann?" Normalerweise wäre Robert wegen dieser Worte außer sich geraten, aber er war gefangen in seinen Grübeleien. Und das Schlimmste folgte noch.

Herr Handke, der Kommandant

Bei Herrn Handke sah nichts nach Party aus. Der 82-Jährige wohnte eine Etage über Robert, in einer spartanisch eingerichteten Unterkunft, die nur auf den Tod ihres Bewohners zu warten schien. Und so war es auch. Alles wirkte abgelebt, abgenutzt, restlos ge- und verbraucht, die Gardinen, die Teppiche, die Möbel, und auch Herr Handke selbst. Robert hatte den Rentner in einem Supermarkt, an einem Obststand, kennengelernt. Dem Pensionär waren Äpfel aus einem Klarsichtbeutel heruntergefallen. Robert hatte sie eingesammelt und Handke wiedergegeben, der danach seinen Einkaufswagen sicher zur Kasse lenkte.

In seiner Jugend muss der Alte ein zäher Kerl gewesen sein, dachte Robert, denn der Mann war für sein Alter noch erstaunlich muskulös. Handke war, wie er eines Tages Robert eröffnet hatte, U-Boot-Kommandant im Zweiten Weltkrieg.

An einem Winterabend lud er Robert zu sich ein. Handke lag auf einer Couch in seinem Wohnzimmer, eingewickelt in eine einfache mausgraue Filzdecke und eingelullt von seinen Erinnerungen. In Gedanken weilte er auf dem Meer, vor der Biscaya, vor Schottland, den Färöern oder im Kanal zwischen England und Frankreich. Er pflügte mit seinem Boot durch die schwere See, sah sich im Ausguck stehen, auf der Suche nach feindlichen Schiffen. Irgendwann flutschten die Torpedos ins Meer, und Handke spähte ihnen hinterher, wie sie mit der unübersehbaren Luftblasenspur ihrer Antriebsschrauben zu ihrem Ziel rasten.

„‚Ran, ran, ran‘, lautete die Parole, und dann kam der Sensenmann", erzählte Handke, „‚ran, ran, ran‘, lautete die Parole, und dann kam der Sensenmann." Eine Träne kullerte über sein Gesicht. Mit zittrigen Händen wischte er sie fort, fast so, als dürfe er nicht weinen. „Dabei war alles Unsinn, weißt du auch warum, mein Junge?"

Robert schaute Handke fragend an und schüttelte den Kopf.

„Weil es den Begriff der Rasse, mit dem Hitler seinen Krieg begründete, gar nicht gibt. Weißt du, wir sind nämlich biologisch gesehen alle Afrikaner. Das ist bewiesen. Vor Jahren traf ich einen Anthropologen. Er hat es mir erklärt …" Als sei damit alles gesagt und alles erklärt, schwieg Handke lange Zeit. Robert blickte auf die große Standuhr, die in Handkes Wohnzimmer stand. Das Pendel bewegte sich Dutzende Male mit einem, wie Robert fand, überlauten Ticken hin und her. Tick-tack, Tick-tack, es erinnerte Robert an ein anderes Geräusch.

Tschak-tschak-tschak.

Mit Grauen erinnerte sich Robert an das klatschende Geräusch des gefalteten Ledergürtels ... Er war froh, als Handke mit seinen Ausführungen fortfuhr.

„Wir haben so viele Unschuldige umgebracht, so viele, und haben dafür Medaillen bekommen." Er bat Robert zu sich heran.

„Kannst du mir die Zigarrenkiste von der Anrichte holen, mein Junge, das wäre nett." Die bunte Reklame, die die Kiste einst zierte, war verblichen. Sie sah so antik aus wie alles andere in Handkes Wohnung. Robert reichte dem Alten die Kiste.

„Du bist so ein guter Junge, wirst bestimmt groß. Wärst zum Heer gekommen, oder zu den ganz bösen Kerlen ..."

Zu den Bösen, ja.

Handke kramte in der Zigarrenkiste. Nach ein, zwei Minuten hatte er gefunden, was er suchte. Er hustete und zuppelte ein Band mit einem Metallgegenstand aus der Kiste hervor, die schon lange keine Zigarren mehr in sich barg.

„Das ist ein Eisernes Kreuz, mein Junge. Willst du es haben?"

Robert nickte, nahm es in die Hand und wog das Metall. Irgendwie erschien es ihm falsch, viel zu leicht.

„Ist nur Metall, du kannst's behalten, ich brauche es nicht mehr", sagte Handke und bedeutete ihm mit einer Handbewegung, ihn nun allein zu lassen, „kommst du morgen, wieder, ja? Der Kachelofen braucht ein paar Briketts ..."

„Habt ihr in eurem U-Boot auch Kohlen geschippt, so wie in den Loks und großen Dampfern?"

„Nein, mein Junge, das lief mit Öl und Strom ..."

„Mit Strom?"

Handke ging nicht drauf ein, stattdessen sagte er: „Ein amerikanischer Zerstörer hatte uns aufgebracht. Das Kreuz half mir, als wir im Wasser trieben. Es rettete mein Leben, es hat magische Kräfte, ich weiß es, aber ich möchte nicht darüber reden. Es wird auch dir helfen. In dem Moment, wenn du es nicht erwartest, du wirst es sehen, vertrau mir …" Handke schloss wieder die Augen.

„Bis morgen, Kleiner, lass uns morgen weiterreden, ich bin sehr müde." Handke drehte sich auf die Seite, um etwas zu schlafen.

Handkes Eisernes Kreuz sollte noch eine ganz eigene Bedeutung erhalten, später, und auf eine Art, die Robert sich nicht einmal in seiner wildesten Fantasie hätte vorstellen können.

Am nächsten Tag wollte Robert den Pensionär überraschen. Er schlich sich in die Wohnung, Handke hatte ihm den Schlüssel gegeben, doch eine Diele knarrte.

„Wer da?", hallte es aus dem Nachbarzimmer. Dann stand Handke vor ihm, er hielt drohend einen Brieföffner in seiner Hand.

„Ich bin es nur, der Robert." Er war begierig, weitere Geschichten zu hören.

„Und ich dachte, es wären ..., egal. Komm."

„Warum leben Sie so bescheiden, Herr Handke, bekommen Sie so wenig Rente?"

Handke antwortete nicht und schlurfte zu seiner Couch. Wieder verlangte er nach der Zigarrenkiste. Robert brachte sie ihm. Der Alte kramte ein Foto hervor. Es zeigte eine junge Frau, Handkes Verlobte Josephine im Jahr 1943. Sie starb bei einem Bomberangriff. „Brand- und Splitterbomben. Ihre Eltern fanden fast nichts mehr von ihr", erzählte Handke. Er legte sich auf die Couch. „Komm mal ran, ich kann nicht so laut reden."

Robert setzte sich auf den Fußboden neben dem Sofa.

„Du musst mir eines versprechen: Folge niemals den Verführern, denen, die mit der Sprache spielen. Niemals, hörst du, niemals! Das musst du mir versprechen, dann bleibst du ein guter Mensch."

Robert saß nun neben Handkes Bett. Er schaute den alten Mann an, musterte die Leberflecken auf seinen Wangen, die Rollvenen auf den Händen, verfolgte das Ein und Aus von Handkes Atem. Dann bat Handke ihn um einen weiteren Gefallen.

„In der Kommode dort hinten liegt eine kleine metallene Flasche, bitte sei so nett und bring sie mir!"

Robert holte die Flasche, es war jener Typ, den selbst manch britischer Lord in seinem Sakko stecken hat, eine strategische Reserve, gefüllt mit Brandy, Whisky oder was auch immer, hochglanzpoliertes Metall mit edel aussehenden floralen Gravuren. Handke öffnete sie und trank sie in einem Zug leer, dann glitt ihm der Metallflachmann aus der Hand. Handke schwieg, dann änderte sich sein Gesichtsausdruck, er schien nicht mehr Herr seiner Sinne.

„Ich war es nicht, ... ICH habe es nicht getan. Wo ... wo?", schrie Handke.

„Keine Aufregung, Sie sind in Ihrer Wohnung. Es ist alles gut."

Robert legte ihm eine Hand auf die Schulter, tupfte mit einem Taschentuch Handkes Stirn, und nach wenigen Minuten schien der Alte wieder er selbst. Handke bedeutete Robert noch näher heranzukommen, dann sagte er: „Ich ... ich muss."

Weiter kam er nicht. Robert hörte nur noch ein leises „Chaaa ..." Es klang, als würde aus einem zusammenfallenden Dudelsack Luft entweichen, und so ähnlich war es auch. Das Leben war aus Handke entwichen.

Robert hielt einen kurzen Moment inne, dann schloss er die Augen des Alten, trank dessen Flachmann aus und rief die Polizei. Zum Abschied ließ er seine Finger über Handkes Hand gleiten, *so schöne Venen.* Der Schnaps hatte ihm gut geschmeckt.

Und die Bestie, die nun ihren Käfig gesprengt hatte, nahm Fahrt auf und rannte und wollte Fleisch sehen und reißen und Seele lecken.

Spiegelbilder

Bundeswehrparkas und Jeans mit großem Schlag waren der Hit. Robert trug eine lederne Offiziersjacke, die er in

Handkes Kleiderschrank gefunden hatte, bevor er die Wohnung verlassen hatte. Die Jacke verlieh ihm in der Schule einen erhöhten Coolness-Faktor, und er erhoffte sich von ihr einen sicheren Auftritt, nur funktionierte das nicht. Bei Konzerten oder in öffentlichen Verkehrsmitteln stellte er sich meist in eine Ecke, und auch beim Essen saß er oft an Plätzen, die schwer einsehbar waren für andere. Beobachtet zu werden, war ein Grauen für ihn. Einer seiner Mitschüler, der Franjo hieß, wollte es austesten. Er starrte Robert pausenlos im Schulunterricht an, schlug sich dabei auf die Schenkel und feixte. Es war sein Fehler.

An einem lauen Herbstabend, der perfekt gewesen wäre, um etwas Schönes zu unternehmen, vielleicht irgendwo an der Havel am Strand zu liegen und der untergehenden Sonne nachzuschauen, holte Robert sein Fahrrad aus der Garage. Er hatte ein Ziel, er würde Franjo einen Überraschungsbesuch abstatten.

„Warte mal ab, mein Guter, du bekommst dein Fett noch ab." Pfeifend stieg Robert auf sein Rad und trat mit Wucht in die Pedalen. Nach nicht einmal einer halben Stunde bog er in die kleine Einfamilienhaussiedlung ein, deren Lage er zuvor recherchiert hatte. Er wusste, wo er klingeln musste.

Robert stellte das Fahrrad an einem Nachbargrundstück ab, dann lief er auf das Haus zu, in dem Franjo wohnte. Er klingelte. Als sein Mitschüler die Tür öffnete, raste Roberts rechte Hand auf ihn zu. Wie eine Schraubzwinge umschloss sie seinen Hals, hob ihn auf die Zehenspitzen nach oben. „Du kleine Drecksau willst es dir wohl mit mir verscherzen, kannst du gern haben." Robert gab Franjo einen Schlag auf den Hinterkopf und drehte ihm den Arm auf den Rücken, hoch bis zum Schulterblatt. „Na, tut das weh? Beim nächsten Mal kommst du nicht so einfach davon, hast du mich verstanden, hast du mich wirklich verstanden, häh?"

„Ja."

„Na, also, geht doch." Er ließ von Franjo ab.

Ich habe ihm eine Abreibung verschafft. Gewalt kann helfen, ich sag es doch.

66

Robert lief durch die Welt, als wären die wechselnden Bilder, denen er während seiner vielen einsamen Spaziergänge begegnete, nur erschaffen, damit er *Eindrücke* sammeln konnte. Die meisten amüsierten ihn, aber sie ängstigten ihn auch, denn er verstand nicht den Sinn dahinter, wenn es denn überhaupt so war, wie er dachte. Und es gab noch einen anderen niemals weichenden Eindruck, den er von den Spaziergängen mitbrachte: Nämlich den, dass er niemanden interessierte und nicht einmal bemerkt wurde. So wie es mitunter alte Menschen schildern, wenn sie ein gewisses Alter überschritten haben.

Was sollte er tun, was konnte er tun, um den trübseligen Gedanken zu entkommen? Robert entschied sich, mit Feli darüber zu reden. Er lud sie zu einem Spaziergang an der Havel ein. Sie freute sich offenbar über etwas Abwechslung, und so fuhren sie beide mit der S-Bahn nach Nikolassee.

„Ich fühle mich manchmal wie Luft, wie Treibholz, wie ein Mensch im Dauerpauschalurlaub, dem zwar alles zufällt wie ein Geschenk, der aber keine Kontrolle über sein Leben hat", berichtete Robert, als ein Wildschwein aus dem Forst gerannt kam und ihren Weg kreuzte. Nachdem sie sich beide vom dem Schrecken erholt hatten, es war ein wirklich großes Schwein, sah sich Feli wegen des traurigen Gesichtsausdrucks ihres Bruders offenbar genötigt, ein paar aufbauende Worte zu finden. Er schaute irgendwohin, mal in den Himmel, dann in das Dickicht des Waldes.

„Ich kenne das Gefühl, geht mir oft genauso", sagte Feli, die ihren Bruder etwas teilnahmslos anschaute und sonderbar abwesend schien. An ihren Armen prangten frische Schnittwunden.

Als sie Roberts forschenden Blick bemerkte, zog sie blitzschnell die hochgekrempelten Ärmel ihrer Bluse herunter.

„Hast du eigentlich endlich eine Freundin? Ich ..." Feli beendete den Satz nicht.

„Nein." Mehr sagt Robert nicht.

Es stimmte zwar, aber es hätte nicht so sein müssen. Wochen zuvor war *die* Schulschönheit auf ihn zugekommen.

High Heels, Schminke, großer Auftritt, zwei Jahre älter als er und zwei Mal sitzen geblieben. Die Sexbombe belagerte ihn, vor und in den Klassenräumen, stellte ihm nach, in der Schule und außerhalb. Und er, der kein Vorbild im Kontaktaufnehmen hatte, rannte fort. Er fühlte sich unzureichend. Wenn er in den Spiegel blickte, sah er nur einen dürren bleichen Jungen mit dunklen Schatten unter den Augen.

Ein Freund riet ihm zu Kraftsport. Robert aber mochte keine Fitnessclubs, in denen schwitzende Männer Stahl pumpten. Er kaufte sich eine Stahlfeder. „Bullpower" stand in dicken Lettern auf dem Plastikgriff der Feder, die so dick war wie jene an der Hinterachse eines Porsches. Nach Wochen des Trainings bog Robert die Feder nicht nur einmal täglich, sondern Hunderte Male, schließlich mehr als tausend Mal. Anschließend begutachtete er sich oft lange vor dem Spiegel posierend. *Wäre ich schwul, würde ich mich selbst ficken.*

„Hah-hah-hah-haaaah, Sta'in aliveee", schalten Maurice und Robin Gibb´s Stimmen aus den Boxen seiner Braun-Stereoanlage. Robert fand die BeeGees groß. Wenn er seinen Walkman trug, lief er federnden Schrittes über die Straßen, er stellte sich dabei John Travolta vor. In seiner Jacke führte Robert ein Bowiemesser mit sich. Er hatte es bei einem Militariahändler in einer räudigen Gegend in Berlin-Neukölln gekauft. Das Messer war fast so lang wie Roberts Unterarm. Ein Mordswerkzeug, wie es auch Fremdenlegionäre in Indochina benutzt hatten.

An diesem Abend zog Robert vom „ChaCha" zum „Far Out", die besten Clubs in West-Berlin. Er wechselte die Läden schon nach wenigen Minuten, immer auf der Suche nach der besseren Gelegenheit. Er fuhr zum „Dschungel". Schüchtern stand er in den Ecken des Clubs und beobachtete die Mädchen. Einige von ihnen schauten interessiert, signalisierten ihm, aktiv zu werden. Aber Robert zögerte, zauderte, trank sich Mut an, so lange, bis alle Frauen gegangen waren. Von sich selbst schwer enttäuscht, schlappte er zur

Garderobe. Wieder ein Scheißabend, dachte er und beschloss, auf dem Weg nach Hause noch eine Currywurst zu essen, vielleicht kam er ja noch besser drauf. Vor der Currybude stand eine lange Schlange Menschen an. Genervt reihte sich Robert ein.

„Hey, du Nazischwein!"

Robert drehte sich um, hinter ihm standen zwei junge Türken, sie grinsten und mokierten sich über Handkes lederne Offiziersjacke, die er trug. Er hatte sie zu Hause ordentlich eingewichst. Nun glänzte das schwarze Leder fast wie neu.

Robert begriff, dass er etwas tun musste, spürte die aufkommenden Aggressionen, das Adrenalin, das scheinbar ungehemmt in seine Adern schoss. Es war ein fast automatisch ablaufender Prozess, der ihn nun steuerte. Er spannte den Körper an und katapultierte sich mit voller Wucht gegen den links vor ihm stehenden Mann. Sein angewinkelter Arm krachte ungebremst auf die Nase des Provokateurs. Robert hörte ein feines nahes Splittern. Aus der Nase des Mannes schoss Blut. Der Kompagnon trat überrascht zwei Schritte zurück, auch er hatte mit einer Attacke gerechnet.

Das wird das Schwein nicht vergessen. Gewalt zahlt sich nie aus, sagt Mama, aber es ist ganz anders. Soll ich dir sagen, wie es ist, Mama? Ich habe kein Unrecht getan, die Jungs haben es verdient, und ich kann auch böse sein, wenn ich will, sogar böser.

„Wenn ihr mehr wollt, lasst es mich wissen", rief Robert, er hatte sein Messer aus Handkes Jacke gezogen. Eingeschüchtert schauten ihn die beiden jungen Männer an, dann zogen sie sich langsamen Schrittes zurück, wie Hyänen, die darauf lauerten, dass ihre Beute doch noch einen Fehler machen würde. Die Menschenhyänen hinterließen eine Botschaft: „Wenn wir dich noch mal irgendwo allein sehen, Alta, dann bist du tot."

Vielleicht seid ihr dann tot, dachte Robert und zitterte stärker als je zuvor.

Gegenwart. Al Pacino ist der Held des Abends. Er hat in der Hauptstadt gerade einen Filmpreis bekommen. Zwei

Männer in der Mitte-Bar sprechen darüber, Robert hört ihnen zu. Ein Pärchen betritt in diesem Moment die Bar und nimmt neben ihm Platz. Der Mann trägt eine Adidas-Kapuzenjacke, die Frau sieht aus wie eine vom Straßenstrich. Sie lacht viel und hat ein Zungenpiercing, das sie gern zeigt. Nach zwei Drinks fasst der Mann ihr unter den Rock. Sie trägt kein Höschen. Über ihrer Muschi prangt ein Tattoo, das eine kleine Fee zeigt. Kleine Mistschlampe, denkt Robert und leert seinen Whisky. Er muss dringend auf Toilette, um sich aufzumuntern. Die Frau turnt ihn an.

Geile Tanten

Es war Juli, ein heißer Sommertag. Antoinette, die Schwester ihrer Mutter, war zu Besuch, was nicht oft geschah, weil Renée sie für verrückt hielt. Hinter dem Badezimmerfenster von Antoinettes kleiner Wohnung in Paris, das hatte Renée erzählt, stapelten sich Toilettenpapierrollen. Und an allen metallischen Gegenständen wie Türklinken klebten Gummis von Einmachgläsern. Die Papierrollen und Gummis schützten vor „kosmischen Strahlen", hatte Antoinette eines Tages ihren verdutzten Verwandten erklärt. Auch in Renées Wohnung begann sie kurz nach ihrem Eintreffen mit Isolierungsarbeiten, wie sie diese nannte. Welcher Art die ominösen Strahlen waren, blieb ihr Geheimnis. Sie tat, als sei es schon dumm, nur danach zu fragen. Kommunikativer war sie, was Roberts körperliche Ertüchtigung anbelangte. Sie wollte sehen, wie oft er seine Fitness-Stahlfeder biegen konnte.

„Besser du ziehst dein Hemd aus, damit es nicht reißt." Robert tat es, stellte sich vor Antoinette und bog ein Dutzend Mal die Feder. Sie quittierte es mit einem „ahhh, genau, genauso..., ja, du bist wirklich stark und schon so erwachsen, fast wie ein richtiger Mann".

Antoinette war entzückt, das sah man, und so gab sie ihm noch einen Tipp: „Zieh nicht so enge Hosen an, schütze deinen Peniiies, das kann Geschwülste geben." Sie hatte auch etwas dabei, das ihn lockerer stimmen sollte. Als Renée in der Küche zugange war, brachte ihre Schwester eine Flasche Likör zum Vorschein, in dem kleine goldfarbene Partikel schwammen. Sie hatte die Flasche von einem Kurzurlaub aus Danzig mitgebracht und bereits gekostet, ein Viertel der Flasche war bereits leer.

„Trink, davon wird dir warm", sagte Antoinette, rote Flecken bedeckten Hals und Dekolleté. Wie zufällig berührte ihre Hand im Vorübergehen seinen Hosenschlitz.

„Huch, du starker Junge, da ist ja richtig was drin ... bist ein Prachtexemplar, was?"

„Vielleicht hilfst du lieber Mama in der Küche", sagte Robert und dachte: *Diese alte geile Kuh braucht offenbar einen Bock. Ich werde es jedenfalls nicht sein.* Er ließ den Likör unangetastet.

Seine schulischen Leistungen waren zwar gut, aber es gab auch besorgniserregende Vorkommnisse. Als er an einem ansonsten denkbar unscheinbaren Tag ein Referat halten musste, errötete Robert, ohne dass ein äußerer Grund dafür erkennbar war, so sehr, dass er eine komplette körperliche Blockade erlitt. Seine Stimme brach weg, und die Hände, die das Manuskript gehalten hatten, versagten den Dienst. Robert rannte fort. In Gedanken sah er, wie seine Klasse über ihn feixte.

Bennie, sein bester Schulkumpel, ein 1,90-Typ mit blasser Haut und einem etwas zu breiten Becken für einen Mann, sprach ihn nach dem Unterricht darauf an. Sie standen vor der Schule, abseits des Haupteingangs, an einer Ecke, die von ihren Lehrern nicht so einfach eingesehen werden konnte, weshalb viele Schüler dort auch kleine verbotene Dinge taten, wozu das Rauchen gehörte: „Was ist eigentlich dein Problem, Mann? Einige der hübschesten Frauen der Schule laufen dir hinterher und bei einem Referat versagst du. Das ist doch total krank, du bist KRANK. Hat dir das schon mal jemand gesagt?", fragte Bennie.

„Aber ..."

„Nichts aber, Mann, weißt du, dass Gilda mit dir gehen will. Das hat sie mir gestern in einer Pause verraten."

Bennie hielt kurz inne. Christian, ein Kumpel von ihnen beiden, war dazugekommen. Er blickte sich nervös um und fingerte dann eine Schachtel Marlboro Lights aus seiner Hosentasche. Die Packung war schon ziemlich zerknittert und sah aus, als wenn sie schon sehr lange in Gebrauch wäre, was Robert zu der Annahme verleitete, dass Christian wohl mehr aus Gründen der Coolness Zigaretten dabei hatte. Er hatte einen Teil ihrer Unterhaltung mitgehört.

„Es stimmt also, dass Gilda auf dich abfährt", sagte er zu Robert.

„Ich …", Robert kam ins Stottern, „… ich würde sie gern einreiten, das ist es doch, was sie will." Er lächelte schief. Bennie wollte etwas sagen, ließ es dann aber und schaute zum Himmel.

Christian blickte Robert mit offenem Mund an: „Mann, du bist *wirklich* krank, was ist dir eigentlich zugestoßen?"

Robert hatte die Frage jedoch kaum mehr gehört, er war in seinen eigenen Gedanken versunken. Er konnte es kaum glauben. *Gilda ist* **die** *Schulschönheit, aber was findet sie nur an einem wie mir?*

Aber irgendetwas musste dran sein, dachte Robert. Denn da hatte es diesen einen Tag gegeben, da stand Gilda zusammen mit einer Freundin vor der Schule und wartete, dass er herauskam. Das hatte ihm Bennie vorher gesteckt, nur hatte Robert es ihm zunächst nicht geglaubt. Bis er Gilda wartend vor dem Schulgebäude sah. Es hatte ihn in Panik versetzt, und dann war etwas geschehen, wofür er sich jetzt noch schämte. Tief gebückt war er an Hecken vorbeigeschlichen, die die Schule säumten, bis er sein Fahrrad erreicht hatte. Selten zuvor war er stärker in die Pedalen getreten als an diesem Tag. *Ich habe sie ausgetrickst*, hatte er gedacht - und: *Vielleicht stimmt es ja, dass ich nicht ganz richtig ticke.*

Normal war sein Freund Bennie auch nicht, darin war sich Robert sicher. Nach dem Abitur war dieser in eine schlagende Verbindung eingetreten, es wurde dort viel getrunken. Wer nicht mithielt, war ein Schwächling. Für Bennie endete das meist auf dem Dachboden des Corps-Hauses, wo er ausnüchterte oder Verletzungen auskurierte, wenn er sich bei einer Mensur einen Schmiss eingehandelt hatte. Einmal riss ihm der Fechthieb eines Corpsbruders die rechte Wange bis zu den Zähnen auf. Bennie brach zusammen, grinste aber. Die Stresshormone hatten das Schmerzzentrum im Gehirn blockiert.

Ein älterer Corpsbruder, ein Arzt, fand Gefallen an ihm. Er spielte Klavier und Bennie hörte Neue Deutsche Welle, Annette Humpe, Zweiraumwohnung, Dadada. Bennie hatte berichtet, dass er sich mit dem Arzt gelegentlich etwas Pulver auf die Kieferränder schmiere, um in Stimmung zu kommen.

„Wozu willst du denn in Stimmung kommen. Bier hat's doch immer gebracht, und was ist das für Zeugs?", fragte Robert. Bennie schaute vergnügt zum Himmel und schwieg.

Roberts Vergnügen war ein ganz einfaches, er unternahm schier endlose Wanderungen durch Berlin. Er lief den Ku'damm hoch und runter, verschwenderisch gemächlich, so, als hätte er alle Zeit der Welt, passierte Bulgari und Chanel und Versace und Boss. Und er *wusste* plötzlich, dass er ausersehen war, etwas *Besonderes* zu tun, nicht jetzt, aber doch später. Wenn er all die Kilometer abgelaufen war, die ihm auferlegt zu gehen waren. Dass es so war, daran hatte er nicht den geringsten Zweifel. Und so lief er weiter durch das Leben, das er als reine Folie ansah. Er musste nur aufpassen, nicht auf ihr auszurutschen, aber er musste sie nicht für wichtig nehmen, allenfalls wie einen Film, den man durchstehen muss, auch das wusste er. Und so sah er alles wie einen Film um sich herum.

Er kannte die Gesichter der Animateure, Hütchenspieler und Bettler. In ihren leeren, gebrochenen Blicken meinte er, sich selbst zu sehen, denn er war Teil ihrer Familie, ein Stadtstreicher. Die Huren am Straßenstrich mied er. Er fand sie kränklich und *schmutzig*. Viel lieber steuerte er die Peep-shows an, warf eine Mark in den Schlitz und beobachtete die Modelle. Er tat es Hunderte Male, und sie tanzten für *ihn*.

Die Zeitungen und Fernsehnachrichten hatten während dieser Zeit eigentlich nur drei Themen: die Startbahn-West in Frankfurt am Main, wo sich Demonstranten und Polizei regelmäßig Schlachten lieferten, die Ostermärsche der Friedensbewegung, die Jahr für Jahr an Teilnehmern gewannen, sowie die vermeintliche BEDROHUNG aus dem Osten: die SS-20-Raketen, die die Sowjetunion in Stellung gebracht hatte und auf die die Nato mit noch schnelleren Pershing-Raketen reagieren wollte. Helmut Kohl verglich die Reden Michael Gorbatschows, des neuen Mann im Kreml, mit der Propaganda von Joseph Goebbels. Und Ronald Reagan nannte die amerikanischen Langstreckenraketen nun Peace-maker, in Analogie zu den Waffen des Wilden Westens.

Es war einer dieser heißen Sommertage, als Robert einen gut bestückten Sexshop am Zoo aufsuchte. Wie besessen blätterte er in den Ausgaben von „Hustler", „Playboy" und „Penthouse" und namenlosen Schmuddelpornos. Als er ein Bunny gesichtet hatte, das er geil fand, steckte Robert seine Hand in die Hose und drückte seinen Schwanz. Er hatte zu Hause mittels einer kleinen Nagelschere ein Loch in die linke Hosentasche seiner Jeans geschnitten. So konnte er jederzeit seinen Schwanz anfassen, ohne dass jemand es sah. Dieses Mal machte er davon reichlich Gebrauch. Jemand neben ihm räusperte sich laut. Robert drehte sich zur Seite und sah, dass ein Mann ihn offenkundig die ganze Zeit beobachtet hatte.

„Willst du mitkommen?", fragte der Unbekannte.

„Pff." Robert schmiss das Magazin ins Regal zurück und rannte aus dem Laden.

Bald reichten ihm die Bunnys nicht mehr, er suchte Härteres, Lesbenpornos. Fünf, sechs, sieben Mal befriedigte er sich in dieser Zeit täglich, oft in seinem Bett liegend, die Tür seines Zimmers verschlossen. Er liebte es, seinen Ständer zu betrachten, so wie an diesem Sonntag.

„Ist alles gut bei dir, ich höre ja nichts?", rief Renée aus der Küche.

„Natürlich!"

„Du solltest dir mal eine Freundin anschaffen!"

„Nicht immer diese Leier!", erwiderte er, während er ein mit Sperma gefülltes Taschentuch in den Papierkorb warf.

„Es wird doch aber längst Zeit. Warum bist du noch allein, siehst doch gut aus. Hast du die neue Nachbarstochter gesehen?"

„Ja, ja ..."

Gegenwart. Berlin-Mitte. Die Bar. Wann habe ich nur das erste Mal getrunken, und wie kann es sein, dass ich viel schlimmer als Friedrich geworden bin?, denkt Robert. Dann kehrt auch diese Erinnerung zurück.

Falsche Freunde

In dem Alter, in dem alles möglich ist, verharrte Robert und zauderte. Wo eine Anstrengung nötig gewesen wäre, übte er sich in Ablenkung. Und wo Ablenkung nötig gewesen wäre, übte er sich in Anstrengung. Er wünschte sich eine Endabrechnung, am besten eine mit Nullzählerstand. Es blieb seine Hoffnung.

Patrick, ein Klassenkamerad aus Roberts Schule, hatte zu einer Bewährungsprobe geladen. Sie trafen sich bei Lutz, einem Freund, der als Schiedsrichter fungierte. Vor ihnen standen eine angebrochene Flasche Whisky, ein 15-jähriger Johnny Walker Black Label, sowie zwei randvoll gefüllte Gläser, offenbar ehemalige Senfgläser, dachte Robert. Patrick ein hagerer Junge von zirka 1,85, der für gewöhnlich demonstrativ auf dem Pausenhof rauchte, um den Mädchen seine Coolness zu demonstrieren, zog nun ständig an einer Fluppe. Er schien ziemlich nervös. *Offenbar hat er ein nicht alltägliches Abenteuer vorbereitet*, dachte Robert.

„Wer am schnellsten drei Gläser leert, gewinnt 50 Mark", sagte Patrick und stürzte das erste Glas sogleich hinunter.

Robert schaute überrascht, er hatte noch nicht einmal ein halbes Glas geleert und kämpfte bereits mit einem übermächtigen Würgereiz. Während er sich abmühte, auch den Rest des Inhalts in seinen Magen zu bekommen, ohne sich zu erbrechen, verschwand Patrick im Badezimmer. Er lachte in den Spiegel über dem Waschbecken, steckte sich den Finger in den Hals und kotzte den Whisky so geübt aus, als hätte er dies trainiert. Als Patrick vom Bad zurückkam, goss sich Robert gerade das zweite Glas ein. Er wunderte sich kurz darüber, dass sein Schulfreund im Gegensatz zu ihm selbst noch so frisch aussah, dachte jedoch nicht lange darüber nach. Als er dabei war, das dritte Glas zu leeren, würgte Patrick im Bad erneut nach oben, was er schnellstens hinaus haben wollte. Lächelnd kam Patrick vom Bad zurück. Er steckte sich eine neue Zigarette an und blies den Rauch demonstrativ in den Raum.

Der Zigarettenrauch bildete vor Lutz' Gesicht eine kleine Wolkenfront, die er der hektisch mit den Händen wegwirbelte. Er konnte es kaum erwarten, das Ergebnis dieser unfairen Wette mitzuerleben. Gierig stopfte er Chips in sich hinein, die bei ihm stets in großen Mengen auf dem Wohnzimmertisch herumlagen. Sein Blick hatte etwas Wölfisches.

Wie kann es sein, dass Patrick immer noch nüchtern ist? Vor Roberts Augen verschwammen die Bilder. Er setzte zu einem weiteren Schluck des übel schmeckenden Zeugs an. Schwer lag das ehemalige Senfglas, das bis zum Rand voll mit Johnny Walker war, in seinen Händen. „Muss nach Hau …" Robert stand auf, winkte den grinsenden Schulkameraden zu und torkelte in die Richtung seines Zuhauses. Der Alkohol detonierte in seinem Gehirn. Nur wenige Meter vom Haus seines Klassenkumpels entfernt stürzte er in eine Baugrube, zog sich irgendwie aus ihr empor, wankte weiter und fiel erst Stunden später in sein Bett. Als er aufwachte, stand ein Eimer mit Erbrochenem neben dem Bett. Wie er dorthin gelangt war, wusste er nicht.

Wenige Wochen später bat Patrick zu einer zweiten Bewährungsprobe. Er wollte zwei Mofas stehlen. Er wusste, wo sie standen und wann ihre Besitzer für gewöhnlich nicht da waren, so dass man nicht gestört würde.

„Los komm, sei kein Feigling …"

Robert nickte unsicher.

Patrick zog hastig an einer Zigarette, während sie zu dem Parkhaus liefen, in dem die Bikes auf sie warteten. Sie wollten nur gepflückt werden, so sah es Patrick. Dann hatten sie das Parkhaus erreicht. „Das Ding knacken wir", sagte er und deutete auf die Mofas, die nur mit leichten Kettenschlössern gesichert waren und in einer Parkbox standen. Patrick war recht kräftig. Mit ein, zwei Rucks hebelte er die Schiebetür der Box aus den Angeln. Dann widmete er sich den Mofas. „Leichte Sache", sagte er, während er sich über das erste Bike beugte und mit einem schnellen Ruck dessen Lenkradsperre brach. „Eins, zwei, drei …", dann war auch das Lenkradschloss des anderen Mofas geknackt. Etwas umständlich, es war dem Gewicht geschuldet, beförderte er aus seiner Jacke einen kleinen stählernen Bolzenschneider. In Sekunden waren die Kettenschlösser gesprengt.

Hektisch zog Patrick ein paar Kabel unter dem Lenker hervor, blau, grün, rot, gelb, verband zwei von ihnen und betätigte die Kickstarter. Das Mofa sprang an, das andere auch.

Der hat Übung darin, dachte Robert, aber es war zu spät, um jetzt noch abzuhauen.

„Auf geht's! Der Spaß kostet nichts", rief Patrick. Und auch Robert betätigte den Kickstarter.

„Worauf wartest du noch? Schwing dich auf den Bock ..."

Patrick konnte es kaum erwarten.

Wenige Minuten später rasten sie auf den Mofas durch Berlin. Ein paar Mal legte sich Patrick bäuchlings auf das Mofa, während er Vollgas gab. Er wollte *cool* sein, und er war doch so *verdammt cool*.

Dann verließen sie die kleineren Schleichwege, die sie bis dahin genutzt hatten, um nicht aufzufallen, und bogen auf eine Hauptstraße ein. Es war ein Fehler. Eine Funkwagenstreife wurde auf sie aufmerksam. Der Wagen überholte sie und schnitt ihnen den Weg ab. Zwei Beamte in Zivil stürmten auf sie zu. Patrick, das sah Robert noch aus den Augenwinkeln, hatte sein Mofa hingeschmissen und rannte, was das Zeug hielt, er entkam. „Wehe, du verrätst mich", hatte Patrick noch gerufen. Dann war er aus Roberts Sichtfeld verschwunden.

Robert hatte Pech. Er wurde geschnappt, zur Wache gebracht und eingebuchtet. In der Zelle überkam ihn eine eisige Kälte, er zitterte am ganzen Leib, ein Schock, die Polizisten bemerkten es nicht. Robert zog auf der Pritsche liegend die Beine an. Er wollte das Blut in Richtung Gehirn lotsen, er hatte in einem Erste-Hilfe-Kurs für seinen Führerschein gelernt, dass bei einem Schock das Blut in die untere Körperhälfte fließt. Es funktionierte, das Bibbern ließ nach.

Einige Stunden holte Renée ihn ab. „Was hast du dir nur dabei gedacht?" Er senkte den Kopf.

Drei Wochen später verurteilte ein Jugendrichter Robert zu 25 Stunden gemeinnütziger Arbeit in einem Krankenhaus, er hatte alles gestanden, hatte rotgesichtig vor der Jugendrichterin gesessen und beschämt zu Renée hinübergeschaut, die ihm mit jedem ihrer Blicke zu verstehen gegeben hatte, wie sehr sie von ihrem einstigen „kleinen Lord" enttäuscht war.

Wochen nach dem Gerichtstermin, Robert hatte Patrick als Kumpel schon abgeschrieben, meldete der sich wieder, mit einer neuen irren Idee.

„Ich weiß, dass du auch nicht leicht Mädchen kennenlernst. Warum nehmen wir uns nicht einfach eines?"

„Wie soll das gehen?", fragte Robert.

„Ganz einfach. Es gibt da ein Parkhaus, da steigt um 18 Uhr immer so ein geiles Mädel aus, das schnappen wir uns. Zwei unbekannte Jungs fallen dort nicht weiter auf. Wir pirschen uns von hinten ran, streifen ihr eine Maske über den Kopf und fesseln ihre Handgelenke. Bumsen können wir sie in ihrem Auto. Wenn sie geknebelt ist, bekommt das keiner mit."

„Meinst du das ernst?", fragte Robert. „Und was machen wir danach mit ihr?"

Patrick schaute weg, tat, als hätte er die Frage nicht gehört. Stattdessen fasste er in seine Jackentasche und zog eine Maske heraus, wie sie Motorradfahrer unterm Helm tragen. „Die tragen wir. Damit erkennt uns niemand", sagte Patrick.

Es blieb ein Plan. Robert brach den Kontakt zu Patrick ab. Er ging nun öfter mit Matthias aus, der mehrfach sitzen geblieben war und ebenfalls recht schräge Ideen zur Freizeitgestaltung hatte. „Ich stell dir 'nen Kumpel von mir vor. Der ist extrem, haste Lust mitzukommen?" Matthias' Kumpel hieß Philipp und hatte es mit dem Dritten Reich. Er trug eine braune Uniform mit Koppelzeug und Schaftstiefeln und wohnte bei seinen Eltern in einer unscheinbaren Einfamilienhaussiedlung im Süden Berlins.

„Heil, Hitler!", brüllte er, als er ihnen die Tür öffnete. Weder seine Eltern noch jemand in der Nachbarschaft störte dies. Philipp bat sie in seinen „Kameradschaftskeller". Fotos von Adolf Hitler, Hermann Göring und Joseph Goebbels schmückten die Wände.

„Hat der sie noch alle?", fragte Robert, als Philipp auf der Toilette war. „Der ist geil und eigentlich ein ganz lieber, eine Jugendmacke ..., lass uns mit ihm ein bisschen umherfahren", antwortete Matthias und ließ mit einer Geste des Verschworenseins die Schlüssel seines Autos aufblitzen.

Sie fuhren durch West-Berlin. Fast an jeder Ampel, manchmal auch während der Fahrt, hielt Philipp, den Matthias auf den Beifahrersitz platziert hatte, den rechten Arm aus dem Fenster: „Heil, Hitler!", brüllte er dann immer. Matthias lachte: „Philipp, du bist so geil ..."

Robert, der die ganze Zeit schweigend im Fond des Autos gesessen hatte, bat, aussteigen zu dürfen. „Ich muss noch etwas besorgen."

Er verspürte heftige Aggressionen, warum hatte er sich auf diese Idioten nur eingelassen? Er fand keine befriedigende Antwort darauf und wurde abgelenkt. Ein Stadtstreicher kam ihm am Bahnhof Zoo entgegen. Robert musterte ihn wutentbrannt und ballte seine Hände, die er tief in die Hosentasche gesteckt hatte, zu Fäusten. „Komm mir nicht zu nah, du Stinker, sonst bist du fällig ..."

Dann wechselte sein Gesichtsausdruck abrupt, er entspannte sich wieder. „Gewalt ist keine Lösung, keine Lösung ...", Robert wiederholte die Worte, die Renée ihm oft gesagt hatte, und lachte, während der Stadtstreicher seinen Schlafsack ausrollte. Der Sack und der Mann rochen, als wären sie seit Jahren nicht gewaschen worden. Robert blickte auf seine rechte Hand, die sich reflexartig öffnete und schloss. Das jahrelange Biegen der Stahlfeder hatte ihm eisenharte Fäuste verschafft. Er dachte an Sex, wollte sich schnell befriedigen. Aus Toilettenpapierrollen, Watte und ausrangierten Plastiktüten hatte er sich eine Kunstmuschi gebastelt. Sie lag bei ihm zu Hause, in seinem Kleiderschrank. Er musste schnellstens dorthin, das wusste er.

Gegenwart. Die Bar in Berlin-Mitte. Robert bestellt einen weiteren Whisky. Er denkt darüber nach, worauf all die Aggressionen in ihm gründeten, bestenfalls ahnt er es. Einmal in seinem Leben hatte er sich gehen lassen, einen Unschuldigen ..., aber so genau wollte er das gar nicht mehr wissen.

Böse Jungs

Robert saß in einem Bus auf der Fahrt mit seiner Schulklasse nach Bregenz am Bodensee, wo sie zelten wollten. Er hatte seine Rückenlehne so weit nach unten bugsiert, wie es ging. Sein Kopf lag schräg ans Fenster gelehnt. Verträumt flüsternd zählte er die Autobahnbrücken, die sie bis zu ihrem Zielort unterquerten. „181, 182, ..., 230 ...". Als sie am Bodensee ankamen, schrieb er Renée eine Karte. „Liebe Mama, wir sind unter 331 Brücken hindurch gefahren ...", begann der Text. Doch Robert selbst war längst nicht mehr nur lieb, er veränderte sich.

In dem Zelt, das ihm zugeteilt worden war, schlief auch ein untersetzter Junge, Porky. Irgendwann rempelte einer der größeren Jungs Porky derart stark an, dass dieser hinfiel.

Er stöhnte vor Schmerzen.

„Mopsi hat sich gestoßen ..., Mooopsi-Porky-Mopsi hat sich gestoßen, oioioi", rief einer der größeren Jungs höhnisch. Die Meute der anderen in dem Zelt feixte, sie hatte Witterung aufgenommen. Immer öfter wurde Porky nun zufällig von einem Ball getroffen, einem Tennisschläger oder einer Faust. Stets quiekte Porky dabei, mitunter fast wollüstig, so schien es den anderen. Und wenn Porky, der gern und viel aß, furzen musste, was er oft tat, bekam er gleich von mehreren Jungs Schläge.

„Auaa, ihr tut mir weh ...", rief Porky stets. Doch weil er dabei immerzu lachte, machte dies die Meute noch rasender. Die Jungs verabredeten sich zu einer Strafaktion. Robert spürte, dass er dem Moment entgegenfieberte und das ängstigte ihn. Aber er spürte auch Gegenteiliges in sich. *Porky darf nicht so einfach davonkommen. Eine kleine Abreibung hat er verdient.*

Eines Abends, Porky schlief bereits, feuchteten sie ihre Handtücher an, dann packten sie Seife und Steine hinein. Als aus den Nachbarzelten nur noch Schlafgeräusche zu vernehmen waren, trat einer der Jungs an Porkys Bett heran und hielt dessen Mund zu. Porky wachte auf und lachte, dann verschwand er wimmernd unter einem Wirbel aus Handtuchschlägen. Die Jungs wechselten sich ab und gaben alles, um Porky eine Abreibung zu erteilen, er war in ihren Augen fällig. In den Pausen zwischen den Trommelschlagattacken brachte Porky, eingebettet in quiekende Klagelaute, zwar immer noch ein kurzes Lachen unter, aber es war leiser geworden.

Bei Robert, dem neunten in der Reihe der Schläger, lachte Porky nicht mehr.

„Bitte nicht, bitte nicht mehr."

Aus von Panik geweiteten Augen starrte Porky zu ihm hoch. Und Robert wandelte all seinen Hass, seinen Zorn, seine Wut und Frustration in Schläge um. Erst als ihn einer der Jungs an der Schulter packte, ließ er ab. Der Zacken eines Steines war durch Roberts Handtuch gedrungen und hatte

Porky eine klaffende Wunde am Rücken zugefügt. „Wenn du irgendetwas sagst, war das hier nur ein Vorspiel", drohte Robert, der vor Erregung zitterte und doch eine diffuse Angst verspürte - vor sich selbst.

„Lass gut sein", sagte einer der anderen Jungs zu Robert.

„Ja ..., wie du meinst. Wir lassen es gut sein." Roberts rechte Hand, die immer noch das Handtuch umklammert hielt, zitterte stark.

Als die Nacht hereingebrochen war, Robert lag wach auf seinem Feldbett, wurde er von schlechten Gefühlen gequält. *Was habe ich nur getan, wie konnte ich mich nur so gehen lassen? Ich muss auf andere Gedanken kommen, sonst...*

Langsam wanderten Roberts Hände zur Hüfte. Er fasste an sein Glied und lauschte Porkys Wimmern. Morgen würde er sich zum Runterkommen ein Gläschen Alkohol gönnen, mit diesem Gedanken schlief er ein.

Die Schulaula war bis auf den letzten Platz gefüllt. Schüler und Eltern, sie alle waren gekommen. Denn es gab die Abiturzeugnisse. Erwartungsvoll waren alle Augenpaare auf die Bühne gerichtet. Als der Rektor Robert aufrief, sich sein Zeugnis abzuholen und ein paar Worte des Dankes zu sprechen, lief Robert zur Bühne. Aber schon der Weg dorthin war eine Qual für ihn. Er fühlte sich wie auf dem Objektteller eines Mikroskops. Und es war klar, wie das Urteil der Wissenschaftler lauten würde, die ihn beobachteten: *nicht bestanden!*

Robert spürte, wie das Blut in sein Gesicht schoss, er wurde nicht nur rot, er wurde violett, zugleich hatte er das Gefühl, dass er kaum noch Luft bekam.

Als er schließlich neben dem Direktor stand und über die Köpfe der Masse vor ihm blicken konnte, versagte seine Stimme. Er meinte zu erkennen, dass ein paar Schüler lachten. Robert sah ihre Münder, Zähne und Gaumen wie durch ein Vergrößerungsglas. Sie lachten über ihn, er war sich ganz sicher! Es war wie bei dem missglückten Referat Monate zuvor, nur um ein unsäglich Vielfaches schlimmer. Er meinte, das Lachen Tausender zu hören, das von den Wänden der

Aula auf ihn zurückgeworfen wurde. HAHAHAHAHAH.

Sein gesamter Organismus rotierte auf Hochtouren. Panik spiegelte sich in seinem Gesicht wider. Wie blockiert stand er auf der Bühne, während der Schulleiter ihm das Zeugnis entgegenstreckte und darauf wartete, dass er es abholte. Robert sah alle im Saal, wie eine Masse, und deshalb fühlte er sich klein und unscheinbar wie ein *Wicht*.

Der Direktor schaute verwirrt. Schließlich quetschte Robert irgendwie doch noch ein „Danke" heraus und griff mechanisch, jeden Augenkontakt meidend, nach dem Zeugnis. Dann drehte er sich wie eine Puppe in Richtung Bühnentreppe um und fing erneut an zu zittern. Die Panikattacke hatte vollends von ihm Besitz ergriffen. Flucht war der einzige Ausweg. Robert rannte von der Bühne und ließ den verwirrten Direktor zurück.

Ich werde euch eine Lektion erteilen, die ihr nicht vergessen werdet. Ich werde euch meine Liebe entziehen. Strafe muss sein, ihr Schweine, ihr seid schuld.

Renée hatte auch im Publikum gesessen, aber Roberts Probleme nicht registriert. Sie war zu ergriffen, weinte sogar ein bisschen. Als Belohnung für das bestandene Abitur schenkte sie ihm eine Reise nach Mallorca. Die Maschine startete in Tegel, West-Berlins Miniflughafen, der die Frontstadt mit der übrigen Welt verband.

Wenige Stunden nach seiner Landung schritt Robert die Kette der Strandbars in einem der kleinen Touristendörfer auf Mallorca ab, vorbei an den Neppern, den Gummischlauchbooten, den Sonnencremeregalen und Boulevardzeitungen.

Schließlich kehrte er in eine Diskothek ein, die nicht ganz so billig aussah.

„Es muss krachen", sagte er und orderte einen Cocktail. Der Barkeeper lachte. Robert hatte bereits drei Drinks getrunken, als eine überdurchschnittlich gut gekurvte Blondine über die Tanzfläche rauschte. Sie hatte ein hübsches Gesicht, war in seiner Altersklasse und hieß Corinna. Er wollte ihr zeigen, dass er es *draufhatte*, er zappelte unbeholfen auf der Tanzfläche herum, links, rechts, Volldrehung, ein bisschen Travolta, Saturday Night. Robert fand sich *cool*, doch sie guckte nur irritiert.

„Du bist doch kein Freak, oder?", fragte sie.

Er erstarrte kurz und setzte dann zu der seiner Meinung nach einzig richtigen Antwort an, um die Situation zu retten.

„Nö, hab nur bissel viel getrunken …"

Ihr schien das zu reichen.

„Komm morgen zu uns an den Strand", sagte Corinna. Sie machte Urlaub mit ihrer Freundin Michaela.

Am Strand traf er zunächst nur Corinna, Michaela sei noch beschäftigt, sagte sie. Als Michaela Stunden später zum Beach kam, schob sie kichernd ihr Bikini-Unterteil zur Seite. „Wartet mal", sagte sie, da tropfte auch schon Sperma aus ihrer Muschi. Es bildete einen Miniteich auf dem Sand neben Roberts Badelaken.

„Hihihi", Corinna fand die Sperma-Nummer urkomisch, dann teilte sie ihm ihre Tagesplanung mit. „Ich tanke hier noch bis zum Nachmittag Sonne, dann komme ich zu dir ins Hotel ficken."

Schon von weitem sah er Corinna. In einem Einteiler, der mehr preisgab, als er verbarg, stakte sie mit ihren Stöckelschuhen über den von Palmen gesäumten Strandboulevard.

„Lass und gleich aufs Zimmer gehen", bat sie und hakte sich bei Robert ein, der immer stiller wurde. Im Zimmer dauerte es keine halbe Minute, bis Corinna nackt auf dem Bett lag. Sie kickte ihre Stilettos in eine Ecke des Zimmers, warf ihre Handtasche in die andere, dann sagte sie „Leck mich" und spreizte ihre Beine. Robert arbeitete sich langsam von den Brüsten zu ihrem Tangadreieck vor, bis er einen beißenden Geruch wahrnahm. Es roch nach verfaulten Fischen. Wie mehrere Dosen vergammelter Sardinen. Begriff sie denn nicht, dass das gar nicht ging, dass es ein Ding der Unmöglichkeit war …, sich nicht zu *waschen*, nicht *sauber* zu sein, dass sie ihn damit demütigte? *Eigentlich verdient sie eine Tracht Prügel, damit sie merkt, dass sie eine …* Erschrocken über seine Gewaltphantasien wandte er sich ab. „Glaubst du denn, dass du der einzige Typ bist", ranzte sie ihn an.

„Lass uns einfach abhängen", sagte er und wandte ihr den Rücken zu. Sie willigte ein. Allerdings nur, weil sie so früh nicht zu ihrer Freundin zurückkehren wollte, um nicht erzählen zu müssen, dass es nicht nach ihren Vorstellungen abgelaufen war, vermutete er.

„Unrein und meiner nicht würdig", flüsterte er. Er traf sie nie wieder. Eines hatte er aber durch Corinna gelernt, das er mit ins Leben nahm. Er schien *Eindruck* gemacht zu machen.

Erwartungsland

Um der Wirklichkeit zu entfliehen, benutzte Robert immer noch seinen alten Trick. Er schickte sich auf Reisen in sein Innenland, wie er es nannte, versenkte und entrückte sich ins Kinderreich. Es war seine ganz eigene Traumzeit. Alles was Robert hierfür brauchte, war ein ruhiges Plätzchen, ein Ort zum Abschalten.

Am richtigen Leben fand er dagegen wenig Gefallen. Er kaufte sich ein Motorrad, dann einen alten BMW und stieß beides wieder schnell ab. Schließlich erwarb er eine Spiegelreflexkamera. Mit ihr lief er an den Wochenenden die Berliner Mauer entlang, erklomm die Beobachtungstürme, die in wenigen Hundert Metern entlang des Bauwerks errichtet worden waren, beobachtete von dort aus die Kontrollfahrten der DDR-Grenzsoldaten und fotografierte die Graffiti, die Touristen und Berliner an die Mauer gesprayt hatten. Tribals, naive Farb-Scratcher, Aborigine-ähnliche Schlangenmuster und Pop-Art. Nirgends fand er es spannender als im Berliner Zentrum. Der Reichstag war noch ohne Kuppel und von Einschusslöchern aus dem Zweiten Weltkrieg überzogen. Hinter der Mauer zerriss das Knarren der Zweitakter-NVA-Patrouillenwagen, begleitet von Hundegebell und manchmal auch von Nebel und einer diffusen Alistair-McLean-Stimmung die Luft.

An einem Sonntag, als er wieder einmal mit seiner Kamera in der Nähe des Reichstags unterwegs war, die Charité in Sichtweite, trat ein Herr mit grauen Schläfen und Schlapphut an ihn heran, er sah aus wie ein Agent.

„Please, tell me: What means that ‚S-Bahn'-sign?"

„Oh, I think it stands for ‚Schnellbahn', which means fast train, or ‚Stadtbahn', something like ‚city train', you know." Robert lächelte unsicher.

„Zurückbleiben", schallte es in diesem Moment vom Lehrter Stadtbahnhof herüber. Ratternd beschleunigte ein Zug in Richtung Friedrichstraße im Ostteil Berlins.

„Aha, thank you", sagte der fremde Mann und blickte dem Zug nach. Dann zog er seinen Hut in die Stirn und ging weiter. Irgendwo im Nebel unter der Humboldthafenbrücke verlor Robert ihn aus dem Blick.

Am Tag darauf bestieg ein Kerl namens John Runnings die Mauer, nahm einen Hammer und haute auf sie ein. Es dauerte nur wenige Minuten, dann holten ihn die DDR-Soldaten von der Mauer und fuhren ihn fort. Nach einigen Wochen stand Runnings wieder auf der Mauer. Wieder mit einem Hammer und dem festen Willen, ein Zeichen für deren Abriss zu setzen. Robert bannte den Amerikaner auf ein Foto, am Potsdamer Platz, der damals kein Platz war, sondern nur eine Wüstenei, eine Erinnerung an etwas, das mal groß und bedeutend gewesen war. Und das wieder aufgebaut werden wollte.

Sexmaniacs und Hunnengurte

Das Kellerkino im Ku'damm-Eck zeigte Hardcorepornos. An diesem Tag war es fast leer, allenfalls vier oder fünf Männer saßen dort, hineingeduckt in ihre Sitze, sie wollten nicht gesehen werden. Es lief ein Fetischporno, eine Darstellerin rührte mit dem Absatz ihres High Heels an der Klitoris einer Gespielin im schwarzen Latexkostüm. Dann riss sie einen der Stöckelschuhe von ihrem Fuß und steckte die Zehen in die Muschi der Gespielin, Robert wandte sich ab. Das musste er nicht sehen.

In der Sitzreihe hinter ihm knarrte in diesem Moment ein

Sessel. Ein Mann hatte direkt hinter ihm Platz genommen, obwohl die Mehrzahl der Sitze unbesetzt war. Nach einer Viertelstunde fing der Fremde an, heftig zu stöhnen. Robert tat, als bemerke er davon nichts, bis seine Rückenlehne zu vibrieren begann und ein klackerndes Geräusch von sich gab. Die Arme oder Beine des Fremden, so genau wollte Robert das gar nicht wissen, hatten seine Rückenlehne in Schwingungen versetzt. Und der Fremde swingte auch.

„Ahhhh ..." Der Mann war direkt hinter ihm gekommen.

Robert verlor die Beherrschung, drehte sich um und brüllte: „Du dumme Drecksau!" Er schlug nach dem Mann, doch verfehlte dessen Gesicht. Dieser zog grinsend den Reißverschluss seiner Hose hoch und verließ das Kino, ganz langsam, als sei nichts geschehen. Die anderen Männer im Kino rutschten noch tiefer in ihre Sessel. Sie wollten nicht gestört werden, sie waren leise, wenn sie abspritzten, nutzten die Cleanex-Tücher, die in kleinen Metallboxen vor allen Sitzen hingen.

Im Nebenfach lernte Robert an der Uni nun Wirtschaft. In einer Vorlesung ging es um Langzeitwellen, die die Ökonomie in einem 80-Jahre-Zyklus bestimmten.

Robert lauschte lange aufmerksam, am Ende war er jedoch fast eingeschlafen. Deprimiert trottete er nach Hause.

„Das kann nicht mein Leben sein", sagte er. Am Wochenende werde ich es krachen lassen, nahm er sich vor. Sein bevorzugter Club war das „Metropol", der Hotspot West-Berlins. Es gab nichts Vergleichbares in der Frontstadt, nirgends wurde ausgefallener und exzessiver getanzt und gefeiert. Trillerpfeifenklänge, Video-Clips, Boy George, Madonna, Jimmy Summerville, Michael Jackson, Depeche Mode, Freddie Mercury, Drag Queens, Transen, Punkerinnen mit Harley-Lederschirmmütze, Homos und Heteros and the best music in town.

Wer hineindurfte und wer nicht, entschied „Prinz" Sir Henry de Winter, ein Mann mit Monokel und Kakhikleidung, der perfekt in einen britischen Kolonialfilm gepasst

hätte. Seine Toleranz war groß. Nackte Oberkörper, Leder-
armbänder und Chaps-Hosenträger, fast alles war erlaubt.
Ein kollektives Besäufnis, mit Schweiß, Tränen und einigen
in den Treppenhäusern kopulierenden Pärchen. Aids war
ein Thema, aber nicht in den wilden Nächten im „Metropol".
Schwaden von Poppern waberten durch den großen Saal,
der von ekstatischen Schreien erfüllt war. Die Legion der Le-
dermänner drehte die Schweißgesichter zur Decke und warb
mit ihren Muskeln. Vicious Games.

Robert tanzte und trank und tanzte und trank. Irgendwann im Morgengrauen fuhr er im ausklingenden Alkohol-
rausch nach Hause. Als er geschlafen war, hasteten einige
der Metropolpopperlederriemenmännerwölfe noch durch
den Tiergarten, auf der Jagd nach Frischfleisch. Kleine Brücken, markante Bäume oder Denkmäler waren ihre Treffs.
Aufgeputscht von ihren synthetischen Drogen suchten die
Schnauzbartharten ihre Zuckerdanys. Um ihr Fleisch durch-
zupflügen, ein bisschen Schmerz zu geben oder zu erfahren.
Während die Enten in der morgendlichen Stille den Neuen
See durchkurvten, walkten die YMCA-Spreizkrieger die
Muskeln ihrer Geishaboys durch. Die Hunnengurte straff
und die Harleymütze tief ins Gesicht gezogen, ging es hart
zur Sache.

Come on, Danny, sperr' dich nicht, du kommst ins
Zwinggeschirr. Oh, my boy! - das war ihre Losung. Es hielt
nie lange vor. Denn auch die Sexsucht war nicht zu stillen.
Schon am nächsten Wochenende tanzte im „Metropol" dieselbe Ledermännerkohorte ihren eckigen irren Tanz, und sie
schwitzten und sie bliesen in ihre Trillerpfeifen und wand-
ten ihre Schnauzbarteinheitsgesichter himmelwärts. Die
Hunnengurtphalanx hatte ihr Elysium. In den Treppenhäu-
ern klatschte das Sperma auf die Ärsche, so manche Hand
ebenfalls. Viele von ihnen kannten sich nicht. Es störte sie
nicht - sie suchten Frischfleisch - immerzu.

Auch Robert wurde von einem der Harley-Bauarbeiter-
Sioux-Schnauzbarthartenweichen angesprochen.

„Kommste mit ficken?"

„Niemals!"

„Dann fick dich selbst!"

Robert drehte sich weg und dachte kurz darüber nach, wie sich wohl die Ledermütze, die der Typ trug, optisch neben einer der Enten im Neuen See ausmachen würde, wenn sie ganz langsam mit einem Blubbern untergehen würde und bei Beobachtern die Frage aufwerfen würde, wo wohl der Besitzer der Mütze war.

Und die Bestie rannte und wusste, dass ihre Chance kommen würde, dass es Blut geben würde und Seele, das war ihr Elysium.

Totenbleiche

„Wussten Sie, dass Ihnen das Grundgesetz ein Widerstandsrecht einräumt, wenn wieder ein Diktator an die Macht kommen sollte?", rief der Rechtsprofessor in den Vorlesungssaal. Er sah erregt aus, hatte gerötete Wangen.

„Das hat doch nur exklamatorischen Charakter. In dem Moment, in dem ein neuer Hitler an der Macht ist, ist es doch vorbei mit dem Widerstandsrecht ...", rief Robert und verließ kopfschüttelnd den Vorlesungssaal.

Das Jura-Grundstudium bot aus seiner Sicht Interessanteres, eine Vorschau auf den Tod, das Alles-vorüber-und-Geschafft, in den Sälen der Gerichtsmedizin. Robert träumte davon, Anwalt zu werden, sah sich vor Geschworenengerichten, perückentragenden Lordrichtern, und er klagte den bereits Verurteilten vom Schafott zurück ins Leben, sogar den Bösesten. Anderen verweigerte er seine Gunst und übergab sie dem Tod, je nach Laune. Der Gedanke erheiterte Robert, er lachte zynisch.

Um Staranwalt zu werden, wollte er das Grauen kennenlernen. Und so besuchte er die Totensäle der forensischen Medizin. Es war Professor Kraugards Terrain, der seine diabolischen Bemerkungen gern mit Diaaufnahmen der von ihm oder seinen Assistenten Sezierten ergänzte.

„Schauen Sie, warum sind die Fingerkuppen des Mannes

abgewetzt, na, kommen Sie drauf? Ich gebe Ihnen einen Tipp, er ist aus dem Fenster gesprungen. Im Fallen sucht doch jeder von denen nach Halt. In der Panik greifen die Hände um sich, und dann schmirgelt schon mal der raue Putz einer Hauswand die Fingerkuppe weg, hahaha, bitte entschuldigen Sie mich ..." Kraugard verschwand. Als er in die Leichenhalle zurückkehrte, hatte ein Helfer bereits einen anderen Toten entblößt. Einen Mann um die Mitte 20. Gräulich angelaufen lag die Leiche auf dem Seziertisch. Alle drei Körperhöhlen, Bauch, Brust, Schädel, so verlangte es das Gesetz, mussten bei ungeklärter Todesursache geöffnet werden. Die für die Schädelöffnung nach vorne gepellte Kopfschwarte hing dem jungen Mann wie ein Schlapphut ins Gesicht. Von hinten konnte man in den Kopf des Toten schauen, er war aufgesägt worden, halbiert, wie eine Frucht. Als Kraugard wieder im Saal unter seinen Studenten weilte, roch es nicht nur penetrant nach Formaldehyd und Verwesung, sondern auch nach Kräuterlikör.

„Und was haben wir hier ...?" Kraugard lallte. In dem Moment zerplatzte mit einem lauten Knall eine Kaugummiblase. „Haben Sie denn gar keinen Anstand?", herrschte er einen Studenten an, der daraufhin errötete. Kraugard war zufrieden und fuhr mit seinen Ausführungen fort. „Offenbar schlitzte sich der Mann, den Sie hier vor sich liegen sehen, den Bauch mit einem Küchenmesser auf. Als er merkte, was er getan hatte, riss er einen Vorhang herunter, um ihn sich im Liegen um den Leib zu schlingen. Natürlich musste das scheitern. Er starb nicht am Blutverlust, sondern an einem Schock."

Kraugard ging weiter zur dritten Leiche, wiederum die eines Mannes. „Der hier steckte sich offenbar einen Staubsauger über die Hoden und ins Rektum, was zum Verbluten führte. Die Details ..., entschuldigen Sie mich ..." Ein Assistent hatte Kraugard zugewinkt und in den Nachbarraum gebeten. Als Kraugard wieder kam, war er vollends betrunken.

„In der nächsten Stunde reden wir über die Babys, die an einem Schütteltrauma starben und auf Herdplatten gesetzt wurden, weil ihre Eltern sie nicht mehr wollten. Der Unterschied zwischen natürlichen und bewusst herbeigeführten Verletzungen, ist oft gut suu erkennen." Kraugard konnte das „z" nicht mehr aussprechen. Robert hatte genug gehört, er hatte großen Appetit auf ein schönes Medium-Steak, und die Mensa hatte noch geöffnet.

Versonnen beobachtete er an der Essensausgabe eine Studentin, als ihm jemand mit einem spitzen Gegenstand in den Rücken piekste. Er drehte sich um und blickte in das dämlich grinsende Gesicht eines Kommilitonen, den einige Studentinnen wegen seines guten Aussehens Beau nannten.

„Na, was machst du nun, du Freak?", fragte Beau.

Robert erwiderte nichts und wandte sich wieder seinem Essen zu, das er hinunterschlang. Er musste noch zu einem Seminar. Finster folgte er den Ausführungen des Dozenten. Am späten Nachmittag, es war November und früh dunkel geworden, folgte er Beau auf dem Weg zur U-Bahn.

„Hey, du hast was im Seminar vergessen."

„Ach, was denn?"

„Das hier!" Ohne jedwede Ankündigung rammte Robert seinem Gegenüber die Faust ins Gesicht. Beau pendelte mit dem Kopf, war schwer getroffen, blutete, hob eine Faust, als Robert nachsetzte und seinen Kopf mit voller Wucht gegen Beaus Stirn wuchtete, dann trat er ihm in die Eier. Beau ging zu Boden.

Robert legte eine Pause ein, er verspürte starke Kopfschmerzen, sah aber dennoch zufrieden aus. Er blickte auf Beau herab, der nun stärker aus der Nase blutete und kaum hörbar atmete. Dann ging Robert weiter, als wäre nichts geschehen.

Ich habe es ihm gut besorgt, ich hab es ihm wirklich richtig gut besorgt. Der wird mich nie mehr Freak nennen.

Der Überfall sprach sich auf dem Campus herum, aber Beau konnte die Attacke nicht beweisen. Und so hatte es juristisch kein Nachspiel für Robert. Aber es blieb nicht ganz ohne Wirkung. Daniela, eine hübsche Studentin, die sich ihr Studium nebenher bei der PanAm als Stewardess verdiente und sich für ihn interessiert hatte, ging ihm fortan aus dem Weg.

Candyman

In West-Berlin gaben die Amerikaner vor, was angesagt war. Ihr Sender, der AFN, spielte Songs wie Nenas „99 Luftballons". Die GIs sangen mit, wenn sie abends in einem der Pubs im Europacenter mit ihren Kollegen von der Royal Army ein Kilkenny tranken.

AFN-Moderator Rick deLisle, „der alte Ami", beamte das Angesagte über den Äther. Die Neue Deutsche Welle stand hoch im Kurs, Spliff, Trio und Ideal. Vom US-Hauptquartier in Dahlem schickte der Sender sein Programm weit über die Grenzen Berlins hinaus, bis in die Tiefen von Europas Osten. In Tempelhof gingen die Air-Force-Pilots ein und aus. Es war ihre Homebase. Einmal im Jahr präsentierten sie ihre Flugzeuge und luden zu Budweiser mit T-Bone-Steaks. Manchmal warf ein Helikopter vom Himmel Fuchsschwänze ab, an denen Süßes hing, wie bei der Berlin-Blockade. Pax americana mit Candy.

Robert mochte Uniformen, sie waren für ihn ein Spiegel der Ordnung, nichts blieb dabei, so sah er es, dem Zufall überlassen. Er spielte einige Zeit mit dem Gedanken, zur Fremdenlegion zu gehen oder sich von den amerikanischen Streitkräften anwerben zu lassen, aber er entschied sich für die Bundeswehr. Seine erste Einheit war bei Hamburg stationiert, eine relativ legere Truppe, deren Soldaten vor allem an die Wochenenden dachten. Dann waren sie bei ihren Freundinnen und die Kasernen leer. Robert nutzte die Zeit zum Lesen und für ausgedehnte Ausflüge. Als er einmal keinen Dienst hatte, fuhr er mit drei Kameraden nach St. Pauli. Sie liefen an den großen Clubs vorbei, dem „Safari" und den Laufhäusern, erkundeten die Herbertstraße.

Am U-Bahnhof Reeperbahn trat eine junge, attraktive Frau an sie heran. Sie kamen ins Gespräch. Nach wenigen Minuten ließ sie sich in das Auto der Soldaten plumpsen und tourte mit ihnen durch das Viertel, sie wurde sehr direkt: „Ich könnte euch einen blasen. Würde eigentlich gern einer mein Zuhälter sein? Ich könnte anschaffen, hab oft darüber nachgedacht, es ist okay."

Robert hatte das Gefühl, etwas tun zu müssen, ihr klarzumachen, dass das nicht ging, dass sie eine Verirrte war. Aber einer Suchenden konnte man schließlich helfen, so entschloss er sich zu einer verbalen Rüge, das sollte helfen.

„Du bist doch krank", schrie er, aber die Frau schien zu seiner Überraschung nicht bereit, es damit auf sich bewenden zu lassen. „Du Nazi-Sau!", brüllte sie.

Wer Robert in diesem Moment genau beobachtet hätte, hätte gesehen, wie sich seine Hände öffneten und schlossen, ohne dass er dies willentlich gesteuert hätte. Er hatte Probleme, sich zusammenzureißen und nicht vollends auszurasten. *Müsste ich jetzt nicht in die Kaserne zurück, würde ich dir Miststück den Arsch versohlen. Und du fändest es gut. Aber keine Sorge: Das werden wir nachholen.*

Einen Monat später, er hatte erneut ein dienstfreies Wochenende, fuhr er noch einmal nach St. Pauli, große Freiheit, ganz allein. Allein der Gedanke an die Huren und den schnellen käuflichen Sex erregte ihn. Er zitterte am ganzen Körper, als er aus der U-Bahn auf die Reeperbahn trat. Im Dämmerlicht des nahenden Abends fiel ihm eine einzelne Gestalt auf. An der Straße irrte eine Hure umher, sie hatte etwas verloren. Denn sie bückte sich immerfort. Robert näherte sich ihr, er wollte sehen, wonach sie suchte. Vor den Schaftstiefeln der Hure lag eine weiße Substanz auf dem Bordstein, die sie offenkundig verschüttet hatte und nun auflesen wollte. Dazu benutzte sie ein dünnes Papier. Unter dem spärlichen Röckchen, das sie trug, lugte ihr Arsch hervor.

„Mein Koks, mein schönes Koks, dieses Schwein ..."

Robert wusste nicht, wen die Frau meinte, aber es interessierte ihn auch nicht. Er trat in das Koks, zerrieb es mit seinen Schuhsohlen und lachte hämisch.

„Besser für dich, glaub mir ..., auch wenn du meine Hilfe

nicht verdient hast."

Die Frau blickte wortlos und eingeschüchtert zu ihm hoch, *sie hat verstanden*. Robert war stolz darauf, sich *durchgesetzt* zu haben. Er durfte es Frauen nicht durchgehen lassen, wenn sie über ihn lachten, immer und überall. Nein, das durfte er nicht. Er musste dieses Lachen einmal an der Pariser Rue St. Denis über sich ergehen lassen, dies würde ihm nicht noch einmal passieren. Damals hatte Robert dort eine Pärchenshow besucht. Er stand in einer engen Kabine und beobachtete, wie der Mann die Frau durchvögelte. Das Glas des Guckfensters war nicht verspiegelt, weshalb Robert stets versuchte, im Schlagschatten der Fensterklappe zu stehen. Doch es klappte nicht immer. Die Frau stand mehrfach während des Vögelns auf und trat an die Guckfenster heran, so nah, dass sie in die Kabinen hineinsehen konnte. Einige der Spanner in den Kabinen zuckten zusammen, sie sahen aus wie nette Familienväter, Hochschulprofessoren und Kinderärzte, dachte Robert. Die Reaktionen der Männer amüsierten die Frau, sie lachte. Dann stand sie vor Roberts Kabinenfenster und lachte immer noch, nur lauter, viel lauter. Hastig hatte Robert seinen erigierten Schwanz in die Hose geschoben, was ihm nicht leicht fiel, denn sein Ding war knüppelhart angeschwollen, aber irgendwie schaffte er es. Dann schlug er den Kragen seiner Jacke hoch und rannte aus der Peepshow, vor der er mit einem Pärchen zusammenstieß.

Sich fahrig entschuldigend und unter zahlreichen an sich selbst adressierten Flüchen lief er die Rue St. Denis entlang, Richtung Forum des Halles. Er musste etwas trinken, schnell und viel, und an dem Forum, das ein großer Platz mit vielen angrenzenden Lokalen und Geschäften auf unterirdischen Etagen war, würde er etwas zu trinken bekommen, ohne groß aufzufallen, das wusste er. In einem Café, das in seinem Namenszug etwas wie „Les artistes" führte, stürzte Robert in nur wenigen Minuten drei Glas Rotwein hinunter. Schon nach wenigen Minuten grinste er tumb. Halb benommen von dem Alkoholkick wankte er zu den Toiletten, die im

Keller des Lokals lagen. Das Café war bis in den letzten Winkel durchdesignt, die Klos machten da keine Ausnahme. Dümmlich grinsend zog Robert seinen Schwanz aus der Hose und pinkelte drauf los. Was er nicht bemerkte, war, dass er in ein Handwaschbecken pinkelte, das nicht nur ähnlich tief hing wie die Pissbecken, sondern auch verblüffend ähnlich gestaltet war.

Während er die letzten Pisstropfen von seinem Schwanz abschüttelte, er streichelte dabei gern seine Eichel, betrat ein hagerer Mann von um die 30 die Herrentoilette. Mit Abscheu blickte er in Roberts Richtung, aber er sagte nichts, sondern führte nur seine Hand zum Mund, wie es junge Mädchen tun, wenn sie etwas Unerlaubtes gesagt haben und sich dessen schämen. Er starrte zu Robert, besser gesagt: auf seinen Schwanz. Robert, der langsam sein Ding wieder in der Hose verstaute, nicht ohne zuvor an seinen Fingern gerochen zu haben, war jedoch nicht nach Publikum zumute. „You better leave, man, now!", rief Robert. Die französischen Worte dafür waren ihm entfallen.

„Boche", sagte der Mann, dann ging er.

Robert schlief an der Seine, in seinem Auto, was eigentlich nicht erlaubt war, aber immer noch besser, als nachts im Bois de Boulogne von irgendwelchen Typen durchgeknüppelt zu werden, dachte Robert. Bevor er einschlief, erinnerte er sich daran, wie er einmal auf Staten Island auf einer kleinen Anhöhe, von der aus man Manhattans Skyline sehen konnte, auf der hinteren Ladefläche eines Station Wagons übernachtet hatte. Aber es war ein verdammt kurzer Schlaf gewesen. Zwei Cops mit gezogenen Revolvern hatten gegen die Scheibe geklopft, mitten in der Nacht. Blinzelnd hatte Robert ihnen seinen Pass gezeigt. Sie ließen ihn wohl ziehen, weil er Ausländer war. Das Schlafen im Auto war auch im Bundesstaat New York nicht erlaubt.

Robert grinste diesmal nicht, dann schlief er ein.

Peeping Tom

Wenn er in seinen dienstfreien Zeiten mal nicht bei den Huren war, saß er in einem Bunker und schmökerte in Churchills Buch über den Zweiten Weltkrieg. Zu Beginn seiner Schicht trat stets sein britischer Vorgesetzter, ein Major der Royal Airforce, an ihn heran, es war ein Ritual, das dann folgte: „Hi, Chap ..."

„Sir!"

Robert salutierte und widmete sich danach immer geflissentlich seinem Job. Er beobachtete die Flugbewegungen in Mitteleuropa. Manchmal startete ein Flugzeug in Südengland und flog so schnell über die Ostsee, dass es kaum zu verfolgen war. Jets der Amerikaner, Lookheeds SR71 – Höhenaufklärer, 3,6-fache Überschallgeschwindigkeit, zu schnell für Abfangraketen. Manchmal „verirrten" sich die Superjets, flogen ein Stück über die DDR oder über Polen, das Baltikum oder die Sowjetunion. Robert erkannte auf den Lagekarten auch Berlin, ein Punkt im roten Meer. Wehmütig starrte er oft minutenlang auf den Punkt und dachte an Feli (*wie es ihr wohl geht?*) und Renée (*hat sie einen neuen Freund?*). Und so vergingen die Tage und Wochen und Monate in dem Bunker, den einst die Wehrmacht gebaut hatte. Dann war seine Zeit bei der Armee vorüber.

In Hamburg bestieg er eine Maschine der British Airways. Sie durchquerte die alliierten Luftkorridore, 3.500 Meter hoch, viel mehr war an Höhe nicht erlaubt. Robert nippte an einem Tomatensaft und blickte auf die DDR hinunter. Häuser, LPGs, Traktoren, Scheunen und Felder, sie erschienen Robert irgendwie *schmutzig*, er dachte aber nicht weiter darüber nach. In der Sitzreihe neben ihm saß eine attraktive Blondine, die kaum aus dem Fenster schaute, stattdessen aber wiederholt lächelnd zu ihm hinüberblickte. Verunsichert widmete er sich wieder seinem Tomatensaft.

Berlin lag unter einer dichten, tief hängenden Wolkendecke. Der Pilot leitete den Sinkflug ein. Als Robert dachte, sie würden bald irgendein in die Wolken ragendes Hochhaus rammen, durchstieß die Maschine die Wolken, und der Flughafen kam in Sicht.

Zu Hause fielen sich Feli und Renée in die Arme. Er war wieder zu Hause. Aber angekommen war er nicht. Der Gedanke an die Huren und den Sex während seiner Armeezeit ließen ihn nicht mehr los. An einem Sonntag brach er zu einem kleinen Ausflug auf.

„Ich hab noch etwas zu erledigen", sagte Robert zu Renée, sie lächelte.

Robert fuhr zum Bahnhof Zoo. Er hatte etwas zu erledigen. Zielbewusst steuerte er eine Peepshow an. Flackernde Neonröhren tauchten die Kabinen in ein schummriges unwirkliches Licht. Robert inspizierte die Liste der Frauen, deren Nacktbilder an einem kleinen Pinnboard an der Kasse anmontiert waren. Er buchte eine Liveshow mit Bonnie, eine 1,70-Meter-Blondine, leicht gebräunt, unten rasiert und nicht tabulos, wie sie ihm gleich zu Beginn der Session mitteilte.

„Meine Muschi darfst du nicht anfassen, und Verkehr gibt es auch nicht. Aber du kannst mich streicheln, und ich gebe dir eine schöne Handmassage. Für 'nen Zehner verwöhne ich dich mit dem Mund unten."

Robert ließ sie ihren Job machen.

„Schön, sehr schön, ja, gut so", sagte er - und blickte kalt und desinteressiert auf sie herab und streichelte ihren Rücken mechanisch.

Noch vor Ablauf der Zeit, er war schnell gekommen, verließ Robert die Kabine und betrachtete die Bilder der anderen Frauen, die am Kassenhäuschen hingen. Doch er wurde gestört. Fluchend kam eine türkischstämmige Putzkraft auf den Kassierer zugelaufen: „Diese Schweine, diese verdammten Schweine!" Ein Mann hatte in einer der Peepshow-Kabinen offenbar nicht nur seinen Saft verschossen, sondern übel Riechendes hinterlassen. Es stank erbärmlich, Robert drehte sich angewidert um und erstarrte.

Eine Frau hatte die Peepshow betreten. Zügig ging sie auf die ‚Private'-Kabine zu, sie hatte Bonnie bestellt. Der Mann an der Kasse sah Roberts Blick und grinste dreckig. Bevor sich die Tür hinter ihr schloss, sah Robert, wie Bonnie die Kabine betrat. Sie schien nicht überrascht. Robert blieb vor der Kabine stehen, versuchte zu hören, was geschah. Doch die Hintergrundmusik, eine Endlosschlaufe mit Abba-Songs, übertönte alle anderen Geräusche. In seiner Fantasie sah er Bonnie mit der Unbekannten, wie sie es *taten*. Wie sie sich immer wieder an den *verbotenen Stellen* küssten und kraulten und wer weiß was noch, immer und immer zu. Die *frechen* Mädchen mussten *bestraft* werden, das war doch klar. Aber zunächst einmal musste er sich um seine Belange kümmern. Langsam wanderte Roberts Hand an den Schritt, sie lag auch noch dort, als er längst zu Hause im Bett lag, weiterhin an die Frauen dachte und ein *böser Junge* war.

Was für ein schönes Püppchenpaar, küsst euer Schönstes ...

Im Wendekreis des Krebses

Die Wochen des Müßiggängertums, in das Robert nach seiner Armeezeit verfallen war, vergingen ohne nennenswerte Ereignisse. Er schlief wieder ähnlich lange wie während seiner Schulzeit und ließ die Tage verstreichen, als hätte die Zeit kein Maß. Er lief durch Berlin, setzte sich vor Cafés, beobachtete die Menschen auf den Straßen und sah sich selbst als eine Art Künstler, dessen große Zeit noch kommen würde. Nur weil er seine Bestimmung noch nicht kannte, nicht *er*kannte, hieß das ja nicht, dass der Ruf nie kommen würde, der ihn groß werden lassen würde, dachte er. Und so verstrichen auch die Monate.

Als sein während der Armeezeit gespartes Geld fast aufgebraucht und Robert wieder einmal ziellos über den Ku'damm gelaufen war, traf er Jasmin, die Schwester seines besten Freundes Jasper. Robert hatte sich zunächst gefreut, doch die Freude war dem Entsetzen gewichen. Jasper war schwer erkrankt. „Erschreck dich nicht, aber bei ihm wurden Krebszellen gefunden", berichtete Jasmin weinend. „Im Frühjahr hatte es mit einem Husten angefangen, zunächst noch unauffällig. Es hätte eine Grippe sein können oder eine simple

98

Erkältung, doch der Husten steigerte sich, gestern starb er dann. Er liegt noch in seinem Krankenzimmer. Du kannst ihn noch besuchen, zum Abschied. Ich, ich ..." Weiter kam Jasmin nicht, sie weinte nur noch.

Ängstlich betrat Robert das Hospital. Eine Krankenschwester geleitete ihn zu dem Sterbezimmer. Als sie die Tür geschlossen hatte, trat Robert näher an das Bett des Toten. Jaspers Gesicht war schneeweiß.

„Warum?", rief Robert, Tränen liefen über seine Wangen, er wollte sie nicht abwischen. Auf einem Stuhl neben Jaspers Bett nahm er Platz. Der Freund lag da, ganz still und friedlich. Robert konnte den Blick nicht von ihm abwenden. *Warum hast du dich nicht gemeldet, mein Freund, was soll ich tun, sag es mir?*

Als koste es ihn unendlich viel Kraft, erhob sich Robert mit einem Ächzen. Er trat an das Krankenbett heran und legte dem toten Freund die Hand auf die Stirn. Sie war eiskalt. Ruckartig riss Robert seine Hand zurück. Kurz dachte er daran, einige Sätze zu rezitieren, die ihm einst ein buddhistischer Mönch als Gebet für Verstorbene beigebracht hatte, aber er ließ es, nickte Jasper noch einmal zum Abschied zu und ging.

Ich überstehe diesen Tag nicht.

Auf dem Weg vom Krankenhaus nach Hause legte Robert einen Zwischenstopp in einem Supermarkt ein. Er lief sofort zum Spirituosenregal. Wahllos packte er Flaschen in den Einkaufswagen. Es interessierte ihn nicht, was es war, es musste nur genügend Prozent haben.

Langsam näherte er sich der gemeinsamen Wohnung. Renée und Feli waren nicht da, er schloss sich in seinem Zimmer ein und trank wie ein Besinnungsloser. Im Vollrausch poste er vor dem Spiegel, den er an der Seite seines Kleiderschrankes angebracht hatte.

„Hässlicher Dorian Gray, duuu hässlicher Dorian Gray ...", brüllte er.

„Robert, hallo, bist du da?"

Die Klinke seiner Zimmertür wurde heruntergedrückt.

Obwohl sie abgeschlossen war, duckte er sich. Er hatte vor lauter Trunkenheit überhört, dass Feli nach Hause gekommen war. Nun galt es, Normalität vorzutäuschen.

„Hab mich schon hingelegt, will nur schlafen ..."

Ich habe gelallt, hat sie es gehört? Ich darf mich nicht so gehen lassen, ich muss für sie da sein.

Negative Gefühle fluteten durch seinen Kopf, die Scham, wieder versagt zu haben, sich geschädigt zu haben, niemandem zu genügen. Ängstlich darum bemüht, möglichst keine glasklirrenden Geräusche zu erzeugen, räumte er die Flaschen in seinen Kleiderschrank.

„Vorgezogene Nachtruhe, mein Guter", flüsterte er und legte sich hin. Sein Herz raste, aber er zwang sich in den Schlaf.

In den folgenden Tagen trottete er niedergeschlagen durch die Berliner City, unfähig zu irgendeiner sinnvollen Tätigkeit. Renée ermunterte ihn, sich bei den verschiedensten Firmen zu bewerben, doch Robert winkte immer ab.

„So blöd, zu langweilig, zu durchschnittlich", lauteten seine Kommentare, er hatte ganz und gar nicht vor, sein Lebensmodell eines Bohemien bereits zu beenden, obwohl Renée eines Tages sagte, sie würde ihn nicht endlos finanzieren. Die Rettung kam von außerhalb, von Jasmin.

Sie hatte angerufen und ein unwiderstehliches Angebot unterbreitet. Jasper hätte eine Reise in die USA geplant, erklärte sie. Über einen philanthropischen Verein hatte ihr Bruder ein 1950 aus Deutschland nach Kalifornien ausgewandertes Ehepaar kennengelernt. Chris und Walter, so hießen sie, suchten einen jungen Deutschen, der ihr Grundstück in Schuss halten und vielleicht sogar ihr Haus übernehmen sollte, denn sie hatten keine Erben.

„Hättest du nicht Lust, für Jasper einzuspringen?", fragte Jasmin, Robert sagte spontan zu. Es entzog ihn gewisser Pflichten, vor allem dem Drängen Renées, endlich einen Job zu finden.

Eine Durchsage des Flugkapitäns riss ihn aus dem Schlaf: „We are flying at an altitude of 36.000 feet, due to a jetstream turbulences are likely to occur, therefore remain seated until the signs above you have been switched off, have a nice flight ..." Der Rest der Ansage wurde von einem Knistern und Knacken aus den Lautsprechern übertönt. Robert ärgerten die kurzen Ansagen von meist gelangweilten Flugkapitänen, die fast nie zu verstehen waren, weil sie irgendwie immer in einem Rauschen endeten. Schläfrig blickte er aus dem Fenster. Nur wenige Wattebauschwölkchen verdeckten die Sicht auf die Erde. Unten zog die Prärie vorüber und der Traum von der american frontier, die magische Grenze, die sich immer weiter nach Westen verschob, weil sie geschoben worden war, unaufhaltsam. Von den Pionieren, die mit ihren Planwagen westwärts strebten, von den Eisenbahngesellschaften, die den Atlantik mit dem Pazifik verbinden wollten, den Ranchern, die auf noch besseres Weideland hofften, und von den Goldsuchern, die der Sucht verfallen waren und die aus jeder neuen Horizontlinie Grenzerwartungsland machten. Die Wüsten, die Rockys, the great plains, das Land musste doch nur in Besitz genommen werden. Weiter, immer weiter, das war der Traum der Pioniere, das Hoffen auf ein glücklicheres Leben. Es lockte bis heute und es lockte auch Robert.

Der goldene Saum der Welt, irgendwo unten, hinter den Bergen, den Flüssen und ausgetrockneten Creeks, da liegt er.

Eine halbe Stunde nach der Aufforderung der Cabin Crew, die Sitzlehnen wieder in die Senkrechte zu bringen, kam die Skyline San Franciscos in Sicht. „Great", sagte ein Amerikaner neben ihm. Robert nickte zustimmend, er musste zwar weiter, nach San Diego, zu den beiden Alten, die auf ihn warteten, doch die Stadt an der Bay wollte er gesehen haben. Er checkte im YMCA in San Franciscos Zentrum ein. Nachts erwachte das Hostel zu einem unwirklichen Leben. Die Muskelmann-Brigade verschränkte die Leiber, penetrierte, auf Teufel komm raus. Es war zu hören, aus allen Richtungen.

Comfortable guy, ich bin dein Constable, dein Copland-Typ. Du willst es hart, dann zier dich nicht!

Robert fielen die irrsinnigsten Szenen und Dialoge zu den Geräuschen ein, dann kramte er aus seiner Reisetasche drei Budweiser hervor, die er im am Airport gekauft hatte, und knipste den Fernseher an. Aufgeregt sprach ein Sportmoderator über irgendeinen weißen Quarterback, der durch politisch unkorrekte Äußerungen über einen Afroamerikaner ins Gerede gekommen war.

„Wie interessant ..." Roberts Augen fielen während der Nachrichten immer wieder zu. Er leerte die Bud in wenigen Minuten. Ermüdet von Lärm, Alkohol und Jetlag nickte er ein.

Erst das Klopfen der Putzfrau weckte ihn. Krampfhaft überlegte er, wie er unbehelligt seine Morgentoilette erledigen sollte. Bilder aus den Duschtrakten amerikanischer Gefängnisse kamen ihm in den Sinn, auf seiner Stirn bildete sich ein dünner Schweißfilm. „Mich bekommt ihr nicht, mich nicht", sagte Robert leise, während er durch den Türspion den Flur entlang zum Waschraum spähte. Erst als niemand mehr auf der Etage zu sein schien und kein Laut aus den Nachbarzimmer drang, traute er sich zu den Duschen. Er benötigte für die Morgentoilette nicht einmal eine Minute, dann rannte er zurück in sein Zimmer.

Als er das Hostel verließ, stand die Sonne bereits im Zenit, vergessen waren die dunklen Gedanken aus der Nacht. Robert entschied sich zu einer Stadtrundfahrt mit dem Bus. Skyliner-Busse mit riesigen verspiegelten Panoramafenstern chauffierten die Touristen durch die Stadt.

„Hi, Sweety, where do you want to go to?", fragte Ruby, eine Puerto Ricanerin, die in seinem Bus erklärte, was wichtig war und was nicht. Der Bus schwenkte auf die Golden Gate Bridge. Staunend betrachtete Robert San Franciscos Skyline, Sausalito, Berkeley, Fishermans Wharf, die Riesenbäume, die Sequoias, Redwoods. Im Silicon Valley, in der Erfinderstadt Palo Alto, hielt der Bus für eine Erfrischungspause. Durstig stürzte Robert auf einen Getränkeautomaten zu. Daneben saß ein Led-Zeppelin-Typ. „Eines Tages werden wir mit Computern die ganze Welt vernetzen, ALLE und ALLES, hört ihr ... es wird eine Matrix ... ein weltweites Netz ..., alles wird vernetzt, und das Netz wird die Macht übernehmen, denn seine Grundstruktur ähnelt den Neuronen, hört, so hört doch, seid gewarnt." Keiner beachtete den Mann. Am Tag darauf checkte Robert nach San Diego ein, tief unter ihm glitt LA vorüber, Long Beach, Cameron-Diaz-Country.

Am Airport von San Diego mietete Robert einen Ford Mustang. Nach stundenlanger Autofahrt durch buschiges Hügelland erreichte er die beiden alten Deutschen. Walter, der Hausherr, saß auf seiner Terrasse und blickte zum Garten des Anwesens, Chris war in der Küche zugange, was ein Klimpern von Geschirr und das Summen elektrischer Geräte verriet. Die Begrüßung fiel freundlich, aber distanziert aus.

Schon nach wenigen Tagen wurde Robert unruhig, er fand es zu ruhig bei den beiden Alten, viel zu ruhig. Bei der Fahrt über den Highway war ihm nicht weit entfernt die Leuchtreklame einer Tabledance-Bar aufgefallen. Sie zeigte ein Bikinimädchen, von dem wohl die Mehrheit alles Beachboys träumte. Eine Blondine mit flachem Bauch, Colgate-Blitzlächeln, sonnengebräuntem Teint und perfekten Kurven. Das wäre was, dachte Robert. Am selben Abend saß er dort, vor sich ein Bier und nur gelegentlich schüchtern zur Bühne blickend. Immer wenn eine der Tänzerinnen zu ihm schaute, wandte er sich scheu ab. Dünne Endlosbeine staksten auf High Heels über die Tanzfläche. Vier bis fünf Girls wirbelten um die Stangen und vollführten ballettreife Figuren. Eine der Tänzerinnen ging vor ihm in die Knie, leckte sich über die Lippen und spreizte dann ihre Beine. Ein winziger Slip bedeckte ihr Tangadreieck.

„Wanna see a lapdance?"

„No, thanx." Nach einem Hüftschwungtanz war ihm nicht zumute. Er steckte der Tänzerin eine Zehn-Dollar-Note in den Slip, vermied den Blickkontakt, dann shakte sie weiter. Er schaute ihr hinterher, sie war unzweifelhaft ein *Gerät*. Ihre eindeutig Silikon unbehandelten Naturbrüste standen igelschnauzenmäßig nach oben in die Luft gestupst. Sie waren gepierct, was er ziemlich scharf fand, und auf ihrem linken Oberschenkel war „Chantal" eintätowiert, was er weniger scharf fand. Robert leerte in kürzester Zeit vier Budweiser. Der Alkohol dämpfte das Zittern seiner Arme herunter. Er musste für kleine Jungs, das Bier drückte nach unten.

„Are they hookers?", fragte Robert einen Mann auf dem Klo. „No, my son, and you better go home."

Der Mustang trug ihn zurück zu den beiden Alten in den Coyote-Hills im Orange County.

Was soll ich nur tun?

Er spürte dieselbe große Leere und Langeweile, unter der er seit seiner Kindheit litt. Die einzige Strategie, die er je dagegen entwickelt hatte, war es, sich mittels seiner Träume der Wirklichkeit zu entheben, aber dies bedurfte einer *Zielvorgabe*, wie er es nannte. Nur wollte sich diese nicht einstellen. Er beschloss, sich schlafen zu legen. Trotz der drückenden Hitze und aufkommenden Kopfschmerzen war er nach wenigen Minuten eingenickt. Er träumte Gruseliges, sah sich mit einer langen Sichel durch Orange County laufen. Der Vollmond tauchte die von flachen ausgedörrten Büschen bewachsene Ebene neben den weitläufigen Orangenplantagen in ein diffuses Licht. Eine in ein weißes halbtransparentes Tuch gehüllte Gestalt rannte vor ihm davon, eine Frau, so viel erkannte Robert. Er rief: „Püppchen – will doch nur Püppchen ernten ..." Die Frau entkam ihm. Und so kehrte er heim, allein, in sein Haus, das aussah wie die Miniversion einer geschrumpften Schwarzwald-Fachwerk-Hutzelbude und in einem Wald fernab der Zivilisation stand. „Hallo Geronimo, wo bist du?" Es war der Name seiner Katze. Sie schaute ihn hasserfüllt an, denn Robert war ohne *Beifang* nach Hause gekommen. Dabei gebührte ihr der Beifang, wenn er von der *Verrichtung* kam, so war ihr Deal. Robert lachte.

Geronimo entstieg dem hölzernen Laufrad, mit dem er über einen Dynamo das Licht für die Lampe erzeugte, die Robert ein Leuchtturm in der Finsternis war und deren

Schein ihn stets sicher nach Hause geleitet hatte, wenn er wieder *Böses* getan hatte. Robert lugte zu seiner „Laufkatze", die auf ihn zu gerannt kam. Das Laufrad drehte sich nun antriebslos langsamer und langsamer, und Robert wusste, dass er nun Beifang war. Er hörte sich noch schreien, da labte sich Geronimo bereits an seinem Hoden.

Als er aus seinem Albtraum aufwachte, war die Bettwäsche von Schweiß durchtränkt.

Ich werde verrückt, oder bin es längst. Alle sagen es, und ich sehe es, in den Spiegeln, überall...

Robert beschloss, den düsteren Gedanken Positives entgegenzusetzen. Er ließ den Mustang nach Palm Springs sprinten. Frank Sinatra und Bob Hope Drive, Amerika ehrte dort seine Künstler mit Straßenschildern und, obwohl es erst August war, standen in den vollklimatisierten Einkaufscentern bereits Weihnachtsbäume. Ihre Äste waren fast gänzlich zugehängt mit Lametta, silberne Raketenbäume, Kinder turnten vor ihnen herum, während ihre Eltern und Großeltern nach Geschenken Ausschau hielten. Ungläubig schüttelte Robert den Kopf, er brauchte jetzt eine Erfrischung, das Thermometer stand über 108 Grad Fahrenheit. Bei McDonald's holte er sich ein Eis, das er gierig herunterschlang, während er die kreischenden Kinder beobachtete. Dann ging es weiter. Zum Mount Palomar mit seinem Riesenteleskop, zu den Palmtreehainen und Windmühlenräderwäldern im Wüstenland. Schließlich lenkte Robert den Mietwagen in einem großen Bogen zurück – zur Pazifikküste, nach La Holla, ein Städtchen nördlich von San Diego.

Unterwegs stieg Janine zu, die in der Nachbarschaft seiner Gasteltern als deutsches Au-pair arbeitete. Sie fuhren zum Surferbeach. La Holla war auch die Heimat eines der einflussreichsten Bosse der mexikanischen Drogenkartelle, die mit Koks handelten, an der Grenze, bei Tihuana. Aber von all dem wusste Robert nichts, noch nicht.

Körpergranaten

Am Strand von La Holla tummelten sich ein paar Surfer-Boys. Aber die Wellen waren an diesem Tag nicht allzu hoch, weshalb die Gruppe bald Budweiser trinkend zusammen-saß. Robert schaute zu ihnen hinüber, als Janine auf ihren Gastvater Jason zu sprechen kam. „Er arbeitet beim Homi-cide-Dezernat, ein superwichtiger Job, weißt du, es geht da um Tote und unaufgeklärte Morde ..."

„Ah", antwortete Robert, während ein paar von der San Diego Naval Base kommende F-15-Jets über das Meer don-nerten, „das ist sicher sehr interessant".

„Absolut. Gerade heute früh wurde Jason aus dem Bett geklingelt. In den Hügeln, nicht viel weiter hinter unserem Haus, im Orange County, wurde eine Frauenleiche entdeckt. Er hat nicht viel erzählt, nur dass sie wohl ziemlich zugerich-tet wurde und ein bisschen nuttig, hooker-like, bekleidet war ..."

Robert war plötzlich hellhörig geworden.

„Wo genau wurde sie gefunden?"

„Na, sag ich doch, nur ein paar Hundert Meter entfernt ..., warum fragst du?"

„Nur so ..." Er wandte sich von ihr ab, starrte in den Him-mel und war froh, als Janine das Gespräch mit Banalem fort-führte.

„Warum trägst du eigentlich so lange Badehosen. Ich mag diesen amerikanischen Style überhaupt nicht."

„Ist halt bequem."

„Ich mag bei Männern nur körperbetonte Badehosen", sagte sie und verzog das Gesicht. Robert schaute zu den Sur-fern und überlegte, wie er Janine unauffällig abschütteln konnte. Er erklärte ihr, dass er in San Diego noch etwas für Chris und Walter einkaufen müsse. Janine verstand den Wink, schaute ihn noch eine Weile lang beleidigt an, darauf hoffend, dass sich die Sache mit dem Einkauf irgendwann erledigt haben könnte, dann packte sie schmollend ihre Sa-chen und lief zum Bus.

Er blickte noch lange auf den Pazifik, der an diesem Tag spiegelglatt war. Die Sache mit der Toten im Orange County ging ihm nicht aus dem Sinn. Als die Sonne unterging, saß er immer noch am Strand, Pfiffe rüttelten ihn aus seiner Lethargie. An der Promenade rollte ein Buick mit zwei jungen Teenagergirls an ihm vorbei, die Mädels darin waren höchstens 18, trugen Sonnenbrillen und knallroten Lippenstift. Eine der beiden pfiff noch einmal, es galt ihm. Robert mochte das Rot, auch auf Fingernägeln, vor allem langen Nägeln, an langen Fingern, das war sein Ding.

„Hey sexy, wanna have a lift?", fragte das größere der Mädchen.

„No, thanx, I am foreigner. " Robert lächelte unsicher und schaute dann weg. Der Buick zog mit dem leisen Rasseln seiner Zylinder weiter.

Auf dem Heimweg zu seinen Gasteltern legte er einen Zwischenstopp in einer Bar ein. Am Tresen saßen zwei Blondinen.

„You are looking great", sagte Robert zu der einen, nachdem er das vierte Budweiser geleert hatte.

„Where are you from?", fragte sie.

„Berlin, Germany."

„Did u come by bus? "

Robert stutzte kurz und verneinte höflich: „You've got to fly. The Atlantic Ocean is very big ... "

Du dämliche Kuh, ich würde am liebsten...

Die Unterhaltung war für ihn vorbei, er legte ein paar Dollar nebst Tipp auf den Tresen und verließ dann leicht schwankend die Bar. Ihre Türen quietschten wie die eines Saloons in der Wild-West-Kulisse eines Hollywoodfilms.

Als er am nächsten Morgen aufwachte, hatte er noch Restalkohol im Blut und einen mächtigen Steifen. Er dachte an die nuttig bekleidete Tote, wichste lange und kam in eine Serviette, die er, gut verdeckt durch andere Dinge, im Mülleimer verstaute. Er schaute auf die Terrasse, irgendetwas stimmte nicht. Weit und breit waren kaum Tiere zu sehen. Das Thermometer zeigte 116 Grad Fahrenheit an. Robert schwitzte und leerte eine Viertel Gallone Orangensaft. Er versuchte jede noch so kleine Bewegung zu vermeiden, diese Hitze war einfach nicht sein Ding. Regungslos lag er auf seinem Bett und döste vor sich hin.

Dann, ganz plötzlich, verstummten die Vögel, die sonst immer in den benachbarten Orangenhainen saßen und trällerten. Die Schranktüren begannen zu vibrieren, ein Erdbeben. Robert hatte das Gefühl, als würde Chris und Walters Haus um einige Meter versetzt, und ein wenig war es auch so. Radiokommentatoren berichteten wenig später, dass das Beben die Landschaft um einige Zentimeter horizontal verschoben hatte. Für seine Gasteltern war es Routine.

Aus der Küche erklang Chris Stimme.

„Don't worry. Now is breakfast time, do you want paaaannnncakes?"

„Yes, thank you, very kind."

„How many do you like?"

„Two or three, please." Robert wusste, dass diese Antwort und was auch immer er sonst sagen könnte, in ihren Augen falsch war.

„You want five?"

„Ähm, yes, why not."

„What do you mean with: why not?"

„I like five ... "

„Why didn't you say that from the beginning?"

Du hast lange keine Tracht Prügel bekommen, oder etwas anderes, Lady...

Tags darauf verabschiedete er sich, dankte Chris, die ihn nur flüchtig anschaute. Walter grinste. „Komm gut heim", sagte er, und sie: „I give you some company. You behave so ‚unsicher'. I can't leave you alone. I have to ensure that you reach your plane. You are so ‚unsicher'..."

Robert rannte zu seinem Mustang, schmiss seine Reisetasche hinein und startete den Motor. Ein letzter Blick zurück, ein Paar winkender Arme. Walter schaute ihm hinterher, bis er um eine Böschung bog, Chris sah er nicht.

Gegenwart. Die Bar in Berlin-Mitte. „Wenn ich damals gewusst hätte, wie gefährlich Drogen sind ...", flüstert Robert. Er hat kurz zuvor auf der Toilette Koks zusammengekratzt, das andere Gäste der Bar hinterlassen hatten.

Wie viele Lines habe ich eigentlich schon genommen? Er kann sich nicht erinnern und legt sich aus seinem Vorrat eine weitere. Als er an seinen Platz zurückkehrt, sitzt dort eine rothaarige Frau. Sie sieht seine geweiteten Pupillen und lacht gierig. Eine Stunde später verschwindet sie mit einem Typen im Herrenklo, wo sie bumsen. Robert hört es, als er erneut die Toilette aufsucht, um etwas Ketamin einzuwerfen. Das Mittel wurde zur Betäubung wilder Pferde eingesetzt – und von Kokainkonsumenten, die zu viel vom kolumbianischen Marschierpulvers genascht hatten. Nach dem Ketamin trinkt Robert einen Wodka, gefolgt von einer weiteren Line Koks. Er wartet kurz, bis die euphorisierende Wirkung eintritt, dann steht er auf und schickt sich an, zum Bartresen zurückzugehen. Im Flur vor den Toiletten wird ihm schwindelig. Sein Versuch, ein Geländer zu ergreifen, schlägt fehl, er verfehlt die Haltestange und bricht zusammen. Das Ketamin hat ihn mit der Wucht eines ungestüm nach unten rasenden Fahrstuhls in den Keller aller Empfindungen und Gefühle gebombt, ins „K-Hole". Er erinnert sich noch kurz an einen wissenschaftlichen Aufsatz darüber, dann verliert er das Bewusstsein.

Liebe in Honis Land

Die Momente des Staunens waren ihm abhandengekommen und nicht nur das: Das Staunenkönnen an sich war fort, wenn auch nicht zur Gänze.

Ende der 80er Jahre rockten David Bowie, The Eurythmics und Genesis West-Berlin vor dem Reichstag. Boxentürme trugen die Klänge bis zum Prenzlauer Berg. Viele Fenster waren dort geöffnet, um einzufangen, was nicht erlebbar war.

Robert interessierte das Leben hinter der Mauer, er besorgte sich einen Besuchsschein. Ost-Berlin wurde sein Schau-ins-Land. Die DDR akzeptierte die massenhafte Einreise des Klassenfeindes und das Quäntchen Demoralisierung, das jeder Westler in ihr hinterließ. Für ihn war es eine andere kuriose Welt, in der kleine Notizrollen vor den Wohnungstüren hingen. Denn ihre Bewohner wollten ja wissen, wen sie während ihrer Abwesenheit verpasst hatten. Telefon besaßen nur wenige. Die DDR besaß aus Roberts Sicht auch anderes Liebenswertes: kleine Parkeisenbahnen, den Sandmann und Pittiplatsch, das Ampelmännchen und merkwürdig verschnörkelte Metallgitterzäune, die es so nur im Osten gab – von der Elbe bis nach Kamschatka.

Robert nutzte verschiedene Grenzübergänge, am häufigsten den am Bahnhof Friedrichstraße. An diesem Tag, es war ein ganz gewöhnlicher Samstag, musste Robert bei der Einreise auffällig lang warten. Immer wieder verglich der DDR-Grenzsoldat sein Gesicht mit dem Foto im Ausweis. Sekunden wurden zu Minuten. Nervös tippelte Robert von einem Fuß auf den anderen.

„Sie sind oft in der Hauptstadt der DDR ... und Sie sind schon einmal festgenommen worden."

„Ja, aber ich finde es schön hier." Robert grinste unsicher, ihm war nichts Besseres eingefallen.

Der Grenzer drückte einen Knopf, mit einem Summton entriegelte sich die Tür. Robert atmete auf. Er durfte den Durchgang, der nur schulterbreit war, passieren. Dahinter standen zwei Grenzsoldaten, sie trugen auf Hochglanz polierte Stiefel. Sie strahlten etwas Martialisches aus, und das faszinierte Robert.

Was man damit alles tun könnte? Es sind auf jeden Fall Stiefel für einen guten Auftritt.

„Haben Sie etwas zu deklarieren, führen Sie Mark der DDR mit sich?", fragte ein DDR-Zöllner.

„Nein."

„Na, dann kommen Sie doch mal mit."

„Aber, ich ... habe doch nichts getan ..."

„Bitte kommen Sie mit." Die Stimme des Grenzsoldaten war nun fordernder.

Robert wurde zu einer Umkleidekabine gelotst. Er verspürte ein mulmiges Gefühl. Am Bahnhof Zoo hatte er zuvor DDR-Mark im Verhältnis 1:12 eingetauscht.

„Entleeren Sie Ihre Taschen und ziehen Sie Ihre Hose aus."

Mit einem mulmigen Gefühl ließ Robert seine Hose nach unten gleiten. Die Zöllner fanden sein DDR-Schwarzgeld nicht, er hatte es in der Unterhose versteckt.

Der Fahrer eines Schwarztaxis, die in großer Zahl durch Ost-Berlin fuhren, gab Robert einen Geheimtipp: die „Yucca"-Bar in Prenzlauer Berg. Viele schöne Frauen gebe es dort, die meisten seien leicht zu haben. Die Bar war übervoll, aus den Lautsprechern dudelte der Puhdy-Song „Über sieben Brücken musst du gehen", danach West-Songs und wieder ein Ost-Song, das Verhältnis musste stimmen, die Vorschriften waren so. Robert bestellte zwei Cocktails, zur Sicherheit. Diesmal war er nicht sturzbetrunken, er fasste Mut, sprach ein Pärchen an. Er fand dies leichter und unauffälliger, als eine Frau oder zwei Frauen anzusprechen.

Sie redeten und lachten. 14 Tage später, Silvester 1988, besuchte er das Paar, der Mann hatte zu einer Party geladen. Robert war ganz auf dessen Freundin fixiert, er fand sie scharf, und die beiden lebten wohl getrennt, wie er erfahren hatte.

Wie kann ich nur an sie herankommen?

Er hatte eine Idee.

„Zu Silvester hat man doch immer einen Wunsch frei."

„Und der wäre?", fragte sie und lachte.

„Ein Kuss", sagte er, sie ließ ihn gewähren.

„Darf ich dich wiedersehen?"

„Na klar."

Weil sie etwas Ähnlichkeit mit Romy Schneider hatte, die er aus Filmen kannte, nannte er sie Romy. Es war ihr recht, denn ihren richtigen Namen, Pamela, mochte sie nicht besonders. Er traf Romy am Müggelsee, im Palast der Republik und in Leipzig. Sie zeigte ihm auch Dresdens Zwinger, das Blaue Wunder, die Brühlschen Terrassen und das Albertinum. Sachsens Könige und Kurfürsten hatten viele Erinnerungssteine hinterlassen. Traummaterial, Staunsteine, die der Bevölkerung halfen, sich in eine andere, als besser erhoffte Zeit hinfort zu träumen. Ohne Bevormundung und Mangelwirtschaft.

Romy trug oft High Heels, wie viele junge Frauen in der DDR damals. Sie war seine erste echte und über Monate andauernde Beziehung. Wenn sie sich nicht sahen, telefonierten beide, schrieben sich Karten, er sprach von Liebe, sie ebenso.

Es war ein schöner Sommertag, als er beschloss, sie an ihrem neuen Arbeitsort in Brandenburg zu besuchen. Der Fassadenputz der meisten Häuser war heruntergefallen. Er hielt sich an ihre Wegbeschreibung und enterte schließlich ein Treppenhaus hinauf bis zur vierten Etage. Romy teilte sich die Wohnung mit einem Mitbewohner, der nie zu sehen war. Ein stiller, unheimlicher Mitbewohner. Und auch in dem Umfeld des Hauses offenbarte der Sozialismus sein dramatisches Antlitz. Viele Auslagen der Geschäfte waren leer, aber Kuchen gab es reichlich, wenn auch nur zwei, drei Sorten. Robert erinnerte das an den Vorabend der französischen Revolution, als Marie Antoinette über die Aufständischen sagte: „Sie haben kein Brot? Dann sollen sie Kuchen essen."
Es war kurz vor der Revolution, so wie in der DDR.

Romy und Robert kauften Torte, Rotkäppchen Sekt und Tonic, zum Mixen, denn auch Gin gab es kurioserweise in Mengen. Sie hatte vor seiner Ankunft ein Kilo Fleisch gekauft. Der benachbarte Konsum-Markt hatte mal wieder eine Lieferung bekommen hatte, was keine Selbstverständlichkeit war. Romy ergriff, was sie bekommen konnte.

„Ist da nicht ein bisschen viel für uns?", fragte Robert.

„Nein, nein, warte mal ab."

Mit einem Plumms ließ Romy das gesamte Fleisch in die Pfanne fallen, Fasziniert schaute Robert zu, wie das Fleisch in Windeseile auf weniger als die Hälfte seines ursprünglichen Umfanges schrumpfte. Das Fleisch war voller Wasser, und die DDR wie eine aufgespritzte alternde Kokotte. Nur waren die Schönheitsoperationen misslungen. Die Bandagen waren blutig und aus vielen Stellen an ihnen suppte das Wundwasser heraus.

Die Fenster im Schlafzimmer, das eine winzige Diele war, standen offen. Die Gasleitungen in Romys Wohnung waren defekt und nicht nur die. Durch ein kleines Loch im Küchenboden konnte man in die darunter liegende Wohnung schauen, der Boden rund um das Loch war gummiweich. Das Land stürzte den Menschen unter den Füßen weg, in sehr realer Weise. In der Nacht kühlte die Wohnung wegen der Dauerbelüftung so stark herab, dass Robert zitternd auf dem Bett lag und nicht schlafen konnte. Er zuppelte etwas Decke von Romy zu sich herüber, die bis dahin selig unter der Decke geschlafen hatte. Sie wachte auf und küsste ihn zart auf die Schulter.

„Schläfst du mit mir, … dringst du in mich ein?", fragte sie und lächelte.

Er lächelte unsicher zurück, blickte auf ihre Brüste und zuckte zusammen. Ihre Brustwarzen schienen wie zwei Spiegeleier auf ihren Brüsten zu schwimmen, wenn er sie leicht mit seinen Fingern anstupste. Es geschah zwar lediglich in seiner Fantasie, aber es turnte ihn ab, und so verfiel er in seinen uralten, selbst antrainierten Modus der Selbstablenkung, er fiel in eine Kindlichkeit, die er nie wirklich hatte ausleben können, weil seine Kindheit zu kurz gewesen war.

Er tippte Romy mit dem Zeigefinger an die Stelle, die Nase und Oberlippe verbindet. „Ich mag diesen kleinen Steg, wenn du meine Prinzessin bist, dann bin ich dein Prinz", sagte Robert, und seine Stimme klang wie die eines ganz kleinen Jungen. Romy blickte ihn zunächst verwundert und dann gänzlich verständnislos an. „Ich brauche jetzt einen Mann", sagte sie, „verstehst du das?" Unsicher lächelte er, dann sagte er, als hätte er ihre Frage nicht gehört, „Schlaf schön". Aber er hatte die Frage gehört. Nur wusste er nicht, was er darauf antworten sollte. Er war einfach nicht in *Stimmung*, kapierte sie das denn nicht? Und doch fragte er sich, ob das der alleinige Grund war und ob vielleicht etwas mit ihm nicht stimmte.

Verdammt, ich liege neben ihr, aber ich fühle keine Nähe, dachte Robert, *was stimmt nicht mit mir? Aber wer sich nicht bindet, kann nichts verlieren.*

Er fühlte sich von ihr angezogen und abgestoßen. Er fand sie sympathisch, aber irgendwie machte sie ihn in dieser Nacht nicht an, das Drumherum störte ihn, zumal es in der Wohnung kälter geworden war und er noch mehr fror. Er überlegte kurz, ob er ihr sagen sollte, dass er vor ihr immer nur Sex mit Nutten gehabt hatte und dass der Grund für seine *vorübergehende Blockade* war. Er konnte es nicht. Die halbe Nacht über lag er wie erstarrt neben ihr. Dann sagte er: „Mach bitte das Licht aus."

„Oder morgen ...?", fragte sie zaghaft, er dachte an Huren.

Das Frühjahr 1989 veränderte die Welt. Der Eiserne Vorhang war löchrig geworden. Budapest erklärte, bald seine Grenzen öffnen zu wollen, die Zeit des Kalten Krieges sei vorbei. „Wir müssen nach Ungarn, da kommst du raus", sagte Robert. Er flog nach Wien, besorgte einen Mietwagen, während Romy im Zug nach Budapest saß. Im Kofferraum seines Autos lagen ein Kompass, Karten der Grenzregion sowie ein Rollstick mit Gesichtsfarbe zum Tarnen.

Romy hatte das Nötigste dabei, es war nur eine Tasche.

Grenzbrecher

Auf einer Landkarte hatte er bereits den Weg zur Grenze nach Österreich auswendig gelernt. Er fuhr wie ein Besessener, bis er die ersten Wachtürme sah. „Den letzten Kilometer musst du allein schaffen", sagte Robert, nicht weil er ängstlich war. Er hatte ihr Gepäck im Auto und konnte den Mietwagen nicht in Ungarn zurücklassen. Und so hielt Robert an einem schwer einsehbaren Waldweg. Dann nahm Romy einen großen Schluck aus einer Wodkaflasche, schaute ihn noch einmal an und öffnete die Wagentür.

„Mach's gut, ich hab dich lieb, pass auf dich auf!", sagte er.

„Ja ..."

Mit Kompass, etwas Westgeld und viel Tarnfarbe im Gesicht verschwand sie im angrenzenden Wald. Robert blickte ihr lange nach und leerte den Rest der Wodkaflasche.

Einen Tag lang, so hatten sie es verabredet, sollte er in Ungarn warten und dann nachkommen. Tags darauf überquerte er mit dem Auto die Grenze, fuhr von Dorf zu Dorf, fragte nach einer jungen Dame im Tarnanzug.

„Haben Sie eine junge Frau um die 24, blond, 1,70 Meter groß gesehen?" Nichts.

Schließlich ein Bauernhof. Ein großer Kerl kam auf Roberts Auto zugelaufen, er starrte auf das Wiener Kennzeichen seines Mietwagens.

„Suchen's eine junge Dame?"

„Ja."

„Na, dann kommen Sie mal mit."

Im Haus des Bauern stand Romy, lachend wie jemand, dem ein guter Spaß gelungen war. Robert musste weinen, ihr war es peinlich. Der Hausherr lud ihn zu einigen Schnäpsen ein, in die Scheune, dort stand sein bester, versteckt hinter einem Baumstumpf zum Holzhacken.

„Na, kommen's ..."

Immer wieder stieß der Hausherr an, und Robert wollte mithalten. Irgendwie schaffte er es noch zu Romy ins Zimmer.

Von Wien aus flogen sie nach West-Berlin, er quartierte Romy bei sich ein. Feli, mit der er sich seit einiger Zeit eine Wohnung teilte, schaute zunächst skeptisch, akzeptierte nach einigen „Frauengesprächen" jedoch seine Freundin. Immer öfter gingen sie sogar zusammen shoppen oder ins Kino. Dann überstürzten sich die Ereignisse. Am 4. November 1989 demonstrierten Hunderttausende auf dem Berliner Alexanderplatz. Von einem Podest rief die Schauspielerin Steffi Spira: „Nie wieder Fahnenappell!" Fünf Tage später war es so weit, die Grenze war offen. Am Morgen danach klingelte es bei Robert und Feli an der Haustür. Er schaute auf die Uhr, es war noch nicht einmal 7 Uhr. Er schlich zur Tür. Zwei Frauen aus Ost-Berlin standen davor, er beobachtete sie durch den Türspion. Ganz leise drehte er sich um und ging in sein Zimmer zurück. Romy, die noch im Bett lag, schaute ihn fragend an.

„Willst du die Leute nicht reinlassen?"

„Ich kenn die doch gar nicht ...", antwortete Robert, es klang nicht überzeugend.

„Ich hab immer vom Ku'damm geträumt, zeigst du ihn mir?", fragte Romy.

„Na klar ..."

Sie liefen den Boulevard entlang. Immer wieder hielt Romy vor einem der Geschäfte an und staunte über die Auslagen. Robert fühlte sich unangenehm, der Spaziergang erinnerte ihn an die unzähligen Wanderungen, die er allein durch Berlin unternommen hatte. Romy bemerkte, dass er immer schweigsamer wurde.

„Wollen wir noch ins Kino gehen. Ich hätte so große Lust dazu ..."

Er nickte.

Robert beachtete den Film nicht. Er aß Chips und war im Teufelskreis seiner Gedanken gefangen. Wie so oft verspürte er den spontanen Impuls, einfach zu gehen, alles hinter sich zu lassen, ohne alle Kompromisse, und wenn es auch nur so wäre, es einfach getan zu haben.

Es ist so schön, allein zu sein. Ihr habt keine Macht über mich. Es ist eine Ehre, mit mir sein zu dürfen. Ich kann jederzeit gehen und euch bestrafen.

Robert wunderte sich über seine Gedanken, aber er kannte es nicht anders und maß dem deshalb keine besondere Bedeutung bei.

„Wie fandest du den Film?", fragte Romy. Er hatte ihn nicht verfolgt, es kam zum Streit. Schweigend liefen sie zum Bus. Romy war schon eingestiegen, als er ihr hinterherrief, dass er den Fahrschein verloren habe und mit einem späteren Bus nachkomme. Während er das sagte, steckte seine Hand in der Tasche, sie umklammerte das Ticket. Als der Bus mit Romy losfuhr, drehte Robert sich um. Minuten später saß er wieder in der Peepshow, in der er einst Bonnie kennengelernt hatte. Sie arbeitete nicht mehr dort. Robert störte das nicht. In einer der Peepshowkabinen wählte er aus dem Menü einen Lesbenfilm, öffnete seine Hose und onanierte. Das Sperma klatschte auf den Boden, aus der Nebenkabine hörte er ein lautes Stöhnen. Durch das Holz der Kabinentrennwand hatte jemand ein Guckloch gebohrt, kaum sichtbar, direkt über dem an die Wand montierten Aschenbecher. Als Robert durch das Loch blickte, sah er auf der anderen Seite blitzartig ein Auge verschwinden.

Robert wischte seinen Schwanz mit einem Taschentuch ab und verließ die Peepshow, wie stets, mit hochgeklapptem Jackenkragen und etwas übereilt. Er war knallrot im Gesicht, wie immer, wenn er *unartig* gewesen war. Zu Hause erzählte er Romy, dass er den ganzen Weg zurückgelaufen sei, auf der Suche nach dem Fahrschein und dass er ihn am Zoopalast gefunden habe. Sie schaute ihn nur an und sagte nichts. Er ging ins Bad, um sich zu waschen.

Sauber werden, bloß sauber...

Zwei Monate später, sie aßen gerade Kuchen, offenbarte ihm Romy ihre Schwangerschaft.

„Willst du das Kind?", fragte sie, ohne ihn anzuschauen.

„Wie soll das gehen? Ich studiere doch noch."

„Aber ..."

„Was denkst du, wie wir uns das leisten sollen?" Er war aufgeregt, unsicher, „die wievielte Woche ist es denn?"

„Die fünfte." Sie schaute ihn immer noch nicht an, winkelte ihre Füße so an, dass die Spitzen zueinander zeigten und schürzte ihre Unterlippe vor. Süß, wie ein Kind, dachte er, aber er sagte etwas ganz anderes.

„Dann könnten wir noch ... etwas unternehmen."

Romy blickte beschämt auf den Boden: „Wenn du das willst."

„Was willst du denn?"

Sie schwieg. Dann begann es, heftig zu regnen, fast tropisch, als öffneten sich alle Schleusen des Himmels. Kurze Zeit war nur das Trommeln der schweren Regentropfen auf den Fensterbrettern zu hören. Robert war glücklich, dass Feli zu diesem Zeitpunkt nicht dabei war.

Eine Woche später ging Romy zum Frauenarzt, er begleitete sie und hatte ein schlechtes Gewissen. Nach der OP klagte sie über hohe Schmerzen. Danach schliefen sie nie mehr miteinander.

„Es ist aus, was?", fragte sie ihn, er nickte nur.

Ich werde bald eine neue Freundin haben, dachte Robert.

Die Krieger von Yucatan

Robert hatte sich im preiswertesten Teil West-Berlins, in Kreuzberg SO 36, eine kleine Wohnung besorgt. Zwar besaß er auch noch sein altes Zimmer bei Renée, das sie unverändert eingerichtet gelassen hatte, um ihm jederzeit ein „echtes Zuhause" zu bieten, wie sie dies nannte. Aber er hatte befunden, dass es an der Zeit sei, sich zu entkoppeln und eigene Wege zu gehen. Er wollte nicht so dastehen wie einige seiner Kumpels, die immer noch bei ihren Eltern wohnten. Dennoch musste er jeden Abend an Renée denken, die nun, wie sie ihm eines Abends am Telefon gebeichtet hatte, einen neuen Verehrer hatte und oft bei diesem in Westdeutschland weilte. Sie erzählte wenig, nur so viel, dass „Martin", wie er hieß, einen nicht so kleinen Hof besaß. Robert gönnte es ihr, nach all dem, was sie mit Friedrich durchgemacht hatte.

An der Universität lief für ihn alles nach Plan. In der Mensa rempelte ihn ein Kommilitone an. Zunächst geriet Robert in Rage, aber Jerome entschuldigte sich mehrfach, wollte wissen, ob Robert schon einen Plan zum schnellen Absolvieren des Studiums hätte. Robert bejahte, und so trafen sie sich öfter, bis Jerome, ein Frauentyp, ihn schließlich zu sich nach Hause einlud.

„Magst du auch ...?" Jerome drehte sich ein Pfeifchen und

nickte auffordernd in Richtung eines Beutelchens Gras, das auf dem Tisch lag. Robert nickte, aber er konnte bis dahin noch nicht einmal eine normale Zigarette drehen. Jerome lachte.

„Ich bau dir gleich auch eine, keine Panik, Mannnnn ..."

Als Robert die ersten drei Male an seiner Tüte gezogen hatte, es waren nicht einmal 15 Minuten vergangen, konnte er nicht mehr an sich halten, er musste lauthals lachen und fand dabei kaum ein Ende. Jerome betrachtete ihn.

„Das erste Mal, was?"

Das war der Beginn von Roberts Experimenten mit Drogen.

Sie schmiedeten Pläne und redeten übers Geldmachen. Es gab Spätzle und ein paar Joints. Jerome war ein guter Koch, er schwärmte von einer Modekampagne mit Anna Nicole Smith und redete über seine Freundin, die beim Orgasmus oft ihre Blase über ihm entleerte. Er stand darauf. Robert lenkte ab, schlug vor auszugehen, in die „Morena-Bar" in Kreuzberg. Jerome bestellte als Aufwärmer ein Weizenbier und zwei Averna. Robert schaute ihn nachdenklich von der Seite her an. Jerome registrierte es nicht. Nach zwei weiteren Weizen und schier endlosen Monologen über Geschäftsideen, die zumeist mit Immobilien zu tun hatten, sowie der endlosen Wiederholung des Wortes „Versager", mit dem Robert gemeint war, bestieg Jerome seine 1100er-BMW. Auf der Straße vor der Bar zog Jerome die Kupplung und gab Gas, das Vorderrad hob ab bei Tempo 100 in der Stadt. Am Horizont braute sich ein schweres Gewitter zusammen, schon zuckten die ersten Blitze über den Himmel. Sie trennten sich, jeder wollte trocken zu Hause ankommen.

Wenige Tage später kletterte Jerome zu gedopt auf ein Baugerüst. Er balancierte über die Bretter, stürzte in die Tiefe und brach sich das Rückgrat. Jeromes Freundin Bianca erzählte, dass er unter Drogen stand. *Das passiert mir nie,* dachte Robert. Jerome sah er nie wieder.

Am Potsdamer Platz, wo der Todesstreifen breiter war als an jeder anderen Stelle Berlins, lag nun ein Grenzübergang.

Die Mauer zerbröselte schneller, als es möglich schien. Touristen und Berliner hämmerten an ihr herum und sicherten sich ein letztes Souvenir. Richard von Weizsäcker besuchte den Übergang, ein NVA-Soldat trat vor ihn: „Herr Bundespräsident, ich melde ..." Weizsäcker lächelte. Dann folgte der 3. Oktober. Vor dem Reichstag wurde eine übergroße Fahne gehisst, die Deutsche Einheit. Silvesterraketen, Böller, knallende Sektkorken, Betrunkene, wohin man schaute, unter ihnen auch Robert.

Ein paar Monate später beendete er sein Studium – und fand doch keine adäquate Anstellung. „Zu überqualifiziert, „nichts für Sie!", hieß es stets. Er schlug sich durch, fand einen Halbtagsjob in einer Potsdamer Galerie. Der Inhaber der Galerie, ein ehemaliger Kunstprofessor mit schlohweißen Haaren, vertraute ihm die Betreuung seiner besten Kunden an.

„Sie können doch reden, da sind Sie die richtige Besetzung. Außerdem lernen Sie hier interessante Menschen kennen."

Tagelang kam jedoch niemand. Robert blätterte in dieser Zeit Hunderte Kunstkataloge durch. Einmal, als die Langeweile ihn gänzlich übermannt hatte und mal wieder kein Kunde in der Galerie war, legte er sich hinter einem Schreibtisch auf den Boden, um ein bisschen zu schlafen. Er war in der Nacht zuvor ausgegangen.

„Ähäm", jemand hustete, „hallo, ist hier niemand?"

In der Tür stand ein hochgewachsener Mann, etwa Mitte Fünfzig, neben ihm eine deutlich jüngere Frau.

„Entschuldigen Sie, mir war nur etwas runtergefallen, das ich aufheben musste. Wie kann ich Ihnen helfen?" Robert hoffte, dass der Mann ihn nicht hatte schlafen sehen, andernfalls wäre auch dieser Job als erledigt anzusehen. Doch der Fremde hatte es nicht bemerkt. Sie kamen ins Gespräch, allerdings nicht über Kunst, sondern über Immobilien.

Der Fremde war darauf erpicht, das Gebäude eines alten Adelsgeschlechtes zu erwerben. Der Osten wurde verkauft, ohne Diskussion um Für und Wider. Die „Vons", wie Robert

sie nannte, die Adligen, die Geflüchteten, die Landsmann-
schaftler und „Junker" kamen zurück und holten sich wieder, was die Plastikhutträger der SED ihnen einst genommen hatten, ihr Hab und Gut. Es war alles so simpel, so
durchsichtig, so langweilig, fand Robert. In dieser Zeit betrank Robert sich oft.

Der fremde Mann vertrat eine deutsche Ölfirma in Venezuela und spielte mit dem Gedanken, in Potsdam ansässig
zu werden.

„Ich finde die Gegend am Schloss Cecilienhof sehr gut,
insbesondere am Neuen Garten. Sie kennen nicht zufällig jemanden, der dort etwas verkaufen möchte?"

Wie es der Zufall so wollte, war wenige Tage zuvor eine
Rahmenbauerin in der Galerie, die in Potsdam ein Haus in
genau der Gegend verkaufen wollte. Er machte die beiden
miteinander bekannt.

Der Ölmanager kaufte das Haus und lud Robert als Dank
für den Tipp nach Venezuela ein. Der Ölbaron holte ihn am
Flughafen von Caracas mit einer schwarzen Limousine ab,
dem Fahrer hatte er freigegeben. Die Türknöpfe waren alle
heruntergedrückt. Robert schaute mit verwundertem Blick,
der Manager klärte ihn auf.

„Hier", sagte er und öffnete das Handschuhfach, „habe
ich auch immer eine schussbereite Smith & Wesson. Die Stra-
ßenkriminalität hier ist zu hoch, wissen Sie, da muss man gegen alles gewappnet sein, glauben Sie mir. Wenn man an einer Kreuzung hält, kommen die mit einem Maschinen-
gewehr auf sie zugelaufen. So ist das hier."

Die Villa des Ölbarons war beeindruckend, das Parkett
dem in Alexander von Humboldts Berliner Wohnung nach-
empfunden. Wohl fühlte Robert sich dennoch nicht. Das
Haus wurde von Stahlträgern überragt. Ein Haus für Vogel-
käfigmenschen, und diese hatten auch allen Grund, besorgt
zu sein. Denn im Vergleich zu vielen anderen in Caracas waren die Ölmanager unermesslich reich. Sie wohnten in Guar-
ded Communitys und fuhren in ihre präsidialen Offices, zu
ihren Country Clubs, Driving Ranges und 18-Loch-Plätzen

vorbei an der Armut.

Er flüchtete aus der Stadt mit ihren kriegsähnlichen Zuständen und buchte einen Kurztrip zu den Angel Falls, jenen riesigen Wasserfällen, die von den Tafelbergen in die Tiefe stürzen. Roberts Reisegruppe campierte in Canaima, einem kleinen Ort im Dschungel. Mit einer Cessna ließen sie sich über die aus dem dampfenden Dschungel ragenden Tafelberge fliegen. Immer wieder drehte der Pilot waghalsige Kurven, mitunter zeigten die Tragflächen fast waagerecht Richtung Boden. Unter ihnen preschten wilde Tiere durch das Buschwerk.

Mit im Flugzeug saß Jarvis, ein US-Amerikaner, der sich von der Gruppe absonderte und stets seine Hände verbarg. Entweder steckten sie tief in den Hosentaschen oder er hielt sie eingeklemmt zwischen den Beinen. Als sie abends in ihrem Camp am Lagerfeuer zusammensaßen, entdeckte Robert auch den Grund dafür. Dem Mann fehlten an einer Hand zwei Finger, und der Daumen war halbiert. Jarvis kaute unablässig Kokablätter, der Phantomschmerzen wegen, wie er erklärte. Fasziniert musterte Robert die Verstümmelung.

„What happened?"

„I lost them while ..." Jarvis schwenkte ins Deutsche über, das er gut beherrschte, wenn auch mit einem starken Akzent, der seine Herkunft aus dem Süden der Vereinigten Staaten preisgab. „Wir erkundeten die Höhlen unterhalb der mexikanischen Halbinsel von Yucatan. Sie wissen doch, das ganze Land ist seit Jahrmillionen unterhöhlt, Kalksteinformationen, die Azteken nutzten sie für kultische Zwecke. Aber wir ...", er stockte kurz, „... wir waren mit Mini-U-Booten drin. Wir fanden viele Schädelknochen von Opfern. Uns war unverständlich, wie die Azteken so lange und tief tauchen konnten, um dorthin zu gelangen. Wissen Sie, es sind einige Hundert Meter bis zu den Höhlen, und die standen immer unter Wasser. Das haben Untersuchungen eindeutig ergeben, eindeutig. Aber das ist ja ..., also: Wir hatten die beste Ausrüstung dabei, die es gibt, Druckluftflaschen mit

Sauerstoff für mehrere Stunden und dann fanden wir, wir fanden ... auch einen Kultplatz ... die Schädel der Toten wiesen schwerste Verletzungen auf, ... und wir ... ich ... es war für das Militär und die C ... Wir, also ich und mein Partner Kowalsky, wollten ..."

„Wie bitte, Kowalsky, haben Sie Kowalsky gesagt, ein Brite?"

„Ja, ganz recht. Es tut mir so leid, er hatte eine bezaubernde Freundin, eine Chinesin, sie wohnten in Hongkong ..."

„Ich kenne den Mann, glaube ich ... In meiner Jugend ..." Roberts Augen hatten einen matten Glanz angenommen. Wenn es einen Menschen in seiner Jugend gegeben hatte, der ihm etwas bedeutete, dann war es ihr Nachbar Kowalsky, der Renée, Feli und ihm beigestanden hatte.

„Unser Auftrag war es ... Wir sollten ..., es war so schrecklich. Ich kann nicht weiter darüber reden. Posttraumatisches Stresssyndrom." Als sei damit alles gesagt, stoppte Jarvis seine Erzählungen. Dann brachte er aus seinem Marschgepäck eine Flasche Jim Beam zum Vorschein und betrank sich fürchterlich. Robert mochte Jarvis, der nun auch ein ganzes Büschel Kokablätter aus der seitlichen Schubtasche seiner Hose gezogen hatte und dieses mit einem „try it, try it" anbot. Robert zupfte mit einem spähenden Seitenblick in Richtung ihrer Reisegruppe einige Blätter aus dem Büschel, dann nahm er gierig ein paar große Schlucke aus dem Jim Beam.

In seiner Freizeit, und er hatte nun viel davon, weil der Galerist ihn meist schon am frühen Nachmittag gehen ließ, besuchte er die Staatsbibliothek am Potsdamer Platz. Auf einer der oberen Galerien sicherte sich Robert einen Platz und blickte verträumt in das Raumwunder von Hans Scharoun. Stunden verbrachte er dort auf einer der Galerien und wartete, zählte die Stunden und Tage, blieb so manches Mal stehen, um zu lauschen, wie die Zeit vertickte, lief durch den großen Lesesaal, vorbei an den Regalen, Handsammlungen, Folianten und verstaubten Büchern. In der Cafeteria beobachtete er die Studentinnen, die dort bei einem Milchkaffee pausierten, zwischen dem Lernen für ein Referat, eine Seminararbeit oder einen Vortrag.

Ich würde gern meinen Kopf an eure Schulter lehnen, dachte Robert. Er wollte es tun wie Otto Sander in Wim Wenders „Himmel über Berlin" und in ihre Gedanken hineinhorchen. Ein anderes Mal blickte er einfach nur durch die riesigen Fenster der Bibliothek nach draußen, in den Sturm des Aufbruchs, der das Areal neben der Bibliothek erfasst hatte. Dann schaute Robert den Tauchern zu, die in die mit Brackwasser gefüllten Baugruben hinabstiegen und die Betonsohle für das neue Berlin gossen, für den neuen Potsdamer Platz.

Er hatte als Kind einmal davon geträumt, Schauspieler zu werden. Nur wie sollte er vor der Kamera agieren, wenn er schon Probleme mit dem U-Bahn-Fahren hatte, weil er die Blicke der anderen Menschen nicht ertrug. Er suchte eine Agentin auf, die Leute für kleine Rollen suchte. Sie vermittelte ihm eine kleine Sprechrolle in einem Kriegsfilm. Er fuhr zum Babelsberger Filmpark, es war nur zehn Gehminuten von der Galerie entfernt. Das Filmstudio, in dem er erwartet wurde, lag neben der Marlene-Dietrich-Halle. Robert war extrem nervös. Aber er hatte vorgesorgt. Lächelnd zog er im Toilettenraum neben der Maske einen Flachmann hervor. Er leerte ihn in einem Zug. Als er schließlich ans Set gerufen wurde, war er so betrunken, dass er seinen Text nicht mehr aufsagen konnte. Die Regieassistentin verlor die Beherrschung.

„Sagen Sie mal, haben Sie etwa getrunken?"

„Nein, natürlich nicht", antwortete er, die Frau drehte sich wortlos um. Robert flüchtete vom Set.

Zu Hause klingelte das Telefon Sturm, er ging nicht ran. Langsam öffnete er eine Wodkaflasche.

Pioniere und Tischtelefone

Als der Ostteil Berlins nicht mehr Osten war, weil der Westen Einzug hielt, besetzten Künstler die leeren Häuser, die der Sozialismus nie mit Funktionen hatte füllen können. Eine Konstante waren die Ballhäuser, die alle Zeiten überdauert hatten, mit ihren Tischtelefonen zur Kontaktanbahnung.

Robert erkundete das Ballhaus an der Chausseestraße im Berliner Zentrum. Man musste über einen Hof laufen, das Vorderhaus war 1945 zerstört worden. An der Garderobe gab Robert seinen Mantel ab. Eine Dorfband spielte abgenutzte Schlager. Er suchte sich einen Platz hinter einem Pfeiler, von dem aus er unauffällig die weiblichen Gäste beobachten konnte. Die schwer einsehbaren Ecken waren stets seine Lieblingsplätze. Robert konnte es immer noch nicht ertragen, betrachtet zu werden, selbst wenn er nur dachte, dass dies der Fall wäre. Viel lieber beobachtete er selbst. An diesem Abend spähte er zu einer Frau hinüber, die mit einer Freundin am anderen Ende des Saales saß. Ihr Tisch hatte die Nummer 37. Robert griff zu seinem Tischtelefon und wählte sie an. Die Frau nahm den Hörer ab.

„Hallo?", hauchte sie und hielt nach dem unbekannten Anrufer Ausschau.

„Ich sitze an Tisch 14, und du bist wunderschön", sagte er, beinahe hätte er gelallt. Sie spähte in den Saal, dann sah sie seinen Tisch.

„Komm zu uns rüber."

Er nahm sich Zeit, leerte schnell noch sein Bier, es war das fünfte innerhalb von 30 Minuten, dann ging er zu ihnen und stellte sich vor. Er verhielt sich dabei etwas linkisch, Robert errötete, die Frauen lachten, aber es störte sie nicht.

„Ich bin die Jackie, und das ist Doris."

Robert begrüßte beide scheu, seine Wangen waren gerötet, dann wandte er sich Jackie zu. Doris grinste und ging mit einem Mann vom Nachbartisch tanzen. Immer wieder musste der Kellner an ihren Tisch kommen, weil Robert schnell trank.

„Lass uns irgendwo hinfahren, ich habe Geld, viel Geld ...", sagte er zu Jackie, nachdem er ohne Unterlass auf sie eingeredet hatte. Nichts von seinen Erzählungen stimmte, sah man einmal von seinem Namen ab, aber ihn kümmerte es nicht. Er winkte dem Kellner zu und bestellte zwei Flaschen Champagner, nach der ersten war Jackie bereits so angetrunken, dass sie gehen wollte. Er begleitete sie. Eingehakt liefen sie die Chausseestraße entlang. Als sie an einer Kreuzung stoppen mussten, wollte er sie küssen. Sie ließ ihn gewähren und führte seine rechte Hand unter ihren Rock, er seine Zunge in ihren Mund.

„Du riechst nicht gut", sagte sie plötzlich, „du *stinkst* sogar".

Er erstarrte, war wie paralysiert, wandte sich ab, entfernte sich ein paar Meter, gestikulierte wie ein Anwalt vor Gericht, der mit einem unbekannten Gegenüber sprach, kehrte zu Jackie zurück und ... schlug zu, einmal, zweimal, dreimal. Dann war alles dunkel um ihn herum.

Erst, als er in der U-Bahn saß, war er sich seiner Umgebung wieder bewusst. Robert traute sich nicht, den anderen Fahrgästen in die Augen zu schauen, er wich ihren Blicken aus. Aber sie interessierte sein Befinden nicht, das war er ja gewöhnt, sie wollten ihn martern mit ihren stechenden Blicken.

Guckt weg, guckt weg, ich ertrage euch nicht ... Ja, ich will mich waschen, ich wird' mich waschen.

Am nächsten Tag durchblätterte er die Tagespresse auf der Suche nach ungewöhnlichen Polizeimeldungen. Er entdeckte keine, atmete erleichtert auf, legte die Zeitungen beiseite und widmete sich einem Kater, den er einem Nachbarn abgekauft und Roy genannt hatte.

„Na, alles gut, Roy ...? Hab dich lieb ...", flüsterte Robert und streichelte das Fell des Katers. Mit einem Schaudern erinnerte er sich an den Albtraum mit Geronimo, der mordenden Laufkatze.

Nur wenige Kilometer entfernt feierte Russland Abschied. Tausende Soldaten waren am Ehrenmal für die im Zweiten Weltkrieg Gefallenen in Treptow aufmarschiert. Himmelwärts die Kalaschnikows und himmelwärts die Heldengesichter mit den übergroßen Schirmmützen.

„Doswidanja, Deutschland", schmetterte es über den Ehrenhain. Die Gruppe der Sowjetischen Streitkräfte in Deutschland zog 48 Jahre nach ihrem Einzug ab. Robert sah es im Fernsehen und hob sein Wodkaglas: „Sa sdorowje!"

Gegenwart. Berlin-Mitte. Die Notaufnahme in der Charité. Eine Liege. Darauf Robert.

„Hallo, können Sie mich hören? Bitte schauen Sie mich an, ja, so ist es gut." Dr. Chandra, der Stationsarzt, leuchtet mit einer Stablampe in Roberts Augen.

„Wo bin ich? Ich will nach Hause."

„Eins nach dem anderen. Zunächst sagen Sie mir, bitte, was Sie getrunken haben. Und vor allem: Haben Sie Drogen genommen? Ihre Pupillen lassen darauf schließen. Sie sind nämlich sehr geweitet."

„Ich kann mich nicht erinnern", antwortet Robert. Panik macht sich in ihm breit. Aber irgendetwas muss er schließlich sagen.

„Also, ich hab drei oder vier Gin Tonic getrunken. Dann wurde mir schlecht. Ich glaube, mir hat jemand etwas in mein Glas getan. Das soll ja vorkommen. Vielleicht waren es K.-o.-Tropfen, ich ..."

Chandra schaut Robert prüfend an. Die Antwort hat ihn nicht zufrieden gestellt.

„Wir haben in Ihrer Jackentasche ein Briefchen mit einer weißen Substanz gefunden. Handelt es sich dabei um Kokain, zerriebenes Ecstasy oder Speed?"

„Wie kommen Sie dazu, das ist ja ..." Robert gibt sich entrüstet.

„Wir mussten schließlich Ihre Personalien feststellen, da Sie nicht ansprechbar waren. Dabei fiel uns der Stoff quasi vor die Füße."

„Ich ..., das kann sich nur um ein Missverständnis handeln, hören Sie, ich ..." Weiter kommt Robert nicht, er spürt aufkommenden Brechreiz, schafft es gerade noch, sich über die Bettkante zu schieben, dann kotzt er vor die Liege. Sein letzter Eindruck von der Klinik ist die Klinkerwand der Notaufnahme. Die Poren in den Steinen erscheinen ihm ins Riesenhafte vergrößert, dann verliert sich auch dies im Nebel der Bewusstlosigkeit.

Technorama

Die Politik feierte Berlin als kommende Metropole, schon bald würde die Stadt sechs Millionen Einwohner haben, hieß es. Olympische Spiele 2000 war das Ziel, ein Hype. Robert sah nur Erwartungsland, auf lange Zeit.

In der Nähe des Leipziger Platzes, wo noch ein paar Überbleibsel der Mauer standen, lockten die hipsten Clubs Berlins: das E-Werk, der Tresor, das WMF. Die Großen des Techno, Paul van Dyk, Marusha und Dr. Motte, baten zum kollektiven Tanz, Techno war ihr Sound, der Klang der Zeit, made in Berlin. Aus aller Welt kamen seine Jünger. Sie ravten in ehemaligen Kaufhaustresoren, durch dunkle Flure, Kasematten, Katakomben, Bunker und Fabrikhallen, und Berlin war ihr Spielplatz.

Robert fuhr zum E-Werk. Vor dem Eingang standen Hunderte Menschen. Ecstasy wurde gehandelt wie Bonbons. Von der Decke hingen riesige stählerne Ketten, Stroboskopblitze tauchten die Szenerie in ein unwirkliches Licht. Ravergirls, oberflächlich und glatt und schön, tanzten und Robert schaute zu, spähte aus Nischen und über Tresen hinweg. Wie sie sich bogen, aneinander rieben, die Zungen rausstreckten, bäh!, und ihre Piercings präsentierten.

Püppchen, schöne Puppen, Frauenpuppen, Puppen putzen.

In Berlins Zentrum wuchs das neue Kanzleramt in die Höhe, neben dem Brandenburger Tor das Holocaust-Denkmal. Robert lief durch das neue Berlin, durch die Kranwälder in der Friedrichstadt. Er schrieb nun gut bezahlte Exposés für Parteien und Architekten und auch Reden für Politiker. Manchmal lachte er, wenn er im Fernsehen einen der Chefpolitikverkäufer sah, der die großen Linien der Politik entwarf, und auf dem Pult vor ihnen: *sein* Manuskript. Die Auftraggeber honorierten seine Arbeit gut. Er legte es in Reisen an.

Am zweiten Weihnachtsfeiertag war Robert bereits früh zu Bett gegangen. Er hatte lange gelesen, da riss ihn ein Anruf aus dem Dämmerschlaf. Matthew, ein Kumpel aus seiner Soldatenzeit, war am Telefon. Er lud ihn zu einem Besuch in den Südwesten Australiens, nach Cottesloe ein, ein kleines Städtchen bei Perth. Eine betörend schöne Gegend. Mit einem im Sommer fast immer von Wolken ungetrübten Himmel, urzeitlichen Bäumen und wunderbarer Brandung.

Robert fand, dass es einen Trip wert sei. Zumal er die Gelegenheit nutzen konnte, in der Stadt seiner Kindheitserinnerungen, Hongkong, einen Zwischenstopp einzulegen. Es gab da ein paar Dinge, die im Dunkeln lagen, an die er sich aber erinnern musste. Er wusste nicht warum, nur, dass es wichtig war.

Als die Maschine in Hongkong landete, war er vom Jetlag jedoch so fertig, dass er gleich zu dem Hotel fuhr, das die Airline für seinen Stopover gebucht hatte. Ein freundlicher Concierge im Basement des „Sheraton" drückte ihm eine Magnetkarte in die Hand, Robert nahm sie fast reflexartig an sich. In der 14. Etage verließ er den Fahrstuhl, das Licht flackerte, dann schien der Boden Wellen zu werfen – und Robert trat in eine andere Welt, in den *grenzenlosen Raum*. Weiße, absurd weiße Wände waren seine Grenzen.

Kein Flur war dort zu sehen und auch keine Türen. Nur sich drehende Spiegelsäulen, überstrahlt von einem überirdisch scheinenden Licht. Robert sah Tausende Roberts, er schrie und schrie aus ihren Kehlen.

Und dann schälten sich aus den dünnen, weißen, transparenten und halborganisch anmutenden Wänden Gesichter. Solche von Kindern und alten Greisen, und die Kinder trugen *schmutzige* dunkle Masken, und die Greise bluteten aus Augen, Ohren und Nasen, und die Kinder lachten, HA-HAHA-Ha, und ihr Lachen steigerte sich zu einem infernalischen Kreischen, das in ein Rauschen überging. Robert dachte, er würde den Raum nie mehr verlassen. Dachte, dass der Raum sein Denken symbolisierte, seine Einsamkeit und seinen nahenden Wahnsinn. Er fasste sich an den Kopf und schrie, so laut er konnte. RÖNNEEE!!! Es war der Name seiner Mutter, in einer entstellten Form. Robert schlug wild mit seinen Armen durch die Luft, verlor das Gleichgewicht, schlitterte über den Boden, der aus der Waagrechten zu kippen schien. Eine seiner Hände tastete suchend zu der Kette, die er um den Hals trug und an der das Eiserne Kreuz hing, das ihm der alte U-Bootfahrer einst vermacht hatte. Die Berührung des Kreuzes riss ihn aus dem Traum zurück, in die Wirklichkeit, es war ein Anker.

Schnaufend fand sich Robert auf dem Boden des Hotelflurs wieder. In seiner Hand hielt er immer noch den Zettel, den der Concierge ihm mitgegeben hatte. 14.07 stand dort drauf. Er musste nur das Zimmer mit der Nummer 07 finden, dann würde alles gut, davon war er überzeugt. Robert tastete sich an der Wand des Flures entlang, den Blick starr auf Höhe der Zimmerschilder gerichtet. Dann stand er vor dem Raum. Alles schien, wie es sein musste. Keine Kindergesichter, keine Greise. Nur das leise Surren der Klimaanlage, unterbrochen durch den gelegentlichen Gong eines auf seiner Etage haltenden Fahrstuhles. Aus dem benachbarten Zimmer trat ein Zimmermädchen. „Kann ich Ihnen helfen, ist Ihnen nicht gut?"

„Danke, es geht schon." Er zog die Magnetkarte durch den Schlitz, drückte die Tür auf, wankte zum Bett und fiel in einen tiefen Schlaf.

Friedrich lief durch seinen Traum, er war der Herr des grenzenlosen Raumes. Mit einem anstößigen Grinsen ließ sein Vater den gefalteten Ledergürtel in die Hand klatschen.

Tschak, tschak, tschak.

Schweißgebadet wachte Robert auf.

Hatte Handke damals nicht gesagt, dass ihn das Kreuz retten würde, Robert war so. Er nahm auf der Toilettenbrille Platz. Während er beobachtete, wie sich sein Darm entleerte, dachte er, dass es gar keines Kreuzes bedürfe. *Es gibt doch gar keine Realität, oder mehrere mögliche.* PLUMPS *Das Sein ist nichts als Träumerei.* PLUMPS *Und der Tod ebenso.* PLUMPS

Doch die Gedanken verschwanden nicht, Traum und Wirklichkeit verschwammen.

„Na, du kleiner Nichtsnutz, hehe ... Du weißt, was kommt ... und viel besser: was danach kommt, ja, weißt du das? Kannst du dich erinnern, Bübchen?"

Im Morgengrauen, Robert war gegen 3 Uhr nachts mit einem gellenden Schrei aus seinem Traum erwacht, wurde er mit einer Airport-Limo abgeholt. Erschöpft blickte er aus dem Fond des Fahrzeugs auf die King Edward Road. Er war deprimiert, denn er hatte fast nichts von der Stadt mitbekommen. Und er war seinem Vorsatz nicht nachgekommen, den *dunklen Momenten* nachzuspüren, derentwegen er als Kind das Tagträumen für sich gefunden hatte. Auch bedrückte ihn, dass er sich nicht mehr daran erinnern konnte, wie er in dem Hotel eingecheckt hatte und was genau danach geschehen war. Aber solche Momente kannte er ja schon.

Als das Flugzeug abhob, sah er wenige Sekunden lang das Haus, in dem sie gewohnt hatten, damals, vor so langer Zeit. Dann verschwand die Maschine in der Wolkendecke, die über der Bucht von Hongkong lag. Im Bordkino lief ein Actionfilm. Robert leerte auf dem Flug nach Perth vier Gläser Whisky. Er ängstigte sich vor sich selbst.

Cottesloe strahlte eine große Lässigkeit aus, niemand fragte, woher man kam und womit man sein Geld verdiente. Roberts genoss das ausgelassene Leben, zumal es bei Matthew sehr angenehm war. Er besaß ein Haus, wie man es auch aus amerikanischen Vorstädten kennt. Es hatte ein einziges ebenerdiges Geschoss, ein Flachdach nebst Carport sowie vier Zimmer und einen schönen Garten mit tropischen Bäumen. Robert saß fast jeden Abend auf der Terrasse und aß mit Matthew und dessen Frau Jeanette Steaks, die sie vor dem Haus grillten. Es wäre beinahe ein Paradies gewesen, wenn nicht die Schaben gewesen wären, die überall waren, wenn sie Nahrung witterten.

Eines Abends kündigte Jeanette an, dass eine Freundin von ihr zu Besuch käme, Matilda.

„Maybe you like her. She has no boyfriend, since last week ...", sagte Jeanette und lachte.

Matthew grinste ebenfalls, Robert verstand nicht weshalb, maß dem aber keine Bedeutung bei.

Eine halbe Stunde später stoppte ein rostiger Ford Pickup mit quietschenden Bremsen vor Matthews Haus. Auf dem Beifahrersitz türmten sich Pakete bis zum Dach des Autos, weshalb er die Fahrerin nicht sehen konnte. Robert musste lachen. Wenn die Frau genauso aussah wie der Ford, und dann dieser Name, Matilda...

Die Fahrertür öffnete sich. Robert, der tief in einem Hängesessel saß, meinte Stilettos zu sehen. Es klackerte, dann kam Matilda. Ihm stockte der Atem. Sie war Ende 20, eine Fitnessbeauty und betörend schön. Es war wie ein Hammerschlag für Robert. Sofort durchzuckte ihn der Gedanke, dass er neben ihr weder würde essen können, noch imstande wäre, irgendeine Art normaler Konversation mit ihr zu führen. Seine soziale Phobie brach durch, mit voller Wucht. Er überlegte kurz, wie er der Lähmung, die über ihn hereinbrechen würde, entkommen konnte. Dort zu bleiben, war unmöglich.

Sie ist wie die Medusa, lässt mich bei ihrem Anblick versteinern, ... muss weg, fort. Gorgonenhaupt, mich kriegst du nicht...

„Oh, sorry, I know it sounds stupid, I forgot to pick up the books at the public library..., sorry. It's still open, but not tomorrow, sorry."

Robert stand abrupt auf, riss dabei einen Teller vom Tisch, entschuldigte sich und rannte zu seinem Fahrrad. Er trat so stark in die Pedalen, wie er nur konnte. Matthew, Jeanette und Matilda guckten kurz irritiert und widmeten sich dann den Steaks.

Fünf Blocks entfernt parkte Robert das Fahrrad vor einer Bar und bestellte ein Bier. Er kehrte erst weit nach Mitternacht zu dem Haus seiner Freunde zurück. Immer wieder hatte er die Fahrt dorthin hinausgezögert, um Matilda nicht mehr zu begegnen.

Das Zwitschern exotischer Vögel weckte Robert am

nächsten Morgen. Matthew, der nach seiner Soldatenzeit bei der South West Railway angeheuert hatte und nun als Purser in ihren Diensten Bergbauarbeiter zu irgendwelchen Minen in der Wüste begleitete, war schon zu seiner Arbeit gefahren. Jeanette schien im Garten zu arbeiten, das schloss Robert aus dem Geklimper, welches aus dem Geräteschuppen hinter ihrem Haus drang und das immer wieder unterbrochen wurde von einem „and now", mit dem Jeanette routinemäßig einen neuen Arbeitsschritt zu beginnen pflegte.

Robert konnte sich nicht motivieren aufzustehen, obwohl er wusste, dass Jeanette seine ausgedehnte Bettruhe nicht besonders schätzte. Bis zum Mittag lag er apathisch im Bett. Er konnte sich nur noch schwach daran erinnern, wie viel Bier er in der Nacht zuvor getrunken hatte. Der Rest war dem Vergessen anheimgefallen, auch wie er auf dem Rad noch hatte fahren können. Dann hörte er Schritte, die sich seiner Tür näherten. „And now!" Jeanette klopfte an.

„Yeah, come in, please. I'm still a little bit tired ...". Robert hatte sich aufgerichtet, er wollte nicht, dass Jeanette ihn immer noch liegend im Bett antraf. Sie öffnete die Tür, in ihrer Hand hielt sie eine Kehrschaufel.

„Willst du dir nicht mal Sydney, Brisbane oder Melbourne anschauen, oder wie wäre Tasmanien? Du musst auch das Great Barrier Reef oder Ayers Rock anschauen. Wie wär's?", fragte sie in gebrochenem Deutsch. Matthew hatte es ihr beigebracht. Robert wusste davon, aber nicht, dass sie es so gut beherrschte.

„Yeah, maybe ..."

„Lass dir Zeit."

Robert verstand den Hinweis.

„I give you a private moment", sagte er zu Matthew und Jeanette eines Abends bei einem ihrer Barbecue-Events. Er wählte Sydney als Ziel. Aus 12.500 Meter Flughöhe betrachtet war Australien nur rot, eisenrot. Ein blutrotes Band, von Horizont zu Horizont. *Blutland, Bluterde, blutende Siedler, blutende Aborigines, Schafe, Rinder, Pferde, so viel Blut, hier ist der*

Tod zu Hause. Verstört blickte Robert auf den Kontinent herunter, der so leer und voller Sand und Steine war und der darauf zu warten schien, bestellt zu werden.

Im Landeanflug über der Botany Bay schüttelten Scheerwinde die Quantas-Maschine heftig umher. Kurz dachte Robert, dass die Flügel der Maschine auf der Piste aufsetzen würden, doch sie landete unbeschädigt.

Fetischträume

In einem Souvenirladen an der Harbour Bridge erwarb er einen Reiseführer, aber dessen Tipps lenkten ihn nur ab, sie halfen nicht.

Ich lebe ein Leben ohne Ziel, ein falsches Leben.

Es war nicht das Einzige, das Robert bekümmerte. Immer öfter beschlich ihn die Angst, dass sein Leben endete, bevor er sein Talent gefunden hätte. „Ein Talent, Talent ..." Er wiederholte das Wort Dutzende Male, während er durch Kings Cross lief, das Ausgehviertel in Sydney, mit Kneipen, Galerien, Gay Bars, Bed and Breakfasts, Hostels und Backpacker-Lodges. Er mietete sich in einem kleinen günstigen Hotel ein. In einer Bar unweit des Royal Botanic Gardens kam er mit ein paar Aussies ins Gespräch und trank und dachte ans Flüchten und trank noch mehr.

Er lief zu Sydneys prächtiger Oper, setzte sich dort auf den Rasen und beobachtete die Yachten im Hafen. Einige Passanten musterten ihn skeptisch, denn Robert bewegte die Lippen, ohne Verständliches zu formulieren. Er betrachtete das Leben nur noch als Durchleben von etwas Ungewollten, als etwas nicht Reales, das ohnehin jederzeit enden konnte. Das Schlimmste aber war: Er sah das Leben nicht mehr als Herausforderung an, sondern nur als etwas, das auszuhalten war, irgendwie, und mochte es auch noch so schwer fallen.

Es ist ein Zustand, den ich durchqueren muss, weil er mir aufgetragen ist. Ich bin ein Wanderer, der durch ein Leben läuft, eine Zeit, die gänzlich ohne Maß ist, verschwenderisch angelegt, von wem auch immer. Vielleicht gab es ja einst eine große Ur-Seele, dann wurde sie in Milliarden Teile zerschmettert, und seither müssten ihre auf Abermillionen Menschenseelentöpfe verteilten Teile leiden. Und sich bewähren. Sahneseelenhäubchen auf Materiebrocken, auf Billionen Planeten, auch auf der Erde. Und die Materie keimt immer weiter aus, überall im All, und sie schlägt Knospen und will Seele fangen. Aber mich kriegt ihr nicht, ich werde diese Prüfung bestehen, wer auch immer mir diese Last aufgebürdet hat.

„Ein Ulk, nichts als ein Ulk ...", flüsterte Robert und lächelte irre.

In Kings Cross suchte er ein Sexkabinenkino auf, er war zuvor aus gewesen und hatte noch eine Dose Bier dabei. Wild tippte er sich durch das Programm-Menü der Filme, bei „Gothic Hookers" blieb er hängen. Mit der linken Hand regulierte er die Lautstärke herunter, mit der rechten lockerte er den Hosengürtel. „Geile Muschis", stammelte er, an der Dose nippend. Bier tropfte aus einem Mundwinkel auf sein Hemd. Robert merkte es nicht, denn er war mit Wichtigerem beschäftigt. Er massierte seinen Schwanz, wichste wie ein Besessener und spritzte in einen Eimer, der eigentlich für vollgespermte Tücher dort aufgestellt worden war. Robert lachte, er wollte mehr. Das Bier drückte auf seine Blase, er musste sich nur gehen lassen und hatte es der Laden nicht *verdient*? Er pinkelte in den Eimer. Als sein Glied endlich auf Normalmaß geschrumpft war und keine verdächtige Beule in seiner Hose erzeugen konnte, verließ er die Kabine. Eine Gewitterfront näherte sich Sydney, es war schwül wie in einem Tropenhaus. Robert knöpfte sein Hemd auf, es gab nur wenige Dinge, die ihn mehr nervten als hohe Luftfeuchtigkeit. Fluchend beschleunigte er seinen Gang, er brauchte jetzt keine ungewollte Dusche. Er hatte beinahe sein Hostel erreicht, der Rausch war längst nicht abgeklungen, da sprach ihn ein Mann an.

„Hey, you have some light?"

Robert sah den Mann an, nickte und schlug unvermittelt mit aller Kraft zu.

Wie er zu seinem Hostel gelangte, wusste er am nächsten

Morgen nicht mehr, auch nicht, was er getan hatte. Er wusste nur, dass er starke Kopfschmerzen hatte und die Häufigkeit seiner Aussetzer zunahm. Er schmiss drei Alka Selzer ein.

Matthew wartete auf seine Rückkehr.

Talgdrüsen und Geysire

Wenn alles im Leben von Zufällen bestimmt ist, was ist das Leben dann wert, was sind dann Beziehungen wert oder die große Liebe?, dachte Robert, als er auf einem Liegestuhl in einem Dermatologiestudio auf ein Gesichtspeeling wartete. Sabina, eine Fachfrau für Gesichtsreinigung in Prenzlauer Berg, richtete einen Dampfstrahler auf sein Gesicht.

„Die Poren müssen ein wenig aufquellen, obschon sie bei Ihnen ohnehin groß sind, wenn Sie mich fragen: ein Ansatz von Orangenhaut. Trinken Sie viel Kaffee oder Alkohol? Entschuldigen Sie, ich wollte nicht so direkt fragen ..."

Robert musste lachen. Denn Sabina sprach Poren wie Porren aus, und das Wort große wie grosse. Sie kam aus Polen.

Nachdem der Dampf Roberts Gesichtshaut einige Minuten lang umwirbelt hatte, schwenkte Sabina ein großes Lupenglas über sein Gesicht und begann sodann mit einem winzigen Piekser aus einigen Poren kleine Talgpfropfen herauszuhebeln. Nicht immer gelang ihr das auf Anhieb, dann musste Sabina nachhelfen.

„Ich kriege sie alle", sagte sie. Es war auch so, aber nur, weil sie ihr gesamtes Geschick einsetzte. Sie trat so nah an Robert heran, dass der ihre Augen durch das Lupenglas auf XXL-Größe geweitet wahrnahm. *Sie könnte sich auch eine Augenklammer setzen, so wie die Schlägertypen in Kubricks „Clockwerk Orange"*, dachte er und lachte erneut, nicht ohne von Sabina streng ermahnt zu werden.

„Sitzen Sie still. Ich muss die Sonde in einen Talgkanal einführen." Unterstützend drückte sie mit ihrem Fingernagel gegen den Pickel und blickte ihn kurz darauf triumphierend an. „Wieder einer!"

Irgendwann gab jede Talghöhle Sabinas Eifer nach und

den jeweiligen Pfropfen frei. Robert dachte an die Magmakammern großer Vulkane. Unter dem Yosemiti-Nationalpark befand sich die größte Lavaansammlung der Erde. Eine Kammer so groß wie Berlin. Irgendwann würde sie explodieren. Dann hieß es goodbye für diesen Teil Amerikas. Dass es so kommen würde, wussten die Forscher seit Langem. Der Boden unter den wunderschönen Geysiren hob sich bereits an, das Verhängnis war messbar. Niemand würde es verhindern können. Das Gelände hatte sich in den vergangenen Jahrtausenden bereits um 20 Zentimeter angehoben. Der Talg der Erde wollte hinaus, so wie seiner.

„Autsch."

Sabina hatte wieder einen seiner winzigen Gesichtsvulkane zum Ausbruch gebracht, an einer der schmerzhaftesten Stellen des Gesichtes, in der kleinen Falte unterhalb des Nasenflügels. Roberts Augen tränten stark. Aber er wurde abgelenkt.

„Haben Sie einen Tipp zum Aktienkauf? Wissen Sie, alle reden über Telekom oder Technologiewerte, da kann man doch sein Geld in kurzer Zeit verdoppeln. Also meine Freundin hat Infineon gekauft, haben Sie die auch? Man kann doch viel schon mit kleinen Kurssprüngen verdienen."

Robert glaubte, nicht richtig gehört zu haben. Spekulierten nun auch schon Peelingexpertinnen? Die Märkte würden kollabieren, das schien ihm sicher, und so kam es. Die Technikwerte fielen in den Keller, der Neue Markt und die Dot.com-Blase implodierte.

Statt seine zerschmetterten Depotwerte zu kontrollieren, wanderte Robert nun durch die Chatrooms von AOL und der anderen Webdienste. Er lernte dort Margo, eine Nagelstudioinhaberin aus Fargo in den USA, kennen, deren Mann Jeff auf Okinawa als Staff Sergeant Major die Interessen Amerikas verteidigte. Jeff besaß eine japanische Geliebte mit einem riesigen wunderbaren Rückentattoo, das hatte Margo herausgefunden, als sie zu Hause den Schreibtisch ihres Mannes durchwühlte. Jeff hatte bei einem Heimaturlaub unbeabsichtigt ein Foto zurückgelassen. Irgendwann habe er sich nicht mehr gemeldet, berichtete Margo. Sie recherchierte und fand heraus, dass er auf eigenen Wunsch in die entmilitarisierte Zone zwischen Süd- und Nordkorea versetzt worden war. Dort verlor sie sich seine Spur.

Margo war von diesem Zeitpunkt an viel allein. Irgendwann schrieb sie Robert ein Wort, das sich kaum übersetzen ließ. Er übersetzte es als „Bauchkuscheln." Das war es, was sich Margo wünschte, wenn sie abends ihr kleines Nagelstudio in Fargo schloss und wie Robert einsam vor ihrem Computer saß und sehnsüchtig auf Post wartete. Auf ein „Plink" und die Stimme von AOL, die verkündete: „Sie haben Post."

Robert lernte bei seinen stundenlangen Suchen im Netz auch Greta kennen, eine Atomphysikerin aus Reykjavík, die nicht nur gut aussah, sondern auch den großen Fragen des Lebens nachspürte. Greta untersuchte die kleinsten Teile der atomaren Welt, sie jagte nach dem Klebstoff, der alles zusammenhielt. Aber je tiefer und genauer sie hinschaute, umso undeutlicher wurde alles in ihrem Mikrokosmos. War eine Frage beantwortet, stellten sich gleich drei neue. Quanten, Quarks, Gluonen, Strings, Superstrings. Die Teilchensuppe schien so unaufklärbar wie die Frage nach dem „Was war vor dem Urknall?" Ihr Lieblingsthema war die Entropie, das zunehmende Chaos im All. Sie konnte stundenlang darüber referieren. Auch über Zeit und Raum. Oft war sie dabei betrunken, das verriet ihre Schrift. Sie schrieb ihm dann auch, dass sie nackt sei, wenn sie chattete. Robert trank dann ebenfalls, die Vorstellung von der nackten Wikingerin machte ihn an.

„Ist dir klar, dass die Frage nach Anfang und Ende der Zeit unsinnig ist?", mailte sie.

Robert antwortete nicht, er war mit seinem Schwanz beschäftigt. Greta störte es nicht, sie fuhr in ihren Ausführungen fort und überflutete sein Postfach mit Abhandlungen wie folgender: „Mit der Entstehung des Weltalls, der Ausfaltung des Raumes begann die Zeit, wie wir sie kennen, überhaupt erst. Vorher war nichts, und hinterher wird nichts sein. Auch die Frage nach der Größe des Universums zurzeit des Urknalls ist Unfug. Denn selbst das Miniuniversum, wenige Billionstel Sekunden nach dem Urknall, beinhaltete den ganzen Raum. Daneben gab es nichts, was eine relativierende Bewertung über die Größe dieses Alls ermöglicht hätte."

Robert staunte und schwieg. Er schickte Greta eine Antwortmail und klagte darin über den Verlust der Gegenwart, eines seiner Lieblingsthemen: „Ich habe eine Journalistin kennengelernt, die schon über die nächsten Präsidentschaftswahlen in den USA redet, obwohl gerade erst gewählt wurde. Sie hat die Gegenwart verloren, sie denkt nur an die Zukunft. Selbst mit Feiertagen verhält es sich so bei ihr. Obwohl wir gerade Ostern hatten, redet sie schon von Weihnachten des nächsten Jahres und von den Mehrheitsverhältnissen im übernächsten US-Kongress. Eine typische Journalistenkrankheit, dieser Verlust der Gegenwart."

Trotz seiner eifrigen Bemühungen um gehobene Konversation riss der Kontakt zu Greta ab. Sie hatte, wie sie in ihrer letzten Mail schrieb, einen Astrophysiker kennengelernt. Robert konnte sie jedoch nicht einfach so aus seinen Gedanken entlassen. Es bedurfte dazu eines reinigenden Rituals, davon war er überzeugt. Und so errichtete er neben seinem Rechner einen kleinen provisorischen Altar aus Flintsteinen, die einst ein nordischer Gletscher nach Berlin geschoben hatte. An dem obersten Stein heftete er ein Bild von Greta an. Daneben glimmten ein paar Räucherstäbchen. Robert stellte sich Gretas großen Mund und ihre tiefe, weiblich-knarrende Wikingerstimme vor. Es dauerte nur Sekunden, bis er in seiner Hose kam. *Guter Junge.*

Danach ging er in sein Bad und suchte sein Gesicht nach Mitessern ab. „Habe ich wirklich so große Poren, wie Sabina sagt? Vielleicht sollte ich zum Schönheitschirurgen, die Haut schmirgeln lassen..., was meinst du, Roy?" Sein Kater saß vor der Badezimmertür und schaute ihn an.

Kinderfrau

An einem Tag, der denkbar unscheinbar begann, lernte Robert Barbara kennen. Sie war ihm in seinem Fitnessstudio aufgefallen, hübsche runde Augen, ein etwas blässlicher Teint, leicht slawisches Gesicht, 22 Jahre alt. Er fasste Mut, sprach sie an, obwohl er nichts getrunken hatte. Sie fand Gefallen an ihm, mochte seinen Witz, seine Geistesgegenwart. Und sie störte nicht, dass er 15 Jahre älter war. Ihn störte nicht, dass sie einen Freund hatte und diesen belog, wenn sie mit ihm unterwegs war.

Robert lud sie in ein Café an der Friedrichstraße ein, ein kleiner Laden, aus dem heraus man den Besucherstrom zu den Galeries Lafayette beobachten konnte. Barbara nahm auf einem Hocker an der Fensterfront Platz. Sie strahlte ihn an, schaute dann wieder auf ihre pinkfarbenen Handschuhe, aus denen ihre Finger hervorschauten. Eigentlich sind es nur Handwärmer, dachte Robert, ihm fiel der Name für diese Dinger einfach nicht ein. Barbara strahlte ihn an, er lächelte unsicher zurück. *Will sie mit mir schlafen? Es wird so ausgehen wie mit Romy...*

Sie tranken einen Kaffee, sprachen über Berlin und die Chancen, die die Hauptstadt Immigranten aus Osteuropa bot, dann musste sie zu ihrer Mutter. Eine Woche später besuchte sie ihn in seiner Friedrichshainer Wohnung.

„Darf ich dich küssen?", fragte sie und gab sich selbst das Ja. Bevor Robert eine Antwort herausbekam, hatte sie sich an ihn herangeschmissen und ihre nach Zigarettenrauch schmeckende Zunge in seinen Mund gebohrt. Er schlang beide Arme um sie, küsste sie stürmisch, aber sie wollte mehr. Sie tastete nach seinem Schwanz, schaute kurz enttäuscht, als sie keine Schwellung in seiner Hose ertastete, war aber bereit nachzuhelfen. Sie wollte ihm einen blasen, er riss ihr das Höschen herunter und steckte einen Finger in ihre Muschi. „Aua, so nicht, das tut weh!" Mit einem verwunderten Gesichtsausdruck zog er sich zurück.

Barbara wollte dennoch mehr, lud ihn eine Woche später

nach Koszcyn ein, in den polnischen Teil von Küstrin an der Oder. Ihre Mutter hatte dort eine kleine Wohnung gekauft. Sie nutzen sie für ihre Treffs. Die Mutter wusste nichts davon. Auch diesmal, es war ein Sonntag, saß Robert auf der kleinen Couch in dem kleinen Wohnzimmer der kleinen Wohnung, die mit großer Liebe eingerichtet war.

Barbara ließ sich im Bad viel Zeit, diesmal würde er mit ihr schlafen, diesmal *musste* er mit ihr schlafen. Mama hatte alles vorausgesehen, ein älterer Typ, sicherer Job, gutes Einkommen, ein nicht geplantes Kind...

Als sie aus dem Bad kam, trug sie einen Pyjama mit Bärchenmuster. Robert wollte es nicht glauben.

„Magst du Sex haben?", fragte sie.

„Äh, wollen wir nicht ..."

Ein Kindmädchen.

Sie schaute auf seine Hose, aber da war keine Erektion. Barbara wollte nachhelfen, aber er war nicht in Stimmung. Traurig blickten ihn ihre Kinderaugen an.

„Ich hatte rosarotte Brille auf", sagte sie nach einer ganzen Weile, in der sie nur geschwiegen und darüber nachgedacht hatte, wie sie der Situation noch eine Wendung geben könnte.

Sie trug, was Robert lustig fand, tatsächlich eine Brille. Eine, die sich je nach Stärke des Sonnenlichts aufhellte oder abdunkelte. Polens General Jaruselski, der das Kriegsrecht ausrief, um die Sowjets in den 80er Jahren aus Polen herauszuhalten, hatte eine ähnliche Brille getragen. Robert fand es witzig. Er lachte Barbara an.

Am Tag zuvor waren sie nördlich des polnischen Teils von Küstrin an ehemaligen sowjetischen Kasernen entlanggelaufen. Die Gebäude waren verwaist. Es war wie in einem aufgegebenen West-Ort gewesen. Der Wind trieb abgerissenes Astwerk über die Straßen, einige hölzerne Fensterverschläge hatten sich gelöst und klapperten. Barbara hatte Robert mit einem kindlichen Lächeln zugewinkt und ihn auf die ehemaligen Schießstände aufmerksam gemacht. Aus irgendeinem Grund, den er später nicht mehr nachempfinden konnte, hatte er sie sich einige Sekunden lang mit einem stählernen Wehrmachtshelm vorgestellt. *Ein Kindchenschema mit Stahlhelm.* Robert musste selbst jetzt noch darüber lachen. Sie fasste ihn an die Schulter und mauzte ein schlaftrunkenes *Mhhh?* in seine Richtung. Er drehte sich auf die Seite und tat, als ob er schlief. Tatsächlich lag er stundenlang wach und grübelte darüber nach, was ihn davon abhielt, mit ihr zu schlafen.

Ich kann keinen Kontakt herstellen.

Am nächsten Morgen schlug er einen Ausflug vor. Sie liefen zur ehemaligen Festung Küstrins, in der von Katte, der Jugendfreund Friedrichs des Großen, hingerichtet worden war. Robert lief schweigsam neben Barbara her, und je mehr sie strahlte, desto trauriger wurde er. Ihm war klar, dass er die Affäre, die diesen Namen nicht verdiente, beenden musste, sie hätte seine Tochter sein können. Lange liefen sie wortlos nebeneinander her, Robert kam es wie Stunden vor. Irgendwann schob Barbara ihre kleine behandschuhte Hand in seine, sie drückte, er erwiderte es nicht, schaute stattdessen zum Horizont und hatte Tränen in den Augen.

Sie tappten über die Reste der 1945 geschleiften Festung, da täuschte Robert Magenschmerzen vor. Wenig später saß er im Zug nach Berlin, er fühlte sich elend.

„Nichts für ungut, Kinderfrau in Bärchen-Optik, tschinkuje, danke", flüsterte er.

Das Thema Polen war damit aber noch nicht vorüber.

Patentante Margarete, Jahrgang 1927, hatte zu Kaffee und Kuchen geladen, „wer weiß, wie lange wir uns noch sehen".

Robert erzählte ihr von seinen Ausflügen an die Oder. Margarete hörte interessiert zu. Sie sei, erzählte sie, im April 1945 von sowjetischen Soldaten in der Nähe vergewaltigt worden, nicht nur einmal, sondern dreimal.

„Wie hast du überlebt?", fragte Robert, „viele Frauen haben sich doch danach umgebracht."

„Ach, was, das übersteht man. Mir hat das nix gemacht, das war doch stets das Recht der Sieger." Margarete lachte, während sie das sagte und ein Stück Erdbeertorte auf ihre

Gabel hob.

„Magst du auch etwas Wein, später? Ich habe eine gute Flasche im Keller."

„Aber ..."

„Du denkst zu viel nach, du brauchst eine Frau." Margarete hatte bereits etwas im Sinn. Ihre chinesische Untermieterin, Tsching Li, hatte lange einen Mann gesucht und schließlich im Internet gefunden, auf einem Portal für elitäre Partner.

„Die Tsching war zufrieden ..."

Als wenn dies ein Signal zu ihrer Vorstellung gewesen wäre, betrat Tsching das Zimmer. Sie hatte einen Schlüssel zu dem Haus, denn sie bewohnte darin eine Einliegerwohnung im Souterrain.

Tsching Li hatte kleine O-Beine, schräge Zähne, leicht schielende Augen und verteidigte die Führung durch die KP China stets, ebenso die Besetzung Tibets: „Das gehörte immer zu China. Außerdem lebten die dort wie Frühmenschen, machten Lampenschirme aus der Haut Verstorbener. So was muss man verhindern."

„Aber die Erstürmung der buddhistischen Klöster und Tempel durch die Volksarmee, all die Toten, war das kein Verbrechen?", fragte Robert, als Tsching Li sich zu ihnen setzte. Sie schaute ihn erbost an.

„Das gab es während der Kulturrevolution überall in China!"

Robert schwieg. Es war für ihn klar, warum sie in Europa leben durfte. Sie war ein Außenposten ihres Landes, in jeder Hinsicht. Robert verschlang den Rest von Margaretes Erdbeertorte, stürzte drei Gläser des Rotweins hinunter, den sie zwischenzeitlich aus dem Keller geholt hatte, und verabschiedete sich mit einer Notlüge. Allzu gern hätte er Tsching Li eine kleine Abreibung erteilt.

Liebesportale und russische Nächte

Noch am selben Abend, Robert hatte sich an einer Tankstelle noch eine Rotweinflasche gekauft, surfte er wild durchs Netz. Er wollte überprüfen, ob Tsching Lis Partnerfindungsmodell auch für ihn taugte. Vielleicht war ja etwas dabei, das Spaß brachte. Pärchenportale betrachtete er zwar als etwas für verkorkste Charaktere, dennoch landete er gegen Mitternacht auf einer Homepage, die ihm ein Kölner Freund empfohlen hatte. Die Seite bot einen Blick auf die Schönheiten Russlands, nicht auf den Don, den Jenissej, die Wolga oder den Kaukasus, sondern auf Mädchen aus Omsk, Ekaterinenburg, Jaroslawl und Irkutsk, die der Armut entkommen wollten. Wenn schon nicht Model, dann gut verheiratet, lautete ihr Vorsatz. Und ihre Zielobjekte waren Männer im Westen Europas.

Immer wieder loggte Robert sich dort ein, blätterte wie ein Besinnungsloser die Profile der Frauen durch. Nur an die Adressen der schönsten Frauen schickte er Anfragen – „can we meet?", „you are looking great", „I am not married", „You are my first choice".

Es dauerte nur wenige Tage, da liefen bei ihm die ersten Antworten ein. Gleich drei Frauen waren auf seine Mails angesprungen, eine davon besuchte er, Ekaterina, 24, aus Petersburg. Auf einem Bild ihres Online-Profils posierte sie in einem Gymnastikanzug, wie eine Ballerina, nur deutlich tiefere Einblicke gewährend. Robert war von ihren Formen begeistert. Er checkte im Petersburger „Moskwa" ein, ein aus der Sowjetzeit stammendes Hotel mit Fluren so lang wie ein Flugzeugträger. Auf jeder Etage saß eine Empfangsdame, die unmissverständlich klarmachte, dass sie auf ihrem Deck die unangefochtene Herrscherin war.

Robert machte mit Ekaterina als Treffpunkt das Hotel „Europa" am Newski-Prospekt aus, eine erste Adresse in Sankt Petersburg. Er wartete mit hochgeschlagenem Kragen im Windschatten des Hoteleingangs, nur sichtbar für den Portier. Jedoch nicht, weil er verlegen war oder sich wegen eines vermeintlichen Fehlverhaltens schämte, sondern weil es bitterkalt war. Das Quecksilber der Thermometer war auf unter minus 20 Grad gefallen. Die Russen störte es nicht, viele wärmten sich mit dem Inhalt eines kleinen Fläschchens. Robert überlegte kurz, die Hotelbar anzusteuern, entschied sich aber dagegen. Er wollte keinen schlechten Eindruck machen und spähte in das Schneetreiben. Ekaterina sah er nicht.

Sie erschien auch nicht. Stattdessen beobachtete Ekaterinas Mutter ihn aus der Ferne, wie er durch den Schnee vor dem Hotel stapfte und immer wieder auf seine Armbanduhr schaute. Ileana, so hieß sie, beobachtete ihn lange. Sie wog das Für und Wider eines Treffens ihrer Kleinen mit dem Fremden ab.

Er ist gut gekleidet. Kein schöner Mann, aber er macht doch einen seriösen und nicht unwohlhabenden Eindruck. Meine Ekaterina sollte es versuchen. Es könnte eine gute Partie sein. Er macht durchaus einen gewissen Eindruck. Und wenn sie sich nach einem Jahr scheiden lassen und vielleicht ein Kind haben, dann bekommt sie Geld von ihm, und ich kann vielleicht nachziehen, und wir haben einen Stützpunkt in Westeuropa und können raus aus unserer Plattenbauwohnung. Und es gibt noch mehr Männer dort, schönere. Und „Eki", meine Kleine, hat doch eine gute Figur. Sie muss auf sich achten, Sport machen.

Eine Stunde nach der vereinbarten Zeit, Robert fühlte sich trotz mehrfacher Aufwärmphasen in der Hotellobby wie ein Eisblock, traf Ekaterina ein. Die Begrüßung erinnerte Robert an historische Überlieferungen britischer Seeleute, die gerade ein Eiland in Polynesien betreten hatten und mit den Einheimischen mittels Zeichensprache kommunizierten, weil keiner die Sprache des jeweils anderen sprach. Robert deutete mit den Zeigefingern Richtung Newa.

„We go to the palace of Katharina, is that okay for you?"

Ekaterina deutete es als Wunsch einer Besichtigung der Eremitage, Robert hatte nichts dagegen.

Die große Freitreppe, die zu den Schatzkammern der Eremitage führte, versprach Prunk und Pomp, Robert war euphorisch. Doch seine Begeisterung wurde schnell gebremst.

Irgendwie roch es muffig, und zwischen den Zimmern saßen ähnlich aussehende Mütterchen, wie Robert sie bereits aus seinem Flugzeugträgerhotel kannte, untersetzt und irgendwie gelangweilt, fast wie Bettler aussehend, dachte er. Doch das war nicht das eigentlich Drama.

Die Verständigung mit Ekaterina war derart katastrophal, dass seine Arme wieder zu zittern begannen. Er hatte ihr doch geschrieben, dass er kein Russisch spreche, nur Englisch, wie konnte sie dies nur so schamlos ignorieren?

„No problem", hatte sie auf seine Frage zu ihren Englischkenntnissen geantwortet, doch sie kannte nicht mal ein Dutzend englischer Wörter, es war mehr Raten als Sprechen. Er schob seine Hände tief in die Manteltaschen, so dass das Futter spannte. Ekatarina sollte das Zittern seiner Hände und Arme nicht sehen. Er würde später etwas dagegen unternehmen, allein. Die Hotelbar versprach genügend Entspannungspotenzial: Alkohol und nette Loveblondes. Aber noch musste er Interesse vorschützen. Ekaterina hatte Karten für das Marijinksij-Theater organisiert, der kulturelle Höhepunkt in der Stadt an der Newa.

„Dance, very nice dance ..."

Robert wollte kein Kulturprogramm, er hatte an einen Abend mit etwas Champagner im Bett gedacht, nicht an ein Ballett. Es bedurfte einer Ausrede, und so gab er vor, dass er etwas in seinem Hotel vergessen habe. Ekaterina nickte und winkte ihm ein Taxi heran.

Im „Moskwa" ging er schnurstracks zur Hotelbar. Er benötigte keine Karte, er wusste, was er wollte. Eine attraktive Kellnerin brachte ihm zwei Wodkas auf Eis, obwohl er nur einen bestellt hatte. Sie setzte sich zu ihm, ihr Kittel verrutschte und gab den Blick frei auf ihre Oberschenkel.

„My Name is Svetlana. I am from the Ukraine. Are you Businessman ...?" Svetlana hatte Robert geködert, das sah sie sofort, er war etwas unsicher, aber das fand sie ganz süß. Warum nur bewegte er sich so hibbelig.

Robert kramte einen Zettel mit der Telefonnummer Ekatarinas hervor, „I have to go for a quick telephone call. I'll be

146

back in a minute." Er nickte Svetlana zu und lief mit schnellen, ausgreifenden Schritten zur Telefonzelle. Die Frau in der Telefonzentrale des Hotels, jedes Gespräch musste angemeldet werden, lachte.

„You have Dollars or German Mark, Fin-Marka?

Robert verneinte und blickte grimmig zu der Reihe der Telefonhäuschen. Es dauerte einige Minuten, dann bekam er einen Apparat zugewiesen.

Er rief bei Ekaterina zu Hause an. Die Mutter nahm ab. Er erklärte, dass sein Magen rebelliert habe und er besser im Bett bleibe. Er entschuldigte sich mehrfach, sagte, dass Ekaterina ja auch nicht pünktlich zur ersten Verabredung gekommen sei, da dürfe sie ihm nun nicht zürnen. Im Hintergrund hörte er die junge Frau brüllen. Er musste kein Übersetzer sein, die Sache war erledigt.

Robert legte den Hörer auf und leerte mit Svetlana fünf oder sechs Wodkas. Nach Ende ihrer Schicht kam sie zu ihm aufs Zimmer.

„I need little gift for Alexandra", sagte sie und meinte die Etagendame, die auch am späten Abend darüber wachte, wer mit wem auf welches Zimmer ging. Manches Mal hob Fräulein Alexandra wie zufällig auch den Telefonhörer ab, wenn ein Pärchen an ihr vorbeigeschlendert war, und berichtete einer unbekannte Stelle darüber. Er hatte keine Zeit über die Empfänger dieser Botschaften nachzudenken.

„I like when you whip me ... ", sagte Svetlana. Er tat ihr den Gefallen.

Als Robert verkatert und um einige Hunderte Rubel ärmer in seinem Hotelzimmer aufwachte, schämte er sich der Strenge, die er hatte walten lassen *müssen*, aber das *Früchtchen* hatte es ja so gewollt. Svetlana besaß nun ein paar blaue Flecken, auch ein paar Striemen und Abschürfungen. Na, und? „Nicht schuldig", hätte jeder Richter gesagt, das war doch klar, dachte Robert.

Er entschloss sich zu einem Spaziergang an der Newa. Es war deutlich wärmer als an den Tagen zuvor. Familien und junge Pärchen spazierten an dem Fluss entlang. Manchmal

kam ein größerer Dampfer mit Touristen über den Fluss ge-
schippert, dann wurden die Brücken hochgeklappt. Robert
setzte sich auf eine Bank mit Blick auf die Sankt Petersburger
Bibliothek. Ein kleines Mädchen kam mit einer Zuckerwat-
testange auf ihn zugelaufen, sie hatte Zöpfe, die zu einem
Haarkranz geflochten waren, wie ihn viele russische Mädchen haben. Sie streckte ihm die Zuckerwatte entgegen.

„Da da, ja ja", sagte Robert und lachte das Mädchen an.
Eine Lautsprecherwerbung lenkte ihn ab. Ein Minibusinha-
ber warb für eine Tour nach Peterhof, zum Zarenpalast vor
den Toren Petersburgs. Robert drückte dem Fahrer 20 Mark
in die Hand.

„We go alone, no other tourists, okay?"

Lange schaute er den Fontänen und Wasserkaskaden zu,
die die Schlossanlage dominierten. Alles war in den Sumpf
hineingebaut worden. Tausende Russen waren für den Bau
gestorben, hieß es. Katharina die Große habe dort ungewöhnlichen Sex praktiziert, zumindest gebe es solche Gerüchte, erklärte die Führerin einer deutschsprachigen Gruppe. Robert fand die Geschichte etwas abstrus und kehrte zu
seinem Minibusfahrer zurück. Nach einer Stunde stand er
wieder im Zentrum der Stadt.

Wie ein Getriebener durcheilte er die Flure der Petersburger Universität, unternahm einen Abstecher zum Puschkin-
Museum, stand staunend in den mit Stuck und Marmor
überladenen Stationen der Metro und in der ebenso prächtigen Kasaner Kathedrale.

Viele russische Männer kamen ihm auf offener Straße Bier
trinkend und torkelnd entgegen, auch Frauen, selbst in den
U-Bahnen. Der exzessive Alkoholgenuss war so offenkundig, dass es Robert tagsüber vom Trinken abhielt, obwohl er
an jedem Kiosk mit dem Gedanken spielte, eine Flasche des
billigen Wodkas zu kaufen und sich haltlos zu betrinken.
Vielleicht würde ihm Etagendame Alexandra ja unaufgefordert eine neue Begleiterin schicken, die ähnlich verrückt war
wie seine „Sveti".

Vor den Palazzi mit ihren Prunk- und Schaufassaden, an

deren Rückseite der Putz herabbröckelte wie nasser Schnee, saßen alte Mütterchen, die bunt bemalte Matjoschkas feilboten. Robert kaufte eine, deren Inneres einen Flacon für Alkohol offenbarte. Er füllte das Minifläschchen mit Wodka. Dann ging er wieder zu den Huren an der Hotelbar. Er fühlte nichts. Es war wie ein Geschäft, das erledigt werden musste. Danach duschte er lange.

Ein Freund kam nachgereist. Sie speisten abends am Newski-Prospekt, dem großen Prunkboulevard, in einem Italiener. Ein Restaurant, in dem man für einen guten Sitzplatz einen ausländischen Pass vorlegen musste. Eine Band, deren Mitglieder zur Hälfte angetrunken waren, spielte Jazz. Gegenüber von Robert und seinem Freund saß eine Gruppe Russen. Eine Frau lachte Robert zu und forderte ihn zum Tanzen aus.

Elena war um die 30 Jahre und vom landesüblichen Wodka-Konsum geprägt, sie presste sich eng an ihn und kam schnell zum Wesentlichen.

„I like your man-body, want to come to my home?"

„Sure."

Vor dem Restaurant, das von der russischen Mafia betrieben wurde, warteten sie im Matsch des verschneiten Petersburg auf ein Schwarztaxi. Als ein Moskwitsch vor ihnen hielt, schwang sich Elena ohne viel Aufhebens auf die Rückbank und bedeutete Robert, neben ihr Platz zu nehmen.

Während sie in den Norden Petersburgs fuhren, schlug die Wucht des Wodkas in Elena durch. Sie brüllte in Richtung des Fahrers, was genau, verstand Robert nicht, denn über „ja", „nein", „danke" und ein „Ich verstehe nicht", reichte sein Russisch nicht hinaus. Aber er begriff, dass mit ihr einiges ganz und gar nicht stimmte. Plötzlich positionierte Elena ihre Stilettos nicht mehr auf dem Boden des Moskwitsch, sondern auf der Rücklehne des Fahrers, ein Stöckelschuh links von dessen Kopf, der andere rechts. Der Fahrer kannte so etwas offenbar, fluchte, fuhr aber stoisch weiter.

Sie rief immerfort: „spassiba", danke.

Elena wohnte in einem Plattenbauviertel. Vor ihrem Wohnblock stolperte sie aus dem Moskwitsch, dessen Motor ein traktorenähnliches „Taktaktak" in den kalten Dezemberhimmel stieß. Elena kaufte in einem Nacht-Kiosk Kaviar und Champagner. Dann enterten sie die Treppe zu ihrer Wohnung hinauf. Der Fahrstuhl war defekt. Im Treppenhaus und auf den Fluren des Hauses roch es bestechend nach Urin. Die Wände waren mit Graffiti vollgesprüht, die Wohnungstüren mit einer doppelten Tür und klobigen Stahlriegeln gesichert. Man schützte sich in den Plattenbauten.

Elenas Wohnung sah nicht viel besser aus. Sie befand sich in einem Zustand der Selbstauflösung. Die Toilette mit Katzenkot übersät, Küche und Flur mit unterschiedlichsten Utensilien. Auf einer Kommode lag eine Packung Ritalin, eine amphetaminähnliche Substanz, die chemisch nicht weit von Ecstasy und Speed entfernt war. Einige Gehirnforscher sprachen dem Mittel eine Leistungssteigerung der Konzentration und Aufmerksamkeit zu. Es war aber nicht ungefährlich, bei einigen Menschen erhöhte es Blutdruck und Puls oder bewirkte Psychosen.

„Dadada – jajaja", sagte Elena und deutete mit dem Zeigefinger gegen ihren Kopf. „We now have fun, much fun." Robert war zwar ebenfalls betrunken, aber nicht so sehr, dass er die Umgebung außer Acht ließ. Mit Unbehagen registrierte er den Zustand der Wohnung.

Was für ein Dreck. Wer so lebt, verdient ... eine Lektion.

Robert wollte gehen, aber Elena ließ ihn nicht. Sie drückte ihm die Champagnerflasche in die Hand. Mit einem „Plopp" flog der Korken durch die Küche. Elena redete ohne Ende, sagte etwas, das wie „tuk tuk tuk" klang, plötzlich riss sie ihr Kleid herunter. Er fand ihre Brüste extrem schön und sprang sie an wie ein Raubtier. Sie rangen miteinander, Geschirr krachte zu Boden.

Minuten später lagen sie im Bett. Er besaß kein Kondom, Elena auch nicht. Ihn hielt es ab. Er hatte viel über Aids in Russland gelesen und es trotz des Alkohols nicht vergessen. Irgendwann lag ihr Po über seinem Gesicht. Er zog ihre

Arschbacken auseinander und leckte darüber wie ein gieriger Hund. Ihre Honigmuschel sah aus wie eine Blüte, er sog die Schamlippen in seinen Mund, spuckte ihre Muschi an, sie knurrte etwas, er verstand es nicht. Trotz ihrer Trunkenheit, merkte sie, dass er keine Lust aufs Bumsen hatte. Ganz plötzlich ließ sie ab von ihm, starrte kurz an die Decke und stieß ihn dann aus dem Bett. Sie deutete zum Boden und sagte etwas, das Robert nicht verstand, aber es war klar, dass er neben dem Bett schlafen sollte.

„Never ever, no one is treating me like that ...", rief er. Sie verstand nichts und drehte ihm den Rücken zu. Die Sache war so schnell beendet, wie sie begonnen hatte.

Robert zog sich an, warf einige Rubelscheine für Kaviar und Champagner auf den Küchentisch, dann rannte er durch die urinvernebelten Flure und Treppenhäuser auf die Straße hinaus. Sein Atem zauberte kleine Wölkchen in die kristallklare und eisige Luft.

„Geschafft", flüsterte er und wartete auf ein Taxi. Als er das Hotel Moskwa erreichte, feierten die Russen Silvester, Boris Jelzin pries im Fernsehen Wladimir Putin als seinen Nachfolger. Jelzin war betrunken.

Schönheitswahn

Im Hotelfernsehen lief ein merkwürdiger Werbeclip. Ein Bodybuilder im Seniorenalter fabulierte darin über Virilität und die Notwendigkeit dauerhafter männlicher Einsetzbarkeit auch im höchsten Alter. Der Mann war etwa 65 Jahre alt, hatte blondiertes Kopfhaar, ein Erol-Flynn-Bärtchen, gezupfte Augenbrauen und trug ein superenges T-Shirts. Der mehrfach geliftet aussehende Stahlpumper schwärmte von Viagra.

Als Robert wieder in Berlin war, orderte er bei einem Online-Versand eine Packung des Potenzmittels, weil er glaubte, dass seine Kontaktprobleme mit Frauen vielleicht auf Potenzprobleme oder Versagensängste zurückzuführen seien. Ein *Versagen* wie bei Elena durfte es kein zweites Mal geben.

Der Lieferservice arbeitete vorbildlich, nach nur drei Tagen traf die Bestellung bei ihm ein. Robert wollte sofort die Wirkung des Mittels testen. Vielleicht stimmte es ja, was der Stahlpumpermann behauptet hatte. Und wenn ein Rentner noch seinen Mann stand, dann ...

Obwohl der Beipackzettel eine Tablette empfahl, schmiss Robert zwei ein. Sein Testgebiet stand bereits fest. Er fuhr zu einem Puff, dessen Ausstattung aus billigem Stuck bestand, was vergeblich antikes Flair imitierte. Als Robert an der Bar des Bordells stand, wartete er auf eine Erektion. Doch anstelle der Schwellkörper, schwollen seine Nasenschleimhäute an. Extrem näselnd fragte er eine Hure, wie teuer die Nummer bei ihr sei. Sie lachte nur.

Robert bestellte einen Wodka, wie konnte diese Frau nur so mit ihm umgehen? Er beschloss, den Puffbesuch abzubrechen.

Missmutig stand Robert vor einem großen Barockspiegel in seinem Wohnzimmer und musterte seinen Hüft- und Bauchspeck, den er durch das Trinken angesetzt hatte.

Er entschloss sich zu einer Fettabsaugung und fahndete im Internet nach besonders günstigen Kliniken. Doktor Woitislav, ein tschechischer Arzt, bot entsprechende Dienste im fernen Pilsen an. Robert setzte sich in einen Eurocity und fuhr den ganzen weiten Weg dorthin, weil es die billigste Klinik war. Er checkte in einem Zwei-Sterne-Hotel ein. Das Zimmer roch nach feuchtem Teppich.

Doktor Woitislav kam zu einer Voruntersuchung in Roberts Hotel. Er schaute ihn prüfend und nicht eben begeistert an.

„Wo wollen weghaben?" Sein Deutsch war rudimentär.

Robert deutete auf Bauch und Hüfte.

„Bitte machen Hose runter."

Robert zog seine Jeans aus, schamhaft hielt er die Unterhose am oberen Bund fest. Der Arzt kniff in seinen Bauch, presste das Fett zu einer Rolle zusammen, nahm einen Farbstift, zeichnete eine Strichellinie auf seinen Bauch und markierte dann zwei Punkte.

„Hier gähen mit Kanüle rein und pumpen Kochsalzlösung in Gewäbe. Bitte seien morgen früh bereit, Fahrer holen ab."

Robert hatte ein ungutes Gefühl.

Wenn die OP wie die Verständigung ist ... Das stehe ich nur durch, wenn ich mich betrinke.

Am nächsten Morgen wurde Robert vom Fahrer aus dem Bett geklingelt. Genervt drehte er sich um, irgendetwas in dem Zimmer summte. Es war der Kühlschrank, die Tür der Minibar stand offen, sie war restlos geleert. Er hatte sich Mut antrinken wollen.

In der Klinik wurde Robert von einer Krankenschwester in einen kargen Raum geführt, der ihn entfernt an eine Schweineschlachterei erinnerte.

„Bittä ziehän sich hier aus."

Nur mit seiner Unterwäsche bekleidet, betrat er schlotternd den OP.

„Bitte lägen sich hin dort ..." Der Arzt zeigte auf eine steinerne Liege, die kleine Abflüsse für Körperflüssigkeiten besaß. Robert schauderte es, er überlegte kurz, aus dem Raum zu flüchten, legte sich aber dann doch auf die Liege. Eine Krankenschwester trat von der Seite heran und stülpte ihm eine Maske über sein Gesicht.

Die Betäubung knockte ihn aus. Er erwachte Stunden später, fror, die Fenster standen offen. Es klopfte, dann wurde die Tür leicht aufgedrückt. Eine Krankenschwester schob zaghaft ihren Kopf durch den Türspalt, sie blickte ihn neugierig an, ihre Augen waren stark geschminkt.

„Schöne Frau", stammelte Robert, er war immer noch von der Betäubung gedopt. Am nächsten Morgen stahl er sich aus dem Krankenhaus und trottete langsam zu Pilsens Bahnhof. Er war nicht mehr als ein Kilometer von Roberts Hotel entfernt, aber es kam ihm vor wie zehn Kilometer. Als er die Station erreichte, war sein Gesicht schweißüberströmt. Ein Kreislaufkollaps lag im Bereich des Möglichen.

Verdammt, ich hätte ein Taxi nehmen sollte. Was sagte der Arzt? „Vermeiden Sie alle Anstrengungen nach der OP"?

Mit letzter Kraft schleppte er sich zur Bahnhofstoilette, die erbärmlich stank. Dr. Woitislav hatte ihm ein kleines Päckchen mit Kompressen und Medikamenten mit auf den Weg gegeben. Robert kramte eine Spritze gegen Blutgerinnsel hervor, riss mit den Zähnen die Plastikkappe über der Nadel ab und haute sie sich dann in den Oberschenkel. Der Eurocity trug ihn nach Berlin zurück.

Roberts Bauch war mit blauen Flecken übersät. Staunend beobachtete er, wie diese im Laufe der folgenden Tage langsam über die Leisten und Oberschenkel nach unten wanderten und dabei ihre Farbe von Dunkelblau zu Schleimgelb wechselten. Angewidert betrachtete er die Hämatome. Er warf eine Tablette gegen Blutgerinnsel ein. Dann legte er die Korsage an, die man ihm im Krankenhaus mitgegeben hatte. Sie presste die Haut auf den Muskel. „Korsage säähr wichtig. Sonst nix anwaaaxen", hatte Woitislav gesagt, der wie ein Chinese klang.

Robert wollte nicht durch Berlin mit einer Korsage herumlaufen. Er fuhr nach Rügen. Eine Privatvermietung offerierte ein billiges Zimmer mit Blick auf den Bodden, Robert bezahlte gleich für eine Woche im Voraus. Dann schloss er sich in dem Zimmer ein. Niemand sollte sein kleines Geheimnis kennen. Probeweise legte er einen Tag lang das Korsett ab, verstaute es in seiner Reisetasche, unbemerkt blieb es nicht. Die Hausherrin hatte bei der Zimmerreinigung in seine Tasche geguckt.

„Es soll Männer geben, die Damenwäsche tragen", sagte sie beiläufig, als sie am nächsten Morgen das Frühstück servierte. Kurz zuvor hatte sie noch über Naturschutzgebiete, Fischreiher und die guten Bäcker auf Rügen geredet.

Als ihr Ehemann den Frühstücksraum betrat, hörte sie abrupt zu reden auf. Er hatte gerötete Wangen, eine Knollennase, Orangenhaut wie Alkoholiker und brachte die Vermieterin aus der Contenance. Sie bekriegten sich mit Blicken und Worten, und Robert wurde zu einer Art Blitzableiter in diesem Krieg, der indirekt und über andere geführt wurde. Der Hass der beiden aufeinander war überwältigend. Sie wandte sich Robert zu.

„WAS HALTEN SIE VON MÄNNERN, DIE DAMEN-UNTERWÄSCHE TRAGEN?", brüllte sie. Irgendwie musste sie trotz ihres Wahns die übertriebene Lautstärke ihrer Worte realisiert haben, denn deutlich leiser setzte sie nach: „... sagen Sie mal selbst!?"

Robert blieb sachlich: „Was meinen Sie konkret?"

Die Dame des Hauses blieb ihm die Antwort schuldig. Sie starrte stattdessen auf den Korb mit den warmen Brötchen, dann auf ihren Mann, der nach einer Flasche Wermut griff und, sie hatte drohend ihre rechte Faust gehoben, mit noch stärker gerötetem Gesicht in den Garten flüchtete.

Robert beschäftigte indes etwas ganz anderes. *Ist meine Körperfixierung normal?* Er erinnerte sich an die Zeit nach seinem Abitur, als er oft an den Schlachtensee oder in das Strandbad am Wannsee gefahren war. Selbst im Liegen hatte er dort gepost, auch dann noch, als der Strand längst leer gewesen war.

Kampf

Nach zehn Tagen nahm Robert die Korsage ab. Die blauen Flecken waren fast verschwunden. Zufrieden musterte er seine Bauchnabelregion. Kein Speck störte seinen Blick, schwach zeichnete sich eine Art Six-Pack ab.

Im Hintergrund des Zimmers flimmerte Hitler über den Fernsehbildschirm, es ging um irgendeinen Jahrestag. Der Mann, der nur in Extremen lebte und keine Mitte hatte, schrie in eines jener Mikrofone der 20er Jahre, um die sich ein filigraner Metallkranz spannte, der sie zu kleinen Kunstwerk machte. Hitler brüllte immer noch, er war kaum zu verstehen. Dann wurde umgeblendet. Ein Forscher hatte Tonbänder gefunden, auf denen der „Führer" in privater Umgebung auf seinem Berghof redete. Der Diktator klang dort fast wie ein netter alter Mann. Robert fröstelte, denn auch bei sich selbst vermisste er die Mitte. Die Nacht versprach Ablenkung.

Missmutig lief er zum Kottbusser Tor. Eine Gegend, in der viele Dealer herumlungerten. Robert verspürte den Impuls, einigen von ihnen eine Abreibung zu erteilen. Irgendjemand musste schließlich *aufräumen*. Man durfte den Dealern einfach nicht das Feld überlassen. Er hatte zuvor im „Möbel Olfe", einer Bar einen Gin Tonic getrunken. Es war das übliche Kreuzberg-Publikum gewesen, jeder hatte jeden angeschaut. Aber kaum jemand hatte sich getraut, seinen Nachbarn anzusprechen. Man konnte sich kaum mehr langweilen. Und so war Robert recht schnell wieder aufgebrochen.

Er unterquerte den Häuserriegel eines 70er Jahre-Gebäudes, der die Straße wie eine Brücke überspannte. Sein Blick blieb an einem Blumenbeet haften, in dem eine Spritze lag. Ihre Besitzerin, eine abgemagerte Frau Mitte 30, saß wenige Meter entfernt, sie rieb sich die Arme, wie es Junkies tun, wenn sie auf Entzug sind.

„Was glotzt du so? Hau ab, du Arsch", blaffte sie ihn an.

Robert führte den Zeigefinger an sein Kinn, stand so eine Zeit lang vor ihr, wie jemand der intensiv nachdenkt, dann holte er mit dem rechten Bein Schwung und trat ihr von hinten in die Kniebeuge. Die Frau sackte klagend zusammen.

„Warum hast du das getan?"

„Weil du mich beleidigt hast, und weil es mir *so* gefällt."

„Du Schwein, du verdammtes Schwein."

„Bitte", antwortete er belustigt und führte mit dem Zeige- und Mittelfinger seiner rechten Hand eine scherenartige Bewegung in ihre Richtung aus, schnipp-schnapp, schnipp-schnapp. Nur kurz kam ihm der Gedanke, etwas Unrechtes getan zu haben, dann war der Moment auch schon vorüber, die Schlampe, das war klar, hatte ihn herausgefordert und Strafe *verdient*.

Er schaute sich um, hatte ihn jemand gesehen? Doch niemand war auf der Straße, im Fernsehen wurde ein Fußball-WM-Spiel übertragen. Gänzlich ungerührt ging er weiter. Niemand versuchte, ihn aufzuhalten. Als er die Treppen zum U-Bahnhof hinabstieg, pfiff er ein Lied. Aber in ihm wütete eine ungeheure Aggression. Er konzentrierte sich auf seinen Atem.

Eins, zwei, drei. Aus und ein, aus und ein. Langsam atmen. Das Ich ist eine Illusion, das Selbst ist eine Illusion, alles ist eine Illusion, und das Leben ist nichts als ein Schattentanz. Blende den unterscheidenden, bewertenden und fühlenden Geist aus. Alles ist miteinander verbunden, beherrsche die Emotion, betrachte sie, spiele mit ihr, sonst spielt sie mit dir.

Es waren Ratschläge eines buddhistischen Lehrers. Sie waren Roberts Mantra. Das Zittern ließ nach. Es kehrte wieder. Später. Und viel intensiver.

Und die Bestie war wie von Sinnen, und sie brüllte und schüttelte sich. Und ihr markerschütternder Schrei hallte von den Wänden ihres alten Gefängnisses zurück, wo sie so lange hatte ausharren müssen. Sie wusste, es würde nicht mehr lange dauern, und sie würde es endlich tun dürfen, wonach es sie so lange gedürstet hatte: eine Seele reißen.

Femme Fatale

Ein Tsunami hatte die Küsten Thailands verwüstet, da begann Robert, für ein Architekturbüro Werbetexte zu verfassen. Es lag direkt am Hackeschen Markt, einer Gegend, die vor dem Mauerfall ziemlich heruntergekommen war, obschon sie fast im Zentrum der „Hauptstadt" der DDR gelegen hatte. Nun tummelten sich dort Scharen von Touristen, und jede Lücke, die die Wende kurz überdauert hatte, war bebaut worden, entweder im kitschigen Stil, der die Gründerzeit zu imitieren versuchte oder in jenem Berliner Gegenwartschic steinerner Einheitsfassaden mit Schlitzfenstern.

Das Architekturbüro befand sich in einem gläsernen Bau, unweit der Werbeagentur Schubi & Friends. Seine Mitarbeiter mussten ziemlich ranklotzen, denn die Konkurrenz in Berlin war groß. Einige Architekten hatten das Glück, für Hollywoodstars gearbeitet zu haben. Deren Läden liefen gut, aber das Büro, in dem Robert arbeitete, musste um jeden

Auftrag kämpfen.

Robert hatte Glück. Mitunter betreute er auch die kosten-mäßige Abwicklung ganzer Projekte, was gut bezahlt wur-de. Als er dort wieder einmal ein Projekt beendet hatte und mit allerlei Quittungen und Zeichnungen durch den Flur lief, prallte er mit einer jungen Frau zusammen.

„Huch, tut mir leid", stotterte sie.

Sie hieß Rebecca und war nach eigener Auskunft eine ge-scheiterte Künstlerin, die nun als Sekretärin arbeitete, um sich und ihre Tochter zu ernähren. Oft saß Rebecca am Tisch, mit den Fingern über ihr Handy wirbelnd, als warte sie auf einen Anruf, der nicht kam. Sie lachte selten, wirkte melan-cholisch und presste, wenn diese Momente am intensivsten schienen, ihre Fäuste gegen die Wangen, die Ellbogen auf ei-nen Tisch abgestützt, wie es bockige Kinder tun, die ihr Es-sen nicht aufessen wollen, obwohl die Mutter bereits dreimal zu ihnen gesagt hatte: „Was auf den Tisch kommt, wird auch aufgegessen." Er mochte diese Art der Melancholie, weil auch er sie in sich trug.

„Wollen wir Kaffee trinken?", fragte sie ihn überraschend an einem Morgen.

„Klar." Robert wollte das „klar" betont cool aussprechen, aber es misslang, er errötete, sie kicherte darüber.

Fortan beobachtete Robert sie unauffällig, wenn sie Ab-rechnungen für ihren Chef erledigte oder Krankheitsfälle der Kollegen notierte. Immer fand er irgendeinen Grund, in ih-rer Nähe zu sein. Mal suchte er ein Formular, ein anderes Mal bat er sie, eine Dienstreise für ihn zu buchen.

Sie hatte langes, schwarzes Haar, eine leicht gebogene Nase so wie viele Indianer Nordamerikas, auch einen leich-ten Überbiss, den er recht süß fand. Optisch war sie eigent-lich nicht sein Beuteschema, aber sie aktivierte seinen Be-schützerinstinkt. Nach wenigen Wochen war er in sie ver-liebt. Er beschloss, es ihr zu sagen, wartete nur auf die rich-tige Gelegenheit. Als sie wieder mal in einem Café zusam-men saßen, nahm er allen Mut zusammen und gestand es ihr. Rebeccas Antwort verpasste ihm einen Dämpfer.

„Ist nicht so schlimm. Aber ich liebe dich nicht. Wenn du damit leben kannst."

Er ahnte, was auch immer er tun würde, es bliebe eine unerfüllte Liebe. Vielleicht, dachte er, war es aber nicht nur Liebe, die ihn an sie band, sondern das Erkennen der Gemeinsamkeiten. Sie hatte ihm früh erzählt, dass sie in der Kindheit unter einem tyrannischen, narzisstischen Vater litt. Es kam ihm bekannt vor. Sie waren beide Verantwortungsübernahmeopfer, wie er es nannte. Kind, geh einkaufen, Kind, pass auf Mama auf; Kind, haben wir noch Geld? Alles war bei ihnen beiden zu früh gekommen, das wusste er, das war ihr Band.

Rebecca lebte mit einem alkoholkranken Schlagzeuger zusammen, einem notorischen Fremdgeher, dem sie in wenig nachstand. Robert nannte sie in seinen Gedanken einen Rudimentmenschen. Wenn er sie umarmen wollte, etwa zur Begrüßung, hatte er das Gefühl, stets in ein Nichts zu greifen, so als fehlte etwas.

„Ich habe ein Drogenproblem, stört dich das? Das solltest du wissen, finde ich", offenbarte sie in dem Café, es war untertrieben und nicht die einzige Überraschung.

„Eine Freundin von mir geht oft, also, ähm, ich gehe oft mit ihr in ... und anderen Freunden zum Feiern in einen Puff, in dem es ... Drogen gibt. Willst du mal mitkommen?"

Grübelnd stand Robert vor ihr.

„Ja, also ...", er wollte nicht als Schwächling dastehen.

Das Bordell lag am äußersten südlichen Stadtrand von Berlin, ein mit schweren handgeknüpften Teppichen, textilbespannten Decken und kitschigen Wandbildern ausgekleideter Puff. Als Robert und Rebecca das Etablissement betraten, kam eine kleine dicke Matrone auf sie zu gerannt, Lady Caprice, die Hausherrin. Sie war fast so breit wie hoch und extrem kurzatmig. Wenn sie lachte, klang es wie das Röcheln eines Lungenkranken, der kurz davor war, wieder eine Fuhre blutigen Schleimes aus seiner Lunge nach oben zu transportieren. Sie begrüßte Rebecca mit einem „Hallo,

Kleine!". Robert wurde von ihr zunächst eingehend gemustert, als überlegte sie, ob sie ihm trauen konnte. Die Prüfung endete positiv, vielleicht auch nur deshalb, weil er in Begleitung der „Kleinen" gekommen war, dachte Robert. Nach einem Wodka, den die Lady spendiert hatte, tätschelte sie wohlwollend seine Wangen, es sollte Vertrauen herstellen, aber es bewirkte das Gegenteil. Robert starrte angeekelt ihre fetten Oberarme an. Das Fleisch hing an ihnen wie mutierte Klumpen herab.

Den ganzen Abend über saß Rebecca mit der Lady an der Bar, trank Wodka und verschwand in kurzen Abständen auf der Herrentoilette. Die Zeit ihrer Abwesenheit nahm konstant zu. Es wunderte Robert zwar, aber er dachte sich nicht viel dabei. Neben ihm hatten nun zwei Huren Platz genommen.

„Die ist total verloren", sagte eine der Huren über Rebecca, ihr war nicht entgangen, dass Robert sich mehrfach nervös umgedreht hatte, aber Rebecca blieb verschwunden. Die Hure sah sich veranlasst, etwas mehr Druck aufzubauen: „Die sitzt hier immer rum und glotzt die Freier und die sinkenden Pegelstände ihrer Wodkagläser an." Robert ärgerte sich über die Hure. Aber er vermutete, dass es nicht gelogen war. Er betrachtete die Hure nun eingehender. Sie trug einen Netzanzug, und ihre Beine waren schier endlos, nur ihre Brüste schienen etwas zu klein geraten, dachte Robert. Aber die Frau hatte irgendwie einen verdorbenen lüsternen Blick, was er mochte.

Er nippte an seinem Drink, da sah er aus den Augenwinkeln, dass Rebecca mit einem Gast aufs Zimmer verschwand. Kurz darauf betrat ein bekannter Schauspieler den Puff. Er beugte sich verschwörerisch zu Misses Caprice, flüsterte ihr etwas ins Ohr und buchte eine Gruppe von Frauen. Gelegentlich verließ eine von ihnen das Zimmer und berichtete ihren Kolleginnen dann, was sich dort so tat. Der Mann, so erklärte sie, spendiere Koks in großen Mengen, und Rebecca strippe ein bisschen für ihn. Robert hielt es nicht mehr dort. Das Ambiente stieß ihn ab. Er zahlte seine Drinks und ging.

Aber er kam wieder und nicht nur einmal.

Bei seinem Streifzug durch das Berliner Nachtleben – die Luft war aufgewärmt von einem langen Sommertag – gelangte er an die Spreeuferpromenade eines Kreuzberger Clubs. Das Wasser der Spree schwappte gemütlich an den Ufersteg des Clubs. Viele der Gäste hatten Drinks in der Hand, die Stimmung war ausgelassen. Zwei Mädchen, Corky und Betsy, swingten zu seichter Loungemusik ihre Hüften. Was Betsy zu wenig an Busen hatte, war bei Corky zu viel. Sie hatte mit Silikon nachgeholfen. Die Haut unterhalb ihrer Augen ähnelte Orangen und deutete darauf hin, dass sie oft und gerne feierte, was sie Robert aber auch nicht verschwieg.

Corky lachte zu ihm rüber, und zwar ziemlich *frech*, wie er fand.

„Hast du was dabei?", fragte Corky.

„Was meinste damit?" Robert kapierte nicht, was die Mädchen trieb, noch nicht.

Zu Betsy gedreht sagte sie leise: „Stellt der sich so doof an, oder ist er es auch? Dabei sieht der Typ aus, als könnte er uns was spendieren." Dann wandte sich Corky wieder Robert zu, der sie irritiert anschaute.

„Na, ich meinte was zum Ziehen, Nase, mano!"

„Hier, so", sagte Betsy und strich sich mit dem Zeigefinger schnell unter der Nase entlang, „verstehst, was ich meine, was wir meinen?" „Verstehst du, was ich meine?" war überhaupt einer ihrer Lieblingssätze, wie Robert an diesem Abend lernte. Man hörte die Frage auch oft in Berliner Bussen und U-Bahnen, wenn Jugendliche das Guthaben auf ihrem Handy abtelefonierten. VERSTEHST DU, WAS ICH MEINE, HÄH? *Was für eine dämliche Frage, eine selten dämliche Frage*, dachte Robert belustigt.

Er spielte kurz mit dem Gedanken der Flucht, rührte dann mit einem Finger in seinem Gin Tonic und schüttelte den Kopf. Die Sache war ihm irgendwie peinlich, aber er wollte cool wirken, also blieb er bei den Mädchen.

Zwei junge Männer neben ihm hatten zugehört, einer von

ihnen wandte sich den Mädchen zu.

„Wir hätten was für dich."

„Was denn?"

„Was du willst: Speed, Koks, Ecstasy, MDMA ..."

„Was kostet das Koks?"

„Für dich 90 Euro das Gramm."

„Nehm ich", sagte Corky, klatschte dem jungen Mann ein paar Scheine in die Hand und rannte zur Toilette. Nach 15 Minuten kam sie zurück und drückte ihrer Freundin Betsy in die Hand, was davon übrig geblieben war. Danach bekam Robert das Briefchen zugesteckt. Gefragt hatte er nicht danach. Die beiden Mädchen shakten nun zu House und Hip-Hop ihre Hüften. Robert starrte sie an, nahm das Briefchen und verschwand auf dem Herrenklo. Das war der eigentliche Anfang seiner Drogenkarriere, und er fand sich ungemein *cool*. Er gehörte nun zu einer Gruppe.

Er traf Betsy und Corky danach immer öfter. Beim Tanzen reckten sie ihre dürren Ärmchen in die Höhe und hielten sie leicht angewinkelt über dem Kopf. „Over the rainbow", tralalala. Marushas Song wurde immer noch gespielt. Die Technogirls mochten ihn, am liebsten mit Ecstasy oder Koks. Er lachte.

„Du bist verrückt, weißt du das eigentlich", sagte Betsy, die ältere der beiden zu Robert. *Wenn du wüsstest, dass du nicht nur verrückt, sondern komplett durch bist*, dachte er.

Die Frau ließ Gegenstände fallen, lachte schrill und offenbarte ein nervöses Zucken unterhalb ihres linken Auges. Es hätte ihn warnen müssen, aber Robert ignorierte es. Zu zweit, zu dritt, zu viert, zu fünft, irgendjemand hatte immer etwas dabei.

Sie trafen sich und feierten, vor und nach ihren Clubtouren, in den Clubs gaben sie sich clean.

Die Auswahl war groß. „Berghain", „Freischwimmer", „Bar 25", „Kiki Blofeld". Berlin war wie ein Rausch – und er mittendrin.

Es war wieder Samstag, ein heißer Sommer-Es-Muss-Was-Passieren-Abend. Robert fuhr in denselben Club an der

Spree, der mit einer wunderbaren Terrasse warb, von der aus man die Beine entspannt über den Fluss baumeln lassen konnte, während man genüsslich einen Mochito, Mai Tai oder Gin Tonic trank. Vor der Tür parkte Corkys Auto. Der Reinlasser winkte ihn durch. Corky und Betsy standen an der Bar, dort, wo er sie erwartet hatte.

Die beiden Frauen waren schon ordentlich angeschickert, das erkannte er schon aus der Ferne. Aber irgendetwas schien anders an diesem Abend, eine gewisse Spannung lag in der Luft. Plötzlich entstand große Unruhe, in einem Nachbarclub sollte Vin Diesel sein. Es stimmte! Wochen später würden auch Mario Testino und Eva Mendes mal vorbeischauen. In Berlin gab es immer einen Event zu feiern, oder etwas zu verkaufen. Ein Auto, ein Parfüm oder einen Film. Die muskelbepackten Männer in den schwarzen, drall sitzenden Anzügen und den Mikros im Ohr gehörten stets dazu, so wie die Cocktails, die sich Robert mit den beiden Mädchen in dieser Nacht in den Toilettencontainern gönnte. Da war Vin Diesel in der Nachbarschaft längst entschwunden, und alle Gäste, die vor die Tür gestürmt waren, um den Filmstar zu sehen, wieder auf der Tanzfläche. Viele Menschen sind *gut*, dachte Robert, *eine gute Tarnung*.

Stunden später kam er mit Betsy und Corky von der Toilette getorkelt, ihn beschlich ein ungutes Gefühl. Die Sonne kletterte im Osten gerade über den Horizont. Die Feiernden schoben die Sonnenbrille auf ihre Nasen. Robert drängte darauf, schnell zu gehen, denn das Licht des beginnenden Tages ängstigte ihn, Betsy ebenfalls.

„Bin noch mal zur Toilette", sagte sie und eilte fort.

Als Betsy nicht zurückkam, bat Corky ihn, mit zu ihr nach Hause zu kommen.

„Los komm, Betsy braucht noch Zeit. Ich kenn sie schon lange, es hat keinen Sinn zu warten ..."

Corkys Wohnung sah aus Roberts Perspektive erstaunlich aufgeräumt aus, keine herumstehenden Flaschen, kein zugemüllter Kühlschrank, und sie hatte ein paar Hobbys, von denen sie nicht wusste, dass er sie teilte. Sie mochte deutsche Schlager, auch Volksmusik, ihr Oberheld jedoch war James Last, was Robert nicht ganz verstand. Ganz anders verhielt es sich jedoch mit ihrer Vorliebe für bewegte Bilder. Wenn sie etwas Ecstasy geschnieft hatte, schaute sie gern Softpornos an.

Sie kickte ihre High Heels in die Ecke. „Bin gleich zurück", und verschwand in der Küche. Er hörte es länger von dort aus rumoren, so als suche jemand krampfhaft etwas, Geschirr klimperte. Nach etwa einer Viertelstunde kam sie mit einem silbernen Tablett zurück, das voll mit einem kleinen Berg weißen Pulvers war.

„Ecstasy, geil oder?", rief Corky, „ich würde jetzt gern küssen. Komm, wir legen uns auf mein Bett. Magst du küssen?"

Sie legten sich auf ihr Bett und gierten alles hinein und gestikulierten, schauten Musikclips und redeten und redeten. Plötzlich stand Corkys Sohn in der Tür. Er machte einen unterernährten, ausgemergelten Eindruck, und unter seinen Augen lagen dunkle Ringe.

„Mama, Mama, wer ist der fremde Mann?"

Trotz seines hohen Drogenlevels an diesem Morgen machten sich in Robert Schuldgefühle breit. Die Szene hatte ihn daran erinnert, wie er als kleiner Junge vor seinem betrunkenen Vater stand. Kurz überlegte er, was zu tun war, dann wusste er es:

„Ich halte die Sonne nicht aus. Ich geh jetzt."

„Ich kann die Rollos runterlassen."

„Nein, es ist der Tag, den ich so nicht beginnen möchte. Ciao."

Als er vor ihrem Haus stand, setzte er eine dunkle Brille auf, bloß heimwärts, dachte er.

Frustriert leerte Corky den Rest einer Rotweinflasche, die sie hinter der Vorratskammer vor ihrem Sohn versteckt hatte. Grübelnd starrte sie auf die Flasche. *Robert, wäre ein guter Spender gewesen, verdammt, ich hätte jetzt gern mehr Stoff. Vielleicht hätte ich sogar mit ihm Sex gehabt. Wenn ich ihn noch mal sehe, kommt er mir nicht so leicht davon. Ich habe meine Mittel...*

Robert lief durch die kühle Luft des Morgens zu einer Tankstelle in der Nachbarschaft von Corkys Wohnung und kaufte zwei Flaschen Bier sowie einen Schnaps. Hinter dem U-Bahnhof Schönhauser Allee fand er einen Platz, an dem er ungestört war. Er setzte sich auf die kalten Gehsteigplatten und zog eine Mülltonne vor sich als Sichtschutz. Er trank und trank, als zufällig Nicoletta und Jimmy, zwei Arbeitskollegen aus dem Architekturbüro, vorbeikamen. Sie hatte an der Mülltonne vorbeigelugt und ihn sofort gesehen.

„Robert ..., was machst du denn hier, um diese Zeit?", fragte Nicoletta.

„Ich ...", Roberts Stimme versagte.

„Was können wir tun? Wir müssen doch was tun, wir können ihn hier doch nicht so sitzen lassen!", rief Nicoletta.

„Natürlich nicht. Ich rufe ein Taxi, das ihn nach Hause bringt, und ich begleite ihn. Er ist einfach zu betrunken. Da könnte sonst was passieren", sagte Jimmy.

Wenige Minuten später war das Taxi da. Nicoletta half Robert auf die Hinterbank, Jimmy setzte sich auf den Vordersitz neben dem Fahrer.

Robert setzte mehrfach zu dem Versuch an, seine Adresse zu nennen. Erst beim dritten Mal gelang es ihm. Danach zog er sein Handy aus der Tasche, aktivierte das Display und drückte die Wählfunktion.

„Hallo?", fragte eine Stimme.

„Hilfe, helft mir", lallte Robert. Der Freund am anderen Ende der Leitung, sagte: „Du, wieder? Du solltest zu einem Therapeuten gehen! Du veränderst dich."

Als Robert wieder nüchtern war – er hatte zehn Stunden wie paralysiert auf seinem Bett gelegen und sich im Architekturbüro krank gemeldet – loggte er sich bei einer Suchtberatungsstelle ein, die auch Namen von Therapeuten parat hatte. Eine Informationstafel wies 30 Adressen aus, die in Roberts Kiez lagen.

„Sie bekommen auf Anhieb 80 Stunden, Nachschlag inklusive!", sagte der Gutachter seiner Kasse, der ihm eine Gesprächstherapie bei einem Kollegen verordnete.

Therapieverkäufer

Herr Thornedike, der anempfohlene Kollege, war ein Mann mittleren Alters. Er urlaubte gern in Südeuropa, mochte Rotwein und besaß eine eindrucksvolle Praxis im schicken Berliner Stadtteil Westend. Die Stühle, die Wände, die Tische, fast alles war dort in Weiß gehalten. Thornedike vermied es, Robert direkt anzuschauen. Er blickte stattdessen immer in Richtung eines Spiegelschranks, der in der gegenüberliegenden Ecke seiner Praxis stand. Mithilfe des Spiegels konnte er Robert genauso gut beobachten, als hätte er ihn direkt angeschaut. Bloß den Patienten nicht verstören, beobachten ja, aber nicht verunsichern, das war wohl die Idee dahinter, dachte Robert. Auch dass er schnell auf den Punkt kommen müsste, der ihm am meisten zu schaffen machte.

Er schilderte Thornedike seine Probleme, auf Menschen zuzugehen. Dass er sich immer schuldig fühle und selbst nicht wisse, warum. Dass er alles in seinem Leben als Wiederholung empfand und manchmal nicht mehr aus dem Bett hochkam, weil er alles als erledigt, als getan ansah.

Thornedike hörte lange zu, sagte dann: „Sehen Sie das Leben doch als Experiment. Sie können nicht scheitern. Das ist alles Kopfkino. Jeder Rückschritt ist ein Fortschritt", es folgte eine kurze Pause, „wie viele Freunde haben Sie eigentlich?"

„Nur vier, leider."

„Vier? Sie Glückspilz! Der normale Mensch hat lediglich zwei oder drei. Sie sind ja ein Beschenkter, ein BESCHENK-TER! Verstehen Sie?" Die letzten Worte hatte Thornedike fast gebrüllt.

Ich werde einen Online-Avatar kaufen und ihn Che nennen. Er wird mit mir intelligente Diskurse über Michelangelo, Newton, Keppler oder Schwerkraftsenken im All führen, so wie ein richtiger

Mensch. Dann schicke ich sie meinen Bekannten im richtigen Leben.

Vom benachbarten Raum drangen Schreie herüber. Robert schaute den Psychologen fragend an.

„Meine Frau hat gerade eine Psychodramasitzung ...“

„Ah ...Wissen Sie, ich habe viele Probleme, mit Frauen, ich bin sexsüchtig und mein Vater, wissen Sie“, Robert stotterte kurz, „seine Währung war die Missachtung, und ich war das Saumkind seines Interesses.“

„Was haben Sie da gesagt? Das Saumkind? Eine höchst interessante Formulierung. Das höre ich zum ersten Mal ...“

Robert ärgerte sich über die Unterbrechung, dann fuhr er fort.

„Einmal, nur ein einziges Mal habe ich erlebt, dass mein Vater, er hieß Friedrich, Interesse an einem Menschen zeigte. Es war ein Nachbar, ein Saufkumpel, dessen Frau im Keller des Nachbarhauses zusammenbrach und die dort verblutete. Sie hatte eine kaputte Ader. Das Blut schoss nur so aus ihrem Mund. Keiner konnte helfen. Da zeigte mein Vater Interesse. Aber für meine Mutter, Schwester und mich interessierte er sich nie. Er würdigte uns keines Blickes, nie ...“ Bei dem „er“ war Robert wieder ins Stottern geraten.

Thornedike ließ Roberts Worte auf sich einwirken.

„Sie haben ein schweres Schicksal.“

„Es gibt härtere Schicksale“, sagte Robert, er hatte Tränen in den Augen.

Versteht er überhaupt, wovon ich rede?

Robert beendete das Thema und ging nun auf seine zunehmenden Aggressionen ein, es beschäftigte ihn sehr.

„Manchmal habe ich den Drang, jemanden umzuhauen.“

„Umzuhauen, wie meinen Sie das?“

„Ich habe sehr starke Ordnungsmuster in mir, denen ich folgen muss. Das ist keine Wahl, ich muss, es ist ein *Zwang*, verstehen Sie? Die Ordnung gab mir ein Gegenmuster, eine Überstruktur, die ...“

„ ..., die Ihnen zu überleben half ...“

Die Satzergänzung stimmte Thornedike sichtlich zufrieden. Den Kugelschreiber, den er stets während einer Therapiestunde in der Hand hielt, bewegte er hektisch zwischen seinen Fingern. Er sah Roberts unzufriedenen Gesichtsausdruck und wurde nun akademisch.

„Hm, also es gibt Fälle sozial phobischer Menschen, die dann in Richtung Soziopath drehen. Wenn dann noch Borderline-Muster zum Tragen kommen, wohl gemerkt: Ich spreche von Mustern, keiner vollen Ausbildung des Symptoms, denn das ist bei Ihnen nicht der Fall, dann dauert es meist nicht lange und die betreffende Person landet im Gefängnis. Wussten Sie, dass ein Großteil der männlichen Straftäter Borderliner sind? Also Menschen, die oft Krieg führen mit ihren Nächsten, mit Freunden und Verwandten, und die kein Gefühl von Sicherheit kennen und deshalb ständig Bestätigung brauchen. Die Suche nach permanenter Bestätigung hat übrigens auch damit zu tun, so glaubt die Wissenschaft, dass diesen Personen Botenstoffe im Gehirn fehlen. Quasi ist deren gesamte Chemie im Gehirn aus dem Takt geraten, soweit die Theorie ...“ Thornedike war laut geworden. Robert fühlte sich unbehaglich, rutschte auf seinem Sessel hin und her, nestelte mit den Händen herum und blickte auf das hochglanzpolierte Fischgrätenparkett.

„... Botenstoffe, ah, so, das wusste ich nicht, nein, wirklich nicht. Aber nicht nur das stimmt nicht. Ich war vor einiger Zeit in Hongkong, nur für einen Tag, also es passierte in einem Hotel. Ich trat aus dem Fahrstuhl und hatte das Gefühl, in einen *grenzenlosen Raum* einzutreten. Ich fühlte meinen Körper nicht mehr ...“

„Grenzenlos, wie meinen Sie das? Können Sie den Raum beschreiben?“

„Er ... es ist eigentlich ein *Nichts*. Das Nichts, das ich verdiene und das in mir ist ...“

Thornedike saß ihm mit offenem Mund gegenüber. Er rang nach Worten und fand doch keine. Der Ausdruck seines Gesichts zeigte eine Spur von Furcht.

Eines wurde Robert in diesem Moment schnell klar: Helfen würde ihm diese Gesprächstherapie nicht, obwohl Thornedike krampfhaft bemüht war, sich mit Sinnvollem einzubringen. Der Therapeut hatte, das verriet sein Gesichtsausdruck, seine Fassung zurückgewonnen.

„Stellen Sie möglichst bald Kontakt her zu Menschen im Allgemeinen. KONTAKT! Aber nicht zu Boderline-Frauen, die können Gedanken lesen. Es ist geradezu unheimlich, was die mit ihrem inneren Antennenwerk erspüren, halten Sie sich fern von denen, ich ... habe damit Erfahrung."

„Aber ...", Robert legte eine kurze Sprechpause ein, hatte der Mann eben von Gedankenlesen gesprochen? „Also gerade das ist doch das Problem, das Kontaktherstellen. Wie denn?"

„Genau, Sie haben es erkannt. Das ist Ihr Problem, und daran werden wir arbeiten. Aber heute nicht mehr. Denn die 45 Minuten der heutigen Sitzung sind um. Ich muss mich auch mal erholen. Sie sind ja heute schon der dritte Patient. Übrigens: Haben Sie Ihre Kasse gewechselt? Die hat nämlich noch nicht überwiesen. Könnten Sie sich darum mal kümmern, ja? Das wäre nett, denn ich muss ja nicht meinem Geld hinterherlaufen, das verstehen Sie doch, oder?"

Thornedike lief zur Tür und rief Richtung Nachbarzimmer: „Schatz, machst du mir einen grünen Tee, und hast du den Flug nach Rhodos gebucht ...?"

Robert hätte Thornedike gern eine Ohrfeige erteilt, kopfschüttelnd verließ er die Praxis, er spürte nahende Kopfschmerzen.

Lady Caprice besaß immer etwas, für ihre Huren und die Besucher. Gestreckt mit Mehl oder Puderzucker oder sonstigem namenlosen Zeugs und immer überteuert. Aus 60 Euro machte die Bordellchefin 120. Sie lebte gut davon und war selbst süchtig. Rebecca „tanzte" nun oft dort, auch an diesem Abend, als Robert Nachschub organisieren wollte, Rebecca musste Schulden abtragen. Als sie vom Zimmer zurückkam, es waren Stunden vergangen, überzog sie Robert mit einer Kanonade von Vorwürfen.

„Was guckst du so? – Du bist doch verklemmt. – Überhaupt gibt es keinen gefühlskälteren Menschen als dich. – Warum hast du keine Frau? – Man müsste dich sofort verlassen." Rebecca war komplett betrunken und overdosed, overexposed. Robert stand auf und ging.

Erst Wochen später traf er sie wieder, in Hannover. Sie hatte zu ihrem 30. Geburtstag eingeladen, der im Hause ihrer Eltern in Hannovers Zooviertel gefeiert wurde, eine gutbürgerliche Gegend. Unter den Gästen waren auch ein älterer Professor von Rang und Namen, eine Konzertagentin sowie Rebeccas Cousin Marco.

Rebecca hatte sich viel Mühe gegeben, einen köstlichen Braten vorbereitet und viel Wein eingekauft. Sie aßen, tranken und spaßten. Doch dabei blieb es nicht. „Habt ihr noch Lust mit auszugehen?", fragte Rebecca nach dem Dinner. Alle wollten. Sie fuhren in ein Lokal in Hannovers Zentrum. Dort angelangt, spürte Robert aufkommende Angst. Er hatte zu viel getrunken, fürchtete, in den nächsten Tagen im Job nicht zu funktionieren, auch musste er den ersten ICE zurück nach Berlin nehmen, um rechtzeitig zu seinem Job zu kommen. Eigentlich. Und so nahm das Verhängnis seinen Lauf.

Schneemänner

Renard, ein Kollege Roberts, war wegen eines Kongresses in Hannover. Spät abends betrat er in Begleitung einer unbekannten Frau das Restaurant. Er nickte Robert überrascht zu. Robert und Renard kannten sich gut, wussten, dass sie beide dasselbe Laster teilten. Später am Abend, als sie beide auf dem Herrenklo nebeneinander in die Urinale pinkelten, sprach Renard ihn an.

„Du siehst aus, als bräuchtest du was, aber gib Acht: Das ist wirklich starkes Zeug, sehr starkes Zeug", sagte Renard, dessen Gesicht vom Stoff und Alkohol aufgedunsen war. Er hatte aus seiner Tasche ein Minibriefchen gefischt, „ich brauch's heute nicht."

„Kommt gerade richtig", entgegnete Robert leise. Dann schloss er die Klotür hinter sich und legte sich auf dem Spülkasten eine Line. Fahrig wischte sich Robert durch die Haare, als er wieder am Tisch saß. Beim Reden, und er redete nun sehr viel, bewegte er seine Kieferhälften gegeneinander, als müsste er eine Nuss zermahlen. Rebeccas Cousin Marco schaute ihn zornig an.

„Du hast doch was genommen. Muss das sein? Her mit dem Zeugs!"

Robert folgte der Aufforderung, doch die Situation geriet außer Kontrolle. Rebecca warf ihrem Cousin flehende Blicke zu, sie wollte etwas. Marco, Wertpapierhändler und seit seiner Studienzeit selbst nicht unerfahren im Umgang mit Koks, reichte Rebecca das Briefchen weiter. Rebecca wusste, wie sie ihn rumbekam. Ohne lange zu warten, rannte sie mit der Konzertagentin, die sie stets „Süße" nannte, zur Toilette. Sie blieben lange dort. Robert blickte immer wieder auf seine Breitling, checkte die Zeit, schaute zur Toilette, dann wieder auf seine Finger, die er ineinander verknotet hatte. Er wurde unruhig, lief den Frauen hinterher, donnerte mit den Fäusten gegen die Toilettentür.

„Rauskommen, sofort!" Rebecca öffnete und reichte ihm kommentarlos das Briefchen Koks. Die Frauen zogen ihre Pullis herunter und ihre Hosen hoch. Sie waren angefixt. In jeder Hinsicht.

„Warum hast du das getan?", fragte Robert Marco.

„Du wagst es, das zu fragen? Du bist doch an allem schuld, du hast es doch angeschleppt!"

„Aber du hast es doch selber deiner Cousine gereicht, leidest du unter Erinnerungsstörungen?"

Nun mischte sich der Professor ein: „Nein, nein, nein, das ist nicht gut, das ist alles nicht gut. Lasst uns das Beisammensein genießen, ganz in Ruhe. Ich will Frieden." Der alte Mann kannte sich aus, hatte ebenfalls Erfahrung mit Drogen, obschon er Anfang 70 war. Ein Künstlerprofessor.

Kurzes Schweigen, sie alle rissen sich nun zusammen.

Am Ende des Abends saß Robert mit der Agentin in der Küche von Rebeccas Elternhaus. Marco war ins Bett gegangen, jedoch nicht ohne Robert ein Versprechen abzunehmen.

„Du gibst meiner Cousine nichts mehr, klar?"

„Ja, verstanden", antwortete Robert reuig.

Rebecca holte weiteren Rotwein aus dem Schrank, sie wusste, was enthemmte. Immer wieder schenkte sie nach und bat um Koks, aber Robert lehnte ab, die Agentin nickte verständnisvoll. Als die dritte Flasche Wein geleert war, gab er nach. „Aber nur eine ganz kleine Line, mehr nicht. Ich will keinen Ärger mit Marco."

Rebecca verschwand und kam schnell zurück, alles schien normal. Der Morgen war angebrochen, die Sonne aufgegangen, Vögel zwitscherten ihre Melodie durch den morgendlichen Himmel. Robert brauste mit dem ICE nach Berlin, er kam gerade noch rechtzeitig zu seinem Job. Ziemlich fertig schleppte er sich durch den Tag.

Am frühen Abend, er war gerade nach Hause gekommen, ereilte ihn ein Anruf. Marco brüllte durchs Telefon: „Was hast du getan? Rebecca liegt im Krankenhaus."

Robert starrte geradeaus, unfähig in dem Moment klar zu denken oder eine vernünftige Antwort zu geben. Rebecca, das erzählte ihr Cousin, war vom Balkon der elterlichen Wohnung gesprungen. Zwar hatte ein Strauch den Sturz aus dem zweiten Geschoss abgefedert, aber Rebecca hatte sich ein Sprunggelenk gebrochen. Die Ärzte rieten ihr zu einem Entzug. Sie hatte eine schwere Depression, sollte in eine Klinik. Und er, Robert, müsste eigentlich ins Gefängnis, erklärte Marco.

„Du hast versagt, bist ein Krimineller, der aus dem Verkehr gezogen werden muss. Außerdem sollst du mit Drogen handeln."

Robert schwieg kurz und sagte dann. „Ich habe Informationen, dass du selbst Koks in großen Mengen konsumiert hast und Rebecca erstmals Stoff angeboten hast. Was sagst du nun?"

Robert zitterte, war kaum fähig, klar zu denken, er hatte

wieder diese starken Kopfschmerzen.

Du, dumme Sau, wirst mich kennenlernen. Eine Pumpgun, 45er-Beluga Stupsnase, Uzi, Smith & Wesson, Heckler & Koch, oder eine Browning, irgendetwas wird sich für dich schon finden. Und ich werde dich damit füttern. Gut füttern. Wenn sich die Gelegenheit bietet.

Nachdem Marco Robert die aus seiner Sicht verdiente Ansage am Telefon hatte zugutekommen lassen, rief er bei Rebecca an, um Vollzug zu melden. Rebecca hatte es sich in ihrem Krankenzimmer zweihundert Kilometer westlich von Berlin bequem gemacht. Sie saß auf dem Fensterbrett ihres Zimmers, das Telefon auf ihrem Knie, und hatte gerade Besuch von Egmont, einem pummeligen Unternehmensberater, den sie bei einer Party kennengelernt hatte. Einige Male waren sie zusammen aus, es musste sehr turbulent zugegangen sein, wie Rebecca später einmal durchblicken ließ.

„Ich ruf dich später zurück, Marco. Aber danke, dass du an mich gedacht hast." Sie legte auf.

„Du musst es dem Typen zeigen", sagte Egmont, der unruhig durch das Krankenzimmer lief und Rebecca damit nervte.

„Kommt Zeit, kommt Rat", sagte Rebecca. Egmont nervte sie.

Hoffentlich ist er bald weg, er ist kein nützliches Pferdchen.

Roberts Telefon klingelte noch ein zweites Mal, spät nach Mitternacht, es war die Konzertagentin: „Du sollst wissen, dass wir dich nicht verstoßen."

Er schaltete das Radio an. Die Nachrichten meldeten, dass Michael Jackson, der King of Pop, tot sei. Gestorben an der Überdosis eines Narkosemittels.

Fashionistas

In Berlin drehte sich alles wieder um Mode. Natürlich waren die Tage vorbei, als am Hausvogteiplatz Haute Couture selbst für Paris entstand. Aber man wollte wieder aufschließen. Designer Michael Michalsky lud zu seiner „StileNite" ins „Tempodrom". Scheinwerferlicht huschte durch die Halle, Lilly Becker durch die vorderen Reihen. Auf der Bühne standen die Jungs der britischen Band Hurts. Ihr cooler Synth-Pop-Sound erfüllte das zeltartige Innere des Gebäudes, die Brit-Boys waren streng gescheitelt, so wie die Models, dominant, schön und unnahbar schritten sie über den Catwalk. Einige trugen transparente Tops und hautenge Lederhosen.

Robert saß in den oberen Rängen, die Sitze direkt neben ihm waren leer. Seine Hand drückte gegen den Hosenschlitz, er blickte unauffällig nach links und rechts, verwarf jedoch die Idee, in diesem Moment ein *ungezogener Junge* zu sein. Und so ließ er die Show an sich vorüberziehen, die Kohorten der deutsch-blond-gescheitelten Schönen, die in immer neuen Kostümen über den Catwalk liefen. Michalsky hatte es raus, und Robert war sein Fan.

Schräg gegenüber saß Berlins Bürgermeister, daneben Schauspieler, andere VIPs und so mancher Künstler und befreundeter Modemacher. Karl-Heinz Müller von der „Bread and Butter" etwa. Er mochte es eine Nummer größer und mietete den ehemaligen Flughafen Tempelhof. Durch die Hangars dröhnten dumpfe Beats, und die Flagshipstores der Denim-Welt warben für sich mit schönen Girls. Zehntausende stürmten die Hangars. Und er sah sie und berauschte sich an ihnen, sah nur das Schöne, das Hässliche blendete er aus. Wie ein Wolf lief er die Stände ab, tat, als interessiere ihn die Mode, dabei waren es die Hungermodels. Er war oversexed.

Hollywoodstar Milla Jovovich lachte bei der Berlinale für L'Oréal mit ihrem XL-Lachen von XXL-Postern auf den Potsdamer Platz herab, Starmodel Karolina Kurkova spaßte mit Eva Padberg bei der „Vogue"-Night im „Borchardt", und George Clooney kostete im „Kimchi Princess" in Kreuzberg Healthy Food.

Robert rannte durch die Stadt wie ein Besinnungsloser. Im noblen „Hotel de Rome" in Berlins Zentrum traf er Zoé, eine langhaarige ungarische Schönheit, die selbst Mode entwarf und ständig zwischen Budapest, Amsterdam und Berlin pendelte.

Durch die Räume schallte gedämpfte Lounge- und Fahrstuhlmusik. Zoé trug ein enges schwarzes Lederkostüm und hatte ihre schwarzen, bis zur Hüfte reichenden Haare zu einem strengen Zopf zusammengebunden. Sie redeten und tranken viel.

„Ich muss dir eine Freundin vorstellen. Ich habe ihr von dir erzählt", sagte Zoé.

„Bald", sagte Robert, „aber ich habe noch was vor." Er war aufgekratzt und musste sich abreagieren, irgendwo.

„Lass uns skypen, heute Abend noch, tu es, bitte", erwiderte Zoé.

Heute Abend noch, die Worte hämmerten durch Roberts Kopf. Als er in seiner Wohnung ankam, auf dem Weg dorthin hatte er in einer Peepshowkabine einen Zwischenstopp für einen *unartigen Handjob* eingelegt, aktivierte er seinen PC und wählte Zoés Skype-Account. Sie mochte es, ihn zu überraschen und war auf Sendung. Sie lief durchs Bild in einem schwarzen Nichts von Kleid, es war ihre Wohnung. Hinter ihr erkannte Robert verschwommen eine Frauengestalt, Zoés Freundin Lou. Das Bild wurde schärfer. Zoé fesselte Lou, setzte ihr Nippelclips, drehte sich um und lachte frivol und augenzwinkernd in seine Richtung. Roberts Hand wanderte zu seiner Hose.

Puppenfrauen.

Vorschnalldildos und Bankrott

Maike Matussek hatte sich aus gutem Grund in Prenzlauer Berg eine Wohnung besorgt. Es war ein ordentlicher Bezirk, einer mit ruhigen und wohlhabenden Bewohnern, die keinen Trouble machten. Jedenfalls die meisten. Vor wenigen Wochen musste jedoch ausgerechnet in die Wohnung unter der ihren so ein Ekel einziehen. Ein alleinstehender

Mann, den sie auf Ende 30, Anfang 40 schätzte. Er telefonierte nicht nur laut, nein, manchmal schrie er sogar dabei. Und was für Sachen, *Sexsachen*. Maike Matussek hatte alles gehört, wenn sie wieder mal an den Heizungsrohren lauschte, um ihn des *verbalen Drecks* zu überführen. Schuldig im Sinne der Anklage. Sie, eine Tochter aus gut bürgerlichem Hause und in Lübecks bester Gegend in einem protestantischen Elternhaus aufgewachsen, würde sich dies nicht weiter bieten lassen. Eines Abends beschloss Heike Matussek, die eine zehnte Klasse an einem *anständigen* Berliner Gymnasium unterrichtete, das *Schwein* für seine obszönen Taten zur Rede zu stellen. Es brauchte nur den passenden Anlass zu geben, dann ... Sie musste nicht lange warten.

Irre grinsend wählte Robert aus seiner Pornosammlung einen Film aus. Mit einem leisen Surren schloss sich die Ladebucht des Blue Ray Players. Robert legte sich auf seine Chesterfield-Couch, um etwas zu dösen. Er hatte viel Wasser getrunken, was er immer tat, wenn er das *böse Zeugs* nahm. Die Spülkur, wie er dies nannte, beruhigte sein Gewissen und gab ihm das Gefühl, neben allem Schlechten auch etwas Gutes für seine Gesundheit getan zu haben. Sein Schwanz stand senkrecht in die Höhe, was er immer tat, vor allem morgens nach einer langen Nacht. Robert dachte darüber nach, ob er Wasser lassen sollte, entschied sich aber dagegen, sein Ding würde dann wieder zusammensacken, und er fand ihn gut, so wie er jetzt war, kerzengerade wie ein Zinnsoldat. Ein Soldat, von dem ein beruhigendes Pulsieren ausging, das Leben verhieß.

Sein Blick glitt weiter zu einem Stapel ausrangierter „*TIME*" *Magazines*, die auf dem Boden lagen und dessen oberstes Heft Chinas Aufstieg zu einer Weltmacht auf dem Titelbild zum Thema machte. Robert gähnte gelangweilt, dann widmete er sich wieder dem Video. In dem Film nahm eine Frau in Reiterkluft eine deutlich jüngere Gespielin mit einem Vorschnalldildo. „Strap-on" hieß der Streifen. „Sträp-on-Sträp-on", äffte Robert. Er langte nach seinem Smartphone und rief einen Hamburger Kameraden aus Armeezeiten an. Es klingelte mehrfach, dann hob jemand ab.

„Hallo, Hamerman", meldete sich eine Stimme am anderen Ende.

„Hier ist deine schmutzige Zofe", brüllte Robert zur Begrüßung. Sein Kumpel am anderen Ende der Leitung lachte, es war ihr Running-Gag.

Maike Matussek, die wieder an den Heizungsrohren gelauscht hatte, war es zu viel. Sie schnappte sich einen Besenstiel aus der Kammer hinter ihrer Küche und rammte ihn mit aller Kraft gegen die Wand. „Ruhe, da unten!", brüllte sie, so laut sie konnte.

Robert regulierte den Ton am Fernseher runter und lachte.

„Du blöde F..." Das letzte Wort verkniff er sich.

„Du, sorry, aber hier geht gerade die Post ab." Er legte auf und widmete sich wieder dem Porno.

Die Reiterin hatte ihre Gespielin verlassen und ihr Pferd mit Heu verpflegt. Nun stand sie vor der Stallung. Sie legte ihr Käppi ab und ließ sich langsam in die Hocke gleiten. Mit einem Tuch rieb sie sich über den Schritt ihrer Reithosen. Dann pfiff sie einen Hund herbei und ließ ihn an dem Stoff schnüffeln. Dabei lächelte die Frau lüstern. Robert wichste seinen Schwanz im Akkord.

Gern würde ich deine Muschi mit etwas Koks betupfen, und dann würde ich...

Sein Ding wurde nicht richtig steif. Er musste ihn irgendwie hochkriegen, vielleicht würde ja etwas Pulver helfen, nur ein wenig, denn er wollte ja nicht übertreiben. Robert fuhr zu Lady Caprice. Er sprintete in die Souterrainwohnung, mit einem Summton öffnete sich die Tür des Puffs. Robert drückte die Tür auf. In der Diele saßen zwei gelangweilte, auf Kundschaft wartende Huren. Eine hatte ihre Beine leger auf der Armlehne eines Sessels geparkt, die andere saß etwas ängstlich auf einem Stuhl, sie schien neu zu sein. Robert registrierte es im Vorbeieilen, sie interessierten ihn in diesem Moment nicht. Er eilte durch den Flur zur Bar.

Auf den Hockern saß eine ganze Flottille von Huren, offenbar blieb in dieser Nacht die Kundschaft aus. Robert war ihr Wild, das erkannte er sofort.

„Habt ihr was? Ich bräuchte was, sofort!"

„Ganz ruhig, Kleiner, komm doch erst mal rein", sagte die Bardame, eine ebenso pummelige Erscheinung wie Lady Caprice. Nach wenigen Minuten brachte die Pummelige Nachschub und eine Begleiterin. Sie führte Robert zu einem Separée und breitete dort den Stoff auf einem Tisch aus. Die Frau gierte drei Lines in sich hinein, erst dann widmete sie sich Robert.

„In manchen Monaten verdiene ich 10.000 Euro", sagte die Hure, „aber ich gebe auch fast alles wieder aus". Sie lebte in einer schäbigen Hinterhauswohnung. Das Haus gehörte der Bordellwirtin, so wie auch viele der Koksbriefchen, die die Huren bei der Chefin kauften, und die sie das meiste Geld kosteten. Lady Caprice kaufte davon teuren Schmuck und Häuser. Robert störte es nicht. Wie im Wahn bestellte er sich in dieser Nacht Frauen aufs Zimmer.

„Kleiner, darf's eine Flasche Prosecco sein, oder Champagner? Liebling, Liebling, komm, nur eine Flasche, das Zimmer und zwei Frauen nur 360 Euro, ist doch kein Problem, Liebling komm, hihihi." Die EC-Kartenmaschine warf immer neue Belege aus: 260 Euro, 160 Euro, 220 Euro, 1.200 Euro, ... und Robert schlief ein.

Lady Caprice, die lange davor als Straßenhure in Italien angeschafft hatte und eigentlich Zora hieß, ließ sich nicht blicken. Sie saß in ihrem Zimmer und blickte auf eine Wand voller Monitore. Auf einem war ein kauziger Rechtsgelehrter zu sehen, der wie ein Hase durchs Zimmer hüpfte. Auf einem anderen ein ranghoher Polizist, der das Futternäpfchen von Misstress Olga vorgesetzt bekam, und ein Schauspieler, der mauzte und spielen wollte, und auch Robert war zu sehen. Er kauerte mit zwei Huren vor einem Spiegelschränkchen und nahm Line nach Line und starrte danach passiv auf dem Bett liegend zur Zimmerdecke, direkt in die kleine verstecke Miniaturkamera. Für Zora-Caprice's Geschmack gaben sich ihre Mädchen nicht genug Mühe, Robert bei Laune zu halten. Das sah sie mit dem geübten Blick einer langjährigen Puffchefin. Sie würde neue Mädchen bestellen müssen. Aber das hatte Zeit, zunächst einmal musste der kleine lästige Freier *bearbeitet* werden.

„Warte nur, Liebling, heute Nacht melke ich dich, bis deine Zitzen rot und wund und glühänd sind."

Und das Zora-Lady-Caprice-Monster lehnte sich über eine kleine Anrichte und schnupfte ihren Nachtisch weg. Sie nahm sich vor, selbst bei ihm vorbeizuschauen und ihm drei neue Frauen aufs Zimmer zu schicken. Aber erst einmal wollte sie selbst etwas Spaß haben. Sie hatte eine neue Novizin in ihrem Harem. Sie würde sie anlernen. Die Kleine musste ihr gewisse Dienste erweisen, eine *Mutprobe*, wie alle Mädchen vor ihr. Lachend öffnete Lady Zora-Caprice ihre Wuchtschenkelmassen. Dann griff sie zum hausinternen Mikro. „Chefin an Candy, Candy zur Chefin, sofort, bitte!" Die Herrin des Hauses lachte und breitete lüstern für Candy etwas Stoff auf der Anrichte aus. *Das wird sie willig machen.*

An der Tür zu Roberts Zimmer, er wählte immer die 7, denn dies war seine Glückszahl, klopfte es.

„Liebling, eine Stunde ist um, zahlen, wenn du bleiben willst ..."

„Ich ... ich ... kann einfach nich mehr ..."

„Aber Liebling, was ist los?"

Mit dem letzten Rest eines Gedankens, der ein *flüchte jetzt, sonst bist du tot* vorgab, zog Robert seine Hose an und torkelte aus dem Puff in die grelle Sonne.

Wenige Tage später meldete sich ein Angestellter seiner Hausbank an. „Sie bekommen keinen weiteren Kredit eingeräumt, tut uns leid, aber so sind die Vorschriften."

Verzweifelt rief Robert seine Filiale an, verlangte den Leiter. Er erreichte nur den Bankcomputer. „Haben Sie eine Frage zu Ihrem Depot, dann drücken Sie die 1. Haben Sie eine Frage zu Ihrem Girokonto, dann drücken Sie die 2." Robert drückte die 2.

„Haben Sie eine Frage zu Ihrem Kontostand, dann drücken Sie die 1, bei einer Überweisung die 2, für Sonstiges die 3." Er drückte die 1.

„Wollen Sie einen Kundenberater sprechen, drücken Sie die 1, Robert drückte die Taste und fand sich in einer Warteschleife.

„Momentan sind alle unseren Kundenberater in einem Gespräch, bitte haben Sie noch einen Moment …"

Robert schmiss das Handy gegen die Wand. Mit einem lauten Splittern zerbarst das Gehäuse. Doch es gab noch einen leisen Piepton von sich. Robert sprang wie ein Besessener auf das Display.

Tagelang saß er danach wie paralysiert in seiner Wohnung. Er aß fast nichts, ging nicht mehr aus, stierte in die Luft, war einsamer denn je. Plötzlich ein Anruf.

Pierre, ein befreundeter Maler aus Paris, der seit Jahren wegen der günstigen Atelierräume und der riesigen Künstlerszene in Berlin wohnte, lud er zu einer Vernissage in sein Kreuzberger Atelier.

„Lass uns ein bisschen chillen. Es kommen schöne Frauen", sagte Pierre.

„Passt mir gut", antwortete Robert.

Auf der Terrasse von Pierres Atelier saß Patrizia, eine bekannte Sammlerin und Milliardärin mit Mailänder Wohnsitz, die vor allem mit der Verwaltung ihres Vermögens beschäftigt war. Sie plauderte mit Pierre und kaufte seine Bilder. „Das hier, bitte, und das dort, das hat was. Woran hast du da beim Malen gedacht, lässt du es gleich einpacken, ja? Ich würde übrigens noch einen Wein nehmen", sie griff eine der Flaschen, die Pierre auf dem Buffet bereitgestellt hatte, „du auch?"

„Danke, aber ich trinke nicht mehr!"

Die Art und Weise, wie Pierre diese Worte ausstieß, ließen darauf schließen, dass er Alkohol fürchtete. Ein aus Kenia stammendes Model, mit der Pierre neben einigen anderen eine Beziehung hatte, klärte Robert flüsternd darüber auf, dass ihr Künstlerfreund auch keine Drogen nahm. Robert nahm es erstaunt zur Kenntnis und beschloss, seinen eigenen Konsum bei der Party in Grenzen zu halten. Er ließ sich von der Sammlerin nur ein halbes Glas eingießen.

Die Dame war sich ihres Einflusses bewusst. Jemand wie sie konnte durch das Kaufen den Künstler und den Wert der von ihm erworbenen Kunst heben, wenn man als Sammler Rang und Namen hatte – so war das Business, und so war es bei ihr.

Robert starrte noch kurz einer Freundin des kenianischen Models hinterher, dann beschloss er, unauffällig zu verschwinden. Die Nacht war angenehm kühl. Am Schlesischen Tor setzte er sich auf einen Bordstein. Er dachte nach, erkannte, dass er etwas unternehmen musste. So ging es nicht weiter.

Sein Alltag war völlig aus dem Lot geraten. Er vernachlässigte Freunde, verpasste Termine, kam zu spät oder gar nicht zu seinem Job in dem Architekturbüro. Robert fasste einen Entschluss und holte am folgenden Tag Informationen über Drogentherapien ein. Es blieb bei der Absicht.

Dealernöte

Nur zwei Kilometer von Roberts Wohnung entfernt lehnte ein Mann an einer Hauswand. Er hatte genauso viele Telefone wie Namen, aber von den meisten seiner Kunden ließ er sich „Habibi" rufen. Er mochte den Namen, denn dieser deutete seine Herkunft aus den Staaten der Levante zwar an, war aber genauso tausendfach verwendet wie „Ali" und „Mohammed" und daher keiner Person zuzuordnen. Habibi war Dealer, und jeder Abend in Berlin-Mitte versprach für ihn ein gutes Geschäft. Und er musste gute Geschäfte machen, denn dieser Job sollte nur vorübergehend sein. Wenn er erst mal genug verdient hätte, würde er ein Café oder eine Bar eröffnen, vielleicht sogar eine Pizzeria. Er hatte bereits bei Italienern gearbeitet, obschon das als Asylant illegal war wie alle anderen Arbeiten bei diesem Status auch.

Er hatte zunächst Teller gewaschen, dann im Akkord Pizzen gebacken. Er kannte die Preise zum Belegen einer Pizza mit Käse, Ruccola und Peperoni. Wusste, wie viel Profit man damit machen konnte, wenn nur der Standort stimmte. *Ich muss nur noch einen finden*, sagte er sich. Und das war nötig, denn er hatte zwei Töchter, die auch mal ein neues Handy brauchten oder zum Zahnarzt mussten und neue Kleider brauchten, und zwar keine allzu billigen, damit sie sich nicht in der Schule schämen mussten. Und dann war da noch sein Bruder im Libanon, der dringend neue Zähne brauchte. Auch er wollte versorgt sein. Wenn erst mal alle befriedigt sind, sagte sich Habibi, kann ich immer noch einen normalen Job annehmen, selbst einen mit deutlich weniger Einkommen, etwa als Blumenverkäufer. Tulpen aus dem Großeinkauf versprachen ebenfalls eine hohe Gewinnmarge. 15 oder 20 Cent im Einkauf, 2,50 Euro oder 3 Euro im Verkauf. Habibi lachte, er würde aus Berlin ein Tulpen- oder Rosenmeer machen und seine Töchter darauf betten und dann mit ihnen in einen der guten Berliner Bezirke ziehen, wo es nicht so viele Ausländer gab. Er gehörte definitiv nicht zu ihnen, wollte nichts mit ihnen zu tun haben, er war ein *stolzer Mann*.

Eines, das hatte er sich fest vorgenommen, würde er nie mehr machen und unter keinen Umständen zulassen. Er würde nicht noch einmal in den Knast einfahren wie ein paar Jahre zuvor, als er in dem berüchtigten Gefängnis in Berlin-Moabit vier Monate lang einsitzen musste. Er hatte einen Landsmann bei einem Streit schwer verletzt und war kurz darauf festgenommen worden.

Als er in seine Zelle kam, hatte er dem anderen Insassen erklärt, dass er selbst nicht ganz richtig im Kopf *ticke*. Der hatte es der Gefängnisleitung mitgeteilt, und Habibi hatte die Zelle fortan für sich. Nur in dem Duschtrakt war man nie allein gewesen. Habibi hatte seine Shorts beim Duschen deshalb nie ausgezogen. Man wusste ja nie, und er war ja *kein Trottelino* wie viele der anderen Tomatenköpfe um ihn herum. Ihn *fickte* niemand, niemals!

Für den Fall, dass er geschnappt würde, hatte er vorgesorgt. Notfalls würde er den Inhalt eines seiner Briefchen verschlucken, das reichte. Das Leben war eh nichts mehr als Dekoration, davon war er überzeugt.

Habibi, der nicht besonders groß und schlank war und aussah wie die Mischung eines jungen Anwar al Sadat und Omar Sharif, trug stets unscheinbare Sachen, denn seine Kunden sollten nicht sehen, dass er viel Geld hatte. An manchen Abenden verkaufte er locker 40 Gramm, das Gramm nie unter 80 Euro, eher mehr. Er beobachtete das Treiben an der Torstraße genau, oft stand er im Schatten, fast unsichtbar, so reglos gab er sich. Aber er sah *alles*: potenzielle Kunden, Polizisten und solche in Zivilkleidung. Er ließ sich nichts vormachen. *Vorsicht ist die Muttah der Porzellankiste,* flüsterte er mit seinem starken Akzent, er liebte das Sprichwort.

Die Torstraße war voller Bars und heute Abend waren sie alle voll. Habibi machte seine Zigarette aus, zerrieb die Kippe mit dem Schuh, dann ging er los. Er lachte und rieb sich die Hände: „Ich komme, ihr Dummköpfe ...“

Gegenwart. Die Notfallstation der Charité. Robert ist gerade aufgewacht. Am Kopfende seines Krankenbettes hängen Monitore, die seine Herzfrequenz und den Blutdruck anzeigen. Mit der linken Hand tastet er seine Stirn ab, an der ein Verband klebt. Er war in der Bar gestürzt, daran kann er sich noch erinnern, auch, dass er nach einem Geländer greifen wollte.

Ein Arzt betritt das Zimmer. Das Namensschild an seinem Kittel weist ihn als einen Professor Bernsdorf aus.

„Guten Tag, ich bin der Chefarzt. Mit meinem Kollegen, Dr. Chandra, hatten Sie ja schon geredet, bevor Sie erneut das Bewusstsein verloren ... Wir haben Sie hier behalten, weil Sie unter dem nicht unerheblichen Einfluss bewusstseinstrübender Mittel standen. Ist Ihnen eigentlich klar, dass Sie hätten sterben können?“

Robert antwortet nicht, für Bernsdorf ist die Angelegenheit noch nicht erledigt.

„So voll, wie Sie gedopt waren, liegt die Möglichkeit eines plötzlichen Herzversagens im Bereich der höheren Wahrscheinlichkeiten, das sollten Sie wissen, wenn Sie mal wieder so unterwegs sind wie bei Ihrem letzten Ausflug. Was die haftungsrechtlichen Konsequenzen Ihres Malheurs anlangt, so muss ich Ihnen leider mitteilen, dass der Besitz von Drogen bei Ihnen nicht unbemerkt geblieben ist. Ich meine damit, dass diese Tatsache längst außerhalb dieses Krankenhauses bekannt geworden ist und dass wir Ärzte, selbst wenn wir es gewollt hätten, den Besitz von Drogen nicht vertuschen könnten, zumal dies auch Dritte mitbekommen haben. Auch ließ es sich nicht vor Ihrer Krankenkasse verbergen, die übrigens mitteilte, dass sie Ihren Versicherungsschutz nun zu überprüfen gedenkt, was die Frage nach den Kosten Ihres Aufenthalts hier stellt. Wir lassen Ihnen eine genaue Kostenaufstellung zukommen, die baldige Regulierung ist in Ihrem Sinne. Noch eines: Sie dürfen sich als entlassen betrachten. Aus ärztlicher Sicht steht einer sofortigen Heimfahrt nichts im Wege. Ihre Blut- und sonstigen Werte, sieht man einmal von den Spuren eines offenbar jahrelangen Rauschmittelkonsums ab, sind soweit okay. Das war's dann. Entschuldigen Sie mich bitte jetzt."

Nach seinen Ausführungen, die Bernsdorf als notwendig, aber im Ton etwas zu mild gewählt betrachtete, verlässt er das Krankenzimmer so unvermittelt, wie er es betreten hatte. Als seine Schritte verklungen sind, löst Robert die Elektroden von seiner Brust, was einer der Monitore mit einem scharfen Piepton quittiert. Robert kleidet sich an und schleicht am benachbarten Schwesternzimmer vorbei, er will nicht in Erinnerung bleiben.

Das kann ich doch: nicht auffallen, denkt er.

Bernsdorf steht in seinem Büro. Er sieht Robert durch den Park der Klinik zu deren Ausgang eilen. Der Arzt greift zum Telefon. „Bitte eine Verbindung zur Polizei."

Das Kindchenschema im Hypothalamus

Es hieß, dass langjähriger Kokaingenuss den Bereich des Gehirns schädigt, in dem das Gewissen beheimatet ist. Bei Robert war es genau andersrum. Sein schlechtes Gewissen wurde immer größer, je öfter er Ecstasy, Speed oder Koks schnupfte. Oft dachte er an seine Mutter, Feli und die buddhistischen Mönche, deren Rat er öfter gesucht hatte. Einer der Mönche riet zu langen Aufenthalten in der Natur, einem Retreat und verstärkter Meditation. Er empfahl auch ein Kloster in Nepal, in dem buddhistische Ordensbrüder einen Brutalentzug lehrten. Sie seien Könner auf ihrem Gebiet, denn einige von ihnen waren selbst drogenabhängig, erzählte der Mönch. Aber Robert hatte das Zuhören verlernt. Er fuhr zu einer Bar in Friedrichshain. Sie war wie ein kleines Westerndorf gestaltet. Es gab viele Bretterbunden und auch eine Schaukel. Robert setzte sich auf sie und trieb sie himmelwärts, immer höher. *Wie blau dort alles ist, in den Wolken müsste man sein.*

„Hui hui", rief Robert und trieb die Schaukel immer höher, solange bis er die Kontrolle verlor und stürzte. Es wurde schwarz um ihn. Das Nächste, das er hörte, war:

„Bleiben Sie ganz ruhig liegen. Sie bluten am Kopf", sagte eine junge Frau, die herbeigeeilt war.

„Ist schon gut, danke", sagte Robert. Er rappelte sich auf und tastete seine Wange ab. Eine Gruppe schwedischer Mädchen hatte von dem Vorfall keine Notiz genommen. Sie gackerten und stoppten für einen Schnappschuss an einem Fotomaten neben der Schaukel. Robert ging zum Bartresen und orderte ein Becks.

Schöne blonde Kindchenschemen, zum Reißen süß...

Es blieb ein Gedanke ohne Folgen. Robert betastete seine Wange und beobachtete die über die Spree tuckernden Dampfer. Als die Sonne hinter dem Horizont verschwunden war, entschied er sich, aufzubrechen. Auf dem Weg zum Ostbahnhof warnte ein Plakat: „Was tun, wenn ich süchtig bin? Ein Wegweiser aus der Krise."

Am nächsten Morgen saß er in Thornedikes strahlend weißer Praxis. Robert hatte das Gefühl, dass er sie mit seiner Anwesenheit beschmutzte.

Sein Kopf fühlte sich wie ein Wattebausch an, durch den sich die Gedanken quälend langsam ihren Weg bahnen mussten. Er stellte sie sich als kleine Neuronenblitze vor, die im Zeitlupentempo von Synapse zu Synapse krochen. Er kicherte und wusste, dass er in diesem Zustand niemals Thorndike konsultieren durfte.

„Stimmt etwas nicht mit Ihnen? Sie wirken ziemlich mitgenommen", sagte der Therapeut.

Robert wich aus, wedelte wie ein Dirigent mit den Händen und sagte, unterbrochen von einer kurzen dramaturgischen Pause, die er als gut gesetzt empfand: „Die Vorhaut meines Schwanzes hat sich nicht perfekt nach hinten ziehen lassen, das hat mich schon immer beim Verkehr gestört. Das gehört doch korrigiert, nun sagen Sie doch mal was! ... und mal ehrlich: Das sehen die Frauen doch nicht anders. Die wollen von uns Männern doch den perfekten Service. Also müssen wir was vorhalten, hahaha. Sollte ich einen Urologen aufsuchen, was meinen Sie? Vielleicht komme ich ja mit dem perfekten Schwanz zum PERFEKTEN KONTAKT, häh?"

Thornedike sagte: „Bitte kommen Sie zu mir, wenn Sie ausgenüchtert sind. Und noch eines: Ihre narzisstische Störung wird stärker. Das sollte Sie beunruhigen. Und um ganz ehrlich zu sein – es beschäftigt auch mich sehr. Denn es verändert nicht nur die Diagnose, sondern auch die Prognose ..., wie es mit Ihnen *weitergeht*."

Robert blickte Thornedike verwirrt an, er begriff nur zum Teil, was der ihm gerade gesagt hatte. Zu Hause begutachtete er sich wieder in seinem großen Barockspiegel. Es war doch klar, dass er allein war, auch weil sein Gesicht nicht perfekt war. Missmutig betrachtete er sich, dann googelte er einen Schönheitschirurgen.

An der Friedrichstraße im Berliner Zentrum arbeitete einer der anerkanntesten plastischen Chirurgen Deutschlands. In der Praxis blubberten Wasserspender, exotische Pflanzen standen in den Ecken, alles war in angenehmen Farben gehalten. Nach wenigen Minuten des Wartens, Robert hatte währenddessen einen Sixpack gestählten Mann auf dem Cover des Männermagazins „GQ" angestarrt, wurde er von einer Arzthelferin in einen hypermodern ausgestatteten Raum gebeten. Wenig später folgte ihr Boss, der sich als Ernest Rutherford vorstellte.

„Wie kann ich Ihnen helfen?", fragte Rutherford.

„Die Oberlider hängen schon ein bisschen, die möchte ich straffen lassen. Außerdem möchte ich die Konturen meines Gesichts wieder klar hervorheben, da hat sich auch ein bisschen Speck angesammelt. Es geht um ein maskulineres Bild, ein bisschen wie Kirk Douglas, wissen Sie."

Kurze Stille, dann ließ der Arzt seinen Assistenten, Jonass, hinzukommen.

„Was meinen Sie, Jonass, gibt es da etwas zu korrigieren?"

„Bitte drehen Sie ihr Gesicht", forderte Jonass. Robert drehte seinen Kopf ins Profil. Nun musterten ihn beide Ärzte von der Seite, schwiegen kurz.

„Vielleicht ein wenig fliehendes Kinn, eine kleine Nuance. Aber ich sehe da keinen Grund für einen Eingriff ..."

„Meinen Sie nicht, dass ich ein Stirnlifting bräuchte? Und ich habe auch schon Ansätze von Tränensäcken."

„Ein klein wenig vielleicht, aber vernachlässigbar. Die Frage ist doch: Haben Sie allgemein ein Problem mit Ihrem Erscheinungsbild, gar ein *psychisches* Problem? Denn das wäre kein Grund für eine Operation. Dies ist keine kleine Sache, sondern ein medizinischer Eingriff unter Vollnarkose, verstehen Sie? Wenn Sie aber wollen, können wir bei Ihnen die Oberlider anheben, um dem Eindruck von Müdigkeit entgegenzuwirken. Sie wirken dadurch um Jahre jünger, glauben Sie mir. Wenn Sie stärke Stirnfalten hätten, könnten wir die Schnitte in die Falten legen. Da diese aber bei Ihnen nicht tief genug sind, kommt nur die große Variante in Frage. Eine komplette Ablösung der Haut und Muskulatur

vom Stirnknochen mit anschließender Straffung. Das können Sie für 4.000 Euro haben. Die Naht würde am Haaran-
satz liegen. Ich kann Ihnen einen Haartransplanteur empfeh-
len, der die Narben danach mit Eigenhaaren abdeckt, die an
den Seiten ihres Kopfes entnommen würden, was für 2.500
Euro zu haben wäre. Wir können den Kontakt vermitteln."
Rutherford grinste, es hatte etwas Gieriges.

Robert schluckte. Die Vorstellung einer Ablösung der Gesichtshaut und die absurde Geschäftemachermentalität er-
schreckten ihn.

„Ich glaube, wir kommen nicht zusammen."

Seine Laune war auf dem Tiefpunkt. Ohne die Mediziner
eines Blickes zu würdigen, stand er auf und ging.

Robert berichtete Thornedike von dem Arztbesuch.

„Ist das Ihr einziges Problem, weshalb Sie wieder herge-
kommen sind? Dass Sie ein solch monströser Narziss sind
...", Thornedike stockte und begann über soziale Phobien
und Angststörungen zu dozieren. „Die äußern sich darin,
dass sich die betroffenen Menschen in Gruppen unwohl und
beobachtet fühlen, Augenkontakt vermeiden und zu Panik-
attacken neigen. Wussten Sie das?"

„Das, ähm, kommt mir sehr bekannt vor. Darüber sprachen wir schon vor Monaten."

„Ja ja, gut beobachtet. Was haben Sie in der Zwischenzeit
erlebt? Hatten Sie Erfolge, Kontakte? Erzählen Sie."

Thornedikes Finger trommelten auf der Lehne seines Le-
dersitzes.

Robert überlegte kurz, was er sagen konnte und was
nicht. Er entschloss sich für eine harmlose Variante, berichtete nicht, dass er gewohnheitsmäßig zu Huren ging und
nun regelmäßig harte Drogen konsumierte. Er sprach über
Friedrich.

„Vater starb am Saufen, da war ich noch ein Jugendlicher.
Aber das ist nicht mein Hauptproblem. Wissen Sie: Mein
Selbstbildnis stimmt nicht, ich fühle mich beschädigt, wie ein
fauler Apfel im Korb, nicht *zugehörig*."

„Tja, Sie hatten im Grunde nie einen Vater. Dem Vater

aber kommt bei der Erziehung seiner Söhne eine entscheidende Rolle zu, die Funktion eines Peers. Er vermittelt Grundvertrauen. Sie haben das jedoch NIE gelernt. Über den Vater lernen Söhne *normalerweise* auch den Umgang mit Frauen, aber bei Ihnen war ja NICHTS normal in der Erziehung." Thornedike machte eine kurze Pause.

„Haben sich denn Onkels oder Freunde Ihrer Mutter um Sie gekümmert, hat jemand von denen Ihren Vater IRGENDWIE ERSETZT?" Nun schrie Thornedike fast. „Schließlich muss jemand die Peer-Funktion des fehlenden Vaters übernehmen, sonst ist alles verloren. ALLES".

Das letzte Wort hatte Thornedike fast wieder gebrüllt. Der Therapeut blickte Robert lange an. Er mied wie stets den direkten Blickkontakt, schaute zu den Spiegeltüren des gegenüberliegenden Wandschrankes, über die er Robert beobachtete.

„Schreiben Sie einen Brief an den Vater", riet Thornedike, „das ist eine Methode, *wirklich* Abschied zu nehmen, und schreiben Sie, worüber Sie nicht *reden* können."

„Ich will keinen Abschied nehmen", sagte Robert. „Wissen Sie, ich habe nie, WIRKLICH NIE, am Grab meines Vaters einen Zwischenstopp eingelegt. Dieser Penner hätte einen Genickschuss verdient ... Wissen Sie, es gab Situationen ... Als wir in Hongkong wohnten, hat Friedrich, hat er ... Außerdem hat er ein anonymes Grab, ich weiß gar nicht ..."

„Ja, ja ...? Reden Sie weiter, reden Sie weiter...." Thornedike war im Gesicht bleich geworden und gierte nach Worten. Fast wie ein Raubtier, dachte Robert, doch er schwieg.

Der Therapeut legte eine Pause ein und strich über seine Cordhosen, was er immer tat, wenn er nach einem klugen Therapeutensatz suchte.

„Wollen Sie wieder Bilder imaginieren?"

Robert nickte müde und nahm auf der Couch hinter Thornedike Platz. Der Therapeut sagte seine hypnotisierende Formel auf. „Sie sind ganz entspannt. Der Atem fließt ruhig und gleichmäßig. Die Arme, die Beine ... Sie spüren sie nicht mehr. Keine lästigen Gedanken bedrängen Sie, wenn doch, lassen Sie diese vorüberziehen. Ihre Atmung ist ruhig ..."

Robert beruhigte sich, er sollte sich eine Kutsche vorstellen. Er dachte an ein reich verziertes Modell, in deren Innerem drei Damen mit hochtoupierten Madame-de-Pompadour-Frisuren saßen, auf dem Kutschbock standen zwei Lakaien. Neben der Kutsche lief ein Flötenspieler.

Dann war die Hypnose vorüber, Thornedike holte ihn zurück in die Normalität: „Ich zähle nun, bei drei öffnen Sie die Augen. Eins, zwei und drei."

Robert rieb sich die Augen, er war sehr müde.

„Wofür könnte das Bild der Kutsche stehen?", fragte Thornedike.

Robert schaute wie ein Kind, das den strengen Blicken der Eltern ausweichen wollte, ihm fiel nichts Gescheites ein. Fieberhaft suchte er nach einer klugen Antwort.

„Es steht für eine Verbindung, eine Hochzeit, eine funktionierende Beziehung", sagte Thornedike. Er war sichtlich genervt, dass es Robert nicht gelungen war, die Bedeutung der Kutsche zu erraten.

„Könnte es sein, dass Sie der Flötenspieler waren, der Unterhalter, der Außenstehende?"

„Sie beantworten sich Ihre Fragen ja alle selbst." Nun war auch Robert ungehalten.

Thornedike schnaufte und wechselte das Thema, kam zu dem Problem des Vertrauen Fassens: „Ihre Beziehung zu Frauen ist zwar schwer gestört, aber keineswegs irreversibel. Wie gesagt: Jeder Rückschritt ist ein Fortschritt. Machen Sie Jagd, sammeln Sie weiter Körbe, greifen Sie an! Wir sehen uns in der nächsten Woche!"

Roberts Gesicht lief rot an.

Eine Buchhandlung am Savignyplatz pries Esoterisches und Buddhistisches zum Dumpingpreis an. Er kaufte zwei Bände: „Leben mit Buddha" und „Materie und Geist". Er las viel, über die Illusion des Seins, die Überbewertung der Außenwelt und Vernachlässigung der Innenwelt, über gute Vorsätze für ein wahrhaftiges Leben, das Unverzeihliche der

Lüge und über Vorbereitungen auf den Tod, las und las – und fiel in einen Traum.

Er flog mit einem Raumschiff zum Saturn, ausgewählt aus Tausenden von Bewerbern. Zurückkommen würde er nicht, das hatten die Missionschefs von vornherein klar gemacht. Der Treibstoff reichte dafür nicht, und die kosmische Strahlung würde spätestens auf der Rückreise in ihm Krebs wuchern lassen. Robert war es egal. Er nahm für die Menschheit Saturns Mond Titan in Besitz. Winzig klein am Horizont sah er durch die Bullaugen des Raumschiffs die Sonne. Die Erde war ein winziger Punkt, der durch die Cassinische Teilung der Saturnringe schimmerte. Sie hätte auch einer der Millionen Eisbrocken innerhalb der Ringe sein können, die das Sonnenlicht reflektierten. Robert verließ die Raumlandefähre über eine kleine Leiter und betrat Titans Oberfläche. Staunend blickte er nach oben. Es gab Wolken, und es regnete dicke Tropfen, aber es war kein Wasser. Er drückte auf ein Menüpad am Ärmel des Raumanzuges. Die Medotronik seines Anzugs injizierte ihm ein hochdosiertes Amphetamin.

„So schön, so wunderschön", flüsterte er, während seine Stiefel ganz langsam in einem See aus Methan versanken.

In einem Schöneberger Café, ganz in der Nähe hatte in den 70er Jahren David Bowie gewohnt, tippte Thornedike auf seinem iPad bei einem Milchkaffee einen Eintrag in Roberts Krankenakte. *„Gesprächstherapie lässt jeglichen Erfolg vermissen. Die Störungen des Patienten werden sogar massiver. Er selbst berichtet von einem Phänomen der „Phasenverschiebung", zunehmender Aggressionen und immer häufiger auftretenden Kontrollverlusten. Zu beobachten ist auch eine Verstärkung seiner ohnehin starken narzisstischen Eigenschaften. Erwäge kognitive Verhaltenstherapie und empfehle Psychoanalyse."*

Flucht nach Central Park West

Nur durch einen langen Ortswechsel, das war Robert inzwischen klar, würde er seine Probleme, in den Griff bekommen. Der Zufall wollte es, dass am Clipboard des Architekturbüros, wo beinahe alles offeriert wurde, eine interessante Nachricht hing. Ein Museum in Manhattan offerierte eine Hospitanz. Da er nur als Freier arbeitete, beschloss Robert eine Auszeit zu nehmen. Wenigstens für sechs bis acht Wochen wollte er weg. An der Upper West Side, 104. Straße, fast am Central Park, fand er ein Zimmer. Der Chef des Museums war behilflich gewesen. Das Appartement gehörte Julia, einer deutschstämmigen Psychoanalytikerin, die wohl schon länger allein lebte, das schloss Robert aus einem gewissen Grad der Verwahrlosung, der ihr zu eigen war. Und doch mochte Robert sie, denn hinter ihrer Fassade einer leichten zur Schau getragenen Gleichgültigkeit war sie ein warmherziger und großzügiger Mensch. Für sein Zimmer in ihrem Appartement verlangte sie im Monat das, was andere Vermieter in New York sonst für eine Woche oder nur ein paar Tage kassiert hätten. Selbst den Kakerlaken, die gelegentlich aus dem Garten in die Küche kamen und genauso zu Big Apple gehörten wie der Broadway oder das Empire State Building, konnte er etwas abgewinnen. Die Kakerlaken hatten alles überlebt, dachte Robert grinsend, Kometenabstürze und Sinnfluten, und sie würden wohl auch den Menschen überleben, von dessen weggeworfenen Resten sie nun lebten. Den Burger-Überbleibseln, Pastaresten oder Sandwiches.

Julia war Mitte 50, hatte einen erheblichen Leibesumfang und einen Bodymaßindex, der weit über dem Richtwert ihrer Altersgruppe lag. Es hinderte sie nicht daran, abends regelmäßig von einem benachbarten Italiener Tiramisu oder Panna cotta mitzubringen.

Sie teilte ihre Wohnung nun mit Robert. Wenn sie dort war, floh Robert für gewöhnlich. Er ging dann meist seiner alten Beschäftigung nach, des Umhervagabundierens.

Broadway, Central Park, Brooklyn Bridge, Port Authority, Miss Liberty, MoMA, Guggenheim, Metropolitan Museum: Er lief an den Schätzen der Welt vorbei und sah das Schöne nicht. Er war ein Ausgestoßener, Gottes ungeliebtes

Kind, so sah er es. Aber er ließ sich davon dennoch nicht herunterziehen. Er liebte „Big Apple", seine Hochhausschluchten, das Vielvölkergemisch, die Penner und die Intellektuellen, die Pseudoschönen, die ihre Schönheit im Central Park präsentierten, und er liebte die Deli's, die auch spät nachts ein Bud bereithielten und mit manch ungewohntem Duft lockten. Ja, er liebte sogar, die Fahrt vom JFK-Airport nach Manhattan, die man eigentlich nicht lieben konnte. Denn linker Hand lag ein Friedhof, der aus allen Nähten zu platzen schien, denn die Reihe der Grabsteine reichte fast bis an den Highway heran, der die Besucher New Yorks zu den Tunneln schleuste, an deren anderen Enden sie schließlich in Manhattan ausgespien wurden.

Die Metro-Section der „New York Times" berichtete, dass der Immobilientycoon Donald Trump eine neue Freundin hatte und nun auch noch ein Hochhaus an der südwestlichen Ecke des Central Parks plane, das viele der denkmalgeschützten Nachbargebäude verschatten würde.

„Vielleicht verschattet das ja nur die große Liegewiese, auf der die Leute von der Fifth Avenue gern sonntags chillen?", sagte Robert und ließ den Inhalt einer Snapple-Limo in sich hineingluckern. Danach lief er in den Park, umrundete den Springbrunnen 2The Arcade" und entschied sich zu einem langen Spaziergang zu dem Gebäude der Uno an der 42. Straße am East River. An den Wochenenden, die Robert als leer und unerträglich lang empfand, saß er oft dort und blickte stets Joggerinnen nach. Jane Fonda-Girls, mit Schweißbändern, Minihanteln und aus seiner Sicht irritierend eng sitzenden Jogginghosen. Noch abends in Julias Appartement dachte er an die Fitnessgirls. Dann war er wieder ein *böser Junge*, auch an diesem Abend. In Julias Badezimmer, das allenfalls vier Quadratmeter maß und den Namen Bad schwerlich verdiente, knetete er sein Ding, bis er kam. Oft grinste er danach lausbübisch, so, als sei ihm etwas ungemein Komisches gelungen. Auch dieses Mal. Von nebenan drangen Pianoklänge herüber. Ein Musiker aus der Metropolitan Opera übte den ganzen Tag lang. Julia nervte es.

„Auf meiner Station im Krankenhaus arbeitet ein nettes Mädchen, Carla aus Puerto Rico, sie ist allein", sagte Julia, während sie gierig nach dem Fertiggericht langte, das Robert auf dem Nachhauseweg in einem Thai-Deli gekauft hatte, „sie hätte gern einen Freund, bist du nicht interessiert?"

„Ich kenne sie doch nicht mal."

„Ich geb' dir ihre Nummer, dann kannst du ein Date ausmachen." Julia kramte einen Zettel mit eilig darauf gekrakelten Nummern aus ihrer Tasche. Ihre mit Thai-Nudel-Sauce verschmierten Finger hatten einen dicken Fettfleck auf dem Zettel hinterlassen.

„Fehlt ja nur noch meine Zustimmung."

Robert schaute genervt. Er nahm den Zettel mit Carlas Telefonnummer, ging in sein Zimmer. Aus der Plastiktüte, in der er das Thai-Food mitgebracht hatte, zog er eine unauffällige Papptüte heraus. Das Hustler-Girl des Monats hatte ihn an seinem Lieblingskiosk an der Lexington Avenue unwiderstehlich angelacht. „Jetzt machen wir es uns beide schön, Barbie!", flüsterte Robert. In der Tüte lag auch eine Sonderausgabe der Playmates of the Year sowie ein Magazin mit extrem gepiercten und ganzkörpertätowierten Bikergirls.

„Der angenehme Teil des Tages", sagte Robert, während er seine Hose runterließ. Dann legte er sich aufs Bett und zog eine dünne Decke über seinen Körper. Aus der Parterrewohnung nebenan war immer noch Klaviermusik zu hören. Julia hatte berichtet, der Pianist sei homosexuell wie fast alle anderen Männer in dem Appartementgebäude.

Umso besser, dann bin ich eben der einzige Hetero.

Robert starrte auf das Centerfold. Plötzlich hörte er aus Richtung der Tür ein schlurfendes Geräusch. Er schaffte es gerade noch, die Bettdecke über sein Genital zu reißen, dann stand Julia in der Tür.

„Du bist hoffentlich kein Kiffer, oder?", fragte sie, während sie misstrauisch erst auf ihn und dann auf die zerknüllte Papptüte schaute.

„Nein, ich kiffe nicht", antwortete er.

„Ahaaa", sagt Julia, blickte auf seine Decke, ungefähr die Höhe, an der sein Schwanz war, dann verließ sie das Zimmer. Robert zog die Decke weg, das Centerfold lachte ihn immer noch unverschämt vom Cover an. Nur dass nun dort, wo kleine Bunny-Ohren ihr Haupt zierten, eine milchig-sämige Flüssigkeit ihr Haupt krönte. Zu den Klavierklängen von nebenan schlief er ein.

Carla wohnte in der South Bronx von New York, in einer besonders heruntergekommenen Ecke des ohnehin wenig beeindruckenden Bezirks. Missmutig lief Robert an den schlicht gestalteten Brickstonebuildings vorbei. Auf der Straße, die von kaputten Autos und vertrockneten Bäumen gesäumt war, spielten afroamerikanische Jungs Handball. Vor einem Haus mit schräg herunterhängenden Jalousien blieb Robert stehen. Das musste das Gebäude sein, in dem Carla lebte. Er verglich die Hausnummer mit einer Notiz. Sie hatte ihm das Gebäude bei einem Telefonat gut beschrieben, obwohl sie dabei nicht besonders klar geklungen hatte, wie Robert fand. An den Klingelschildern suchte er ihren Namen. Es blieb nur eine Wahl. „CB." stand auf einem der Schilder.

„Carla Bronfman. Na dann", sagte Robert leise und klingelte.

„Hallo ...?" Die Stimme aus der Gegensprechanlage klang benebelt und wurde durch das Knacken und Rauschen des Lautsprechers unterbrochen, „com ... p ... second floor ..."

„Verdammt ...", Robert überlegte umzukehren, entschied sich dann aber dagegen, „ich hab's Julia versprochen ..." Er drückte die Tür auf, das Schloss war herausgebrochen. Langsam lief er die Treppe hinauf. Jeder seiner Schritte erzeugte ein lautes Knarren, das von irgendeinem Hund in einer der Wohnungen mit lautem Bellen beantwortet wurde. Aus Carlas Wohnung drang Kindergeschrei. Er klopfte an.

Carla trug einen ausgeleierten Jogginganzug, dessen Hose wegen eines kaputten Gummibundes ständig nach unten zu gleiten drohte, weshalb sie die Hose mit einer Hand auf Beckenhöhe hielt. Die Wohnung, wenn man sie denn so nennen konnte, bestand aus einer Wohnküche, einem kleinen Schlafzimmer und einem Minibad ohne Fenster.

Robert musterte die Frau eingehend und gab sich große Mühe, sie sein Angeekeltsein nicht sofort spüren zu lassen. Carla hatte große dunkle Ränder unter den Augen und gelblich verfärbte Zähne, ein oder zwei schienen ihr sogar zu fehlen. Aber er vermied es, sie zu offensichtlich zu mustern. Carla lächelte ihn an, es missglückte ihr.

„Take a seat, please ...“

Er nahm auf einen Sessel, dessen Kunstlederbezug wohl schon vor Jahren abgeplatzt war, Platz. Ohne sich an das Rückenpolster zu lehnen, saß Robert in dem Sessel und musterte die Wohnung. Aus der Nähe war ein Blubbern zu hören, wie es bei zu heiß gekochten Suppen entsteht. Am Fuße eines kleinen Aquariums, dessen Wasser grünlich verfärbt war, Fische waren darin nicht zu erkennen, stand eine Apparatur wie aus einem kleinen Chemielabor. Sie war offenbar in aller Eile zur Tarnung mit einem Handtuch bedeckt worden. Carla köchelte sich ihr eigenes Meth zurecht, das sah Robert sofort. Sie bemerkte seinen Blick und setzte sich gegenüber von ihm auf eine Couch.

„Wanna a drink ...?“, fragte sie und schüttete sich ein Glas mit Jim Beam voll, das sie, ohne auf seine Antwort zu warten, in einem Zug leerte. Offenbar hatte sie vorher schon viel getrunken, denn sie schlief ihm gegenüber sitzend ein. Angewidert schaute Robert auf ihre Hose, auf der sich in Höhe des Schritts ein großer dunkler Fleck gebildet hatte. Im Raum nebenan schrien erneut Kinder. Robert stand auf und öffnete die Tür. Auf einem verdreckten Bett lag ein Säugling, auf dem Boden saß ein apathisch dreinblickender Junge. Zahlreiche blaue Flecken bedeckten den Körper des Jungen. Robert wickelte das Baby in ein Tragetuch, nahm den Jungen an die Hand und drängte die Kinder alle Geräusche vermeidend zur Wohnungstür. Der Junge schaute ihn an.

„Everything is gonna be fine...“, flüsterte Robert. Der Junge lächelte.

196

„Thank you, Sir!" Der Officer, dem Robert alles erklärt hatte, legte seine Hand an die Stirn, wie es Offiziere beim Grüßen tun, dann lachte er und drehte sich um.

„Wer einen Menschen rettet, der rettet die ganze Welt ...", flüsterte Robert beim Verlassen des Reviers, während er darüber nachdachte, wo er den Satz einmal aufgeschnappt hatte. Von seinem Besuch bei Carla erzählte er Julia nichts. Er war zu mitgenommen, musste ins Bett und schlief sofort ein. Das Bild der blauen Flecken an dem Jungen begleitete ihn in seinen Traum.

Friedrich stand vor ihm und lachte sardonisch. „Peitsche oder Gürtel? Na, komm, sag es schon, du Rotzlöffel, mach Pappi glücklich. Zeig ihm, dass du irgendetwas verstehst, kleiner Nichtsnutz."

„NEIN! Bitte nicht, nicht wieder, Vater, bitte, bitte!"

Mit einem Zucken, das durch seinen ganzen Körper lief, wachte Robert auf, er hatte einen Albtraum gehabt und tatsächlich im Schlaf gebrüllt. Seine Stirn war von einem Film nassen kalten Schweißes überzogen. Die Eindrücke aus Carlas Wohnung ließen ihn schaudern. Er würde, er musste heute Abend ausgehen, das wusste er.

In einem ehemaligen Lagerhaus hatte Robert de Niro den Tribeca-Grill eröffnet. Mickey Rourke und Bruce Willis waren auch dort gewesen, sagte der Kellner, nicht ohne auf die von den Stars bevorzugten Getränke hinzuweisen und auf die handsignierten Autogrammbilder an der Wand.

„Das müssen Sie probieren, eine Supermischung." Die Hand des Kellners fuhr zu einer Flasche Bombay Safire. Eis, Gin, eine gelbliche Flüssigkeit und ein kleines Plastikfähnchen, fertig war der „Tribeca-Special". Robert war bereits nach zweien betrunken. Gegenüber saßen zwei blonde Amerikanerinnen. Sie warteten, scannten den Laden nach ihrem Mister Right. Robert gierte zwei weitere Specials hinunter, dann erlitt er einen Blackout.

Am nächsten Tag, er wusste nicht, wie er nach Haus gekommen war, rief er in dem Museum an, sagte, dass er wegen einer Magenverstimmung unpässlich sei. Er raffte sich auf und lief zur großen Liegewiese im Central Park. Die Rollerbladefahrer kurvten nicht, sie tanzten, zu ihrer ganz eigenen Choreografie, steppende Skater. One two three, watch me!, war ihre Devise. Obschon Robert die Stimmung im Central Park groß fand und sich nicht satt sehen konnte an den vielen Eindrücken, die auf ihn einhämmerten, munterte ihn all das nicht auf, im Gegenteil. Die zur Schau getragene Selbstzufriedenheit vieler New Yorker, das Posen in der Einsamkeit, deprimierte ihn.

New York ist nur eine weitere Flucht, ich muss zurück.

Einen Wunsch wollte er sich aber noch erfüllen, einen Ausflug nach Long Island. An der Penn Station löste er ein Ticket, dann trug ihn die Long Island Rail Road bis ans südliche Ende von Long Island. Er steuerte Mantauk an, ein Traum, Max Frischs Erholungsland, einst war es Indianerland.

„Für mich ist es nur Kulissenland, wie alles andere auch", sagte Robert. In seiner Hosentasche lag noch der Zettel mit Carlas Telefonnummer. Er nahm ihn heraus und trat ihn in die Dünen. Die Strahlen der bereits tief hängenden Sonne brachen sich in dem Wölkchen hoch gewirbelten Sandes.

In ihrer Wohnung in der South Bronx zog Carla Bronfman eine Spritze auf. „This pig robbed my kids", lallte sie, dann drückte sie die Spritze in ihre Armbeuge. Sie hatte ihn nicht abgebunden, wie es Heroinkonsumenten tun. Es dauerte nur Sekunden, bis sie starb. Keine Zeitung berichtete über ihren Tod.

Berlinoskop

An den Schaltern des J.F.K.-Airports gab es einen kleinen Tumult. Ein arabisch aussehender Ausländer wurde von drei Steroid-Riesen in Homelandmanier abgeführt, schreiend wiederholte er einen anarchischen Refrain auf Arabisch, die anderen Wartenden schauten verschämt weg, auch Robert. Er blickte aus den Fenstern des Airports, und was er sah, erfreute ihn nicht. Wenige Kilometer vom Rollfeld entfernt baute sich eine Gewitterfront auf. Die Lautsprecher verkündeten ein Startverbot für alle Flugzeuge. Robert bat eine Stewardess um einen Martini und eine „New York Times". Ein Artikel erregte seine Aufmerksamkeit. Eine Wissenschaftlerin hatte winzige Wasserlebewesen entdeckt, die angeblich unsterblich waren. Ein Bild zeigte die Forscherin, wie sie sich über eine Petrischale bückte. Ein Zitat von ihr war groß abgedruckt: „Wir alle können unsterblich werden."

Die Forscherin hieß Janice Yudell, und Robert fand sie schön. Er starrte minutenlang fiebrig auf ihr Bild, kratzte sich an seinem Arm, polkte an seinen Fingernägeln und zog wie ferngesteuert die Fleecedecke, die er stets auf Reisen in einem Rucksack bei sich trug, über seine Hose. Er war ein *böser Junge*. Wie immer, wenn er sein Ding geknetet hatte, wurde er müde und schlief ein. Ein Gong weckte ihn, die Maschine war nun fertig für das Boarding.

Aus einigen Metern Entfernung musterte ihn die Stewardess, die am Check-in vor den Gates Platz genommen hatte. Während sie die Bordkarten der Passagiere durch den Scanner zog, blickte sie immer wieder zu Robert hinüber.

Ganz süß, der Kleine, sieht aus wie ein Kind, wie alt er wohl sein mag?

Als er mit seiner Bordkarte vor ihr stand, lachte sie ihn an. Robert blickte schüchtern weg, was sie noch interessanter fand. *Ein Kind, das sich fürchtet*, dachte sie.

Die Stewardessen reichten den überwiegend genervten Passagieren Zeitschriften, wärmende Fußpuschen und Augenbinden. Dann rollte die Maschine auf die Startbahn. Gewaltige Blitze zuckten über den Himmel. Als die Maschine schließlich mit dreistündiger Verspätung abgehoben war, sie hatte eine extreme Rechtskurve fliegen müssen, um dem Gewitter auszuweichen, war Robert längst wieder eingeschlafen.

In seinem Traum lag er in seinem Bett in Berlin. Irgendetwas hatte ihn aufgeweckt. Er öffnete die Augen. Im Zimmer nebenan brannte helles Licht. Es stammte von einem Halogenstrahler, der nur auf Berührung reagierte und über mehrere Helligkeitsstufen verfügte. Robert hatte sie vor dem Schlafengehen ausgeschaltet. Er tappte durch die Wohnung, starrte lange Zeit die Lampe an, drehte sich schließlich um, schaute, ob hinter ihm jemand stand, sah, dass dies nicht der Fall war, dann löschte er das Licht, ging zu seinem Bett zurück und schlief sofort wieder ein. Nach kurzer Zeit wachte er erneut auf. Er blickte in den langen Flur, der sein Schlafzimmer mit dem benachbarten Raum verband. Aus ihm schien wieder grelles Licht. Robert stand erneut auf, ging zu der Lampe und sah, dass sie auf Stufe zwei reguliert war, eine Nuance heller als zuvor. Wiederum löschte er das Licht, aber er wachte noch ein weiteres Mal auf. Nun brannte die Lampe mit höchster Helligkeit. Als er sie ausstellen wollte, sah er, dass seine Hände und sein Pyjama voller Blut waren. Auf seinem Barockspiegel stand in blutiger Schrift, Janice".

Robert stieß einen gellenden Schrei aus, dann wachte er auf.

„Kann ich helfen?", fragte eine Stewardess.

„Danke, danke, es geht schon." Roberts Stirn war vom Schweiß nass und kalt. Dann kündigte der Kapitän die Landung in Frankfurt an. „Please, fasten your seatbelt and bring your chair in an upride position."

Völlig übermüdet erreichte Robert Berlin, aber er war nicht in der Lage zu schlafen und beschloss, gegen den Jetlag anzutrinken. Im „Schwarz-Sauer", einer Bar an der Kastanienallee in Prenzlauer Berg, bestellte er einen Absacker. An der Wand hing eine Uhr. Ihre Zeiger standen auf fünf vor 12.

Ein Pärchen betrat die Bar. Sie sagte: „Ob ich nun eine Muschi oder einen Schwanz lecke, ist doch kein Unterschied."

„Ich ..." Ihr Begleiter schien sprachlos.

„Oh Gott ..." Robert hatte genug gehört. Mit einem großen hastigen Schluck leerte er seinen Drink und verließ fluchend die Bar. Die Kastanienallee war von Touristen bevölkert. Mehrfach rempelte Robert jemanden an.

„Hey, Mann, pass doch auf ...“

„Fuck you, asshole.“ Robert konnte kaum mehr geradeaus schauen. Er lief zu seinem Sportwagen, das Schlüsselbund glitt ihm aus der Hand.

„Fuck!“

Mit einem Ächzen ließ er sich in die Kontursessel fallen. Es war 1 Uhr, und es begann in Strömen zu regnen. Mit zusammengekniffenen Augenlidern – er hatte vergessen, das Licht anzuschalten – spähte er in die Nacht hinaus, sein Sehvermögen war miserabel. Ein Tunnel breitete sich vor ihm aus, er musste nur Gas geben und...

Am Alexanderplatz stoppte er gerade eben noch vor einer roten Ampel. Sein Magen meldete sich mit einem unguten Gefühl, hinter ihm blinkte ein Autofahrer mit Fernlicht. Robert ließ mit einem Tastenhieb das linke Autofenster herab, summend versank es in der Tür. Er beugte seinen Kopf hinaus, um den Fahrer hinter ihm anzubrüllen.

„Du Vollidio ...“ Robert vervollständigte den Satz nicht, ein Riesenstrahl mit Erbrochenem schoss aus seiner Kehle. Ein Teil davon kleckerte auf der Innenseite der Wagentür herab. „Schei-sseeee“ – er starrte in den Außenspiegel und trat aufs Gaspedal. Drei Häuserblöcke weiter winkte ihn die Polizei heraus.

„Haben Sie etwas getrunken?“, fragte einer der Polizeibeamten.

„Ja, zwei Drinks in so drei Stunden.“ Roberts Stimme klang wie ein Reibeisen.

„Na, dann steigen Sie mal aus. Sehen Sie die weiße Linie auf dem Asphalt? Versuchen Sie bitte, geradeaus auf der Linie zu laufen!“

Robert tänzelte über die Linie, die eine Parkplatzmarkierung darstellte, er fühlte sich gut – *geht doch*.

„Sie folgen mir jetzt bitte in unser Fahrzeug. Wir machen einen Promilletest.“

Robert wurde kreidebleich. Der Beamte zeigte ihm ein kleines kastenartiges Instrument mit Mundstück.

„Dort blasen Sie rein, solange, bis es piept.“

Ungeschickt nahm er das Gerät entgegen, stellte sich bewusst dumm an, blies viel Luft an dem Mundstück vorbei.

„Sie müssen hinein- und nicht vorbeiblasen", der Beamte schaute genervt, doch dann piepte das Gerät. Ungläubig betrachtete der Polizist die Anzeige. Er tippte auf der Tastatur herum, als müsse er einen Fehler korrigieren. Das Display zeigte 0,9 Promille, ein damals legaler Wert.

„Na, dann fahren Sie mal nach Hause, aber ohne Zwischenstopps." Der Polizist lächelte nicht.

Robert war dabei, vollends die Kontrolle zu verlieren.

Gegenwart. Am Potsdamer Platz laufen die Hollywoodstars ein. Im „Ritz Carlton" nächtigt Robbie Williams, vor dem „Hyatt" am Berlinale-Palast post Angelina Jolie vor den Scharen der Fotografen, Brad Pitt und Quentin Tarantino winken ihren Fans zu, während sie lachend über den roten Teppich laufen. Die Filmfestspiele locken Tausende Menschen nach Berlin. Die Golden Globes sind längst vergeben, und die Festivals von Venedig und Cannes noch ein Weilchen hin – nun heißt es: Berlinale feiern, in den Clubs und kleinen versteckten Restaurants.

Maskenspiele

Gerade als Robert sich eine kalte Misosuppe aus dem Kühlschrank nahm, klingelte sein Telefon. Simone, eine Kollegin, war dran. Sie war außer sich. „Weißt du eigentlich, wie viele Irre es im Netz gibt, das ist nur noch Porno pur." Simone brüllte es fast, sie suchte eine feste Beziehung, seitdem sie sich ein Vierteljahr zuvor von ihrem Freund getrennt hatte. Ein Date folgte dem anderen, ohne Ergebnis.

„Die Männer, die ich getroffen habe, alle wie ich um die 28, sind entweder verrückt, pervers, Pinkler, SMler, PC-Bildschirmwichser, Onanisten, Voyeure und solch Pack. Auf einigen der Bums-Portale bieten sich 16-jährige Mädchen für einen Parkplatz- oder Gruppenfick auf Rastplätzen an, gegen Bezahlung, echt pervers."

Robert rührte mit einem Löffel in der kalten Misosuppe

herum. Kleine Algen-Wirbel rotierten durch den Pappbecher. Simone erschien ihm etwas inquisitorisch.

Weiß sie, was ich so treibe, und falls ja: was?

„Die sind zwar alle auf Facebook, YouTube und Twitter unterwegs", fuhr Simone fort, „aber total unfähig, im zwischenmenschlichen Zusammenhang normal zu kommunizieren."

Total unfähig im zwischenmenschlichen Bereich ... Die Worte hallten in seinem Kopf nach.

„Ich ziehe jetzt aufs Land", sagte sie und zog trotzig ein Ticket aus ihrer Tasche: „Jena-Paradies" stand als Zielbahnhof darauf.

Klingt wie Eden, ein schönes Ziel. dachte Robert.

„Das ist aber nicht alles. Ich habe noch eine Einladung nach Italien, die ich nicht mehr wahrnehmen werde. Du bekommst sie per Post. Fahr hin."

Karl, ein aus München nach Berlin-Mitte zugereister Multimillionär, feierte seinen 45. Geburtstag und hatte nach Venedig eingeladen.

Im Landeanflug glitzerte die Lagune, ein Traum in Pastell. Robert checkte in einem kleinen Hotel unweit des Bahnhofes ein. Jemand klopfte an seine Zimmertür.

„Signore?"

Der Hotelpage reichte ihm einen silbernen Umschlag. In ihm steckten eine Maske, ein Faltblatt mit Informationen zum Dresscode sowie ein Routenplan, der zu der geheimen Location führte. „BE ON TIME!" stand auf der Rückseite des Faltblattes. Robert starrte versonnen auf den Umschlag, schlug ihn ein paar Mal in die Hand, dann ging er zu seinem Koffer. Er legte den Kummerbund an, schnürte die Fliege, schlüpfte in seine Lackschuhe und ganz zuletzt noch in den Spencer.

„Scusa!" Er winkte ein Vaporetto heran.

Das Wassertaxi war voller Menschen, Italiener, Touristen und Leute, die man keinem Land und keiner Ethnie zuordnen konnte. Darunter Passagiere mit viel Geld, man sah es an der Kleidung, Milano und Paris ließen grüßen. Dennoch fiel Robert auf. Er hatte bereits die Maske über die Augen geschoben. Einige jüngere Italienerinnen musterten ihn ausgiebig und lachten. Das Vaporetto schoss über den Canal Grande. An der Rialtobrücke verließ er es und stieg in ein Riva-Motorboot um, das bereits mit anderen Maskierten wartete. Sie fuhren am Dogenpalast vorbei, dann ging es zu einem Palazzo an einem Seitenarm des Canal Grande. Sie wurden erwartet. Ein ebenfalls maskierter Mann, er trug über seinem Anzug ein wallendes Cape, führte sie zu dem Palazzo. Von der Decke hingen riesige Lüster. Die Wandbemalung erinnerte an antike Villen bei Pompei. Ein Springbrunnen im Atrium des Palastes ließ sein Plätschern durch alle Räume schallen. Einige Gäste hielten inne und bewunderten die maurische Ornamentik der Räume. Champagner-Magnumflaschen und Blöcke mit Serrano-Schinken, Früchten und kleinen Kügelchen behängte Lüster standen auf den Tischen mit den Ausmaßen von Rittertafeln. Ein lauter Gongschlag unterbrach das Wispern und Flüstern.

„Der Abend ist eröffnet!", rief eine markante Männerstimme. Woher sie kam, blieb unklar.

Eine Frau trat an Robert heran und hakte sich ein bei ihm. Über ihrem nackten Körper trug sie nur einen silberfarbenen Umhang, ihre Füße steckten in Sandalen.

„Wir frönen hier der freien Liebe, ganz nach französischen Vorbildern der vergangenen Jahrhunderte ... Gibt es etwas, dass Sie *besonders* mögen?"

„Wie meinen Sie ...?"

„... Dinge, die Sie schon *immer* tun wollten, aber nach denen Sie nicht zu fragen wagten, weil Sie die gesellschaftlichen Reaktionen fürchteten. Solche Dinge ..."

„Ich wusste gar nicht, dass dies hier ..."

„Als Ihre Begleiterin ist mir aufgetragen, *alles* für ihr Wohl Denkbare zu unternehmen ..."

„Also ..."

Eine Schar Kleinwüchsiger betrat das Zimmer. Die Zwerge erinnerten Robert an Hotelpagen, aber statt Käppis trugen sie kleine Silberteller auf dem Kopf, die auf flachen Turbanen ruhten und mit schwarzen Bändern an den Köpfen befestigt waren. Auf den Tellern lagen kleine Berge weißer Substanzen.

„Wollen wir auf ein Zimmer gehen?", fragte die Schöne, um so gleich ein Argument nachzuliefern, „dort scheint niemand zu sein."

Robert deutete mit einem Zeigefinger auf die oberen Etagen, die vom Basement des Atriums nur teilweise einzusehen waren. Ohne etwas zu sagen, dirigierte ihn die unbekannte Frau über die Treppe zu den oberen Gemächern. Bei einem der Zimmer stand die Tür offen.

Zwei osteuropäisch aussehende Frauen saßen darin. Die eine trug einen Traum von Tüll und Spitze, im zartesten Pink, die andere eines in Himmelblau. Ihre Masken zeigten gefiederte Raubvogelgesichter. Die beiden Frauen, allenfalls Ende 20, küssten einander. Sie waren nicht allein. Ein älterer Mann schaute ihnen zu. Er sah gierig aus und saß im Rollstuhl. Der Greis war von den Zuschauern wenig begeistert. Armfuchtelnd bedeutete er dem ungebetenen Publikum wegzuschauen. Doch Robert tat es nicht. Der Alte quittierte den Ungehorsam mit einem giftigen Blick und legte einen kleinen Steuerungshebel um, woraufhin der Wagen sprunghaft auf Robert zurollte. Geistesgegenwärtig sprang der zur Seite, die Attacke ging ins Leere.

Wiederum ertönte ein Gong, und ein Mann betrat das Zimmer.

„Wenn Sie sich nicht benehmen können, MÜSSEN sie gehen!", herrschte er den Rollstuhlfahrer an.

Zwei Diener betraten das Zimmer. Sie begleiteten den Alten zu einem Lift. „Ich protestiere energisch, ich habe ein Recht, hier zu sein ... Sie wissen, wer ich bin!"

Von dem Arkadengang des Atriums aus verfolgte Robert, wie der Mann zu einem der wartenden Boote geschoben wurde. Dann entdeckte er auch den Gastgeber: Karl lehnte entspannt und sichtlich gut gelaunt an der Umfriedung des Springbrunnens. Seinen Mund umspielte das gönnerischfeine Lächeln eines Gebenden. Woher sein Vermögen stammte, wusste niemand.

Robert hatte genug gesehen. Er widmete sich wieder seiner unbekannten Begleiterin, deren Umhang ganz zufällig zur Seite rutschte und makellose Beine offenbarte.

„Jetzt können wir naschen", sagte sie und ging zu einem christbaumähnlich geschmückten Kandelaber, den Robert bis dahin nicht bemerkt hatte. Auch an ihm hingen kleine Kügelchen in silberner, goldener und bronzefarbener Folie.

„Ich bin übrigens Jorelle ...", sagte die Schöne und packte eines der Kügelchen aus, „eh, voilà! Was haben wir denn da?" Es war ein dicker Brocken kaum verdünnten Kokses, das sah Robert sofort.

Jorelle steckte das Bröckchen in einen lippenstiftgroßen Mechanismus, der an einer goldenen Kette zwischen ihren Brüsten gehangen hatte. Die Apparatur begann leise zu surren. Dann blinkte ein grünes Lämpchen auf. Jorelle zog am anderen Ende des Sticks, der dort eine Zerstäuberfunktion hatte. In den Stick, er schien aus Silber oder Platin gefertigt, war das ägyptische Symbol der Unsterblichkeit eingraviert. Jorelle führte ihn in die Nase ein.

„Ahhh ..."

Während Jorelle sich kickte, registrierte Robert, dass fast in jeder Ecke des Clubs Artikel zum Lockerwerden und Aktivbleiben angeboten wurden.

„Wenn du *dort* durchgehst", Jorelle deutete auf eine imposante Flügeltür aus dunkel gemasertem Holz mit goldenen Metallbeschlägen, „dann ist alles möglich. Du musst nur das Passwort sagen. Es lautet: ‚Hauser' ... Ich kann mit dir... gemeinsam an diesen Ort gehen, wenn du magst. Der Ort offenbart ein kleines Shangri-La."

„Lass uns noch ein bisschen hier sitzen und ausruhen, wir haben doch den ganzen Abend."

„Ja, wir haben alle Zeit ..."

Einer der Zwerge kam zu ihnen und stellte ein Schälchen vor Jorelles Stilettos auf. Die Schöne lachte und nahm eine breitbeinige Sitzposition ein.

„Du entschuldigst?" Jorelle zog ihre Schamlippen auseinander und urinierte in die Schale.

„Uuhhhps, ein bisschen ist danebengegangen."

„Ein Vergnügen – und die Zeit, ... es zu tun", rief der Zwerg, der das Schälchen eilfertig wegtrug und seinen Inhalt in den Springbrunnen goss.

„Alles dem Kreislauf", riefen seine Zwergenkollegen. Im Atrium bildeten sie nun einen Kreis, fassten einander an den Händen und stimmten ein dunkles Summen an. Der dunkle Chor einer Zwergenarmee.

Zum dritten Mal ertönte nun der Gong. Die Flügeltür öffnete sich, und Robert lachte.

Hinter der Tür war tatsächlich ALLES möglich.

Ich will und ich werde...

Morgenröte und Weltenerklärer

Habibi, der Dealer von Berlin-Mitte, wartete. Er kannte die Straße, die Ladeninhaber, deren Gäste und Gewohnheiten und die Zeiten, wann er am besten Geschäfte machen konnte, die Zeit nach null Uhr, wenn sich die Bars und Restaurants rund um die Torstraße langsam füllten. Ein neues Spiel musste ihm die Langeweile vertreiben, die er stets verspürte zwischen den Verkäufen, der Geldübergabe und den dusseligen Erzählungen seiner Junkie-Kundschaft. Habibi hatte sich dieses Spiel ausgedacht. Er beobachtete Gäste, von denen er ahnte, dass sie seine Kunden werden könnten. Aber er mochte es nicht, Junkies vorgestellt zu bekommen. Sie sollten seinem *Ruf* verfallen. Vor einiger Zeit hatte er in Mitte einen jungen Mann gesehen, er war sein neues Wild. Er würde es erlegen, das wusste er. Er lachte in sich hinein, aber das Lachen wurde jäh unterbrochen, als sein Vater Mohammed anrief.

Habibis Vater Mohammed lebte im Exil in Jordanien, in einem jener zahl- und namenlosen Lager, die sich lose um die Hauptstadt Amman verteilen. Der Palästinenser, der mit drei Töchtern und seiner Frau in einem Zelt wohnte, seitdem er vor Jahrzehnten aus dem Westjordanland geflohen war, zürnte seinem Sohn. Habibi, der in Wirklichkeit ganz anders hieß und sich nur von seinen Kunden in Berlin so rufen ließ, hatte sich lange nicht mehr bei ihm gemeldet. Habibi hatte auch kein Geld für seine Geschwister überwiesen. So ging das nicht weiter, dachte Mohammed, sie waren auf die Zahlungen angewiesen, sollte sich ihr Lebensstandard nicht noch weiter verschlechtern. Der 68-jährige Mann, dem fast alle unteren Zähne fehlten, der nie eine Schule besucht hatte und seinen Kindern stets eine gottesfürchtige Haltung mit etwas Prügel beigebracht hatte, wenn sie nicht spurten, fühlte, dass etwas nicht stimmte mit seinem Sohn in der Ferne.

„Hast du noch deinen Job in dem Hotel?", fragte Mohammed.

„Natürlich …"

„Warum hast du dich dann nicht gemeldet?"

„Ich habe viel gearbeitet …"

„Kannst du uns Bilder schicken von dem Hotel, von deinen Kollegen. Deine Geschwister fragen oft danach, es interessiert sie …"

„Ich…, hallo? Vater, kannst du mich hören?". Habibi drückte die Austaste. *Dieses Schwein, als Kind hat er mich verprügelt, aber mein Geld ist ihm nicht zu schade.*

Habibi dachte kurz darüber nach, wie er aus Jordanien geflüchtet war, eines Tages, als ihn sein Vater wieder so geschlagen hatte, dass er es nicht mehr aushielt bei seiner Familie. Er war zu Arafats PLO gegangen, und von der Levante waren sie nach Nordafrika gezogen und hatten gekämpft und Fragwürdiges getan. Und dann war er nach Deutschland gekommen, ohne ein Wort der Sprache zu verstehen, ein Asylant, ohne Erlaubnis zu arbeiten. Aber er wollte teilhaben an dem Wohlstand, er hatte schließlich seine Geschwister nicht vergessen, seinen Vater vielleicht, aber nicht die hungrigen Blicke seiner kleinen Schwestern, für die er sorgen wollte.

Wenige Wochen, nachdem er in Berlin in einem Asylantenlager registriert worden war, begegnete ihm Ibrahim, ein Landsmann, der schon länger in Deutschland lebte. Er machte ihn mit dem Kokshandel vertraut. Nun war Habibi einer seiner *Verteiler*. Ibrahim hatte viele Verteiler in Berlin.

Eines Tages werde auch ich meine Verteiler haben, dachte Habibi und entsann sich seiner Jagd auf ein neues scheues Wild, das es zu gewinnen, zu erlegen galt, heute Abend in Berlin-Mitte. Erledigt waren sie ohnehin alle: die Wassermelonen, Kartoffel-Mangoköppe-Junkietypen, ob Mann oder Frau, die Deutschen waren nur noch ein schwaches Volk, nicht mehr das, von dem er in der Schule gehört hatte, wo seine Lehrer den Wahnsinn des Dritten Reiches als legitim gepriesen hatten. Man müsste in ihrem Land die Scharia einführen, um mit diesen kaputten Zuständen aufzuräumen, diesen Huren und diesen Ausländern, die sich alles erlauben, und diesem Land insgesamt, dachte Habibi, obwohl er irgendwie auch das deutsche Rechtssystem schätzte. Es war verlässlich und berechenbar. Es hatte ihm immerhin einen Pass und eine Aufenthaltserlaubnis ermöglicht, wenn auch erst nach einigen Klagen. Das könnte man beibehalten, dachte Habibi. Es kam ihm nicht in den Sinn, dass einiges in seinem Denken mehr als konfus war.

Eine Woche nach der Nacht in dem venezianischen Palast, die eigentlich zweieinhalb Nächte umfasste, traf Robert völlig erschöpft in Berlin ein. Von irgendwoher dröhnte Musik von Abba. Er beschloss, mit etwas Wagner gegenzuhalten. Im Kühlschrank standen noch ein paar Becks, die darauf warteten, geleert zu werden. Heike Matussek, seine Nachbarin mit dem erhöhten Sinn für Ordnung, trommelte gegen seine Wohnungstür.

„Ich wollte schon vor Ihrem Urlaub mit ihnen reden, aber dann waren Sie ja weg, das waren Sie doch, oder? Na egal, jetzt sind Sie ja da. Seit Monaten höre ich Ihrem Schweinszeugs zu, das Sie da abends am Telefon absondern. Sind Sie eigentlich noch bei Sinnen? Haben Sie mal darüber nachgedacht, dass bei Ihnen vieles überhaupt nicht mehr stimmt, nicht im Takt ist, dass einiges bei Ihnen ganz grundsätzlich AUS DER SPUR GERATEN IST?" Die letzten Worte brüllte sie.

„Verzeihung, wie Sie schon richtig bemerkten, war ich einige Tage nicht in Berlin. Außerdem: Ich lasse mich nicht anschreien, von niemandem!" Robert knallte die Tür vor ihrer Nase zu. Die Attacke der Frau hinterließ bei ihm ein unangenehmes Gefühl.

Was hab ich vor der Reise nach Venedig getan...? Was hat sie gehört? Was kann sie gehört haben? Die Heizungsrohre haben offenbar den Schall irgendwelcher Gespräche bis in ihre Wohnung weitergeleitet. Aber ich war doch allein, oder?

Am nächsten Abend besuchte er eine neue Bar in Mitte, die ihm eine Freundin empfohlen hatte. Der Reinlasser stellte ihm Roxy vor, eine junge Studentin mit schneeweißen Zähnen und pechschwarzen Haaren. Dabei musste sie eigentlich nicht vorgestellt werden. „Ich bin Kurtisane, eine Hure", sagte sie und meinte ihren Job als Escort. Ihr Fleisch war ihr Einsatz. Sie begleitete Geschäftsleute in Restaurants und darüber hinaus.

Während Robert interessiert eine übergroße Bacardi-Flasche musterte, referierte Roxy laut über „Wahrhaftigkeit", die „Wirkmächtigkeit des Erhabenen" und das „Übersinnliche". Die anderen Gäste in der Bar nahmen daran keinen Anstoß, sie redeten ähnlich viel. Angepulvert nutzten sie ihre Wuchtwörter wie Weltendeuter im Wohnzimmer.

Roxy, deren Escortname Carmen war, redete auch an diesem Abend viel. Robert gab den aufmerksamen Zuhörer und musterte verstohlen ihr Dekolleté. Er dachte an ein Playmate, dem Roxy sehr ähnlich sah. Es kickte ihn. „Entschuldige, ich muss mal auf Toilette", sagte er. Der Toilettenkasten, der eigentlich schwarz war, wies in dieser Nacht eine dünnädrige weiße Maserung auf, die Reste des Kokses der Mitteria-Gemeinde. Robert schnupfte sie weg und massierte seinen Schwanz, der aber streikte. Streifen von Urin waren an der Toilette angetrocknet.

Ein paar junge Frauen in der Nachbartoilette feierten

ebenfalls, eine von ihnen kicherte übertrieben laut. Robert verhielt sich ruhig und wollte nicht bemerkt werden, aber mit der seltsamen Aufmerksamkeitsschwellenerhöhung, die manche Drogen bewirkten, mussten sie ihn gehört haben. Sie hatte sich an der Toilettenwand hochgezogen, vielleicht hatten sie die anderen beiden Mädchen auch hochgehoben. Auf jeden Fall schaute sie nun von oben auf ihn herab.

„Halloooo, Süßer ...!"

Als er von der Toilette zurückkam, war es bereits 4.45 Uhr. Roxy war gegangen. Auf einer Sitzreihe in der Bar rekelten sich zwei Mädchen. Sie lagen verquer übereinander, lächelten einen britischen Immobilienentwickler an, der auf Einkaufstour in Berlin war.

Robert stierte nachdenklich zu dem schlauchartigen Ende der Bar, an dem sich eine flugzeugturbinenähnliche Skulptur befand. Trotz seiner Eigenmedikation konnte er plötzlich das Gespräch zweier Männer verfolgen, die sieben oder acht Meter entfernt saßen. Sie unterhielten sich darüber, ihn auszurauben. Einer hatte K.-o.-Tropfen dabei, die er in einem unbeobachteten Moment in seinen Drink mixen wollte. Robert verließ die Bar und wartete vor der Tür. Nicht viel später trat einer der jungen Männer hinaus. Sein Atem erzeugte kleine Wölkchen in der kühlen Nacht. Er schien in das Dämmerlicht hinauszuspähen. Zu seinem Begleiter, der im Windfang der Tür stand, sagte er: „Der Typ ist nicht mehr zu sehen ... wir hätten nicht so lange warten sollen ..."

„Komm wieder rein, auf der Toilette sind doch noch die zugedopten Weiber, die ziehen wir ab ..."

„Geh schon mal rein, ich piss schnell und rauch' noch eine ..."

„Okay, aber beeil dich."

Robert griff nach einer Holzlatte, die auf dem Boden lag.

Als der Mann um die Ecke trat, traf ihn das Brett unvorbereitet und mit voller Wucht im Gesicht, immer wieder. Bereits nach dem ersten Schlag war der Mann zu Boden gesunken. Robert trat wie ein Besinnungsloser gegen die Beine des Fremden, irgendwas knackte. Robert hielt inne, musterte den auf dem Boden liegenden Mann kühl und sagte leise: „Sei froh, dass du leben darfst, dass ich dich weiterleben lasse."

Das Klingeln seines Smartphones unterbrach ihn.

„Was hast du so lange auf der Toilette gemacht?", schrie Roxy, „ich warte nie so lange auf Männer, ich lasse mich nicht verarschen ... weißt du, ich habe einen Entschluss gefasst, ich höre mit dem Koks auf, es gibt ... Es hat ‚klick' gemacht ... willst du noch zu mir nach Hause kommen? Du sagst ja gar nichts. Darfst auch lange bleiben, aber nicht ficken."

Robert fuhr zu ihr. Er erzählte ihr nichts von dem, was vorgefallen war.

„Hast du vielleicht eine Alka-Seltzer? Ich hab ziemliche Kopfschmerzen."

„Wo hast du denn den Kratzer im Gesicht her?", fragte sie.

„Ach, ich bin in so ein paar doofe Zweige gelaufen. Ich kann doch nachts nicht gut sehen ..."

Roxy frönte auch Pilzen und Wurzelextrakten. Ein Stoff schien ihr besonders verlockend: Ayahuasca, ein Teeextrakt aus Südamerika. Sie hatte ihn das erste Mal in einem Zirkel Gleichgesinnter getrunken, alle in Trachten gekleidet und vereint in der Feierstimmung. „Ayahuasca ist der Wahnsinn. du betrittst extrem farbige Räume", sagte Roxy und erzählte eine Geschichte. Kürzlich sei ein Mann im Kreis der Ayahuasca-Jünger dabei gewesen, sein erstes Mal. Lange hätte er nur zögernd in der Ecke gesessen und die anderen fixiert, überlegt, ob er an dem Ritual teilhaben oder gehen sollte. Die Neugier siegte. Untermalt vom rhythmischen Klatschen der Ayahuasca-Jünger trank er aus der Schale, erst zögerlich, dann immer schneller. Es dauerte nicht lange, da fing der Mann unartikuliert und laut zu brüllen an, verzerrte sein Gesicht ins Entsetzliche und erzählte Abstruses. Am Ende habe seine Zunge schlaff aus dem Mund gehangen, Roxy fand es komisch. Sie wollte mehr, das Destillat aus Ayahuasca, eine Substanz namens DMT.

„Ayahuasca zerlegt dich, aber DMT führt dich ins Nichts. In einen leeren Raum."

Robert erinnerte sich an den leeren, ungeheuren Raum, der sich ihm einst in einer Vision gezeigt hatte, damals, in Hongkong.

„Hast du keine Angst, dass dich das Zeug wegsprengt und du den Verstand verlierst?", fragte Robert.

„DMT ist der ultimative Stoff. Du musst es probieren", antwortete Roxy.

„Ich hab von LSD- und Chrystal-Fans gehört, die sich eine Psychose einfingen", sagte Robert.

„DMT ist die Gotteserfahrung, sie zeigt dir einen Raum, in dem nichts ist, NICHTS, hast du verstanden?", fragte Roxy.

Robert schaute sie nur an.

Ich muss den Raum der Leere nicht betreten, ich trage ihn in mir, auch ohne DMT.

Gegenwart. In der Klinik hat niemand Roberts fluchtartige Abreise bemerkt. Am nächsten Tag streift er durch die Friedrichstraße. Vor einem Eisladen stößt er mit einer Punkerin zusammen. Sie heißt Miranda und besitzt ein Dutzend Tattoos und zahlreiche Piercings.

„Hast du Bock zu spazieren? Ist doch geiles Wetter ...", fragt sie, er nickt.

Miranda war zuvor im Libanon gewesen. Sie berichtet von ihren Nächten in Beirut, dem Besuch der „Skybar", einer der angesagtesten Diskotheken Beiruts. Dort hat sie einen Plattenproduzenten kennengelernt, der einen eigenen Staat ausgerufen hat und sich von seinen Getreuen ,Kaiser' rufen lässt. Nowhereistan nennt er seinen Staat. Und wenn alle Regierungen gestürzt seien, weil am Ende alle Erdenbürger seinem Staat angehörten, würde dieser zu „Everywhereistan", sagt der ,Kaiser', der ein wenig verrückt wirkt. Robert gefällt die Geschichte.

Detoxgimmicks

Die Menschen um ihn herum sah er wie Schiffe. Und die Menschenschiffe zogen alle an ihm vorbei, zu Häfen, in denen sie Anker warfen und wo Menschen warteten. Nur in seinem Hafen gab es keine Menschen, ja es gab nicht einmal einen Hafen und auch keinen Anker im Leben überhaupt, so sah er es und so war es auch, und das war das Schlimmste daran.

Robert schlief lang und stand spät auf. Er betrachtete das Leben nur noch als einen von vielen möglichen Zuständen. Es erschien ihm gänzlich irreal, als komplette Illusion und eine Art Betrug.

Der Tod ist nur ein Ebenenwechsel, ohne Mitnahme von Namen und Erinnerungen. Also kann ich doch mein jetziges und auch kein späteres Leben verschwenden, was oder wer auch immer ich danach sein werde.

Der Abend bei Roxy beschäftigte ihn immer noch. Er war sich unschlüssig, ob er sie noch einmal sehen sollte. An den Kastenfenstern seiner Wohnung, die wie die meisten in Berliner Altbauten aus Doppelscheiben bestanden, hatten sich über Nacht Eiskristalle gebildet. Nun schmolzen sie im Licht der Vormittagssonne. Die kleinen geometrischen Figuren lösten sich auf und tropften fort. Es dauerte lange, bis sich die Kristalle in der winterlichen Vormittagssonne aufgelöst hatten. Robert beschloss, das gute Wetter für einen Ausflug zu nutzen, der seine trübsinnigen melancholischen Gedanken verdrängen sollte.

Ein Café an der Torstraße warb im Internet mit einem verlockenden Brunchangebot, es war nur ein paar Minuten mit dem Fahrrad von seiner Wohnung entfernt. Bei einer Kellnerin bestellte Robert einen Detox-Tee mit rotem Trauben- und Beerenextrakt, danach schlürfte er eine Kürbis-Ingwercremesuppe. Nach seinen Abstürzen versuchte er – wie das Gros seiner Bekannten – besonders gesund zu leben. Hier ein Salat, dort ein Getränk mit einem besonders hohen Anteil an

Antioxidantien, die freie Radikale in den Zellen binden sollen, und vor allem: fleischlose Kost, um etwas für das gute Karma zu tun.

Er musterte die Gäste, unter ihnen waren ein paar typische Mitte-Jungs mit großen schwarz gefärbten Brillen, dann gab es da noch die Bürotypen mit Schlips und Anzug. Einige von denen schauten ihn neugierig an. Ein paar hatten sich trotz der kühlen Witterung in die Stühle vor die Cafés gewagt. Eingemummelt in Decken und mit hochgeklappten Kragen starrte sich die Schwarzbrillenträgerfraktion an, aber niemand sprach. Viele begehrten, aber keiner wagte.

Warum nur starren sie mich so dämlich an, dachte Robert. Er wusste, dass seine Denke Zeichen der üblichen Paranoia nach einem Absturz aufwies, aber die Frage blieb in seinem Kopf, obwohl er sich optisch wenig von den anderen Mitte-Gängern unterschied. Er trug eine verspiegelte Ray-Ban Aviator und war peinlich darauf bedacht, dass sie seine weit aufgerissenen Pupillen verbarg.

An den Morgenden am Wochenende gehörte eine abgedunkelte oder Spiegelreflexbrille in Berlin zur Pflichtausrüstung. Partytime ohne Sperrstunde. Die Drogen verschwanden morgens in der Toilette, wenn ihre Käufer nicht mehr konnten. In den Laboratorien der Wasserwerke schwenkten Wassertechniker Reagenzgläser, Erlenmeyerkolben und warfen ihre Bunsenbrenner an. Immer mit demselben Ergebnis: Das wieder vereinigte Berlin war eine Stadt, die auf Koks stand. Eine Polis layercake.

Die deutsche Hauptstadt hatte Anschluss gefunden an Metropolen wie London, in deren City verschwitzte Broker und Investmentbanker gegen Staaten und eigene Kunden wetteten. Viele ihrer Dealer waren Knirpse, auch in Berlin.

Robert gierte einen Mangosaft hinunter. Gegenüber von dem Café stand eine große Straßenuhr. Unendlich langsam schienen ihre Zeiger vorzurücken. Im Zeitlupentempo rückte der Minutenzeiger auf die Mittagsstunde zu, so schien es. Robert taxierte die Uhr mit einem manischen Blick, verglich ihren Stand immer wieder auch mit seiner Armbanduhr, dann nickte er wie zu einem Zeichen innerer Bekräftigung. Er war mit Jasmin, einer Arbeitskollegin, verabredet. Und sie war pünktlich, überpünktlich sogar. Gerade als die Zeiger auf 12 Uhr standen, entstieg sie einem Taxi, das mit quietschenden Reifen vor dem Café gebremst hatte. Jasmin musterte ihn nachdenklich. Ihrer Meinung nach befand er sich in ziemlich derangierter Verfassung. Sie bestellte sich einen Salat und ein Mango-Shake, er nur einen grünen Tee.

„Es ist schade, dass wir uns nur ein- oder zwei Mal im Jahr sehen. Wenn du schon keinen Menschen in dein Leben lässt, dann leg' dir doch ein Haustier zu. Du darfst jedenfalls nicht so allein sein. Das macht depressiv."

Robert grinste.

Ja, dumme Gedanken habe ich. Immer öfter sogar, um ehrlich zu sein.

Jasmin sah sein Lächeln, schwieg kurz, um dann seelsorgerisch fortzufahren: „Magst du denn Hunde? Da kommst du auf andere Gedanken."

Robert hörte ihr nur oberflächlich zu. Er dachte an einen Dackel, der Freunde seiner Eltern in Hamburg-Eppendorf oft mit zu ihnen nach Hause begleitet hatte. Robert sah die Szene bildhaft genau vor sich. Waldi, so hieß der Hund, trabte in sein Kinderzimmer, schaute sich um und besprang dann seinen Teddy. In Windeseile schob der Hund seinen Penis heraus und bespermte das Stofftier. Robert fasste den Teddy nie mehr an. Stattdessen schnallte er ihn vor eine Dartscheibe und spickte ihn mit Pfeilen. Danach flog Teddy in die Mülltonne.

„Schuldig ...", sagte Robert, gewahrte dann erst wieder sein Gespräch mit Jasmin.

„Wie bitte, wer ist schuldig?", fragte Jasmin.

„Ach, nichts, ich hatte nur so eine Erinnerung ...", Robert polkte an seinem linken Daumen. Sie blickte auf die abgenagten Nägel.

„Also, wenn du einen Hund kaufst, dann überleg dir vorher einen guten Namen, einen mit zwei Silben. Darauf hören sie."

„Wie wäre Maya, Nemo oder Coca?", fragte Robert. „Nur nicht Kali, und es sollte ein Bill-Clinton-Hund sein, ein Labrador. Ich werde mit ihm durch den Dünensand der Hamptons laufen oder den am Roten Kliff auf Sylt". Er lachte hysterisch. Jasmin schaute ihn nur an.

Und doch ist so ein Hund irgendwie unpassend, hübsch anzusehen, sicher, aber langweilig. Vielleicht sollte ich auf die Sparte der Gliederfüßler ausweichen, eine Spinne, gelbe Haut mit schwarzen Punkten, nicht groß, vielleicht wie ein Fünfzig-Cent-Stück. „Fifty Cent", was für ein verdammt geiler Name. Und sie wird böse Dinge tun.

Paranoia

Hatte er in seiner Jugend stets Unwohlsein verspürt, wenn er sich beobachtet glaubte, erfüllte ihn nun immer öfter die Angst, dass er den *anderen* nun wegen des stetig zunehmenden Zitterns seiner Gliedmaßen auffallen könnte. Denn sie *mussten* ja sehen, dass mit ihm etwas nicht stimmte, dass er sich unterschied und sein Fluchtgesicht zeigte.

Robert kämpfte mit zunehmender Schlaflosigkeit, Hunderte Male wälzte er sich abends im Bett umher, bis er einnickte. Meist wachte er kurz danach schon wieder auf. Der andauernde Schlafentzug zermürbte ihn. Appetit hatte er schon lange keinen mehr. Er war in die Topmodelletage der Nachtaktiven und Nahrungsverweigerer aufgestiegen. „Nothing tastes as good as skinny feels", hatte Kate Moss einmal gesagt und damit einen Sturm der Entrüstung ausgelöst. Robert fand das Zitat gut, er schnitt den Spruch aus der Zeitung aus und heftete ihn sich an den Badezimmerspiegel.

Auch an diesem Morgen, er war bis zwei Uhr bei einer Vernissage in Mitte gewesen, stand er vor dem Spiegel und betrachtete den Zeitungsschnipsel. Er grinste, geriet ins Husten und erbrach sich. „So widerlich es ist, bewahrt es mich doch vor Kopf-, Magen- oder Nierenschmerzen am nächsten Morgen. Und macht die Bahn frei ... für mehr Bahnen." Robert lachte irre. Er erinnerte sich daran, dass er noch etwas Koks besaß, versteckt in einer Zuckerdose. „Ich muss ja nicht alles nehmen, kann ja nur ein bisschen naschen, dann schmeiß' ich es weg", sagte er leise. Es war eine Wette mit dem Tod.

Im Fernsehen trat Iggy Pop auf. Der Sänger saß in entspannter Körperhaltung vor seinem Grundstück bei Miami. Perfekt gemähter grüner Rasen, türkisblaues Wasser, Iggy Pop sprach über sein Leben als Musiker, auch über die Drogen, die er genommen hatte, und das waren ziemlich viele.

„Ich lebe noch", sagte der Sänger, „wer hätte das gedacht?" Und er hatte recht damit. Viele wie er starben mit 27. Er jedoch hatte dem Tod ein Schnippchen geschlagen.

Robert wechselte den Fernsehkanal. US-Autor Jonathan Franzen wurde von einem TV-Team begleitet. In seinem Appartement in New Yorks Upper East Side deutete der Schriftsteller auf eine Schaufel, die an einer Wand lehnte. Sie stammte von seinem Vater. Für ihn habe die Schaufel noch den Wert der „richtigen Arbeit" repräsentiert, sagte Franzen. Dann deutete er auf ein an die Wand gepinntes Autokennzeichen von Missouri mit dem Slogan „The Show me State". „Show me", wäre auch sein Motto, sagte Franzen und grinste. Bei Robert kündigte sich eine Depression an.

Er rief Thornedike an, obwohl es bereits spät am Abend war, zu spät, eigentlich.

„Hallo?"

„Ich bin es, Ihr Lieblingspatient. Ich habe Sie immer angelogen, ich nehme Drogen, seit Jahren. Aber ich will die Sucht und das Begleittrinken in den Griff bekommen, und zwar schnell. Haben Sie einen Tipp, eine Adresse, irgendetwas, ... das hilft? Ich bin am Ende."

Am anderen Ende der Leitung machte es Klick, Thornedike hatte aufgelegt. Als Robert dessen Nummer erneut wählte, war ein Besetztton zu hören. Robert lehnte sich über seinen Wohnzimmertisch, drehte einen Fünf-Euro-Schein zusammen und zog eine Line. Euphorie machte sich in ihm breit, er dachte an Mönche in Tibet. Warum ausgerechnet in diesem Moment, begriff er nicht, aber eines wusste er genau: *Alles beginnt im Kopf, ist Gedankenarbeit, der Wille steuert den Körper, und wo ein Wille ist, gibt es immer auch einen Weg. Eine Art Kopfreinigung ist es, was ich brauche - und zwar jetzt.*

In Frohnau, im Berliner Norden, gab es einen Ort, an dem er sich Hilfe erhoffte, ein buddhistischer Tempel. Ein Akademiker hatte die Anlage in den 20er Jahren errichten lassen. Nun lebten Mönche aus Sri Lanka dort, praktizierten ihre Übungen und luden zum Besuch ein. Mehr als 100 Stufen mussten Besucher erklimmen, um zu dem Tempel zu gelangen, der auf einem kleinen Hügel lag. In seinem Inneren gab es einen „Raum der Ruhe". Roberts warf einen Blick ins Gästebuch. Es war voller Danksagungen, aber auch Oberlehrerhaftem, von Leuten, die ihre Sprachkenntnisse in Sanskrit unter Beweis wollten, oder die vorgaben, den Mahayana-Buddhismus in- und auswendig zu kennen.

Eine Notiz lautete: „Außer der eigenen Seele Licht führt nichts den Menschen und führte nicht." Robert las den Satz ein Dutzend Mal, dann streifte er seine Slipper ab, zündete eine kleine Duftkerze an und begab sich in den Schneidersitz der Yogis. Vor ihm, am Kopfende des Raumes, thronte in nur wenigen Metern Entfernung eine goldfarbene Buddhastatue. Sie zeigte ein gütig schmunzelndes Gesicht. *Das Göttliche ist in dir selbst, du musst es nur entdecken. Die Wahrnehmung und die menschlichen Sinne, selbst Geburt und Tod und alles Drumherum sind nur eine Illusion.*

Er erinnerte sich an die Zeit, als er in München ein Praktikum absolviert hatte und in Schwabing wohnte. Hans, ein Herr von Mitte 50 war sein Vermieter und vom Leben gezeichnet. Wer ihn das erste Mal sah, ahnte, dass er in seinem Leben extremes Leid erfahren hatte, und das war nicht verkehrt. Sein älterer Sohn hatte sich einen goldenen Schuss gesetzt. Heroin. Hans fand seinen Jungen im Sommer in dessen Wohnung liegend, da war der schon drei Wochen tot.

„Wir mussten ihn in Plastiktüten hinaustragen, halbflüssig ...", erklärte Hans, als er mit Robert in seiner Küche zusammen saß.

Hans Worte hämmerten durch Roberts Kopf, während er zu der Buddhastatue im Hauptraum des Frohnauer Tempels starrte. Er erinnerte sich nun auch, wie ihn Hans' Offenbarung seinerzeit schockierte. So etwas kann mir nicht passieren, hatte er damals gedacht. Wie er sich getäuscht hatte.

Alles Leben ein Schattentanz.

Oft hatte Robert mit Hans über den Buddhismus geredet. Der alte Herr besaß ein kleines Auto, einen Fiat 500. Mit ihm war er durch Bayern getourt, hatte Robert den Obersalzberg gezeigt, den Königssee und Garmisch. Er hatte ihm auch das Tibetische Buch vom Leben und vom Sterben geschenkt. Ein Rinpoche, ein Lehrer des Buddhismus, habe es verfasst und Hans hatte gesagt, Robert müsse es unbedingt lesen. Er schenkte Robert das Buch. „Gutes Handeln setzt sich fort ...", lautete die Widmung.

Gutes Handeln setzt sich fort, fort.... fort, tatsächlich? Und böses Handeln?

Der gütige Wandbuddha lachte und lachte und lachte, und Robert versank immer tiefer in seinen grüblerischen, selbstzerstörerischen Gedanken. Stundenlang saß er so da. Erst als die Räucherkerzen restlos heruntergebrannt waren und nur noch spärliches Tageslicht durch das milchige Glas der Fenster drang, verließ er den Tempel, nicht ohne Vorsatz.

Lange ließ er es bei Hans in München klingeln, doch niemand hob ab, am Folgetag probierte er es ein weiteres Mal, erst spät ging Hans' Frau ans Telefon. Sie legte lange Sprechpausen ein, redete über Unwichtiges, wich aus, druckste herum.

„Es tut mir sehr leid", sagte sie schließlich weinend und nach Luft japsend, „aber Hans ist vor einer Woche gestorben".

„Wie ... wa ...?"

Robert war ins Stottern geraten, musste sich konzentrieren, bis er einen normalen Satz hervorbrachte.

„Das tut mir sehr, sehr leid, darf ich wissen, wie es passiert ist?"

„Er wollte im Bad eine neue Dusche montieren. Da muss er gespürt haben, dass sein Herz nicht mehr mitmacht. Sie wissen vielleicht, dass er Jahre zuvor eine Herzoperation hatte und eine Schweineklappe besaß ... Aber ... er hat sich noch in die Meditationsposition begeben, so ist er gestorben."

Im Schneidersitz gestorben, wie ein Mönch, vorbildlich, das muss ihm erst mal einer nachmachen.

Robert wusste nicht, was er Evelyn sagen konnte. Er schrieb ihr einen Brief, dieser endete mit dem Satz: „Weil nichts aus Nichts entsteht, kann nichts zu Nichts vergehen."

Robert weinte. Es war eines der wenigen Male in seinem Leben, dass er es zuließ. Denn er hatte sich das Weinen versagt. Es war eine unmenschliche Logik, seine.

Triggering and metallic Clits

Der nächste Tag begann mit: nichts. Robert war nicht mehr fähig, irgendetwas Sinnvolles zu tun. Er lag wie paralysiert auf seinem Bett und überlegte, wie er seinem Leben eine Wendung geben konnte.

Alles ist umsonst, vergeblich, nur noch Mühsal, dachte er. Aber er war noch nicht bereit aufzugeben, *sich* aufzugeben. Er rollte sich auf die Seite, unwillig, sich auch nur ein paar Zentimeter aus seinem Bett zu erheben, und langte nach seinem Handy, das auf einem Podest neben seinem Bett lag. Er wollte Sheryl anrufen. Vor Jahren hatte er sie über einen gemeinsamen Freund kennengelernt. Sie war Psychoanalytikerin und arbeitete mit Sozialarbeitern und Streetworkern daran, schwer therapierbare Drogenabhängige wieder in den Arbeitsalltag zu integrieren. Mit Kollegen und der Unterstützung einiger Nichtregierungsorganisationen hatte sie in Nepal mit buddhistischen Mönchen in einem aufgelassenen

Kloster einen knallharten Drogenentzug aufgebaut. Es hatte den Ruf inne, wahre Wunder zu vollbringen. Nun hatte Robert zwar nicht vor, sich zu offenbaren, denn das hätte ihn in seinen Augen als Versager dastehen lassen. Und nichts hasste er mehr, als für einen Versager gehalten zu werden. Aber er hatte sich eine Strategie zurecht gelegt, wie ihm Sheryl indirekt helfen konnte. Er würde vorgeben, eine Freundin zu haben, die von verschiedensten Substanzen abhängig war und die ihren Dealer loswerden könnte. Denn dass er seinen, Habibi, loswerden musste, war Robert klar, in seinen klaren Momenten.

Sheryl wusste Bescheid. Sie kannte die Szene bestens, war selbst abhängig gewesen und konvertierte dann zur Drogenberaterin. Robert wählte ihre Nummer. Wie immer meldete sich Sheryl nach kurzem Klingeln mit einer äußerst wohl modulierten Stimme. Sie hätte in jedem Callcenter sofort einen Job bekommen, dachte Robert. Doch Sheryl kaufte ihm die Geschichte nicht ab, sie wusste, dass es um ihn ging.

„Der Typ triggert dich doch", sagte sie.

„Was soll ich tun?"

„Schmeiß dein Handy weg und meide alle Orte, von denen du weißt, dass der Typ dort rumlungert."

Sie redeten noch eine ganze Weile, er erkundigte sich nach dem Befinden ihres Lebensgefährten und Geschwister (*ich lenke sie von mir ab, ich bin gut*), dann legte Robert auf. Er stimmte ihren Empfehlungen zu, schließlich hatte er sich Selbiges oft vorgenommen, aber die Umsetzung war eine ganz andere Sache. Bereits wenige Stunden später hatte er alle guten Vorsätze und Warnungen vergessen.

Er rief Habibi an. Der Dealer wartete an einer schwer einsehbaren Ecke an Berlins Boulevard Unter den Linden. Die dorischen Säulen, die den Eingang zu einer Bank flankierten, warfen einen Schlagschatten auf den Dealer.

Wo bleibt nur dieser Versager, dachte Habibi, während er sich eine Zigarette drehte. Dann entdeckte er seinen Kunden auf der gegenüberliegenden Straßenseite.

Robert hätte den Dealer dagegen fast übersehen, denn

plötzlich stand Habibi mit seinem zynischen Grinsen und seiner Maschinengewehrstimme vor ihm.

„Wie gäht es Dirrr?"

„So lala", antwortete Robert. Er zitterte, außerdem musste er dringend zur Toilette, ein Pawlowscher Reflex, das Koks.

Die Woche war anstrengend genug, ich hab gute Arbeit geleistet, war nicht viel aus, da kann ich mir doch mal was gönnen.

Er gab Habibi die Hand und drückte ihm dabei ein paar zuvor zusammengerollte Geldscheine in die Hand, niemand bemerkte die Geldübergabe. Habibis andere Hand ließ zwei Briefchen in Roberts Jackentasche gleiten, auch dies hatte niemand von den anderen Passanten bemerkt. Hektisch und unter einem Vorwand verabschiedete sich Robert, er rannte zu einer der City-Toiletten, die am Boulevard standen. Dort nestelte er zitternd ein 50-Cent-Stück hervor, schob es in den Münzeinwurf und wartete ungeduldig darauf, dass sich die Tür öffnete. Mit einem langsamen Scharren schob sie sich in ihrer Gleitschiene träge zur Seite. Er hatte das Gefühl, sich einkacken zu müssen. Als sich die Tür genauso träge geschlossen hatte und Robert auf der Metallbrille saß, ergoss sich sein Darminhalt dampfend ins Klo.

Robert zog eines der Briefchen hervor und legte sich eine Line. Es war sehr starkes Zeugs, das nicht ohne Wirkung blieb ....

Ein Taxifahrer mit besten Kenntnissen der Berliner Rotlichtszene empfahl einen Edel-Puff, der im Internet mit Bildern seiner Huren warb. Er wusste davon rein zufällig, wie er beteuerte.

„In der Türkei würden wir diese Frauen alle bestrafen. Das ist bei uns illegal ..."

„Aha ..."

„Sagen Sie, sind die Frauen schön, machen sie alles, und: Sind auch ganz junge darunter?"

Robert hatte gewisse Zweifel an den Überzeugungen des Fahrers, der nach diesen Fragen viel über den Scheitan, den Teufel, sprach. Robert war froh, als das Taxi vor dem Puff hielt.

Jenny aus Rostock, 1,79 Meter, lange schwarze Haare, Arschgeweih, ein Brustwarzenpiercing, Metalldorn über ihrer Klit und ein Rosenkranztattoo um ihre rechte, perfekt geformte Naturbrust war der Star des Ladens. Robert buchte sie für einen ganzen Tag, 800 Euro. Sie saßen in der Badewanne, redeten und taten nichts, tranken Champagner und redeten. Als ihr das zu dumm wurde, griff sie nach seinem Schwanz. Hastig schob er ihre Hand weg. Jenny guckte beleidigt, drehte den Heißwasserhahn auf und ließ einige Dutzend Liter kochenden Wassers einlaufen. Robert begann zu schwitzen. Sie grinste und verließ das Bad, setzte sich an die Bar zu ihren Kolleginnen, rauchte genervt eine Zigarette, während er seinen Hoden beobachtete, der sich angesichts des heißen Badewannenwassers kräuselnd zusammenzog.

Als sie zurückkam, schaute sie wirr und begann ebenso wirr drauflos zu reden. Sie erzählte, dass sie ein „Capri-Kind" sei. Ihre Mutter Mischa habe einen Westler gekannt, der sie gezeugt habe, ein Autobahnkind halt. Ihre Mutter traf den Ford-Capri-Mann immer auf einem Rastplatz an der Transitstrecke. „Dort bin ich gezeugt worden", sagte Jenny, für die in dieser Hinsicht nun alles gesagt war, „... ich lecke übrigens auch gern mal Mädels", sagte sie, während sie sich eine Zigarette ansteckte, „aber wehe, du erzählst das den Frauen an der Bar. Das bleibt unser Geheimnis, klar? Mein letzter Freund hat nämlich deshalb Schluss mit mir gemacht."

„Ah", sagte Robert.

Jenny betrachtete seinen Körper. Dann fiel sie ihn ohne Vorwarnung an, quirlte ihre gepiercte Zunge in seinen Mund und führte seine Hand an ihre Muschi, aber Robert entzog sich ihr erneut. Das heiße Badewasser hatte ihn fertiggemacht. In seiner Fantasie sah er eine Million toter Spermien durch seine Hoden schwimmen. Sie winkten ihm zu, kleine freundliche Schwimmer in pinkfarbener Montur – und alle totgeweiht, elendig verbrüht, bevor sie ihre Arbeit hatten verrichten können, die kleinen Paddler. Robert fand das Bild famos, er lachte noch lange darüber, selbst als er bereits die zweite Champagnerflasche geleert hatte und das Badewannenwasser erkaltet war.

Am nächsten Tag simste Jenny ihn an: „Bitte, komm nie wieder."

Er überlegte, wie er sie bestrafen könnte. Aber ein anderer Anruf unterbrach seine Gedanken.

Roxy war am Phone. „Hast du Bock, mit in den ‚Katzenclub' zu kommen?" Es war einer der bestbesuchten Berliner Clubs, und Roxy ging oft dorthin. Robert erreichte den Club gegen 1 Uhr. In der Warteschlange vor ihm standen ein paar Männer in Latex und Leder. Einer trug einen Tornister, aus dem eine Gasmaske lugte, ein anderer eine Kopfbedeckung, die wie ein Pferdekopf gestaltet war und aus schwarz glänzendem Leder bestand. Die Zügel wurden von einer jungen Frau gehalten.

„Das gibt es doch nicht", sagte Robert leise.

„Stimmt was nicht?", fragte die Frau angriffslustig.

„Nein, nein, alles in Ordnung."

„Na, dann ist ja alles fein."

Der Mann mit dem Pferdekopf gab ein wieherndes Geräusch von sich und vollführte mit seinen Lederstiefeln trabende Bewegungen. Dann ließ der Reinlasser sie hinein. Die Räume waren extrem dunkel. Vor den Toiletten rubbelten drei Korsagen-Mädchen aneinander herum, zwei Jünglinge versohlten sich den Arsch, aber Robert sah keine Roxy. Diffuses Licht drang durch die Räume, aus schwer einsehbaren Kammern drang ein Jaulen und Japsen. Robert positionierte sich in einem Durchgang, wenn Roxy durch den Laden ging, musste sie an ihm vorbeikommen. Doch eine junge Frau in Schaftstiefeln sprach ihn an. Ihr harter Akzent ließ auf eine osteuropäische Region schließen. „Wällst du mich ficken, dann komm mit auf Toilette." Er folgte ihr, zum Klo. Sie schmiss die Tür zu, kniete sich hin, fummelte seine Hose auf.

„Ich hab meinen Schwanz nicht gewaschen ..."

„Macht nichts, ist doch geil."

Nach nur wenigen Minuten spritzte er auf ihre Jacke. Sie

tunkte ihren Zeigefinger in das Sperma und leckte ihn ab, dann ging sie. Aus dem hinteren Bereich der Toiletten hörte Robert ein undefinierbares Stöhnen und Ächzen, auch Schreie, die in einem Gurgeln erstarben, es war sehr dunkel dort. Er glaubte, viele Leiber und doch nur einen zu erkennen. Der Körperballen glänzte feucht und Latex-like, drehte sich um seine Achse wie ein toll gewordener Lindwurm. Robert schaute voller Ekel weg.

„Bist du allein?"

Ein Pärchen hatte sich zu ihm gestellt.

„Wenn du meine Freundin haben willst und ich zuschauen darf, dann musst du es nur sagen. Conny mag auch harte Schläge auf den Arsch", erklärte der Mann.

„Also, ich hatte gerade ..."

„Komm doch mal mit uns nach Tempelhof, da gibt es einen Club, wo wir zusammen viel Spaß haben können. Du bist ein starker Kerl, ich steh da auch drauf." Enzo, so hieß der Typ, reichte Robert eine Visitenkarte, sie wies ihn als Chef einer international operierenden Anwaltskanzlei aus.

„Brauchst du einen Stimmungsmacher", fragte Enzo. Robert verneinte, so wie der Typ wollte er nicht werden, er war ja besser.

Wenige Tage später. Robert besuchte den Tempelhofer Club, das Pärchen war tatsächlich dort. Sie hing an einem Folter-Kreuz, während ein anderer Typ ihr Rücken und Arsch mit einem breiten Lederriemen striegelte. Vor dem Prügel-Mann – er trug Chaps, wie John Wayne sie stets in seinen Filmen lässig über seinen Jeans zur Schau gestellt hatte – kniete Enzo. Seine Augen waren geschminkt und sahen aus wie die eines verrückten Schamanen, er war ganz mit dem Ding des Fremden beschäftigt.

Dilawas Stunde

Es war ein gänzlich unscheinbarer Tag, als Robert Lust am Morden fand, zumindest in Gedanken. Er sah eine TV-

Doku über den Irak. Ein amerikanischer Soldat sagte: „Dieses Land ist die Hölle. Man sollte eine riesige Bombe darauf werfen, dann wäre es still."

Es ist möglich, dass sich jemand verzweifelt nach Ordnung sehnt, wo es keine Ordnung gibt. Wenn das so ist, muss man dafür sorgen, dass das Unkraut nicht überhandnimmt, notfalls mit radikalen Methoden.

Robert wurde in seinen Überlegungen, die er als drastisch, aber nicht extrem empfand, unterbrochen. Seine Nachbarin Frau Jendreitzik, eine Frau um die 80, hatte an seine Tür geklopft. Sie klingelte nie, klopfte, weil man das auch so auf dem Gut ihrer Eltern in Masuren getan hatte, wie sie jedes Mal erklärte. Robert und sie kannten einander seit langem.

„Könnten Sie meinen Hund ausführen, das wäre nett. Ich fühle mich heute so schwach."

Mit ihrer Hand, deren Schütteln von einer schweren Parkinson-Erkrankung kündete, drückte sie ihm die Leine in die Hand, keine Widerrede akzeptierend. Hasso hechelte erwartungsvoll.

„Ja, äh, sicher doch ..." Robert zog sich an, holte sein Fahrrad und nahm Hasso, ihren Hund, an die Leine. Er lief mit ihm durch den Park in Friedrichshain. Die Mülleimer waren seit Tagen nicht geleert worden. Auf den Wiesen lagen Pappkaffeebecher und Reste von Grillfesten.

Man müsste diesen Augiasstall ausmisten, ein für alle Mal.

Er ließ Hasso neben seinem Fahrrad laufen. „Das magst du, was?" Der Hund blickte ihn treu an. Robert lachte und hatte nur noch Augen für den Hund. An der nächsten Kreuzung wäre es deshalb fast zu einem Unfall gekommen. Robert hatte die Vorfahrt eines Autos missachtet und war mit Hasso bei Rot noch schnell über die Straße gesprintet. Ein Fahrer in einem 3er BMW hatte das wenig interessiert, er gab Vollgas und verfehlte sie nur um wenige Zentimeter. Robert hob den Finger als Zeichen seiner Missachtung für dieses rabiate Verhalten. Der Fahrer brüllte: „Was willst du, Drecksau, hast du ein Problem?"

Robert spürte, wie eine Welle schier grenzenlosen Hasses von ihm Besitz ergriff. Er folgte dem Auto, sein Fahrrad war schnell, aber Hasso wollte nicht. Nach einigen Hundert Metern musste er die Verfolgung einstellen, das Auto entschwand.

Hätte ich dich in die Hände bekommen...

Ein Bild aus seiner Jugend drängte in seine Gedanken. Er sah sich in einer Turnhalle sitzen, auf einer Judo-Matte, in einer Reihe mit Jungs zwischen 8 und 16 Jahren, unter ihnen ein türkischer Junge, der das Doppelte oder Dreifache seines Körpergewichts auf die Waage brachte. Der Junge hieß Dilawa. Robert unterlag ihm immer, und immer ähnlich. Dilawa trat stets seitlich vor ihn, packte seine Judo-Kutte und wuchtete ihn dann in einem riesigen Bogen über sich. Im Moment des Überschlags presste Robert schnell die Luft aus der Lunge, um Risse in der Lunge zu vermeiden, wenn er auf die Matte prallen würde. Den Aufprall federte er mit einem Schlag seines rechten Armes ab, so hatten es ihm die Lehrer beigebracht. Es half zwar, minderte aber nicht Roberts Zorn. Als Dilawa ihn wieder einmal auf die Matte gedonnert hatte, nahm Robert ihn in einen Zwinggriff. Er schraubte seine Arme um Dilawas Rippenbögen und presste, so fest er konnte. Dilawa wurde rot und klatschte ab, wollte aufgeben. Doch Robert presste weiter.

Genau das hätte ich mit dem Autofahrer getan, und ich hätte es beendet. Ich will und ich werde werde...

Gegenwart. Aus der „Königs"-Bar dringt coole Musik. Robert nickt dem Reinlasser zu und sichert sich einen Platz mit Blick auf die Straße. Robert amüsiert sich über die Versuche der anderen, Einlass zu finden. Die Männer müssen gehen, ihre Begleiterinnen dürfen bleiben. Eine der Frauen blickt aus ihren Hungeraugen in seine Richtung, er findet sie schön. Sie erinnert ihn an Mirandas Erzählungen aus Beirut, über verschleierte Frauen in den Bergen der Drusen im Libanon, die mit ihren kajalstiftumrandeten Glutaugen in den blutroten Himmelbrand schauen, den die untergehende Sonne über dem Mittelmeer inszeniert. In seiner Fantasie sieht sich Robert als christlichen Mudschahed. Mit Patronengurten über der Brust und Sturmgewehren auf dem Rücken. Mein Rückzugsgebiet wird die alte Kreuzfahrerburg Krak, die Burg der Templer. Ich werde den Orden neu begründen und Tausende Anhänger rekrutieren. An den ehemaligen Karawanenstraßen in der syrischen Wüste und Transjordanien werden wir dann das Koks kontrollieren und Europa damit überfluten...

Dealerlohn

Robert freute sich über jeden Anlass, der ihn ablenkte von seinen düsteren, immerfort um dieselben Themen kreisenden Gedanken. Umso erleichterter fühlte er sich, als ihn Christine anrief, eine langjährige Freundin, die so gar nichts mit seinem Umfeld zu tun hatte. Er hatte sie bei seinem Maklerjob vor Jahren in Potsdam kennengelernt und traf sie im „Café am Neuen See" am Rand des Tiergartens. Sie wirkte in höchstem Maße euphorisch und Robert erfuhr auch schnell, warum. Sie hatte einen schönen Mann gesehen, so attraktiv, dass sie ein Synonym für den Schönen fand: die „Netzhautablösung". Denn Christine traute sich nicht, ihn anzuschauen. Sie offenbarte Robert auch, dass sie mit dem Schönen geschlafen hatte und sich nun schuldig fühlte, sie lebte seit Jahren in einer festen Partnerschaft.

Robert konnte ihr nichts raten, er hasste nichts mehr als Untreue. Friedrich, sein Vater, war stets untreu und ein Lügner gewesen, das reicht für ein ganzes Leben, dachte er. Aber er wollte Christine auch nicht vor den Kopf stoßen, dazu waren sie zu lange schon befreundet. Es wäre ein Affront gewesen.

„Mir ging es mit meiner ersten Klassenlehrerin ähnlich", erzählte Robert, „ich konnte sie nicht anschauen, eine Blendung, so schön war sie."

„Interessant, Männer beichten doch so was nie, legen sich doch so etwas immer als Schwäche aus ...", sagte Christine, deren rechtes Augenlid plötzlich zu zucken begann, dann erfasste das Zucken auch die Wangenpartie darunter...

„Es tut mir leid, ich muss mal ganz dringend ..." Christine tastete mit der linken Hand nach ihrer Wange, die ein Eigenleben zu entwickeln schien, dann rannte sie mit panischem Gesichtsausdruck zur Toilette, in ihren Augen waren Tränen ...

Als sie zurückkam, sagte Robert: „Das muss dir doch nicht peinlich sein."

Christine erklärte das Treffen für beendet. „Ich hab noch was Dringendes zu erledigen. Ihre Wange zuckte immer noch, wenn auch etwas weniger.

„Aber eines muss ich dir noch sagen: Wenn ich dich anschaue, dann sehe ich viele, so viele Menschen. Ich habe Angst vor dir ..." Er zuckte unter den Worten zusammen.

Hält sie mich für schizophren? Das ist ja lachhaft ... Sie ist tatsächlich wahnsinnig geworden.

Robert brachte sie zu ihrem Auto. Er rief sie häufig an, einige Male ließ sie sich verleugnen. Dann hörte er eine Zeit lang nichts mehr von ihr. Sie war in die Psychiatrie eingewiesen worden, erzählte ihr Freund. Er gab Robert den Tipp, sie dort am nächsten Tag anzurufen. Sie ging tatsächlich ran.

Am Telefon schrie sie jedoch fast nur und weinte, erzählte Unverständliches.

„Weißt du, alles liegt an meiner Mutter und ... der Ledermann besitzt Schlüssel zu allen Zimmern der Klinik ... ein Kobold war auch da, und sie ist der Troll, und fressen die Trolle nicht die Kobolde, oder ist es umgekehrt?" Sie hatte die letzten Worte gebrüllt.

„Bitte rede ganze Sätze. Ich verstehe sonst nicht, was du meinst ... Was hat ein Kobold mit deiner Mutter zu tun?" Robert verstand nichts.

„Mein Bruder, auch er ...". Christines Antwort ging in einem Gurgeln aus Weinen und Schleimwegdrücken unter. Ihre Tonlage wechselte währenddessen mehrfach und abrupt. Im Hintergrund war plötzlich eine Krankenschwester zu hören.

„Lange Gespräche belasten Ihre Freundin. Bitte sehen Sie von weiteren Telefonaten ab, auch wenn Sie von ihr angerufen werden. Es ist nur zu ihrem Besten."

„Wann wird sie entlassen?" Roberts Frage blieb unbeantwortet, es folgte ein lange andauernder Summton.

Ein beklemmendes Gefühl machte sich in ihm breit. Er dachte an Thornedike, der einmal über das Erreichen des „Plateaus der Normalität" bei multiplen Persönlichkeiten geredet hatte. Und nun Christine, die am Telefon gänzlich anders klang, als er sie in Erinnerung hatte.

Wenn aber eine intelligente Freundin von einem Tag auf den anderen so austickt, bin ich dann auch bald soweit?

Er träumte von Christine. Sie wurde von einem Pfleger in einem Rollstuhl sitzend in einen Saal geschoben, der aussah wie einer jener Sezier- und Leichenschausäle in alten Universitäten. Säle, die kleinen Amphitheatern ähnelten, nur dass die Bänke nicht aus Marmor, sondern Holz bestanden. Aber das war nicht das eigentlich Bemerkenswerte, es war Christines Kleidung, wenn man diese überhaupt so bezeichnen konnte. Sie war in eine Art Vollkörpermanschette aus dickem Leder gekleidet. Zahlreiche Schnüre spannten sich über ihren Körper. Über dem Gesicht, von dem nur die Wangen und Augen zu erkennen waren, war eine Kappe aus schwarzem Leder montiert. Auf Höhe des Mundes war in diese ein aus zahlreichen kleinen Metallstäben bestehender Beißschutz integriert. So konnte Christine Nahrung gereicht werden, ohne dass die Kappe abgenommen werden musste. Es war wohl auch gut so. Denn aus dem Bereich hinter der Schutzmaske drang nur noch ein Hecheln, Gurgeln und Kläffen.

Christines Arme waren an die Lehnen des Rollstuhls mit dicken Gurten festgeschnallt.

„Soll ich sie loslassen?", rief der Pfleger in Richtung eines imaginären Publikums, dessen Konturen vom übergrellen Weiß des Saals überstrahlt wurden. Es antwortete wie mit einer Stimme: „Lass sie los, sie braucht ... AUSLAUF! Wach' aber darüber, dass das FUTTERAL korrekt sitzt ..."

Der Pfleger machte sie von den Armlehnen des Rollstuhls los. Das Leder war seit Jahrzehnten nicht mehr gewachst worden war und hart wie Baumrinde. Dennoch entwickelte die Vollkörpermanschette in Sekunden ein furchtbares Eigenleben. Puppengleich rollte Christine aus dem Wagen, sprengte die Manschette an ihren Armen und sprang den Pfleger an. Ihre Zunge raste durch die Metallstäbe des Beißschutzes, leckte über das schreckverzerrte Gesicht des Pflegers, dann sprengte sie mit einer ruckartigen Drehung des Kopfes die Kappe ab. Sofort gruben sich ihre Zähne in den Hals des Pflegers, dort, wo die Schlagader liegt. Triumphierend riss sie den Kopf in die Richtung des Publikums um. In ihrem Mund steckte ein Brocken Menschenfleisch. Den Pfleger hatte sie fallen lassen, aus der offen liegenden Arterie seines Halses schoss das Blut heraus...

„Sichert das FUTTERAL!", hallte es panisch aus Richtung der Sitzbänke.

Christine bremste ihren Lauf abrupt, wendete und rannte nun in Richtung der Stimme, auf allen vieren, die Beine überholten die Arme...

„ARGHHHhhhh" ein markerschütternder Schrei brachte das kleine Amphitheater zum Einstürzen.

Robert hatte während des Tagtraumes, der ihn erst jetzt wieder entließ, starr in seiner Wohnung gestanden, den Hörer des Telefons immer noch in der Hand. Die Haare an seinen Armen standen aufgerichtet, seine Augen waren vor Schreck geweitet. Wieder hatte er den Eindruck, dass ihn eine *Phasenverschiebung* in eine andere Welt entrückt hatte, die auf eine unbekannte unheimliche Art nicht minder real war.

„Hallo, hallo, sind Sie noch da?", drang eine quäkende Krankenschwesternstimme aus dem Hörer. Robert legte auf.

Einen Monat später wurde Christine nach Hause entlassen. Robert fuhr zu ihr. Sie sah unendlich müde aus und hatte durch die vielen Psychopharmaka stark zugenommen und Wasser eingelagert. Sie bedeckte ihren Po nun stets mit einem Pullover, wodurch er noch voluminöser erschien. Vor

232

ihr auf dem Tisch lagen zwei geöffnete Tablettenschachteln, in ihrer Hand hielt sie ein Fläschchen mit einer weißen Flüssigkeit. „Meine Milch, meine Milch", sagte sie immer wieder und streichelte liebevoll über die Flasche, als hielte sie ein flauschiges Tier in den Armen. Robert war entsetzt.

Als er sie verließ, drückte Christines Freund ihm eine der Tablettenpackungen in die Hand.

„Das sind Muntermacher, falls du mal Depressionen hast. Weißt du: Sie hat von all dem viel zu viel ..."

Noch während der Autofahrt zu seiner Wohnung schluckte Robert eine der Tabletten. Seine Hände zitterten wieder stark, aber das bemerkte er kaum noch. Er brauchte dringend einen Push, einen Moment der Euphorie, jedes Mittel dazu war ihm recht.

Robert rief Habibi an und vereinbarte ein Treffen am Alexanderplatz. Sie nahmen auf einer Bank am Platz vor dem Fernsehturm. Ein paar aufgedonnerte weibliche Teenys liefen gackernd vorüber, ganz auf ihre iPods und Smartphones konzentriert. Sie unterhielten sich über ihren Helden, den Sänger Justin Bieber. Habibi steckte den Mädchen die Zunge heraus, vollführte eine groteske Leckbewegung und stieß ein kehliges „Lalalal" hervor. Es klang wie der Gesang von Berberfrauen, nur dass Habibi kein Fellache war, er kam angeblich aus dem Libanon, sagte er. Was davon stimmte, wusste nur er.

Wenn Robert ehrlich mit sich war, interessierte ihn auch nicht, was von dem stimmte oder nicht, was Habibi so erzählte. Er kaufte zwei Gramm.

„Ich hab nicht viel Zeit, muss ein Regal bei meiner Schwester aufbauen."

Robert hatte gelogen, er fuhr zu einer Videothek.

„Das Übliche, zu morgen?", fragte die junge Frau an der Kasse, nachdem er einen Stapel Lesben-DVDs auf den Tisch gelegt hatte. Sie kannte ihn und seine Vorlieben.

„Ja, zu morgen." *Denn ich werde zugedröhnt und aufgegeilt auf meinem Bett liegen.*

Zu Hause schob Robert eine der DVDs in den Player, er

lockerte seine Hose. Vor dem Hintergrund der Hollywood-Hills vergnügte sich eine Blondine mit einer Brünetten. Die Brünette spielte mit einem Fernrohr, tat so, als würde sie die Umgebung der Reichen und Superreichen beobachten, während sich ihr Blondie von hinten näherte.

Mullholland-Drive-Umgebung, spielte da nicht auch ein David-Lynch-Film? Hehehe, auch scheißegal, jetzt bin ich scharf, so verdammt geil.

Besessen vom Mullholland Drive

Mit einem sardonischen Grinsen zerbröselte sich der Wodka, und das Koks zeigten seine Wirkung. Roberts Brust rötete sich mit jeder weiteren Portion, die er sich gönnte, noch fühlte er sich euphorisch.

White powder, du bist so wunderbar.

Mullholland-Blondie hatte sich mittlerweile vor der Brünetten hingekniet, diese schob ihr Kleid nach oben. Roberts Augen hatten einen fiebrigen Glanz angenommen, er sah verändert aus. An den Schläfen waren dicke Adern hervorgetreten, und seine Stirn war von mehreren großen Zornesfalten durchfurcht.

Zeig mir deinen Tanga, aber schön langsam, dann deine Muschi, schööön langsam, und zieh sie blumenförmig auseinander, langsam, ich will die rosa Blüte sehen, ja, ganz nah, so nah, was bist du nur für eine schöne Schlampe, sicher strohdumm, aber egal. Wir werden viel Spaß miteinander haben, ganz viel Spaß, versprochen, jaaa.

Blondie streifte den Slip der Brünetten zur Seite, die in Habachtstellung vor ihr auf schwarz glänzenden High Heels stand. Im Sekundentakt ließ sie ihre Zunge über die pinkfarbene Blüte der Brünetten fahren. Ein Kameraschwenk zu Blondies Arsch. Freigegeben ab 18. Auf ihrer linken Pobacke prangte eine tätowierte Micky Maus. Robert ärgerte das Tattoo, es passte nicht zu seiner aufgegeilten Stimmung. In einem Zug leerte er ein halbes Glas Wodka, das Video schräg von der Seite beachtend.

Eine zweite Blondine war nun ins Spiel gekommen. Ihr

Bikini war knapp.

I like those Loveblondes.

Aus Roberts linkem Mundwinkel tropfte ein Rest des Wodkas, er bemerkte es nicht, grinste blöd und aufgegeilt zum Fernseher.

„You like it, bitch?", rief Blondie aus ihrer Schoß-Leck-Position und klappste der Brünetten zweimal auf den Arsch. Gierig und aufgegeilt legte sich Robert eine Line und noch eine, immer wieder, *ist ja nur ganz klein.*

Um sechs Uhr saß Robert immer noch vor seinem 50-Zoll-Super-HD-Bildschirm mit 400-Hertz-Taktung für superscharfe Bilder. Über den Wohnzimmertisch gebeugt, zerhäckelte er die letzten Krümel des Kokses, während sich Blondie auf ihrem Bett lümmelte.

Durch die Jalousien seines Appartements drang die morgendliche Sonne, es war 7.15 Uhr, in zwei Stunden würde er normalerweise zu seinem Job fahren. Robert wurde unsicher, stand auf, wanderte rastlos an den neuen Designermöbeln vorbei, die er sich während seines letzten Kaufrausches zugelegt hatte. Er blickte panisch auf die Uhr, wie sollte er in diesem Zustand zu seinem Job in das Architekturbüro? Trotz der Einsicht, dass es eng werden würde, leerte er die Wodkaflasche. Angewidert von sich selbst zog er eine Grimasse und lief ins Bad. Als er in den Spiegel über dem Waschbecken schaute, erschrak er. Seine Pupillen waren extrem geweitet, das Gesicht gerötet. Es erschien ihm wie der fleischerne Acker eines Wahnsinnigen, aus dem Hunderte Gesichter hätten wachsen können, nur nicht das eines normalen Menschen.

Er ahnte, er würde es diesmal nicht schaffen, seine Fassade des Noch-Funktionierens vor seinen Kollegen aufrechtzuerhalten.

Robert legte sich nochmal aufs Bett, *das hat noch immer geholfen.* Drei Stunden später stand er an der Straße, auf der Nase eine dunkle Ray Ban Brille. Er war nicht der Einzige. In seiner Nachbarschaft hatte ein Konzert stattgefunden. Massen junger Leute hingen an der Schönhauser Allee herum, fast alle waren ebenfalls bebrillt und auf der Suche nach einem Downturner.

Weil die Sonne Berlin in ein Meer von warmen tastenden Strahlen getaucht hatte und er sich gut fühlte, fuhr Robert mit dem Moped zu seinem Job. An einer Kreuzung übersah ihn ein abbiegender Lastwagen-Fahrer. Robert stürzte. Mit zahlreichen Abschürfungen an Armen und Händen kam er Stunden zu spät in das Architekturbüro.

„Was ist denn passiert?", hörte er eine Kollegin sagen, „für 14 Uhr ist ein Vortrag avisiert, mit dir als Redner. Du sollst das Baldung-Projekt erläutern. Das hast du doch betreut – und so guuut ..." Die Kollegin lachte nun, zwar mit vorgehaltener Hand, aber doch feixend, das meinte er zu sehen.

Ich werde dich ... aber das hat Zeit.... Verdammt, wie soll ich nur diesen scheiß Vortrag überstehen?

Roberts Rücken war schweißnass und das Businesshemd unter seinem Sakko reif für die Wäsche. Er erwog kurz die beiden Optionen, die ihm blieben: *Flucht* oder durch. Er entschied sich für letztere, legte seine Tasche ab, lief zu einem Kiosk, kaufte einen Magenbitter, stürzte ihn hinunter und kam gerade noch rechtzeitig zu dem Meeting. Mit zitternder und viel zu lauter Stimme trug er das von ihm betreute Projekt vor.

„... und wenn Sie sich fragen, ob wir das stemmen können, dann sage ich Ihnen: NATÜRLICH KÖNNEN WIR."

Um ihn herum war es leise geworden. Er ging zurück zu seinem Sitzplatz. Unter der Tischplatte strichen seine Hände über die Oberschenkel. Der neben ihm sitzende Kollege legte kurz eine Hand auf Roberts rechten Arm: „Etwas leiser geht es auch ..."

Janice, die Teamleiterin des Büros, schaute Robert kommentarlos an. Sie wollte etwas sagen, ließ es aber sein. Er spürte, dass etwas ganz und gar schiefgegangen war.

Heute soll mir keiner dumm kommen, ich bin nicht in der Stimmung.

Robert hatte eine Idee. Er würde seinen Chef klonen lassen und morgens, wenn alle zur Arbeit in das Architektenbüro kämen, stünde er mit dem Chef-Klon in der Empfangshalle des Firmensitzes und würde Walzer tanzen. Und wer weiß: Vielleicht würde er ja auch die Mutter des Firmeneigners klonen. Dann würden sie zu dritt tanzen. *Eine Volta, eine Volta*! Und seine Kollegen würden mit offenem Mund dastehen und zuschauen, und er würde zu einem Unberührbaren werden, im besten Sinne. Niemand würde mehr wagen, ihn herauszufordern oder zu demütigen, und sei es nur durch Blicke. Robert lachte, auch noch als er längst allein in dem Vortragssaal saß. Es waren die Nachwirkungen des Kokses...

Gegenwart. Berlin-Mitte. Robert ist wieder guter Dinge. An seinen Klinikaufenthalt, der nur wenige Wochen her war, verschwendet er keinen Gedanken mehr.

Das Leben ist doch ein Wunder, man muss sich ihm nur hingeben, dann wird alles gut. Er folgt dem Lockruf Berlins.

Pan und die Hominidengehirne

Wenn es darum ging, ein bisschen vom Flair des hippen Prenzlauer Bergs mitzubekommen, war das „Due Forni" nicht die schlechteste Wahl. Das italienische Restaurant lag auf einem Hügel, von dem man das bunte Treiben auf den Straßen wie aus einer Loge heraus verfolgen konnte, vor allem an den Wochenenden. Robert rief Franziska an, die er in einem Mitte-Club kennengelernt hatte, und fragte sie, ob sie Lust aufs Brunchen hätte.

Sie hatten gerade eine Karaffe mit Hauswein und zwei Pizzen bestellt, als ein Typ an ihrem Tisch vorbeihuschte, dessen Bekanntschaft Robert während eines Kurzurlaubes in Dublin gemacht hatte. In Temple Bar, dem Vergnügungsviertel Dublins, hatten sie Unmengen an Ale in sich hineingluckern lassen. Aber so viel Robert damals auch getrunken hatte, der Typ wurde ihm dadurch nicht sympathischer, im Gegenteil. Er hieß Mattison und hatte sich damals als eine einzige Nervensäge erwiesen, daran konnte sich Robert bestens erinnern. Sein bestimmendes Thema war: er selbst.

„Kann ich mich dazusetzen?", fragte Mattison, er wartete die Antwort nicht ab und zog sich einen Stuhl heran. Er redete ohne Unterbrechung.

„Ich war letztens wieder in New York, die Stadt ist ja *so* anstrengend, aber manches geht eben *nur* dort. Wir haben Bo Wang gecovert, ihr wisst schon, der Hollywoodstar. Das Shooting war einfach *groß* ...“

Mattison redete sich nun vollends in Rage, erzählte von Labels, die er gegründet hatte und noch gründen würde, und von einem Rapper, mit dem er über ein Start-up-Projekt verhandelte. Mattison war eine verbale Ich-AG, die nach Anerkennung gierte. Während des Redens fuhr seine Zunge schlangengleich über seine Unterlippe, gefolgt von einem langen Schniefton. Robert und Franziska schauten einander an und nickten sich zu.

„Sag mal, Franzi, müssen wir jetzt nicht los? Wir wollten doch deinen Bruder treffen.“ Robert zwinkerte Franziska zu, es war eine Lüge. Mattison schaute überrascht, als sie schon wenig später aufstanden. Das Geld für ihr Essen ließen sie auf dem Tisch liegen.

„Also, das Shooting mit Bo Wang war *überwältigend* ... Ihr habt noch nicht alles gehört. Sie singt jetzt auch in einer Band. Ich soll sie managen.“

„Lass es gut sein“, sagte Robert und tätschelte Mattison kurz auf die Schulter, obwohl er Berührungen nach Möglichkeit mied. Dann gingen sie.

„Geschafft“, sagte Robert. Franziska blinzelte ihm zu und lud ihn auf einen Wein zu sich ein. Sie wohnte quasi um die Ecke, in einer Dachgeschossmaisonette. Als sie ihre Küche betraten, Franziska hatte soeben eine Flasche Sekt entkorkt, da überraschte sie ihn mit einer Offenbarung.

„Ich hab ein bisschen Koks da, ein Stimmungsaufheller kann doch jetzt nicht schaden“, sagte sie, „da liegt der Stoff!“ Sie deutete auf ein Kügelchen, das hinter einem Brocken Schimmelkäse lag.

„Also, dass du auch ..., das hätte ich jetzt nicht gedacht ..."

„Ach, nein? Ich hab mal durchgezählt. Schätze, im Büro ist jeder Vierte dabei ..."

„Verstehe ... ja ..., Gott sei Dank, sind wir Mattison losgeworden", sagte Robert, „dieser Idiot, ständig quatscht der über seine Projekte, der passt super zu Berlin."

„Beeil dich mal mit den Lines. Ich brauch das jetzt", sagte Franziska, sie zappelte mit den Beinen.

Robert zerrubbelte die Kokskrümel auf der Marmorplatte ihres Küchentisches, Franziska rieb ungeduldig die Hände über ihre Jeans. Dann lagen zwei dicke Lines vor ihr.

„Ich zuerst", sagte sie. Als sie sich wieder aufrichtete, waren beide Lines weggeschnupft.

Es dauerte nicht lange, da begrub Franziska ihn unter einer Flutwelle verbaler Wuchtwörter. An diesem Abend referierte sie über Umweltprobleme.

„Wusstest du, dass es im Pazifik einen Wirbel voller Mikroplastikteilchen gibt, der die Ausmaße Mitteleuropas hat? Man bräuchte nur acht bis zehn Spezialschiffe, dann könnte man den Dreck in etwa fünf Jahren rausfiltern. Das haben Experten berechnet. EXPERTEN. Aber nein: Wir geben das Geld lieber für DROHNEN und SMART BOMBS aus, weil wir da, wo wir zuvor NIE waren und KEINE Interessen hatten, nun plötzlich unsere FREIHEIT verteidigen müssen." Sie brüllte die Worte, sah Roberts nachdenklichen Blick und nahm dies als Ermunterung für weitere Ausführungen: „Dabei müssten wir gar nicht verzweifeln. Die kulturelle und soziale Evolution des Menschen geht viel schneller voran als die biologische, obwohl unser Hominidengehirn nachweislich seit einiger Zeit wieder kleiner wird, nach dem es Jahrtausende lang wuchs. Eigentlich sollte uns dies sorgen, aber einige Fachleute meinen, dies sei unerheblich, weil wir Gehirnfunktionen auslagern, auf Computer übertragen, was unser Gehirn wiederum freimacht für wirklich BEDEUTENDES."

Franziska blickte zu Robert, dessen Augen trotz des Koks müde aussahen. Er bemühte sich, etwas Intelligentes zu der

Unterhaltung beizusteuern.

„Ja, wir nutzen die Cloud als Informationsspeicher", sagte Robert. Er schaute sie an, nickte kurz ein, wurde wieder wach und nickte erneut ein.

„Bitte hör mir zu, Robert. Das Folgende ist WIRKLICH wichtig: Kennst du überhaupt den Unterschied zwischen kultureller und biologischer Evolution? Nein? Also ... – bitte leg mir doch noch eine Line! – ... wenn eine Mutter mit ihrer Tochter an einem Zebrastreifen steht und sagt: ‚Schau immer, ob ein Auto kommt, damit es dich nicht umfährt', dann ist das Ausdruck unser kulturellen Evolution. Würde alles nur über die Biologie, also streng nach Darwins Selektion geregelt, dann müssten erst ganze Generationen von Menschen am Zebrastreifen überfahren werden, bis die Menschen gelernt hätten, was sie tun müssen, um am Zebrastreifen ...''

„Ja, wenn Papa-Tomate nicht aufschließt, darf Söhnchen ‚Catch-Up' rufen, Ketchup ...", Robert lachte über seinen Einwurf. Gegen die aufkommende Müdigkeit ankämpfend zerhäckelte er zwei weitere Minibröckchen Koks.

Franziska schniefte auch diese weg, fuhr dann mit ihren langen schönen Fingern über die Marmortischplatte, um auch den letzten Rest des Kokses zusammenzukratzen.

„Jede Party ist halt mal vorüber." Robert warf sich seine Jacke über und ging zur Tür. Franziska blickte ihm traurig hinterher.

„Hey, war schön, komm doch mal wieder."

Im Taxi nach Hause hieb Robert mit einer Faust auf seine Knie.

„Scheiße, scheiße ..."

„Stimmt was nicht?" fragte der Taxifahrer.

„Nein, nein, alles okay. Könnten wir noch einen kleinen Abstecher machen? Ich will doch noch nicht nach Hause, ich hab es mir anders überlegt, bitte in die Auguststraße, ins Galerienviertel, da ist eine Vernissage." Er nannte die Adresse und lachte gekünstelt. Der Fahrer blickte ihn wortlos durch den Rückspiegel an. Robert fasste sich an seine Brille und machte sich auf der Rückbank etwas kleiner. Er fühlte sich *schuldig.*

Bei der Vernissage trat eine Frau seiner Größe an ihn heran. Sie hieß Marielle-Jeanette und lebte in einem Herrenhaus nördlich von Berlin. In dem Rittersaal des Hauses feierte sie viel mit Freunden. In einer sechseckigen Nische lag ein hochglanzpolierter schwarzer Stein auf dem Boden. Er diente als Tisch für allerlei Dinge. Bei Maskenpartys und anderen Events.

„Besuch uns ... jederzeit", hauchte Marielle-Jeanette.

Robert wollte nicht, er ahnte, dass es nicht gesund war. Sie verabredeten sich für das nächste Wochenende im Tiergarten. Er sah Marielle schon von weitem kommen. Sie stöckelte über den Parkweg wie eine hochgepuschte Ecstasynutzerin.

Auf einer Parkbank, die von einem Halbkreis einer stark heruntergestutzten Hecke umgeben war, nahmen sie Platz. Marielle lachte viel, sie führte seine Hand an ihre Muschi. Sie trug unter ihrem Rock keinen Slip. Robert fingerte mit der anderen Hand an ihren Brüsten herum, sie hatte eine gute Figur, war ähnlich irre und mochte außerdem LSD.

„Sei mein Pan", sagte sie, „ein Satyr, das kannst du doch, das bist du doch, oder? Lass uns hier und jetzt ficken." Sie deutete zu einer Hecke, vor der ein paar Kinder spielten. Ihre fingernagelgroßen LSD-Häppchen hatten sie wieder in ihr Alice-Wunderland entführt. Robert turnte es ab, aber es war vor allem Furcht. Er musste sich nicht in Parallelwelten schießen, dorthin zog er sich schon selbst.

Wochen später hörte er, dass sie ihren Sohn nach Madeira geschickt hatte, zum Zwangsdetoxen.

Marielle-Jeanette passte von der Frisur her in die Goldenen Zwanziger und damit auch in Berlins Gegenwart. Die Hauptstadt feierte wieder wie damals. Die Dauerparty hinterließ Spuren. Im Görlitzer Park in Kreuzberg passierte es schon mal, dass man in ein Spritzbesteck lief, auch am Weinbergsplatz in Mitte. Und selbst wenn mal aufgeräumt wurde: Am nächsten Wochenende lagen wieder leere Drogenbriefchen neben dem Würstchen von Hund Emil und der

Buddelkastenschaufel von Tochter Tine. Robert las es in der Zeitung.

Ich werde irgendwann mit euch aufräumen, eure Schädel spalten, einen Wolfshund auf euch jagen, euch alle aus dem Spiel nehmen. Das Ganze wird zu einer Straße für mich, eine vortreffliche Straße mit maximalem Lauf. Vier Asse, oder Full House, egal, es wird mein Spiel, und ich werde das Blatt austeilen.

Nanorobots

Habibi saß im Weinbergsplatz und starrte auf sein Handy. Dieser Robert meldete sich nicht so oft wie andere seiner Kunden. Dem musste man abhelfen, und Habibi wusste auch wie. Er ließ es ein paar Mal bei Robert klingeln, dann legte er auf. Als Robert schließlich zurückrief, drückte Habibi die Gespräche weg. Er lachte. *Diese dumme Kartoffel, dieser Versager, diese Wassermelone, alle Deutschen sind Wassermelonen, und ich werde das Wasser aus ihnen herausquetschen.*

Der Dealer überlegte, wie lange er den Junkie-Wassermelonen-Typen heute zappeln lassen würde, ob er ihm überhaupt die *Gnade* erweisen würde, ihn heute seine Stimme hören zu lassen.

Erst als Robert das fünfte Mal anrief, nahm Habibi das Gespräch an. *Er ist wie mein Hund, er läuft, wie ich es gern habe.*

„Hallo, wie gäht es dirrr, mein Freund?"

Robert traf Habibi am Brandenburger Tor. Er hatte eine neue Lieferung bekommen, „Spezialmischung", „sääähr stark. Vorsicht!", sagte der Dealer. Robert überhörte die Warnung. Gierig kaufte er zwei Packages, winkte ein Taxi heran und ließ sich von dem Fahrer auf dem schnellsten Weg nach Hause bringen. Habibi blickte ihm hinterher und lachte.

Gierig konsumierte Robert den Stoff. Wie die Zeit verstrich. Es war längst dunkel geworden, nahm Robert nur am Rande war.

Während das nächtliche Fernsehen Sextelefonkontaktclips präsentierte, schnupfte er in wenigen Minuten Abstand ein halbes Dutzend kleiner Bahnen. Nach wenigen Minuten zitterte er am gesamten Körper, aber das Zeug geilte ihn auch auf. Er rannte zu seinem Schreibtisch und zuppelte die EC-Karte hervor, die er wegen genau solcher Gefahrensituationen dort versteckt hatte, und machte sich auf den Weg zu Lady Zora-Caprice.

„Hallo, Liebling, wieder da?"

Lady Caprice stand an der Bar des Puffes und erkannte ihn sofort, obwohl er seine Besuche ein paar Monate ausgesetzt hatte. Die EC-Quittungen rauschten wie in einem Film an ihm vorbei. Erst im Morgengrauen kehrte er zu seiner Wohnung zurück. Robert keuchte, als er die Treppe zu seiner Wohnung erreichte. Vom Taxi bis dorthin waren es allenfalls zwanzig Meter gewesen, aber er war gänzlich fertig. Und die Treppe zu seiner Wohnung hinauf stand ihm erst noch bevor. Im Abstand von zehn oder zwölf Stufen musste er sich setzen. Er hyperventilierte. Sein Herz hämmerte.

Ein falscher Schritt, und ich bin tot.

Am folgenden Morgen nahm er von dem Ergebnis der Nacht Notiz. Auf seinem Schreibtisch und in der Diele lagen EC- und Kreditkartenbelege wild verstreut auf dem Boden. Er musste sie in vollkommen betrunkenen Zustand aus seinem Portemonnaie genommen und dann fallen gelassen haben, so genau konnte er sich nicht mehr daran erinnern. Verwundert hob Robert die Belege auf – 360 Euro, 240 Euro, 320 Euro, 540 Euro ... – „hallo, Liebling, hallo Liebling", hallte es in seinen Erinnerungen nach. Robert rieb sich den Kopf, schlurfte zum Arzneischrank, warf eine Alka-Seltzer-Tablette und ein paar grüne Dragees gegen Nasenschleimhautentzündungen ein. Die Uhr zeigte 9.45 Uhr. War da nicht irgendein Termin, den es einzuhalten galt? Auf dem Kalenderblatt, das mit kleinen Magneten an einem Clipboard haftete, war ein Termin dick umrandet, daneben stand der Name seines Zahnarztes, eine Krone musste erneuert werden. Robert fluchte, es blieben nur 45 Minuten. Er rief ein Taxi. Der Fahrer drückte aufs Gas und missachtete so manche rote Ampel, nutzte die Busstreifen zum Linksüberholen.

Es reichte nicht. Als Robert in der Praxis eintraf, lief sein Zahnarzt mit hochrotem Kopf durch die Praxis.

„Ihretwegen habe ich andere Patiententermine nach hinten geschoben ...“

Robert wurde knallrot im Gesicht.

„Ähm, entschuldigen Sie ...“

Der Arzt räusperte sich. „Schon gut, aber das nächste Mal denken Sie dran, bitte ...“, dann verließ er den Raum. Statt seiner kam Schwesternhelferin Jennie zurück. Sie hatte ein kleines Radio unter dem Arm, das sie vor einem Fenstersims positionierte.

„Die setzen Sie bitte auf“, sagte sie und schob Robert eine taucherzubehörähnliche Plastikbrille vor die Augen. „So, und nun gibt's auch noch ein bisschen Musik.“ Jennie schaltete das Radio an. Songs von Anastacia schallten durch den Raum. Summend erkundete Jennie währenddessen die Tiefe von Roberts Zahntaschen.

„Uhhhps, da kommen wir wohl wieder etwas tiefer, 3,5 Millimeter! Auweia! Das ist ein Grenzwert, aber das muss der Doktor bewerten.“

Sein Zahnarzt kam nicht zurück. Stattdessen erschien Doktor Schmidt-Boldenbruch, der Mitinhaber der Praxis. Er quirlte minutenlang mit Spiegelchen und Lampenstift in Roberts Mundhöhle herum, während die Schwester mit einem Speichelsauger immer dorthin langte, wo kein Speichel war. Robert schluckte, schnappte nach Luft und stierte durch die Brille zu den beiden. Jennie sah seine Augen und kicherte.

„Ich glaube, wir müssen zu stärkeren Methoden greifen. Ihr Zahnfleisch ist sehr entzündet, es blutet, und die Zahntaschen sind zu tief.“ Schmidt-Boldenbruch schaute streng. „Da hilft nur eine Parodontitisbehandlung, und jetzt ...“, der Arzt bohrte mit der Sonde nun an einem der hinteren Zähne, „... nehmen wir uns der Krone an. Ich muss noch etwas Schmelz von dem 4er links unten wegnehmen“, sagte Schmidt-Boldenbruch zu Jennie, dann schnappte er sich den Bohrer.

Robert ängstigte die Ankündigung, er entrückte sich in sein Klein-Eden, den Garten seiner Träumereien, sah sich als Erfinder. Er wollte eine kaum zu spürende Zahnspange bauen, deren eigentlicher Clou aus einem hauchdünnen Flüssigkeitsfilm darauf bestand. In dem Film würden Zehntausende kleiner Nanomaschinen schwimmen, Miniroboter, die aus wenigen Molekülen bestanden. Er würde den Nanomaschinen befehlen, alles Schädliche in den Zahntaschen, sämtliche Bakterien und Zahnsteinansammlungen zu vernichten. Bergarbeiter im Minikosmos der Zahntaschen, die nur nachts kamen. Denn tagsüber mussten die Besitzer ja ihre perfekt gebleechten Zähne zeigen. Er konnte die Nanoroboter durch ein Mikroskop beobachten. Nach getaner Arbeit lösten sie sich auf, und er wurde Milliardär.

Robert wollte seine alten Tage als Heiler in einer buchenholzgetäfelten Bibliothek 40 Stockwerke über der Fifth Avenue in New York verbringen. Er würde Donald Trump oder Catherine Zeta-Jones alles Gute wünschen, wenn er ihnen am Luxushotel „The Pierre" mit prall gefüllten Einkaufstaschen vom Shopping begegnete. „Kommen Sie doch mal vorbei, ich würde mich freuen!", wollte er ihr zurufen. Auf der Veranda seines Appartements, das von Stuckfiguren und Wasserspeiern wie an einer gotischen Kirche flankiert wurde, stand ein Teleskop, mit dem er die Beauties beim Lauf um das große Wasserreservoir im Central Park beobachtete. Dem Concierge befahl er, die „Loveblondes" nach dem Training zu ihm nach oben zu bringen...

Sein Traum endete abrupt, als der Bohrer den Nerv am Zahn erwischte.

Feinripphemden

Robert beunruhigte sein sich stetig verschlechternder Gesundheitszustand. Er stellte fest, dass er trotz bester Zahnpflege unter Mundgeruch litt. Wann immer es ging, kaufte er deshalb pfefferminz- und mentholhaltige Dragees. Kleine

Tütchen verschiedenster Marken stapelten sich in seinen Taschen, vor allem solche für blendend weiße Zähne. Er hatte auch ein paar graue Haare an seinen Schläfen entdeckt und nahm sich vor, seinen Look zu verbessern. Er entschied sich für einen neuen Haarschnitt, eine leichte Tönung und eine Kopfmassage.

Als ersten Schritt der von mir viel größer angelegten Kampagne, Back to life! Er lachte über seine Idee.

„Wie viel darf denn ab?", fragte die Dame in dem Frisiersalon, den Robert schon seit Jahren aufsuchte. Es war ein kleiner unscheinbarer Laden mit den üblichen Werbeartikeln von Kosmetikherstellern in der Fensterauslage. Das Geschäft lag nahe Nollendorfplatz.

„Sehr kurz, bitte, wie beim Militär", Robert machte eine Handbewegung, die wenig Spielraum für Interpretationen ließ.

„Aber für Ihre Büroarbeit kann es doch nicht ganz kurz werden ..." Die Friseuse ließ etwas mehr an den Seiten dran.

Robert schwieg, während die Dame mit Schere und Rasierer sein Haar stutzte.

Als sie fertig war, nickte er der Chefin zu, ohne etwas zu sagen, zahlte und trat aus dem Laden auf die Straße hinaus. Ein Männerpärchen lief vorüber. Einer der beiden pfiff, zeigte ein dummes dreistes Grinsen. „Hey, kommst mit ...?"

Einer der Männer war abgemagert, trug ein Feinripphemd und sah etwas kränkelnd aus. Sein Begleiter war ein Riese, er hatte seinen Arm auf die Schulter des Dürren gelegt. Robert zeigte den Männern ein Fuck-you-Zeichen.

Seht ihr nicht, dass ich auf der anderen Uferseite stehe? Wenn mich auch nur einer von euch anfasst, mach ich euch kalt.

Er beschleunigte seine Schritte und passierte einen Laden, dessen Scheiben mit dunkler Folie verklebt waren. Die Tür stand offen. Ein Schrei drang aus dem Inneren. Er lugte vorsichtig hinein. Der Tresen war von einem Gitter umgeben. An den Stäben war eine in Leder gehüllte Gestalt mit Handschellen angekettet. Hinter ihm stand ein Typ mit Harley-

Mütze, der dem Gefesselten immerzu zwischen die Arschbacken griff und dabei dämonisch grinste.

Kopfschüttelnd ging Robert weiter. Zwei Häuserblöcke entfernt bog er in eine kleine Nebenstraße und rempelte einen Fußgänger an. Robert blieb verdutzt stehen.

„Philipp?"

„Ja, woher ...?"

„Wir haben uns damals in Rudow kennengelernt, mit Matthias, erinnerst du dich? Ist schon ein paar Jahre her. Ich bin der Robert. Wir sind in der Abiturzeit betrunken den Ku'damm entlanggefahren. Du trugst, ähmm ..., eine Uniform."

„Ja, ich erinnere mich. Ich bin immer noch ... Aber was soll ich lang erzählen. Komm doch mal zu uns, wir sind ein wilder Haufen. Kameradschaft wird bei uns ganz groß geschrieben." Philipp drückte ihm einen Zettel mit einer Telefonnummer in die Hand. „Ruf da an, dann wirst du abgeholt."

Robert verlegte die Notiz. Doch irgendwann erinnerte er sich ihrer. Er suchte den Zettel, zögerte lange, schließlich siegte die Neugier. Er rief die Nummer an. Nach nur einem Klingeln hob jemand ab.

„Hallo?"

„Ich bin Robert ... man hat mir diese Nummer ..."

„Ja, ich weiß. Fahr zum S-Bahnhof Königs Wusterhausen. Wenn du dort bist, meldest du dich wieder."

Als Robert aus dem Bahnhof trat, wählte er erneut die Telefonnummer. Eine Viertelstunde später hielt ein VW Passat vor ihm an. Zwei muskelbepackte Männer stiegen aus dem Wagen, beide mit Glatzen sowie stark geröteten Hälsen und Gesichtern. Einer reichte ihm eine Mütze, wie sie von Motorradfahrern unter dem Helm getragen werden.

„Hier, zieh die über. Ist nur eine Vorsichtsmaßnahme und zu deiner eigenen Sicherheit." Einer der Packertypen hatte Oberarme vom Umfang eines Fußballerunterschenkels. Die Rötung rührte von Stereoiden her, die sich der Mann wie auch sein Begleiter regelmäßig injizierten.

Robert ergriff die Mütze und stülpte sie über seinen Kopf. Die Augenöffnungen waren zugenäht.

„Wohin fahren wir?"

„Ins Oderbruch. Mehr musst du nicht wissen."

Nach etwa 45 Minuten hielt das Auto.

„Kannst die Mütze runternehmen", sagte einer der Männer. Das Auto hatte auf einer Lichtung inmitten eines Buchenhains gehalten. Der Mann bedeutete Robert, an eine Scheune zu klopfen, deren Konturen sich im Kegel des Scheinwerferlichtes aus der Dunkelheit schälten. Robert klopfte an die Scheunentür.

„Wer begehrt Einlass?", rief eine männliche Stimme.

„Ich bin's, Robert aus Berlin."

„Lasst ihn rein ..." Mit einem lauten Knarren rostiger und lange nicht geölter Scharniere öffnete sich die Tür laut quietschend.

Robert zählte ein Dutzend Männer, die in der Scheune auf Strohballen, Holzblöcken und einer Bank Platz genommen hatten. Zwischen ihnen saßen ein paar Frauen, die aussahen wie Nutten. Eine von ihnen schniefte Koks von der Motorhaube eines Hummer-Wagens. Es war ein kleiner Berg.

„Was weißt du über unsere Bewegung?"

Vor ihm standen ein paar voll tätowierte glatzköpfige Typen, die bestens ins Gefängnis gepasst hätten, fand Robert.

Was wisst ihr vom Dritten Reich? Die Nazis hätten euch alle massakriert.

„Nichts, vielleicht erzählt ihr mir ja ..."

„Vielleicht, ja. Ich mag das Wort ‚vielleicht'. Es ist so schön unverbindlich." Die Worte kamen von einem blonden Hünen. Er hatte auf einem thronartigen Podest im dunklen Hintergrund der Scheune gesessen. Robert hatte den Mann zunächst nicht bemerkt.

„Ich bin der Piet", sagte er, ging auf Robert zu und streckte ihm die Hand entgegen.

Piet war der Anführer der Minihorde. Als sei mit der Vorstellung alles Nötige vollbracht, drehte er sich um und lief

zu seinem Thron zurück, der gänzlich aus schlichten Stein-
platten bestand und dessen Sitzfläche mit Stroh bedeckt war.

*Fast wie der Thron im Dom zu Speyer, nur dass Piet nicht Karl
der Große ist, aber er hält sich für groß...*

Als Piet dort Platz genommen hatte, würdigte er Robert
keines Blickes mehr, stattdessen schaute er auf seine Schaft-
stiefel.

„Bitte nenn mir die Grundlagen des Führerprinzips."

Robert bombardierte ihn mit seinem Wissen. Piet sackte
etwas in sich zusammen. Ein kleiner blonder Jüngling näherte sich von der Seite dem Chef der wilden Horde. Piet redete ihn mit „Adju" an. Adju trug bayerische Trachtenhosen
und ein mehrere Nummern zu kleines Unterhemd. Um seinen Oberarm wand sich ein schlangenartiges Runentattoo,
in den Brustwarzen klemmten silberne Piercings mit kleinen
Teufelsköpfen. Sie hoben sich unter dem Feinripphemd klar
ab und sorgten dafür, dass seine Nippel steif blieben. Adju
brachte Tee für Piet, beide lächelten einander an, dann prosteten sie Robert zu.

„Das ist Met, auf Robert, unseren Besucher, hip hip, einer
für alle...!", rief Piet und hob sein Trinkgefäß, ein ausgehöhl-
tes Bisongeweih.

„… und alle für einen!", riefen Piets Jünger im Chor. Sie
prosteten einander zu. Dann stimmte die wilde Truppe ein
nordisch klingendes Lied an.

Hinter Robert stand eine der Lederfrauen. Ohne dass er
es bemerkte, hob sie eine Phiole über ein Trinkhorn. Drei
senfgelbe Tröpfchen fielen hinein und vermischten sich mit
dem Met. Dann trug sie das Trinkhorn zu Robert, der mit-
lerweile an der Abend-Tafel Platz genommen hatte. Er nahm
es dankend entgegen, trank und meinte plötzlich, ein Krachen und Tosen aus Richtung der Scheunentür zu hören.

„Wer da ...?", rief Adju, der Piets Stiefel polierte.

„Gwynif ..." Den Rest hörte Robert nicht mehr. Er verlor
das Bewusstsein.

Das Zirpen von Libellen weckte ihn auf. Alles um ihn
herum war gelb, er lag in einem Rapsfeld. Sein linker Arm

juckte, er kratzte sich, doch es hörte nicht auf. Er blickte zu der Stelle und erstarrte. Auf seinem Oberarm prangte nun ein Tattoo, es war noch gerötet, frisch gestochen, in gotischer Schrift. „Feind", stand darauf.

Warnsignale

Durch Roberts Wohnküche schallte die Götterdämmerung. Er hatte es sich auf seiner Vintage-Couch bequem gemacht und dirigierte laienhaft im Liegen mit. Die Balkontür stand leicht offen, der Sommer kündigte sich mit milden Temperaturen an. Entspannt beobachtete Robert ein paar Vögel, die es sich auf der Brüstung des Balkons bequem gemacht hatten. Beinahe wäre er eingeschlafen, doch da krachte es in der Wohnung über ihm. Seine Nachbarin schlug mit irgendeinem Gegenstand gegen die Wand.

„Is ja gut, du verdammte ..." Robert stellte die Musikanlage aus, ging Richtung Küche, wendete dann jäh und schaltete die Anlage wieder ein. Allerdings hatte er eine andere CD in die Ladebucht des Players geschobene. Nun schallten mit voller Lautstärke die himmelhoch tönenden Klänge eines Countertenors durch die Wohnung. Doch der Hörgenuss fand erneut ein jähes Ende. Das Hämmern von Pressluftmeißeln übertönte die Musik. Das Grundstück neben seinem Haus war an einen Entwickler verkauft worden, der dort nun Lofts errichtete. Robert entschloss sich zu einem Spaziergang durch Berlins Mitte. Am Stadtschloss gruben Bagger das Fundament für den Nachbau des Schlosses aus. Steinmetze trieben ihre Keile durch Sandstein, formten Kolossalfiguren für ein Modell der neuen Barockfassade des Gebäudes.

Robert betrachtete die ausgegrabenen Fundamente. Neben den Resten einiger mit groben Steinen gefertigten Kellermauern aus dem Mittelalter entdeckte er kleine Holzsärge mit ebenso kleinen Skeletten darin. Ein Archäologe hüpfte, einer merkwürdigen Choreografie gehorchend, über die Gräber und Gebeine. Schädel und kleine Schrumpfkörper in merkwürdig verrenkten Haltungen. Adlige und Bürger, im Tode friedlich vereint.

„Einige hat die Pest hinweggerafft, der Schwarze Tod, Sie wissen schon."

Robert wollte sich eines der Gräber genauer anschauen. Er stieg über das Absperrband, das die Grabstelle sicherte.

„Vorsicht, treten Sie nicht auf die Kalotten", schrie der Archäologe. Robert blickte auf seine Stiefel, die Spitze des einen ragte über dunklen Schatten im Sand, aus dem ein Knochensplitter ragte.

„Die Kalotten, gewiss ..."

Die Abmessungen der Schlossfundamente ließen darauf schließen, dass seine Bewohner tatsächlich königlich gelebt hatten. Eigentlich, dachte Robert, könnte ich mir auch ein neues Möbelstück zulegen. Er suchte seit Monaten einen zu seiner Couch passenden Sessel, und da er an diesem Tag noch nichts vorhatte, entschloss er sich zum Besuch eines Einrichtungshauses, das wenige Tage zuvor eröffnet hatte und mit riesigen Anzeigen für einen Special-Sale warb.

„Darf's etwas London-Style sein, Chesterfield, vielleicht in Vintage-Optik?" Der Verkäufer schaute Robert an, aber der reagierte nicht, er war abgelenkt worden durch das Klackern extrem hoher Pumps, das Geräusch kannte er. Klickklack-Klickklack, es war wie das Purpurrot an langen Fingernägeln, es machte ihn unheimlich *an*.

Robert drehte sich um, er hatte sich nicht getäuscht. Wenige Meter entfernt bog in diesem Moment eine Frau auf High Heels um eine Schreibtischgarnitur im Kolonialstil, die stark herabgesetzt worden war. Sie ließ die Spitzen ihrer Finger über das Holz des Tisches gleiten, dabei lachte sie frivol. Robert konnte sich nicht erklären, was sie amüsierte, aber es war ihm auch egal. Sie sah gut aus, das war alles, was ihn interessierte. Die Frau, die unzweifelhaft thailändischer Abstammung und Ende 30 war, trug eine eng geschnittene Lederhose und hohe Absätze, sie machte ihn an. Er musste sich schnellstens ablenken, sonst...

Robert widmete sich wieder dem Verkäufer, der ihn mit

offenem Mund schon länger angeschaut hatte und begierig darauf wartete, dass Robert endlich eindeutige Wünsche bezüglich seines Kaufwunsches formulierte. Der Verkäufer stand nun mit leicht nach oben gezogenen Schultern da, die Handflächen ebenfalls nach oben gewandt, wie es auch Muslime beim Beten tun, er wurde ungeduldig, das sah man. Immer wieder blickte er genervt erst zu Robert und dann zu der Thailänderin. Robert deutete auf einen Chesterfield-Sessel.

„Den nehme ich."

Aber er war nicht mehr bei der Sache, die Frau hatte ihn abgelenkt. Er wusste, wenn er geil wurde, rief er Habibi an. Zwar hatte er dessen Nummer gelöscht, aber das half nicht immer, wie er nur zu gut wusste. Denn auch der freundliche Kundenbetreuer seines Telefonbetreibers konnte ihm die Nummer jederzeit mitteilen.

Nur ein Tastendruck.

„Entschuldigen Sie mich einen Augenblick, wo sind hier die Toiletten?"

Der Verkäufer schaute überrascht und wies zu einem langen Flur hinter ihnen. Robert nickte kurz und eilte in die Richtung fort. Zuhörer bei seinem Telefonat konnte er nicht gebrauchen. Dann hatte er den Waschraum des Herren-WCs erreicht.

Fast instinktiv rief er die Kontaktliste auf. Robert lächelte. *Nur ein kleiner Tipp und ...* Sein rechter Zeigefinger verharrte über der Menüsteuerung des iPhones. Er ließ ihn über der Nummer kreisen. „Eene meene Muh und raus bist du? Eene meene minke Pinke ..." Mit einer raschen Bewegung, die ihm einiges an Überwindung abverlangte, ließ er das Handy jedoch wieder in seine Hosentasche gleiten.

Reiß dich zusammen!

Als er von der Toilette zurückkam, wartete der Verkäufer immer noch.

„Ich kann mich so kurzfristig nicht entscheiden. Sie wissen ja, wie dies vor großen Anschaffungen ist. Ich muss noch mal drüber schlafen", sagte Robert und verließ das Möbelgeschäft.

252

Ich bin dem Reiz des Flittchens entkommen.

In seiner Wohnung hatte Robert ein Szenario der Abschreckung errichtet. Die von ihm geleerten Wodkaflaschen standen hinter seiner Küchentür Spalier. Es war eine Phalanx der Flaschen. Er stellte sich manchmal vor, wie die Flaschen in Reih und Glied klimpernd durch seine Wohnung marschierten. Ein höchst zerbrechliches, aber lärmendes Heer. Es hatte hinter der Küchentür aus einem einzigen Grund unverrückbar Stellung bezogen, weil er erinnert werden wollte. An der Innenseite seiner Wohnungstür hatte er zudem ein selbst gemaltes Bild befestigt. In grellroter, extrem krakeliger Leuchtschrift stand darauf THINK! Daneben hing ein kleineres Schild, bemalt mit denselben Grellschreckfarben: „Ich will meine Freiheit zurück!" Es war kaum zu lesen und zeigte die Handschrift eines schwer verstörten Menschen.

Er war gerade dabei, die gläserne Armee um zwei weitere leere Flaschen zu bereichern, als es an seiner Haustür klingelte. Sein Wohnungsverwalter wollte die Verbrauchswerte an den Heizungen ablesen. Er ließ ihn hinein, es war kein großer Zeitaufwand. Mit einem Sensor strich der Mann über die Heizkörper, dann machte es „Piep" und die Verbrauchswerte wurden mit Funk an irgendeine Zentrale übermittelt. Fasziniert schaute Robert zu, er hob zu einem Kurzvortrag an.

„Es ist ganz unerhört, geradezu überwältigend, was die Technik alles heutzutage zustande bringt. Vor allem die Elektronik und auch die Biomechanik. Bald werden wir Organe nachwachsen lassen. Die Revolution aus der Petrischale, hahaha. Und irgendwann wird es sicher zukaufbaren Speicher- und Arbeitsplatz für unser Gehirn geben. Wissen Sie: Wenn ich nicht mehr laufen kann, weil das Gehirn nicht mehr mitspielt, dann lasse ich mir in den vorderen Stirnlappen des Gehirns, wo der sogenannte Motorkortex sitzt, der alle Bewegungen steuert, einfach eine neue Schnittstelle einbauen, einen Chip, der meine dann in einem Biotank nachgezüchteten Beine vorantreibt ..." Robert lachte irre.

Der Verwalter schaute verstört.

„Wenn Sie hier bitte noch unterzeichnen wollen. Das geht noch nicht automatisch." Er hielt Robert eine Kladde mit den Ausdrucken der Verbrauchswerte zum Abzeichnen hin. Der Mann zitterte, er war froh, gehen zu können.

Als er die Wohnungstür erreichte, wo die von Robert gemalten Warnhinweise hingen, drehte er sich noch einmal kurz zu ihm um.

„Na, dann in einem Jahr wieder."

„AUF WIEDERSEHEN", sagte Robert und drückte den Mann mit einem leichten, aber beständigen Druck aus seiner Wohnung. An diesem Abend beherzigte Robert seine Warnhinweise. Er blieb zu Hause und schaute Jack Londons „Seewolf". Kapitän Wolf Larssen war ein Raubtier, nur der Stärkere überlebte auf seinem Schiff.

Ich bin wie er, oder ist er wie ich?

Vampirängste

Robert saß in einer Bar im Galerienviertel nahe der Torstraße und hatte alles Wesentliche im Blick. Gegen null Uhr betraten sechs langbeinige Frauen die Bar, Tänzerinnen des Friedrichstadtpalastes. Wild redeten sie auf den Barkeeper ein. Es war unverkennbar: Sie suchten etwas zum Wachbleiben und belagerten den Barkeeper, auf dass er ihnen etwas vermitteln könnte.

Nebenan, im Alten Postfuhramt legte DJ Hell auf, Robert orderte einen Mojito. Eine große Blondine, die offenkundig zahlreiche Schönheitsoperationen hinter sich hatte, blickte zu ihm herüber. Robert ging zu ihr, obwohl er sich an diesem Abend nicht so gut fühlte, irgendetwas war *anders*, das spürte er.

Auf dem Weg zu Blondie schnappte er sich noch einen Mojito, den jemand auf einem Tisch hatte stehen lassen.

„Du siehst toll aus", sagte Robert. Blondie taxierte ihn, grinste aber, das Kompliment schien ihr zu gefallen. Nur Blondies Begleiterin, eine kleine pummelige, allenfalls 1,65

Meter große Frau, war nicht begeistert.

„Charlene hat immer Ärger mit Männern. Sie wird immer von den falschen angemacht, immer!"

„Ach so ...? Ich habe aber nichts Schlimmes mit ihr vor", er grinste ungeschickt, „ich bin übrigens der Robert."

„Und ich heiße Susi ..."

Robert wusste, dass er mit Susi nicht ins Gespräch kommen wollte, aber dass Charlene-Blondie...

Als DJ Hell seinen letzten Gig gespielt hatte, waren sie immer noch nicht in der Stimmung, nach Hause zu gehen. Sie liefen zur „Tausendbar" unter den S-Bahnbrücken am Bahnhof Friedrichstraße. Schräg gegenüber, am Tränenpalast, standen noch die Schilder, die an die Teilung der Stadt erinnerten. „Ausreise" und „Einreise in die Hauptstadt der DDR". Die einstige Grenzübergangsstelle von Ost- nach West-Berlin war nun ein Museum.

In der „Tausendbar" dudelte Fahrstuhlmusik.

Gegen zwei Uhr saß Blondie, deren Alter unbestimmbar war, auf seinem Schoß. Er leckte ihren Hals ab wie ein junger Hund, pustete ihr linkes Ohrläppchen an und fuhr immer wieder über die Region ihres Kleides, unter der sich ihr Bauchnabel befinden musste. Sie genoss es und sagte plötzlich: „Du bist mal sehr verletzt worden, stimmt's?"

In seinem Gesicht zuckte es. Als er sich abwandte, weil er nicht wollte, dass sie die Richtigkeit ihrer Worte in seinem Gesicht erkannte, streifte sein Blick ihre Hände. Sie waren viel älter als Blondies Gesicht, aber da war ... Im nächsten Moment schienen sie jung. Auf seinem Schoß saß ein Wechselbalg, Mumie und Nymphe zugleich, das war es, was er als anders empfunden hatte. Robert entschuldigte sich, tat, als ginge er zur Toilette, er steuerte die Garderobe an. Er *konnte* nicht mehr zu ihr zurück.

Auf der Straßenseite gegenüber gab es Abwechslung, im „Grill", Berlins In-Spot für Filmleute, Künstler, Sammler oder Manager. Nirgendwo sonst in Berlin trugen die Mädchen am Empfang höhere Stilettos. Robert stellte sich hinter die Bar und genoss den Blick durch den Raum. Er mochte

den „Grill", die Bedienungen mit ihrer dezenten Gesichts-
röte, die Wespentaillenmädchen, das Deko-Riva-Boot, die
von Kerzenwachs überlaufene Vespa, die Dunkelaugenmädchen auf den Treppen vor dem Laden, wo sie warteten,
die schönen Zahnarzt- und Architektentöchter, die perfekt
in ihre Rollen gefallen waren. Und diese mitzerrten in die
Nacht und mit ihnen spielten und die um ihren Einsatz
wussten, die sich nie einfach ver- und hingeben würden,
wenn der „Match"-Partner nicht passte.

Bei ihnen hörte das Hoffen und Suchen nie auf, ein
schneller Blick in den „Grill", ein anderer aufs iPhone. Darauf manchmal die Wetternachrichten, aber viel öfter ein
Partnerportal. Die hübschen Frauen waren auf der Suche
nach ihrem Paul Newman. Aber die Newmans dieser Welt
waren begrenzte Ware. Und wenn sie doch ihren Weg in den
„Grill" fanden, war klar: Sie waren selbst Beschenkte, Erben
aus gutem Hause, und sie wollten spielen. Und so wischten
die Dunkelaugenmädchen auf ihren Smartphones die Hoffnungen herbei und ihre Albträume hinfort. Das Spiel war
neu eröffnet, alles auf Anfang gestellt.

Als er einigermaßen erholt am nächsten Morgen aufwachte, fasste er einen Vorsatz. Er wollte mit Schauspieltech-
niken gegen seine Ängste angehen, einen Angriff auf breiter
Front starten. Das Seelenunheil mit einer Kavallerie rigider
Techniken aus seinem Kopf vertreiben.

Am Savignyplatz kaufte er stapelweise Bücher von Stras-
berg und Stanislawski. „Ich werde mich unter meinen Willen zwingen", sagte Robert, während er mit prall gefüllten
Einkaufstaschen die Treppe zur S-Bahn nach oben lief. Nach
zwei Wochen hatte er sie alle durchgelesen und in seinen
überquellenden Buchregalen verstaut, er wollte mehr.

Bernhard, ein Mittvierziger und selbst Schauspieler, der
in Schöneberg lebte, sollte ihm das Spielen beibringen Er
empfing Robert mit traurigen Augen und einem nur notdürftig geschlossenen Morgenmantel. Der Mantel besaß riesige Knöpfe wie bei einem Clownskostüm, und das passte
zu Bernhard.

„Ich würde gern mit Entspannungsübungen beginnen", sagte Robert, „das kommt meinem hektischen Naturell entgegen". Er lächelte unsicher, Bernhard musste ja nicht alles wissen, schon gar nicht, dass er in psychotherapeutischer Behandlung war, unter phobischen Schüben litt und regelmäßiger Konsument harter Drogen war.

Nach anfänglichen Atmen- und Entspannungsübungen, zu denen sich Robert auf eine Bastmatte hatte legen müssen, bat ihn Bernhard, auf einem Stuhl Platz zu nehmen. Die folgende Übung ging so: Mit aufgerissenem Mund sollte Robert in den Raum schauen und dabei abwechselnd eine Hand heben, diese langsam zum Gesicht führen und mit dem Blick fixieren. Dann musste er die Hand ganz langsam wieder zurück zum Knie führen. Danach folgte dieselbe Prozedur mit der anderen Hand. Jeweils parallel zum Heben der Hände musste er ein lang gedehntes „A" aussprechen.

Die Entspannungsübung war ihr Geld wert, nach 45 Minuten fühlte sich Robert wie in Trance. Er musste kurz für kleine Jungs, pfeifend lief er zur Toilette. Er würde bei Bernhard bleiben, das war sein Vorsatz. Als er die Tür zum Klo geöffnet hatte, war er dessen nicht mehr so sicher. Ihm bot sich ein deprimierendes Bild. Die Tapeten hingen bis zur Badewanne herunter. Als er nach wenigen Minuten das Bad verließ, stand Bernhard mit seinen Kullerrundtraurigaugen vor Robert.

„Du kommst doch wieder, oder?"

„Ja."

Robert nickte bekräftigend, hielt es aber nicht ein. In den folgenden Wochen verlor er sich wieder in trübseligen Gedanken über sein Anderssein, wie er es sah.

Alles ist so ereignislos.

Feli riet ihm zu Sport. „Da werden körpereigene Hormone ausgeschüttet. Das tut dir gut, denn ich glaube, du bist kurz vor einem Burnout."

Robert erzählte ihr nicht, dass seine Dauermelancholie auch durch synthetische Drogen befeuert wurde. Er gab ihr aber recht, dass Sport hilfreich war. Er suchte ein Fitnessstudio gegenüber vom „Westin Grand Hotel" in Berlin-Mitte auf. An der Rezeption stand ein Jüngling, der ihn, wie Robert fand, ziemlich dümmlich angrinste.

Gehirnmasse 20 Gramm, Lach-Primat dritter Klasse.

„Hallo, ich bin Mike, was kann ich für dich tun?"

Robert beachtete Mike nicht, sondern steuerte sofort den Umkleidebereich an. Vor den Spiegeln ölten sich zwei junge Männer ein, sie posierten und musterten einander.

„Also, dein Trizeps, Micha, ist phänomenal ..."

Als Robert aus der Umkleide kam, als Einziger hatte er die Kabine mit Vorhang genutzt, checkte er in einem Bauch-Beine-Po-Kurs ein. Der Gluteus Maximus war doch der stärkste Muskel des Menschen. Und auf einen runden knackigen Männerarsch fuhren doch auch alle Frauen ab, also...

Der Kurs hatte noch nicht angefangen. Die Trainerin baute gerade ein Radio auf und zuppelte ihre Leggings zurecht. Auf ihrem Arm war das Tattoo einer Indianerfeder eingestochen.

In der dritten Reihe des BBP-Kurses stand eine Frau, deren Rücken von Akne überzogen war, und doch besaß sie, wie Robert bewundernd feststellte, eine sehr gute Figur. Nach dem Kurs ging sie zu den Ergotrainern, er folgte ihr unauffällig. Sie hieß Ann-Katharina und war Beamtin im Höheren Dienst. Während sie den Schwierigkeitsgrad ihres Ergotrainers erhöhte, erzählte sie von ihren Sexfantasien, ohne dass dies zuvor Thema gewesen wäre.

„Weißt du, ich würde gern zwei Schwulen beim Sex zuschauen, um dann irgendwie mitzuspielen."

„Ach ..."

Ihre Erzählungen interessierten ihn nicht sonderlich, aber das Wort Sex brachte ihn auf den Gedanken, mal wieder auszugehen.

„Du muss mich entschuldigen. Ich habe noch ... Dringendes vor ..."

Ein Club an der Friedrichstraße, kurz nach Mitternacht, er füllte sich gerade.

Robert staunte darüber, wie viele junge Leute in dieser Nacht, es war ein Donnerstag, in Berlin unterwegs waren. Er hatte bereits drei Gin Tonic getrunken und wunderte sich, dass der Club nur langsam voll wurde. Wie eine Raubkatze schlenderte er in kurvigen Linien am Tresenbereich hin und her. Noch konnte er sprechen.

„Wer will eine ziehen?", rief er.

Drei Mädchen an der Bar drehten sich um. Eines der Girls hatte riesig geweitete Pupillen, als hätte sie Amphetamine, Ecstasy und Chrystal zusammen eingeschmissen. Pris, so nannte sie sich, wollte Roberts Stoff.

„Ich hab eh einen Spender gesucht", sagte sie.

„Das passt." Robert schätzte, dass Pris bereits zwei oder drei Cocktails getrunken hatte, er würde sie abschleppen können, das sah er als sicher an. Sie verließen den Club durch den Hinterausgang. Auf einem Fenstersims breitete Robert Koks aus. Seine Gesichtsmuskeln bewegten sich unkontrolliert, aber damit war er nicht allein.

„Hier ist Gesichtsdisko angesagt", sagte Pris, deren Freundinnen nun auch neben ihnen standen. Robert war in Geberlaune. Doch so viel er auch ausbreitete, nach jeder neuen Line hungerten ihn die Mädchen noch intensiver an. Und sie warfen ihre Hunger- und Beuteblicke in seine Richtung, witterten nach vollen Taschen und zeigten ihre Fluchtgesichter. In Gedanken schon woanders, in einem namenlosen Irgendwo. Höhlenmädchen, Rock-a-poker-Vampires, ein Wolfsrudel in Frauenhaut. Aber Wölfe mochte er.

Na los, reißt mich schon, ich will es doch.

Natürlich hielt das Wollen und Reißenwollen, das Mehr von immer mehr Stoff, nicht an. Es kippte in ein Reißaus-Wollen, es kippte Richtung Angst. Der Furcht vor der Morgendämmerung, des sich Hinausstehlenmüssens in den Tag, des Vorbei-an-der-Welt, an den Geschäftigen, Besorgern, Versorgern und Aufgabenträgern. Robert fürchtete die morgendliche Sonne. Sie brachte die Arbeit ins Licht, die Geschäftigkeit und das Gebrauchtwerden. Sie brachte all das, was er nicht hatte und nicht mehr aushielt. Denn er war nun

zu einer Art Vampir geworden. Und keine seiner Ängste war
größer als die, mit fahler Haut und geweiteter Pupille in den
frühen Morgen zu torkeln.

Und die Bestie rannte und fand aus ihrem Labyrinth, und
sie wusste, was sie wollte: Sie wollte eine Seele kosten. Und
sie wusste welche.

Steinzeitrollen

Robert arbeitete wie ein Besessener, ent- und verwarf
Konzepte und Reden für die Chefs des Architekturbüros.
Doch es schien ihm, als bräuchte er immer mehr Zeit für
Dinge, für deren Erledigung er bisher kaum nennenswerte
Zeit benötigt hatte. Er fühlte sich ausgebrannt. Das Feiern
hatte ihn feinnervig gemacht, selbst Kleinigkeiten ließen ihn
in Rage geraten.

Robert buchte einen Flug nach Sylt. Am Airport Tegel enterte er eine Turbopropmaschine. Als sie die tief hängende
Wolkendecke über Berlin durchbrach, flutete das Sonnenlicht durch die Passagierkabine. Irrlichternd brachen sich die
Sonnenstrahlen in dem Fenster. Der Flug verlief angenehm
ruhig. Die Maschine überquerte Amrum, Föhr, die Halligen,
dann legte sie der Pilot in eine sanfte Kurve, Sylt kam in
Sicht. Wie ein riesiger dünner Sandhaken lag die Insel inmitten der tiefblauen Nordsee.

Robert fuhr von dem kleinen Inselflughafen ohne Um-
wege nach Kampen. Er checkte in einem Hotel ein, aus dessen von Reet umsäumter Dachgeschosswohnung er auf das
Watt bei Braderup blicken konnte. Er kannte den Anblick
seit seiner Jugend, nur wenige Häuser waren dazugekommen.

Während nicht wenige auf Sylt Party machten, suchte er
das Gegenteil. Die Insel war sein Detoxparadies, in jeder
Hinsicht. Er unterwarf sich einem strikten Tagesplan. Nach
dem Frühstück, das er stets um 8 Uhr einnahm, zog er sich
Wanderstiefel an und lief eineinhalb Stunden durch die

Braderuper Heidelandschaft. Er verbot sich den Alkohol, beobachtete die Sylter Boheme nur aus der Ferne und war guter Dinge.

Ich werde Habibis Triggering entkommen!

Er fuhr mit einem Boot um die Insel, traf sich mit einem Freund zum Polospielen, und so manches Mal golften sie auch bei Kampen. Doch das Hochgefühl hielt nicht. Nach wenigen Tagen stellte sich ein melancholisches Grundgefühl ein, das Robert nun immer öfter bei sich entdeckte.

Meinem inneren Wartesaal, den nicht enden wollenden Routinen, entkomme ich nicht.

Apathisch lag er nach seinen Spaziergängen oft stundenlang auf dem Bett, unfähig irgendetwas Sinnvolles zu tun, unfähig auch zu schlafen, aber er dachte nicht ans Aufgeben, er rief Thornedike an.

„Was bedrückt Sie?", fragte der Therapeut.

„Ich fühle mich wie ein zurückgelassener Passagier im New Yorker Grand Central Terminal. Kennen Sie den? Ein Bahnhof so groß wie eine Kathedrale, mit kleinen, an die Decke gemalten Sternen. Ich habe da mal stundenlang gesessen, wartete, ohne auf jemanden Bestimmtes zu warten. Ich saß auf der Galerie, dort gibt es ein Café, bestellte Kaffee, schaute immer wieder zu der großen goldenen Uhr, die in der Mitte der Bahnhofshalle steht. Ich wartete, wie die Zeit wegtickte. Das ist doch krank oder? Damals spürte ich zum ersten Mal diese tiefe Melancholie, nun wächst sie sich zu einer Depression aus."

„Nun ja, das ist interessant. Ich muss jedoch darauf hinweisen, dass Sie mich außerhalb der Sprechzeit anrufen. Wir können gern einen Termin vereinbaren. Wenn aber Ihre Kasse nicht zahlt, müssten Sie selbst zahlen."

Robert schmiss den Hörer wütend weg, warf sich in seine Militaryjacke und rannte aus dem Hotel. Das Wetter war ideal.

Er lief über einen Bohlenweg, der Wind fuhr seicht über das Dünengras. Auf einer Anhöhe am Roten Kliff, von dem aus in den 20er Jahren Segelflieger einen Rekordflug unternommen hatten, blieb er stehen. Er musterte das Mintgrün des Grases, das Azur des Himmels, das Türkis des flachen Wattwassers, in dem Myriaden kleiner Lichtreflexe von den Strahlen der untergehenden Sonne funkelten. Hinter den Dünen lag ein großes Kornfeld. Es glitzerte golden. Er ließ seine Hand über die Ähren gleiten. Immer wieder.

Nur noch über den Styx, den Jenseitsfluss, zwei Münzen für den Fährmann, die hab ich immer übrig.

Robert starrte auf das Dünengras am Roten Kliff und beschleunigte seine Schritte. Die Sonne stand schon tief über dem Watt, und er hatte noch etwas zu erledigen. Er lief zum „Denghoog", ein Hünengrab. Hinterlassenschaft der Megalithkultur, tonnenschwere Steinkolosse, zu einem Fürstengrab aufgeschichtet von Unbekannten.

„Die Steine stammen aus Schweden. Vermutlich dienten Baumstämme als Rollen, die unter die Steine geschoben wurden. Die Baumeister kamen wohl über das Eis", sagte der Ticketverkäufer und wies Robert den Weg ins Innere des Hünengrabs. Robert kroch durch einen nur kniehohen Tunnel ins Innere des Grabes. Es war seit Langem leer. Still saß er in der Grabkammer und stellte sich die Frühmenschen vor, bärtig und in dicke Felle gehüllt.

Robert meinte, das Atmen der Frühmenschen zu hören, als sie die gewaltigen Steine über das Eis hievten. Ihr Atem kondensierte in der eisigen Luft zu kleinen Wölkchen. Die dunklen Augen starrten unter buschigen Augenbrauen hervor in die Ferne. Dunkle Brunnenaugen in wulstigen Gesichtern. Dann, ganz plötzlich, guckte einer der Steinzeitmenschen Robert unvermittelt an. Er schwang eine Axt und brüllte: „Ihr habt keinen Totenkult. Deshalb werdet ihr untergehen ..." Robert zuckte kurz und fand sich in der Wirklichkeit wieder.

Auch der Ticketverkäufer hatte etwas Urmenschenhaftes. Robert betrachtete ihn genauer. Lange, strubbelige Augenbrauen, ein hochroter Kopf, obschon es Vormittag war, und die schrundigen, zitternden Hände konnten kaum das Ticket halten.

„Aus Schweden kamen die also, ..." Robert beobachtete immer noch die Hände des Mannes, der wiederum ihn beobachtete und dann seine Hände unter dem kleinen Pult an der Ticketausgabe verbarg. Das Zittern war dem Mann peinlich.

Wo hast du kleiner Schmutzfink deinen Likör versteckt?

Nur wenige Meter von dem Grab entfernt wohnten die Reichen in ihren reetgedeckten Einheitshäusern. Ihre Gepäckmassen wuchtete der Turboeinspritzer eines schwarzen Porsche Cayenne durch die Gegend, während im Wageninnern die Klimaanlage stets für angenehme Temperaturen sorgte. Kein Schwitzen oder Frieren wie bei den Steinzeitleuten, als Kampen nichts als Heide war.

„Wie viele Hünengräber gibt es auf Sylt?"

„Zirka ..." Der Ticketverkäufer wurde durch das laute Klingeln von Roberts Handy unterbrochen.

Es meldete sich eine wissenschaftliche Mitarbeiterin der FU Berlin. Thornedike hatte ihr seine Nummer gegeben. Die Universität, an der sie arbeitete, bot ein Online-Lernsystem an, das soziale Angststörungen mindern sollte. Robert hatte deshalb der Weitergabe seiner Nummer zugestimmt und das Lernprogramm angewendet.

„Wesentlich ist das Erkennen, dass alles nur im eigenen Denken geschieht", sagte die Frau, die seine Meinung über das Programm wissen wollte.

„Haben Sie kurz etwas Zeit?"

„Ein wenig ..."

„Dann fange ich jetzt mit den Fragen an: Fühlen Sie sich beim Essen oder in öffentlichen Verkehrsmitteln beobachtet?"

„Ähm, ja ..."

„Was sind Ihre Vermeidungsstrategien ..., denken Sie manchmal an Selbstmord oder an den Tod ..., wenn ja wie oft, einmal am Tag, ... oder mehrfach in der Woche ...?"

„Ich, ähm ..."

Immer neue Fragen folgten, und auch dieselben, um die

bereits gegebenen Antworten zu überprüfen. Nach 30 Minuten wurde Robert aggressiv.

„Wann sind wir endlich fertig?"

„Nur noch diese eine Frage, bitte. Darf ich Sie für einen Kontroll-Check noch mal in 14 Tagen anrufen ...?"

Robert warf das Handy in die Heidelandschaft. Mit einem seichten Plumpsen versank es in einem Grasbüschel hinter dem Hünengrab. Die Ticketverkäufer schauten ihn entrüstet an.

„Wenn Sie es finden, können Sie es behalten, schmeißen Sie aber die SIM-Karte weg. Bitte!"

Der kalbende Baum von Cádiz

Am nächsten Tag lud ihn Danielle, die er über einen Maler kennengelernt hatte, zu einem „Lebensfreude"-Tee in ihr Haus in Morsum ein. Sie war Ende 70 und hatte vielen Prominenten, darunter namhafte deutsche Verleger, aus der Hand gelesen und ihnen ein Horoskop erstellt. Das wollte sie auch bei ihm.

„Magst du mir etwas aufschreiben?", fragte Danielle. Robert konnte schlecht ablehnen, denn sie waren schließlich befreundet. Doch er musste aufpassen. Seine Schrift war ein Spiegelbild des Tremors. Manchmal, wenn er sich nachts im Delirium irgendwelche Notizen gemacht hatte, konnte er sie am folgenden Morgen nicht mehr lesen. Danielle sollte dies nicht bemerken. Er suchte nach einem Trick, einer Gelegenheit, das Zittern vor ihr zu verbergen. Als sie sich umwandte und zur Teekanne griff, legte er schnell seinen Arm auf den Tisch, die Handfläche nach oben. Er bot ihr die Hand zum Lesen an. Sie hatte sein Zittern nicht bemerkt.

„Hm, also so was hab ich noch gar nicht gesehen. Also, darf ich ehrlich sein? Deine Lebenslinie ist sehr auffällig, ... auch ... kurz. Danach müsstest du bereits ... Aha, also, und diese Brüche. So etwas, ts ts ..." Danielle lief zu ihrem Wohnzimmerschrank und zog ein großes Buch hervor.

„Das Standardwerk von Madame Blawatzky. Die Groß-meisterin ..., aber das tut jetzt nichts zur Sache, alles der Rei-henfolge nach ...", sagte Danielle und ging dann mit keinem Wort mehr auf den Verlauf seiner Lebenslinie ein. Mit einem wuchtigen Knall schloss sie das Buch, das die Ausmaße eines Folianten aus einer mittelalterlichen Klosterbibliothek besaß. Dann wandte sie sich ihm wieder zu. Ihr Gesicht nahm einen ernsten Ausdruck an.

„Weißt du, es gibt einen Ort, der das Schöne und das Grauen gleichermaßen bereithält."

„Ich verstehe nicht ganz", sagte Robert, dem es ziemlich peinlich war, dass er ihr nicht folgen konnte, „wo liegt denn dieser Ort, und was gibt es dort?"

„Geh bis ans Ende von Spanien, wo das Land flach wird und in seicht gewölbte Hügel übergeht und wo Himmel und See zusammenkommen. Nach Al Andaluz, wo das Land dem Meer abgerungen wurde und so lieblich wirkt. Wenn du fast schon den afrikanischen Kontinent schauen kannst, dann bist du richtig. Frage dich durch bis nach Cádiz. Du bist dann richtig, wenn die Zungen es „Cadi" aussprechen. Dort läufst du zu den alten Kasematten, an der Lagunen-seite, NICHT zu denen an der Meeresseite, hörst du! Am Ende der Festungsmauern, wo einst auch Julius Cäsar ein Schiff bestieg, stehen heute zwei mächtige Affenbrot-bäume", Danielle hatte sich nun vollends in eine Art Trance hineingesteigert, „diese Bäume sind das Leben. Einer von ihnen – du erkennst ihn an seinem weit ausgreifenden ner-venbahnenähnlichen Astwerk – trägt einen Geburtssack in sich. Es ist die Auswölbung an einem der Hauptäste unweit des Stammes. Lass den Baum KALBEN! Befreie ihn von sei-ner blutigen menschlichen Last, öffne den Geburtssack. Ein Kind wird herausfallen. Du wickelst es in ein helles Leinen-tuch. Es wird dir sagen ..."

„Geburtssack? Wirres Z ..."

„Schweig und hör zu!"

„Aber .." Danielle redete einfach weiter. „Versiegele die Geburtstasche mit der Muttererde am Fuße des Baums, denn er muss leben und anderen Bedürftigen, die lange nach dir kommen werden, einen Deuter spenden. Du gehst mit dem Baumkind zur Kirche Santa del Groce und betest drei Ave Maria. Das Kind verfügt über die Gabe des Sehens und wird dir den Weg nach Äthiopien weisen, zu den Felsenkirchen hoch über dem Land, wo die Bundeslade mit den Zehn Geboten aufbewahrt wird. Gib dem Kind jeden Tag einen Laib ungesäuerten Brotes und ausreichend Wasser. Denn es wächst schnell. Allein die Nähe der Bundeslade wird dich von deiner Sucht befreien ... Und halte dich fern von den Bodegas, hörst du! Das Baumkind wird nach einem Cherry fragen, um sich zu laben, das wird es sagen. Aber du darfst darauf nicht hören. Es ist ... eine Prüfung. Bestehst du sie nicht..."

„Sucht, aber Danielle, du irrst..."

„Lüg mich nicht an ..."

Täuschte er sich oder hatte sich um ihren Mund etwas Schaum gebildet? Robert wurde nicht recht schlau daraus und rückte etwas von ihr weg.

„Du hast wirr, ... also ich, ach, nichts."

„Ich bin Graphoastrologin und Medium, mein Junge. In deiner Hand sah ich die Linie deines Vaters, eines Zerstörers. Die Linie muss zertrennt werden, sonst wirst du Furchtbares ... Herrgott, warum hast du mich nur unterbrochen?" Sie fügte ein paar Worte in einer unbekannte Sprache an, dann erklang der Gong einer großen schweren Standuhr in der Zimmerecke hinter Danielle. Robert lauschte dem sich verflüchtigenden Ding-Dang.

Danielle schmollte, schaute ihn vorwurfsvoll an und nippte dann wieder an ihrer Tasse mit grünem Tee. Sie beschäftigte noch etwas anderes, das war klar zu erkennen. Immer wieder setzte sie zum Reden an, schwieg dann jedoch. Statt irgendwelcher Eröffnungen, sie war nie ein Fan langen Redens gewesen, holte sie aus einer kleinen Kommode Tarotkarten. Sie legte sich ein Blatt. Und schwieg, lange. Kurz nachdem die Sonne hinter dem Deich untergegangen war, eröffnete sie Robert, ohne ihn dabei anzuschauen, in

Kürze zu sterben. Danielle verzog dabei kein Gesicht. Es war mit jener Unabänderlichkeit des Schicksals ausgesprochen, wie es auch der tätowierte Harpunier in der legendären „*Moby Dick*"-Verfilmung zu Gregory Peck gesagt hatte. Unabwendbar und daher nicht diskussionswürdig. Eine Woche später war sie tatsächlich tot, friedlich in ihrem Bett eingeschlafen. Robert konnte es nicht fassen, aber es war so.

Ein Fahrradbote brachte ein Päckchen zu ihm nach Braderup. Auf dem Packpapier stand ihr Absender. Robert entfernte das Papier, darin lag ein Buch. Seine Frontseite war voller geheimnisvoller runen-ähnlicher Zeichen. Es schien uralt und ließ ihn schaudern. Er dachte an Cádiz (*gehe so weit, dass die Zungen es Cadi nennen…*). Eines Tages würde er dorthin fahren und nachschauen, ob es die Bäume gab. Danielles Erzählungen über das Kind jedoch konnten nur Unsinn sein, glaubte er.

Lügenländer

Der IC „Sylter Strand" sprintete gerade südwärts über die Nord-Ostsee-Kanalbrücke, als Habibi anrief.

„Wo bist du?", knarrte seine Stakkato-Maschinengewehrstimme.

„Ich hab ein paar Tage Urlaub gemacht, sitze im Zug, die Verbindung ist schlecht. Hallo, hallo, ich kann dich kaum verstehen, ich melde mich …", sagte Robert und drückte die Aus-Taste.

Er holt mich immer ein.

Roberts Blick fiel auf eine Zeitung, die ein anderer Fahrgast hatte liegen lassen. Auf der Titelseite stand: „Amy Winehouse tot!" Sie hatte zu viel von allem: vom Ruhm, von falschen Freunden, von Drogen, vom Alkohol. Die Titanin des Soul für immer fort, Herzstillstand, keiner hatte helfen können.

Habibi simste, dass er nachts in Mitte unterwegs sei. Robert wurde unruhig. Er hatte auf Sylt eine Strichliste angelegt: Vier, fünf, sechs… zehn Tage. Für jeden Tag ohne Habibi einen Strich. „ERFOLG!", hatte er unter den Strichen auf der Liste notiert, und: VORSICHT. Robert klemmte das Blatt zu Hause an den Spiegel über seinem Handwaschbecken.

Am Abend lief er wieder die Torstraße in Berlin-Mitte entlang.

Fünf Häuserblocks entfernt betrat Habibi in diesem Moment einen Falaffelladen. Er dachte an Robert, irgendwie hatte er den Versager nicht *im Griff*, dabei hatte er doch fast alle Tricks und Kniffe an ihm ausprobiert, um seine Sucht zu schüren. Und Habibi kannte viele Tricks, er hatte sie von seinen Dealerkumpels gelernt, und er war der beste von ihnen, davon war er überzeugt.

Habibis Finger trommelten auf eine halbleere Marlboroschachtel, die vor ihm lag. Dann griff er zu seinem Handy. Er würde Robert anrufen. Der Meister rief sein Tier.

„Wie geht es dir?", knarrte Habibis Stimme aus Roberts Handy.

„Danke gut."

„Wollen wir spazieren?"

„... ja."

„Zehn Minuten, am Rosenthaler Platz."

„Okay."

Schon aus weiter Ferne sah Robert Habibi, dann stand er vor ihm. Der Dealer war angetrunken und sah völlig übernächtigt aus, große dunkle Schatten lagen unter seinen Augen.

„Gäht es dir gut, wo warst du? Ich habe dich lange nicht gesehen, mein Freund."

Ich bin nicht dein Freund.

Für einen kurzen Moment dachte Robert darüber nach, Habibi einen Tritt in die Magengegend zu verpassen.

„War bei meiner Tante, hab ihr geholfen, ihre Wohnung zu renovieren." Robert log Habibi oft an, so wie der ihn.

Der Dealer lachte zynisch. „Weißt du, wir sollten eine Yacht chartern und das ganz große Geschäft machen. Über die Häfen, die werden nicht alle kontrolliert. Ein bisschen Geld und der Zoll guckt weg. Ob sieben Kilo oder sieben

Tonnen, die Strafe ist ab einer gewissen Menge immer dieselbe."

Robert schaute Habibi fragend an, während sie den Party-Taifun Berlins durchquerten, vorbei an der „Odessabar", „CCCP", „Seifenfabrik", „Bandol sur mer". Habibi tat zwar vergnügt, aber Robert sah, dass etwas anders war als sonst. Den Dealer quälten starke Depressionen.

Es ist der Preis deines Jobs.

Habibi sprach über die Angst vor Allah.

„Ich glaube, ich werde büßen müssen, für das, was ich getan habä."

Die Erkenntnis kommt spät, mein Guter. Keine 77 Jungfrauen kein Paradies, sondern der Scheitan, der Teufel.

„Wer in Berlin hat denn keine Depressionen?", sagte Robert nach einer längeren Pause, in der sie schweigend nebeneinander die Torstraße entlanggelaufen waren, „aber bei dir wundert es mich nicht. Du solltest deinen Job wechseln."

„Das ist kein Leben. Ich werde noch verrückt", sagte Habibi.

„Du bist es längst", erwiderte Robert, „alles Karma ..."

Am Rosenthaler Platz begegneten sie Valeska, eine bekannte Schauspielerin, Ende 30, mit aquamarinblauen Augen und blonden Haaren, Roberts Beuteschema.

„Hallo", sie gab Habibi ein Küsschen, „hast du zufällig was dabei?"

„Natürlik", sagte Habibi und zog aus seiner Gesäßtasche eines der grünen Briefchen, die er mit sich herumtrug.

„Aber Vorsicht, sehrrr stark! Nur wänig nehmen."

Valeska drückte ihm ein paar Geldscheine in die Hand und noch einen Kuss auf die Wange. „Ich muss schnell nach Hause ..."

„Bleib doch noch", sagte Habibi.

„Gut, aber ich will schnell mal zur Toilette", antwortete sie und verschwand in einem Dönerladen.

Es dauerte 15 Minuten, bis Valeska wieder zu ihnen stieß, ihre Augen waren stark geweitet. Sie sprach nun über Verantwortung und meinte die für ihre Tochter.

Robert und Habibi hörten kaum zu. Valeska registrierte es, nachdem sie eine ganze Zeit lang allein vor sich hin geredet hatte.

„Na, ich geh dann jetzt wohl besser. Wisst ihr ... ich bin allein und sehr anders ...“

„Wäre schön, wenn wir uns noch mal sehen ...“, Robert hob die Hand zum Abschied.

„Ja, fänd' ich auch.“ Valeska schaute deprimiert, die euphorisierende Wirkung der Droge war bereits verflogen, sie winkte Robert und Habibi noch flüchtig zu.

Am nächsten Morgen wachte Robert gegen sechs Uhr auf. Er schwitzte stark, grübelte darüber nach, ob sein Drogenkonsum die Ursache dafür sein könnte, schüttelte dann den Kopf, als wollte er sich selbst bestätigen, dass es nicht so sein konnte, wie er dachte.

Im selben Moment, nur vier Kilometer von Roberts Wohnung entfernt, stieg Valeska am Berliner Hauptbahnhof aus der S-Bahn. Sie schaute sich kurz um, trat an das Geländer heran, das einen ungehinderten Blick vom obersten bis untersten Geschoss ermöglichte, dazwischen lagen 25 Meter Höhenunterschied. Dann rollte sie sich über das Geländer. Fünf Etagen tiefer zerbarst ihr Schädel an den stählernen Kanten eines Müllbehälters. In der kleinen Handtasche, die an dem zerschmetterten Torso hing, fand die Polizei einen Zettel. Auf ihm stand in krakeliger Handschrift nur ein Satz: „Ich bin meiner Verantwortung nicht gerecht geworden.“

Blutsonne und Schnürhoden

Die Nachricht von Valeskas Tod traf ihn mit ungeheurer Wucht. Sie führte Robert schlagartig vor Augen, dass er auch so enden könnte. Dass zwischen Sein und Nicht-Mehr-Sein nur ein schmaler Grat lag. In Roberts Fantasie war der Grat ein Hochseil, und er ganz oben, mit seinen Schuhen tappend, links oder rechts...

Hahahaha, a small step and a giant leap for...

Er stellte sich Valeskas zerstörten Körper vor, dachte an

ihre Tochter und weinte. Es war ein kleines Wunder, denn wie alle Junkies war er ein Meister im Verdrängen.

Das Wesen der Sucht sei, dass sie nie zu befriedigen ist. Sie sei wie ein leerer Raum, der stets von neuem zu füllen ist, aber nicht füllbar ist, lehrte der Buddhismus. Robert wiederholte die Sätze immer und immer wieder, wenn er auf der Toilette saß, in der U-Bahn stand oder in den Werbepausen der privaten TV-Sender. Dennoch trieb der Sinn der Worte fort von ihm wie eine Wolke, er feierte wilder denn je, und das war sein Verhängnis.

Etagen über null, 77 Grad Fahrenheit. Berlins coolste Clubterrasse mit Blick über die Skyline. Wie ein Monsterdildo thronte die Nadel des Fernsehturms über dem Alexanderplatz. Klitzekleine Menschenameisen hasteten über den Platz, aus der U-Bahn in den Fernbahnhof und zur Tram. Robert nippte auf der Terrasse an seinem Drink, lauschte der Housemusic und nestelte unsicher eine Zigarette aus seiner Hosentasche hervor.

Auf der Tanzfläche drängelten sich Hunderte Gäste. Er blickte betont gelangweilt in die Runde, drehte an dem kleinen Papierregenschirm in seinem Cocktail, da bemerkte er etwas, das ihn interessierte. Ein Mädchen kniete neben dem Tresen, direkt vor ihrem Freund. Langsam und mit einem Lächeln im Gesicht öffnete sie die Jeans ihres Freundes, Knopfnaht. Sie wollte ihm einen blasen und scherte sich nicht, dass andere Gäste ihr zusahen. Auch Robert starrte manisch hinüber. Hastig leerte er seinen Drink. Der Anblick hatte ihn angeturnt. Er verließ den Club.

Ein paar Häuserblocks entfernt kehrte er in eine Bar an der Torstraße ein. Er wartete, bis eine Toilette frei wurde, alle waren dort schwer und lange beschäftigt, dann legte er sich auf einem Klodeckel einen Rest mit Speed, das er als eine Art Notfallration mitgenommen hatte. Wenig später floss ihm der Schweiß in Strömen kleiner Rinnsale den Rücken hinunter. Er hatte Angst, dass irgendein durchgeknallter Dealer Müll in das Zeug gepanscht hatte. Robert eilte nach Hause, das Handy in der Hand, jederzeit bereit, einen Notarzt anzurufen. Hinter dem Horizont kroch blutfarben die Sonne hervor. Das Licht beschämte ihn, er ließ in seiner Wohnung als Erstes die Rollläden herab, dann verkroch er sich unter einer Decke.

Erst am Abend wachte er wieder auf. Sofort kramte er einen Rest von Habibis „gutem grünem Spargel" hervor, den er unter einem Blumentopf deponiert hatte.

Passt doch, alles chic, fehlt nur der Sex.

Er rief Lady Zora-Caprice an und bat sie um den Hausbesuch einer Hure. Sie schickte ihm eine Polin in Ganzkörpernetzkostüm und High Heels. Die Prostituierte offenbarte ihm bereits nach zehn Minuten, die sie noch in ihren Mantel gehüllt auf seiner Chesterfield-Couch verbracht hatte, dass sie Chrystal möge.

„Ist das nicht supergefährlich. Es soll doch schnell abhängig machen?"

Agniezska, so hieß die Polin, lächelte. Sie ging zum Spiegelschrank in seinem Bad und entfernte ihr Zungenpiercing, „klackert so bei Küssen".

„Müssen wir eh nicht", sagte er.

„Hast du etwas Öl zu hause. Du kannst mich gern hinten rein ficken. Weißt Du, wir Frauen haben nämlich drei Arten des Orgasmus, den vaginalen, den klitoralen und den analen. Ich habe auch mal Sex mit Tüte über Kopf gemacht, wänig Sauerstoff, hat mich sehr geil gemacht."

„Aja." Robert lief in die Küche und kam mit einer „Attraktiv&Preiswert"-Speiseöl-Flasche zurück. Agniezska lag auf dem Bauch.

„Hm, reib mal schön ein."

Er rieb ihren Rücken ein, aber nicht das Rektum.

„Lass uns mal einfach liegen", sagte er, während er ihr noch einmal das nunmehr fast leere grüne Kokspäckchen reichte. Zuvor hatte er mehrere Lines ohne Pause genommen. Nun saß er zitternd neben einer Buddhastatue, die er von einer seiner Reisen nach Laos mitgebracht hatte.

Agniezska schaute ihn aus schreckgeweiteten Augen an.

Die Bettdecke hatte sie bis zu ihrem Kinn nach oben gezogen.

„Du siehst völlig irre aus, ich habe Angst vor dir, kann ich gehen, du wirst mir doch nichts tun, oder? Geld kannst du behalten."

„Wenn du magst ..."

Er rief ihr ein Taxi. Als sie weggefahren war, er hatte sie von einem Balkon beim Einsteigen beobachtet, holte er sich einen runter. Besser gesagt: Er versuchte es, aber es funktionierte nicht. Missmutig ließ er sich aufs Bett fallen. Er lag lange wach, zählte von 1 bis 100, um einzuschlafen. Aber es klappte nicht.

Kurz nach 8 Uhr zog er sich an und schlappte zu einer benachbarten Bäckerei, er verspürte kaum Appetit, nur ein wenig Durst. „Zwei Schrippen und einen Latte Macchiato, bitte! Und haben Sie vielleicht auch einen Wellnessdrink?"

Der Ladeninhaber schaute ihn verständnislos an. Hinter ihm keifte eine alte Frau: „Noch so ein Drogensüchtiger, von denen sich jetzt schon so viele in unserem Kiez rumtreiben ..."

Robert vermied den Blickkontakt mit ihr, lief zu den Mülltonnen hinter seinem Haus, schmiss die Brötchen hinein und fingerte aus einer der Tonnen ein Boulevardblatt heraus. Die hinteren Seiten waren voller Nummern von Escorts und Huren. Eine pries sich als „nette Russin" an.

„Muschinskaya ... ich will und werd', la-la-lalala-lalala." Robert lachte irre, sein Blick fixierte die Anzeige, er griff zum Handy.

„Hier Conny ..."

Er nannte ihr seine Adresse.

„Bitte mach' schnell, ich bin scharf ..."

Minuten später klingelte es an seiner Tür.

„Hallo?"

„Der Pizzaservice", schallte es aus der Gegensprechanlage. Sie trug ein pinkfarbenes Top, schwarze Leggins, darüber billige Kappenstiefel und extrem hohe Absätze, das mochte er. Conny war von anderem Kaliber als Agniezska, dachte Robert.

„Kann ich auch haben?", fragte sie in brüchigem Deutsch, sie kam auch aus Osteuropa.

Er reichte Conny das Koks-Briefchen. Sie rannte sofort in sein Badezimmer, zog eine Scheckkarte aus ihrer Hosentasche und zerrieb ein Kügelchen des Pulvers auf dem WC-Tischchen.

„Hast du 80 Euro, bitteee sofort."

Robert reichte ihr das Geld – „Was gibt's dafür?"

„Blasen, ficken, lecken."

„Zieh dich aus!"

„Hab doch Geduld, Süßer!"

Conny drängte Robert zu seiner Chesterfieldcouch, zog ihm die Hose herunter und seine handgenähten Budapester aus.

„Das sind ja feine Dinger." Conny drehte einen seiner Maßschuhe langsam in ihrer rechten Hand herum, musterte ihn lang und zog dann den Schnürsenkel heraus.

„Ich bin gern böse Mädchen." Sie band mit dem Schnürsenkel seine Eier ab.

Robert betrachtete interessiert, wie sein Hoden anschwoll und rosafarben wurde.

„Und jetzt", rief sie, den Schnürsenkel mit einem plötzlichen starken Ruck anziehend, „wirst du GEIL." Noch einmal zog sie ruckartig an dem Schnürsenkel. Er lachte laut, sein Glied hing schlaff herab, halb blau, vom Blut abgeschnürt, in dem Schnürsenkel.

„Ein typischer Koksschwanz", stammelte er betrunken, während sie dümmlich grinste.

„Ich könnte eine Freundin anrufen, die auch Polin ist. Weißt du, ich bin nämlich auch ein bisschen lesbisch, hihi. Ich habe aber auch noch eine russische Freundin, falls du die andere nicht magst", sagte sie und bugsierte ihn zu einem riesigen Barockspiegel, der in Roberts Wohnzimmer stand. Conny blickte in den Spiegel.

„Wir sind schönes Paar."

„Ja, sicher, ruf mal deine polnische Freundin an. Ich will, dass du sie, ähm …, unten küsst, so richtig frech, ja?"

Sie griff zum Telefon. Es war keine halbe Stunde vergangen, da schrillte die Klingel an Roberts Wohnungstür, eine schlanke Frau, derangiert und ebenfalls betrunken, stand davor, sie kam offenbar gerade aus einem Puff.

„Zieh dich aus, da ist das Bad", sagte Robert.

Wenige Minuten später kam Connys Freundin aus dem Bad, sie trug nur noch ihre High Heels, Roberts Fetisch.

„Wir sollen beide ...", sagte Conny.

Ihre Freundin nickte. „Dann kommt mit zur Couch." Die Freundin setzte sich auf die Armlehne der Couch, Connys Kopf presste sie in Richtung ihres Schoßes, dann nahm sie Roberts Schwanz und fing an, ihn zu bearbeiten. Er lag wie ein fleischernes Werkstück in ihren Händen, sie würde das gute Stück schon hart bekommen, auch wenn es momentan schwächelte. Aber damit hatte sie Erfahrung. Von den Wirkungen des weißen Pulvers ließ sie sich nicht aufhalten. Sie durchwalkte Roberts Schwanz wie einen Teigballen, zog an ihm, drehte, rubbelte, bog und sog, aber es half nichts. Das gute Stück wurde einfach nicht hart. *An mir liegt es jedenfalls nicht*, dachte das Escort, *dieser Schlappschwanz hier hat einfach zu viel Zeugs intus ...*

„Mach ich das gut", gurgelte Conny aus der Schoßregion ihrer Freundin. Die hielt mit der linken Hand Roberts Schwanz, mit der rechten kraulte sie durch Connys Kopfhaar, und wenn diese sich zu weit von ihrer Muschi entfernte, drückte sie sie wieder an ihr Allerheiligstes.

„Ich mag, wenn Männer hart sind, ein bisschen Schläge ist gut – gefällt dir das auch? Hat meine Freundin nicht gute Figur? Hab ich dir zu viel versprochen?" Über den Bauch der Freundin erstreckte sich eine riesige Operationsnarbe. Sie sah aus, als sei dort ein Alien oder ein anderes Monster entstiegen. Robert wollte es so genau auch gar nicht wissen. Müde ließ er seinen Kopf auf ein Kissen gleiten. Er konnte nicht abschalten, wollte es auch nicht. Der Rausch ließ bereits nach. Jede neue Line bewirkte nur eines: zunehmende Paranoia.

„Stimmt was nicht, Süßer?", rief Conny aus dem Bikini-dreieck ihrer Freundin hervor, während die andere Hure ihre kleinen Finger in Roberts Po steckte.

„You like?"

„Es stimmt alles, ich bin nur müde", lallte Robert, „und ihr müsst jetzt gehen". Die Frauen schauten verblüfft, wollten noch Stoff nachbestellen, Robert nicht. Er beförderte sie mit sanftem Druck zuerst zu ihren Kleidern und dann aus seiner Wohnung. Danach legte er sich aufs Bett. Die Zeiger seines Weckers standen bereits auf 5.30 Uhr morgens, um 10 Uhr musste er in dem Architekturbüro sein. Ihm graute davor.

Seelenfresser

Als Robert das Architekturbüro erreichte – er hatte keine Minute geschlafen, zwei Alka-Selzer sowie je eine Tablette gegen Sodbrennen und Nebenhöhlenentzündung eingeworfen – ging er sofort zum WC. Dort griff er in die rechte Innentasche seines Boss-Jacketts, fast als würde er eine Waffe ziehen, hielt Ausschau, ob sich jemand im Bad aufhielt, was nicht der Fall war, zog dann eine Wodkaflasche aus seinem Jackett hervor, die er in einem Kiosk gekauft hatte, und leerte sie in einem Zug. In Robert breitete sich eine angenehme Wärme aus. Er spürte, dass es zu viel Alkohol war, dass er zu schnell getrunken hatte. Sein Gesicht wurde flammend rot. Er warf voller Panik einen Kontrollblick in den Spiegel, glaubte zu sehen, wie sich die Poren zu beiden Seiten seiner Nase weiteten. Robert hatte das Gefühl, in der Zeit einzufrieren, handlungsunfähig zu werden.

Was soll ich nur tun?

Er verließ das WC übereilt und rempelte direkt davor eine Kollegin an.

„Ich muss mal kurz raus", rief er – voller Angst, sich im Büro ungewollt als *anders* geoutet zu haben – und rannte aus dem Büro.

„Da stimmt doch was nicht. Wie kann man ihm nur helfen?", flüsterte sie.

Robert wollte nur noch nach Hause. Er vermied den Blickkontakt mit der Kollegin und rannte über den Parkplatz zu seinem Auto. An einer Tankstelle besorgte er eine 0,5-Liter-Wodka-Flasche. Noch während des Fahrens setzte er die Flasche an und nahm einen kräftigen Zug daraus. Nach einer Viertelstunde beruhigte sich sein Körper.

Thornedike würde sagen, dass Alkohol nicht hilft, aber er hilft.

Am Abend betrank sich Robert im „Nolas", eine angesagte Bar in Mitte. Die Drinks detonierten in Roberts Schädel. Er lief zum nahen Weinbergsplatz, von Dealer zu Dealer. Sie boten ihm zusammengekratzte Reste an. *Ich laufe wie der Typ in „Berlin Callin" umher, zugedröhnt ohne Ende.* Es war sein letzter klarer Gedanke, bevor er auf einer Bank im Park eindöste. Er hatte nichts mehr gekauft, der Alkohol allein hatte ihn dieses Mal abgeschossen.

Momente wie diese nannte er *Seelenfresser*, dieser war einer der besonders schlimmen Art.

Am nächsten Morgen wachte Robert fröstelnd auf. Er tastete nach seinem Handy, denn er nutzte es auch als Uhr, zumal er sehen konnte, wer versucht hatte, ihn zu erreichen. Nur war sein Handy nicht mehr da, er war bestohlen worden. Auch das Portemonnaie und seine Nike-Schuhe waren weg. Er stand auf, lief ein paar Hundert Meter, aber sein Kreislauf streikte. Völlig erschöpft sackte er an der Greifswalder Straße auf eine Steinmauer, ihm war schwindelig geworden. Es waren 24 Grad, er dachte, er würde im nächsten Moment tot umfallen.

Robert winkte ein Taxi heran und ließ sich zum „Soho House" fahren, um dort zu entspannen. Nach zwei Stunden fühlte er sich soweit wieder hergestellt, dass er sich zu einem Besuch der Dachterrassen-Bar entschloss. Eine Gruppe von Briten und Amerikanern sprang mit ihm in den Fahrstuhl, der sie in die obere Etage brachte. Robert musterte die lederne Innenauskleidung des Fahrstuhls. Jemand hatte mit einem spitzen Gegenstand einen Penis hineingeritzt. Robert erinnerte das Zeichen kurioserweise an einen Zoobesuch mit Renée in seiner Kindheit.

Sie hatten vor dem Elefantenhaus eine kleine Pause eingelegt, nachdem Robert auf dem benachbarten Spielplatz immer wieder die dortige Riesenrutsche erklommen und sich dabei völlig verausgabt hatte. Renée spendierte ihm ein Capri-Stieleis. An dem Eis lutschend und darüber sinnierend, warum so viele Artikel damals den Namenszusatz „Capri" trugen, beobachtete Robert, wie ein Elefantenbulle, der der unangefochtene Chef des Rudels war, langsam seinen Penis aus einem großen fleischernen Sack herausschob. Der Penis hatte den Umfang eines Männerarmes. „Werde ich auch so ein großes Ding haben?", fragte Robert. Renée hatte schallend gelacht.

Cocktailschlürfend beobachtete Robert die am Pool des Soho-Houese posierenden Mädchen, die gelangweilt auf ihren Smartphones herumtippten. Gelegentlich mussten sie sich der Annäherungsversuche Pilotenbrillen tragender Männer erwehren. Robert lachte, verließ die Poolterrasse und ließ sich eine Etage tiefer auf ein Sofa fallen. Fast alle Plätze waren besetzt, ein Paar rückte an seinen Tisch heran. Ein älterer Unternehmertyp und eine langhaarige Schönheit. Sie erzählte, dass sie Ballett in New York gelernt hatte, in Brüssel für irgendeine hochgeheime Einrichtung arbeitete und nun für ein Ministerium in Berlin tätig war. Das klang aus Roberts Sicht nicht ganz schlüssig. Er dachte kurz nach, während der Unternehmertyp eine Runde Wein spendierte.

„Wo lag denn das Ballettstudio in New York?", fragte Robert beiläufig, dort kannte er sich ja aus.

„An der 74. Straße, Steps-on-Broadway!", antwortete sie. Eine junge Frau vom Nachbartisch hatte gelauscht, drehte sich nun zu ihnen und sagte: „Also ich hatte bei John Neumeyer Unterricht, in Hamburg ..." Die Langhaarige ignorierte die Bemerkung.

„Toller Laden", sagte Robert das Thema wieder aufnehmend, „ich hab nebenan gearbeitet. Bist du auch immer im

Erdgeschoss zu ‚Rickys‘ gegangen? Da gab's doch tolle Salate.“

„Ja, ‚Rickys‘, genau.“

Für diese Lüge müsste ich dir eigentlich eine Abreibung verpassen, Madame Langhaar, denn es gibt dort gar keinen ‚Rickys‘, nur einen Fairways-Markt. Lügen mag ich gar nicht. Ich würd gern und ich möchte...

Er grinste. Sie erwiderte sein Lachen unsicher und notierte ihre E-Mail-Adresse auf eine Serviette, die sie ihm zum Abschied in die Hand drückte. Im Herrenklo schnäuzte Robert in die Serviette und warf sie ins Klo.

Schwerelos durch Versailles

Seine Arme rissen auf, und aus den Hüllen der Haut quollen dicke Stränge blutigen zuckenden Fleisches und sie wucherten und fielen zuckend auf den Boden. Er riss sich die Fleischstränge aus seinem Körper, solange, bis sich die Wunden schlossen und alles *gut* war. Robert schrie, dann wachte er auf. Es war ein alter Kindheitstraum. Noch lange nach dem Aufwachen zitterte er. Auch weil das Bettzeug um ihn herum mit Blut befleckt war. Er untersuchte seine Arme, die unversehrt waren. Die Herkunft des Blutes blieb rätselhaft.

Neben all dem Grauen, das Robert in sich selbst erschuf, gab es jedoch auch Momente des Schönen, die ihn ablenkten, von seinen Ängsten. Er traf Schana, eine Arbeitskollegin, sie hatte ihn zu sich nach Hause eingeladen. Mit einem Arzt bewohnte sie eine schöne lichtdurchflutete Wohnung in Dahlem. Ihr Mann, der Chefarzt einer bedeutenden Berliner Klinik war, finanzierte sie. Alles war im Bauhausstil gehalten, der Typ muss ein Bauhausfanatiker sein, dachte Robert, während er sich in der Wohnung umschaute.

Schana erzählte, dass sie die berufliche Auszeit genieße, die ihr das Kind ermögliche. Sie wurde von einem Klingeln an ihrer Haustür unterbrochen, ein Postmann. Lächelnd, als handele es sich um eine Sendung, auf die sie schon lange gewartet hatte, legte sie Robert für einen kurzen Moment ihr

Neugeborenes in den Arm.

„Behalt es ruhig noch einen kurzen Moment." Schana band aus einem langen Umhängetuch eine Tragemöglichkeit für das Baby, dann nahm sie es wieder an sich.

So fühlt es sich also an, ein Leben zu tragen, Verantwortung zu haben. Alle Zeichen stehen für dich auf „go", mein Kleines. Kaum etwas ist gesetzt, fast alles möglich. Du Kind noch aller Optionen, du hast es gut. Was soll dein Weg sein? Sag es, und es wird wahr. Du kannst nur ein Gewinner sein, wirst nicht leiden müssen durch deine Eltern, keine Missachtung erfahren.

Robert war deprimiert. Er hatte das Gefühl, als hätte jemand einen Teil von ihm selbst fortgerissen. Schana erzählte von ihrem Glück, er freute sich für sie und musste kurz an den Jungen und das Baby denken, die er einst vor ihrer drogensüchtigen Mutter in New York gerettet hatte. Wie es ihnen heute wohl ging?

Zu Hause ließ er sich in den Schneidersitz nieder, den Blick auf ein Buddhabild an der Wand gerichtet. Robert konzentrierte sich auf seinen Atem. Ein und aus, ein, zwei, drei, vier ... Er richtete seine Aufmerksamkeit auf das leichte Kitzeln an der Nasenspitze, die Trockenheit auf den Lippen. Er ließ die Gedanken fortziehen, wie Wölkchen am Himmel. Schließlich kippte er zur Seite – in einen traumreichen wundersamen Schlaf.

Er betrat einen Raum, so riesig und prunkvoll wie jene in Schönbrunn und Versailles. Robert eilte an Spiegelwänden vorbei, durch Galerien und Prunkkammern, doch er fand nur die Leere und sich, als zehntausendfaches Spiegelbild. Ein Bild, von dem er Thornedike oft berichtet hatte. Ein vermasster x-fach-Robert. Er ertrug den Anblick nicht. Kraft seiner Gedanken verließ er seinen Körper, der alterte, zerbröselte und verwehte. Dann wachte er auf.

Robert lag auf seinem Bett. Die Sonne schien durch den roten Ahorn vor seinem Balkon, und der Wind ließ die Schatten der Zweige hin und her wirbeln. Sie tanzten über sein Gesicht. So ein Licht hatte er zuletzt in Imperia, einem kleinen Ort in Ligurien, gesehen. Er sehnte sich dorthin zurück, flog nach München und mietete ein Auto. Am Tag darauf saß er auf der Terrasse des Malers Baletti, den er seit Jahren besuchte und der ihm wie stets einen Tee mit Gingko-Biloba-Extrakt reichte.

„Wollen Sie reden? Ich muss reden! Rede ich Ihnen zu viel?", fragte Baletti.

„Keineswegs." Robert kostete den Tee.

„Gingko-Bäume gab es schon, bevor unsere Vorfahren die Schlucht verließen." Baletti sprach über den ostafrikanischen Grabenbruch, der Somalia und Teile Äthiopiens eines Tages von Afrika abspalten würde. Ein Kontinentalspliss, Ergebnis der Schollendrift. Die Erde war dort ihr Hebel selbst. Der Gedanke inspirierte Baletti.

„Das ist die wahre Macht der Materie. Einfach faszinierend. Das ist etwas ganz und gar Ungeheures, eine Überwältigung. Was für Kräfte." Der Künstler lief nun zur Hochform auf.

„In dem Bruchland-Valley stapften einst Lucie und die ersten primatenähnlichen Wesen umher. Das ist eine Fundgrube für Hominidenschädel." Einige Artefakte aus der Zeit fanden sich auch im Lagerschuppen des Malers, sie stammten von einer Expedition, bei der der Künstler einst einige Archäologen begleitet hatte. Er war auch ein Sammler.

Aus der Küche hinter der Veranda drang die Stimme eines Radiomoderators. Eine große deutsche Bank hatte in den USA massenhaft mit Immobilen spekuliert. Weil dies auch andere Banken getan hatten, die sich gegenseitig dafür Kredite geliehen hatten, befürchteten Experten nun eine Kettenreaktion von Firmenzusammenbrüchen, eine Implosion des Weltfinanzsystems.

„Man müsste die Verantwortlichen exekutieren", sagte Robert emotionslos.

„Wir brauchen radikale Lösungen für radikale Leute. Ich stimme Ihnen da vollkommen zu. Warten Sie, ich zeige Ihnen etwas ..." Baletti rannte in sein Haus, Robert hörte, wie er Schränke und Schubladen durchwühlte, dann stand der Maler triumphierend neben ihm.

„Sehen Sie!" Der Künstler hielt eine jener Masken in der Hand, wie sie Demonstranten der Anonymus-Bewegung weltweit trugen, die Maske des Rächers aus „V for Vendetta". V nahm Rache an den Steuermännern dieser Welt. Ein Anonymous. Die Maskerade wurde nun zur Folklore des Widerstands, selbst in China.

„Ein System, in dem die Masse ärmer wird, aber eine kleine Oberschicht immer reicher. Eine Welt, in der sich die Mächtigen in der Illusion der Außenweltgestaltung austoben und alles Innere auf null setzen, wird vergehen", sagte Robert kalt und starrte hasserfüllt in die Ferne.

Der Maler guckte verängstigt, wobei nicht festzustellen war, ob es Roberts Worte waren, die ihm Furcht einflößten, oder die Art und Weise, in der Robert diese betont hatte. Er ging nicht auf Roberts Feststellung ein, lenkte das Thema stattdessen auf den Ausgangspunkt ihrer Diskussion zurück.

„Wussten Sie eigentlich, dass die Europäer wohl nur von 12 oder 14 Familien abstammen, die aus Afrika kamen. Das haben Untersuchungen der mitochondrialen DNA ergeben, also des weiblichen Erbgutes. Das mutiert nämlich weniger schnell als das männliche. Durch einen Abgleich ..."

Buletti hätte Gefallen an U-Bootkommandant Handke gefunden, dachte Robert, der hatte doch auch erzählt, dass alle Menschen Afrikaner seien, so wie Nelson Mandela. Mit diesen Gedanken schlief Robert ein.

In Germanias Sumpfland

Hitler war gar nicht tot. Er lebte fort in den Ungetümen seiner Muschelkalkruinenarchitektur. Im Berliner Untergrund.

Freya, eine Architektin, führte Robert durch Berlin, vorbei an den Zeugnissen des Dritten Reiches: Dem Schwerbelastungskörper, der die Standfestigkeit von Speers Großer Halle testen sollte. Zum Glockenturm am Olympiastadion, zur Olympia-Siedlung von 1936 westlich von Berlin. Und

282

nach Tempelhof, eine Besichtigung der Hallen unter dem Terminal. Während des „Endkampfes" um die Reichshauptstadt waren dort Jagdflugzeuge montiert worden.

Robert war auf die Tour im Internet aufmerksam geworden. „Discover the dark glamour of the Third Reich" stand auf Freyas Homepage. Robert hatte die Premium-Tour gebucht. Freya, die Chefin der makabren Eventagentur, führte persönlich.

Das Böse war untergetaucht. Tief im Berliner Boden des einstigen Urstromtales hatte es die Zeit überstanden. Im Tiergarten. Das war ihr erstes Ziel.

Robert stapfte mit Freya durch den Park, abseits der üblichen Wege. Über ihren Schultern trug sie zwei zusammengerollte Seile, an ihrem Gürtel hingen Karabinerhaken. Bei der Begrüßung hatte Freya ihm bereits einen Helm gereicht.

Immer undurchdringlicher wurde das Dickicht. Dann stoppte sie.

„Hier ist es." Sie zog aus ihrem Rucksack einen Metallhaken hervor und hebelte mit ihm einen Gullydeckel hoch, den Robert nicht entdeckt hätte. Der Deckel war voller Laub gewesen.

„Der Vorteil von GPS", sagte Freya und deutete auf ein kleines schwarzes Gerät, das mit einem Klipp an der Brusttasche ihres Safarihemdes befestigt war. Robert spähte durch die Gullyöffnung in die Tiefe des Schachtes. Er konnte das Ende des Schachtes nicht sehen.

„Das haben wir gleich."

Freya, deren blondes Haupt zu einer 20er Jahre Wellenfrisur zurechtgegelt war, kramte aus der Seitentasche ihrer Khakihosen einen Leuchtstab, knickte ihn, dann schleuderte sie ihn in die Tiefe. Es dauerte einige Sekunden, bis der Stab aufschlug. Von unten glimmte ein phosphorisierendes Glimmen herauf.

„Du bleibst hier", sagte Freya zu ihrem Schäferhund, der sie bis zu dem Schacht klaglos begleitet hatte. Der Hund hieß „Thor". Robert fand das etwas befremdlich.

„Wie kamen Sie denn ausgerechnet auf diesen Namen?",

fragte er, während sie zwei Führungsseile in die Tiefe warf.

„Meine Schwester heißt Elrune, mein Bruder Wotan. Unser Vater, Hagen, fand das gut, diese Namen. Eine Art ‚Komplex‘, wissen Sie ..."

Robert fröstelte es. Dann bedeutete ihm Freya, die kleine Lampe an seinem Helm anzuschalten. Sie stiegen die Leiter hinab. Es ging Dutzende Stufen nach unten. Die Lichtstrahlen erhellten eine lange Halle, deren Boden unter Wasser stand.

„Sie sehen, dass wir nicht umsonst Gummistiefel angezogen haben", sagte Freya.

„Wo sind wir hier überhaupt?", fragte Robert.

„Das ist Teil einer Autobahn, die den Spreebogen unterqueren sollte. Daneben war eine U-Bahn geplant und eine S-Bahn. In etwa so wie im Berlin der Gegenwart. Hitlers Architekt Albert Speer wollte keinen Verkehr im Regierungsviertel. Nur einen Raum von Großskulpturen. Imperiale Machtarchitektur mit Weltherrschaftsanspruch. Eine Architektur der Einschüchterung und Anbetung Germania!" Das letzte Wort hatte sie gebrüllt, deutlich leiser fuhr sie fort: „Ein Mausoleum für Hitler hätte es übrigens in Berlin nicht gegeben. Das sollte nahe seiner Heimat in Linz errichtet werden."

Freya schwieg und blickte mit glänzenden Augen zum Ende des Tunnels, der an einer schnöden Betonwand endete.

„Wer hat das errichtet, waren das Zwangsarbeiter oder die Organisation Todt?", fragte Robert. Freya schwieg weiterhin.

Irgendetwas stimmt mit dieser Frau ganz und gar nicht.

Er entschloss sich, Freya mit seinem Diskurs über Architektur weiter abzulenken.

„In der Toskana gibt es sehr schöne Gräber der Etrusker, an der Küste, bei Popolonia, eine Landschaft so schön wie in einem Hollywoodfilm. Mit sanften Hügeln, Pinien, langen Stränden und seichtem Wasser. Nero besaß übrigens in Bastia ein Haus in ähnlicher Landschaft. Der Imperator hasste das nach Kloaken stinkende Rom. Ich finde, dass Berlin auch ein Sumpf ist. Wussten Sie, dass das slawische Wort für Berlin exakt das bedeutet?"

Freya zog einen Stick aus ihrer Hosentasche, dann wandte sie ihm ihren Rücken zu. Er hörte es zweimal kurz zischen.

„Ah, tut das gut ..., tut das gut, au, arhhh."

Freya wandte sich ihm wieder zu, sie wirkte verändert, ihre Augen hatten einen irren Glanz.

„Was ist ... das ... für eine Art von Nasenspray? Ich habe so etwas schon mal in Venedig gesehen, bei ..."

„Ein hochwirksames ..., eine Stimulanz, kommt aus den USA, der letzte Schrei ..., ich ... Möchten Sie auch eins? Der Inhalator kann auch für... andere Substanzen benutzt werden." Ohne seine Antwort abgewartet zu haben, drückte sie Robert eine silberne Ausgabe des Inhalators in die Hand.

„Wir müssen wieder nach oben. Es geht weiter nach Charlottenburg. Zum Abschluss zeige ich Ihnen das Bordell, in dem Hermann Fegelein, der Schwager von Eva Braun, im April 45 festgenommen wurde. Mit Huren und Kokain. Sie wissen ja, dass er erschossen wurde, oder? Auch Graf Ciano, Mussolinis Außenminister, war öfter in dem Etablissement, heißt es. Die Gestapo bespitzelte dort auch oberste Reichsleute, manchmal auch sich selbst. Das wissen Sie doch sicher auch."

„Ja, äh ..., sicher", Robert bemühte sich, etwas Intelligentes beizusteuern. „Forscher glauben, in einigen ägyptischen Mumien Reste von Koffein und Kokain gefunden zu haben, was bedeutsame Fragen aufwirft. Denn beide Pflanzen gab es damals nur in Südamerika. Vielleicht hatte also der norwegische Forscher Thor Heyerdahl doch recht, der glaubte, dass die Ägypter vor Jahrtausenden bereits mit ihren Papyrusschiffen den Atlantik überquerten ..."

Sie hatten mittlerweile wieder die Ausstiegsöffnung des Schachtes erreicht. Freya bugsierte den Gullydeckel in seine Ausgangsstellung und streute Laub darüber. Thor streifte um ihre schwarzen Gummistiefel wie eine Katze. Robert musterte den Hund, dann Freyas Stiefel, die in hohen Knie-kappen endeten.

Wo gibt es so etwas zu kaufen?

Es war Zeit, fand er, sich zu verabschieden.

„Vielleicht verschieben wir das mit dem Bordell aufs nächste Mal? Also es war sehr informativ, ja, das muss ich sagen."

„Wenn Sie mehr wissen wollen, über die Architektur des Reiches und die damalige Zeit in Berlin, Graf Cianos Ex-zesse, oder über die Kurtisanen der SS-Bosse, dann rufen Sie mich an. Ich habe diesbezüglich *umfassende* Kenntnisse und biete gewisse Erlebnistouren an. Sie wissen, wo Sie mich finden. Ich bin immer bereit!", sagte Freya und führte zwei Zeigefinger an ihre Stirn, wie es lässig grinsende Offiziere in Nachkriegs-Hollywoodfilmen taten.

Robert zweifelte nun gänzlich an Freyas Verstand. Sie ließ sich nichts anmerken, gab Thor einen Stupser, der auf den Beifahrersitz ihres alten Daimler-Coupés sprang.

Du hättest gut auf Hitlers Berghof gepasst. Ciao.

Robert winkte ihr nach. Der von Drogen bestimmte Abgang Hermann Fegeleins beschäftigte ihn noch länger. Und er wollte den Inhalator ausprobieren.

In ihrer Firma notierte Freya in ihre Besucherkladde, die sie wie ein Tagebuch führte: „Heute Typen getroffen, der mich aushorchen wollte. Vermutlich Bulle. Hat auch dumme Fragen nach der ‚Melange' im Sprayer gestellt. Als würde ich auf diese dumme Tour reinfallen. Wenn er noch mal anruft, werde ich vorbereitet sein."

Ibiza, als die Zwillingstürme stürzten

Raban, ein 62-jähriger Verleger, wollte Robert etwas Wichtiges erzählen. Sie trafen sich im „Café Einstein" Unter den Linden, ein Treffpunkt der Fernsehleute, Wirtschaftsbosse, Lobbyisten, Minister und Abgeordneten.

Raban sah mitgenommen aus, war jedoch euphorisch.

„Ich habe, was meine Bücher und Ratgeber anlangt, das Internet komplett verschlafen, all seine Chancen und Möglichkeiten. Aber jetzt will ich nochmal angreifen. Noch einmal *angreifen* ... und gewinnen. Ich kann doch nicht nur auf Madeira sitzen und Rosen schneiden, das ist nichts für mich."

Raban entwickelte mit zwei Freunden eine App für iPhones und Handys. Die drei alten Herren trafen sich regelmäßig in der Mensa der Technischen Universität. Oft lachten sie dann, wenn die Entwickler und Nerd-Typen der Post-Post-Golf-Generation um sie herumeilten und, mehr amüsiert als interessiert, die IT-Grannys anschauten.

Robert war nicht klar, wozu ihn Raban an seiner Seite haben wollte. Der Unternehmer schielte wie ein Wolf über den Tisch, auf dem ein Kännchen mit grünem Tee stand. Er sah Roberts Blick, der versuchte, die Schrift auf dem Etikett zu lesen, das an einem dünnen Faden neben dem Kännchen baumelte. *Verdammt, ich kann es nicht entziffern, was ist das für eine Teesorte, sollte ich vielleicht meine Augen lasern lassen?* Robert kniff seine Augen zusammen, was leichte Krähenfüße um diese herum entstehen ließ, dann wurde er von einem überraschenden Bekenntnis Rabans abgelenkt.

„Ich war Alkoholiker. Nun trinke ich nichts mehr. Schon lange nicht, sehr lange nicht."

„Aha, sagte Robert, um sogleich das Thema zum Ausgangspunkt zurückzulenken, „ich finde, deine Internetidee kommt zur richtigen Zeit, so etwas gibt es auf dem Markt vermutlich noch nicht."

„Nicht nur vermutlich. Es gibt sie nicht." Raban strahlte über das ganze Gesicht.

Robert hörte ihm aber kaum noch zu, er dachte an Alkohol. Raban hatte das Stichwort geliefert.

„Du entschuldigst mich, bitte ...", sagte Robert zu dem Verleger, der die ganze Zeit über geredet hatte, ohne dass Robert etwas von seinen Ausführungen verstanden hätte.

Er griff zum Handy, wählte instinktiv die Nummer, die er schon den ganzen Abend lang hatte anrufen wollen.

„Hallo?", knarrte die Stimme am anderen Ende.

„Am Gendarmenmarkt, in 15 Minuten, ja?"

„Okay, ich komme. Welche Beställung darf ich bitte aufnähmen?"

„Zwei Mal Pizza, die Spezialpizza, bitte. Mit extradickem Belag."

„Ich verstäh, 15 Minuten, bis gleich."

Robert verabschiedete sich von Raban unter einem Vorwand, dann knüllte er die Geldscheine zusammen.

Am nächsten Tag wusste er nicht mehr, wann und wie er nach Hause gekommen war. Es war nicht das Einzige, das ihn nachdenklich stimmte. In seiner Badewanne lag ein Büschel langer schwarzer Haare. Robert betrachtete sie näher. Die Haare waren offenbar ausgerissen worden, denn an vielen hingen noch die kleinen Talgknollen der Wurzeln. Grüblerisch und mit verängstigtem Gesicht sackte er in die Hocke, versuchte zu erinnern, wie die Haare in die Wanne gelangt waren. Es gelang ihm nicht. *Blackout nennt man das wohl.*

Die Berliner Lokalnachrichten meldeten, dass eine bis zur Unkenntlichkeit verstümmelte Frau aus dem Landwehrkanal gezogen worden war. Sie musste eine gute Figur haben, war von großer Gestalt und skalpiert worden. Im Fernsehen wurden Bilder von ihr gezeigt, manche waren mit einem milchigen Schleier überdeckt. Die Fernsehreporter schilderten das Aussehen. In ihrer linken Augenhöhle steckte ein Stiletto von Versace. Sie sah aus wie die Frau, die Ballettunterricht am Broadway genommen hatte, dachte Robert.

Er klinkte sich auf Facebook ein. In seinem Postfach waren 124 ungelesene Mails. Die letzte stammte von Andreas, einem Ex-Kommilitonen. Er lud ihn zu einer Kurzreise nach Ibiza ein. Robert mochte die Insel. Die kleinen Läden unterhalb der Kreuzfahrerfestung in Ibizas Altstadt, die Gerüche, die immer von indischen Räucherkerzen und etwas Zimt durchdrungen waren, und die Hippiemode, die immer noch angesagt war, auch wenn es nur Folklore war. Und so sagte Robert spontan zu, packte ein paar Unterhosen und Hemden ein, dann machte er sich auf den Weg. 24 Stunden später lag er mit Andreas am Strand der Salinas. Aus dem „Jockey

Club" nebenan dudelte Loungemusik. Weiße Segeltuchplanen flatterten in der Brise, ein Mädchen schwenkte bunte Stangen durch die Luft, an denen lange Stoffbänder hingen. Neben ihnen knetete ein auf einem Rollfuton sitzender Spanier eine pummelige Touristin durch.

„Ahh, ohh." Die Pummelige genoss, wie der Masseur ihr Fleisch durchwalkte. Er war ein zäher Typ mit sehr definierten Muskeln. Einige seiner Kundinnen schleppte er ab.

Auch Andreas meinte, sich auf die Verführung von Urlauberinnen bestens vorbereitet zu haben. Er schmökerte in „The Art of Seduction", einem Buch, dass die hingebungsvolle Liebe und Unterwerfung beschrieb. Andreas, ein Riese von um die zwei Meter Größe mit kleinen Händen und Füßen, aber einem großen Herz und einer ebenso großen Portion Schüchternheit, beobachtete zwei Mädchen, die sich neben Robert und ihm auf den Strand gelegt hatten. Gelegentlich trieb die Wucht der Brandung, die auf den Felsriffen in Strandnähe zum Halten kam, ein paar feine Gischtschwaden in ihre Richtung. Es war die einzige Abkühlung an den Salinen. Denn der Strand war ein Backofen. Fern, am Horizont, weit weg auf See, erkannte Robert ein weißes Segelschiff, dessen Ra voll in den Wind gedreht war. Über dem Schiff hing ein dünnes Wolkenband. Ein Bild von betörender Schönheit, und Robert wusste, dass er es nicht würde halten können, so wie alles.

In der Lagune dümpelten rund ein halbes Dutzend Motor- und Segeljachten. Von einer der Yachten schoss ein Jetski Richtung Strand. Mit einer scharfen Kurve und einer gehörigen Portion schauspielerischen Könnens stoppte die Fahrerin das Vehikel. Ihr langes blondes Haar flatterte im Wind, eine Spiegelreflex-Pilotenbrille verdeckte ihre Augen. Sie hüpfte von dem Jetski und fiel in die Arme eines Adonis-Typen. Robert lachte, was für ein *Film, ein irrer Film.*

Andreas hatte von all dem nichts mitbekommen. Er war völlig in „The Art of Seduction" vertieft und referierte gelegentlich aus dem Buch über Tricks und Methoden, Kniffe des Kennenlernens, über Übungen eines Gentleman, der

Frauen überwältigte. Stundenlang. Zwischendurch schaute er immer wieder scheu zu den beiden Mädchen hinüber, die von ihm jedoch keine Notiz nahmen. Sie brauchten es auch nicht. Während Andreas sich neue Tricks der Verführungskünste anlas, nahmen neben den beiden jungen Frauen zwei Spanier Platz. Robert konnte nun nicht mehr an sich halten, er hielt sich den Bauch, so sehr musste er lachen.

„Die haben sicher nie etwas von ‚The Art of Seduction‘ gehört. Sie greifen einfach an“, sagte Robert und grinste.

„You are so predictable“, antwortete Andreas, der ähnlich wie Robert gelegentlich oft ins Englische wechselte, wenn er komisch sein wollte.

Sie durchtanzten Ibizas Nächte, im „Pacha“, „Amnesia“. Der Hit war das „Devil's Inn“. Es bot einen Terrassen-Blick auf den Hafen von Ibiza-Stadt. Phönizier hatten dort einst angelegt, Römer, Karthager und Griechen. Nun dümpelten an den Kais zwei Riesenyachten eines russischen Oligarchen und amerikanischen IT-Milliardärs. Eines der Boote war extrem „Bond“-mäßig gestylt, Hunderte Schaulustige drängten sich an der Anlegestelle.

Andreas und Roberts Aufmerksamkeit gehörte jedoch einer jungen Tänzerin, die auf einem Podest vor ihnen tanzte. Sie trug ein Tigerröcken, weiße Lackstiefel und ein extraknapp geschnittenes und kaum verhüllendes Top. Sie lachte die Männer an, ihre Pupillen waren groß wie kleine Monde.

Am Ende der Tanzfläche, wo ein Fenster den Blick auf das großartige Panorama der Kreuzfahrerburg ermöglichte, rannte eine Frau über einen schmalen Steg, der zur Veranstaltungsbühne führte. Sie riss ihr Kleid herunter, zeigte ihre Brüste, rannte weiter auf die Tänzerin zu, gab ihr einen Zungenkuss und rutschte dann im Reitersitz auf einem Treppengeländer runter.

Sie will verspeist werden. Die Masse ist ihr Liebhaber.

Robert starrte fiebrig zu der jungen Frau hinüber. Die wenigen Männer neben ihm, die nicht schwul waren, taten es ihm gleich.

Die Frau fand es geil, sie starrte zum Herren-WC, das zur

Unisextoilette mutiert war und vor dem eine Meute feierwütiger Gäste stand. Unter den Beinen der Wartenden krabbelte ein junger Mann hervor. Anders war kein Rauskommen aus der Toilette. Im Fernsehen liefen Bilder der zerstörten Twin Tower in New York.

Robert verließ den Club und schnupfte etwas Speed, das ihm ein Dealer für 20 Euro zwischen ein paar Baucontainern verkauft hatte. Er war so euphorisiert, dass er Andreas vergaß. Er lief zur Vara del Rey, dem Hauptplatz der Stadt, setzte sich in ein Café und beobachtete die Gäste. Eine Australierin malte auf einem Rechnerpad einen Penis. Das Bild schickte sie über WLAN an ihren nur wenige Meter entfernt sitzenden Bekannten, der sich köstlich amüsierte. Er lachte, sie rannte auf Toilette, wieder und wieder, bis der Inhaber drohte, beide hinauszuwerfen.

Aus dem saloongleichen „Theatro Pureya" nebenan drang Live-Jazz.

„Vino tinto, por favor!" Robert trank, bis er lallte, er lächelte den Barkeeper an und sich selbst. Als er in den Spiegel schaute, sah er auch seine Freunde: Jack Daniel und Jim Beam. Grell geschminkte Drag Queens zogen auf der Straße vorüber. Ibizas Standardfolklore und Travestie.

Es war Zeit zu bezahlen. Er fuchtelte mit den Armen, zog eine Grimasse, suchte das Portemonnaie. Es lag vor ihm auf dem Tresen.

„Por favor, quantas Euro?" Robert wartete die Antwort nicht ab, steckte einen Geldschein zwischen Glas und Whiskyflasche und verließ die Bar. Auf der anderen Straßenseite hatte noch ein Schuhladen geöffnet.

„Gucci, Guccci, Guccccii-ii, Dolceee e Gabbanaaaaa, Guccciii, Guccci", rief Robert, als würde er Tauben zur Fütterung bitten. Einige der Frauen blicken verängstigt zu ihm hinüber und beschleunigten ihren Schritt, sie sahen sein Grinsen, seine verrückt dreinblickenden Augen.

„Dämliche F ..." Den Rest des Wortes verschluckte er, denn just im selben Moment waren zwei Polizisten der Guardia Civil aus einem benachbarten Geschäft herausgetreten.

Robert sah es und winkte hastig ein Taxi heran. Auf der Fuß-
matte im Fond des Taxis lag ein kleines durchsichtiges Plas-
tiktütchen mit weißem Inhalt. Er nahm es an sich, vier Stra-
ßenecken weiter ließ er den Fahrer halten. Robert fröstelte
leicht und zog den Kragen seiner Jacke nach oben. Die euphorisierende Wirkung des Alkohols war längst jener
dumpfen Nüchternheit gewichen, die stets auf ein wenig zu
viel an Alkohol folgte. Trübsinnig lief er den Bürgersteig entlang, dessen Platten aus kleinen quadratischen Fliesen bestanden und die so typisch für Spanien waren wie die Sani-
täreinrichtungen namens Roca. Er überlegte kurz, was er am
nächsten Tag mit Andreas im Supermarkt einkaufen würde,
etwas Milch mit Omega-3-Fettsäuren und Vitamin-D-Anrei-
cherung vielleicht, die Auswahl begeisterte ihn, sie erinnerte
ihn an die riesigen amerikanischen Einkaufsmärkte.

Dann blieb er stehen und schaute sich um. Ihm war, als
hätte er Schritte hinter sich gehört. Aber es musste eine Täu-
schung gewesen sein. Es war niemand zu sehen, auch kein
Auto der Guardia Civil, das ihn überraschen könnte.

Robert rannte in eine dunkle Seitengasse. Auf einem
Mülltonnendeckel schüttete er den Inhalt des Beutelchens
aus. Er schnupfte ihn in drei Zügen weg, ohne die Substanz
zu kennen. Extrem angestachelt, die Muskulatur um seinen
Mund herum hatte sich völlig verselbstständigt und spielte
Gesichtsdisco, aber das nahm er schon nicht mehr wahr, bog
er wieder auf die Hauptstraße ein. Mittlerweile war es deutlich nach Mitternacht. An der Straße standen in Abständen
von etwa 50 Metern Huren. Er sprach eine von ihnen an. Sie
hatte große dunkle Augenringe.

„Quanta ...?"

„30 Euro, 30 Euro, fucking fucking beautiful, Darling ...",
sagte sie, während sie ihm in den Schritt fasste. Sein
Schwanz war so weich wie eine zu lange gekochte Rinder-
roulade, was ihm trotz seines Zustandes peinlich war.

„I better go ...", antwortete er und begleitete sie dann
doch. Sie hakte sich bei ihm ein und bugsierte ihn in Richtung eines Ladens, dessen pinkfarbene Neonreklame im

Dunkel der Nacht unstetig flackerte und einen leisen Bs-bsss-Brumm-Ton erzeugte, so wie bei jenen unter Strom stehenden Gitterlampen, die ungeliebte Insekten anlocken und dann rösten.

Die Eingangstür des Lokals hing schief in den Angeln. Dahinter führte eine Treppe ins Souterrain, dann ging es durch zwei Flure, einmal links, einmal rechts, plötzlich standen sie in einem schummrigen, modrig riechenden Zimmer. Auf dem Bett lag ein Handtuch, auf der Ablage Cleenextücher und zwei in Goldfolie eingeschweißte Kondome. Im Zimmer war es schwülwarm. Aus dem kleinen und schiefen Waschbecken roch es nach Urin.

Sie riss seine Hose herunter, ihre Bluse ebenso. Sein Blick war auf ihre Brustwarzen gerichtet. Er nahm die Vorhöfe als extrem dunkel und die Nippel als ins Riesige vergrößert wahr. Ihm wurde schlecht, er ließ sich auf das Bett fallen. Am liebsten wäre Robert getürmt, aber er war einfach zu müde dazu.

„Please, suck my cock ..." Sein Schwanz wurde steif, sie versuchte, ein Kondom hinüberzustreifen, es war zu klein. Mit ihren Zähnen riss sie eine andere Packung auf, er schielte zu ihr hinüber, seine Sicht wurde unscharf. Er entdeckte ein Muttermal auf ihrer Schulter, das zu wachsen schien, während sie sein Ding bearbeitete, das nun wieder zu schrumpfen begann.

„Sorry, it's not your mistake ...", sagte er zu der Hure und zog sich an.

Diese drogensüchtige kaputte Schlampe, normalerweise müsste man sie...

Stunden später erreichte Robert das Hotel. Sein Hemd war zerrissen, die Hose stark verdreckt. Er tastete sich den Hotelflur entlang, zog die Magnetkarte durch den Türschlitz und spähte in das Zimmer. Andreas schlief tief und fest. Robert atmete erleichtert auf. In diesem Zustand durfte ihn sein Kumpel nicht sehen. Darum bemüht, Geräusche zu vermeiden, krabbelte er in sein Bett. Am nächsten Tag meldeten die spanischen Zeitungen, dass zwei britische Touristinnen verschwunden waren.

Dealerwitze

Es gab diesen einen Moment, an dem Robert dachte, seine Wahnvorstellungen und Sucht noch in den Griff zu bekommen, dass es nur einer Anstrengung bedürfe, wenn auch einer großen.

Aber gegen den Teufel in sich selbst kam er nicht an. Nach seiner Ankunft von Ibiza legte er sich zu Hause sofort zwei Lines. Die Wirkung ließ schnell nach, es folgte eine Depression, deren Nachhaltigkeit Robert überraschte. Zwar hatte er stets nach der Einnahme von Drogen irgendwann am Morgen danach eine große Leere empfunden, aber die Intensität *dieser* Depression übertraf alles, das er bisher in dieser Hinsicht erlebt hatte. Antriebslos und ohne jedwede Motivation verbrachte er einen ganzen Tag in seinem Bett. Zwei Mal befriedigte er sich, aber die meiste Zeit über lag er wach und starrte an die Wand, an der eine riesige Fotografie von Andreas Feininger hing. Sie zeigte die Route 66, darüber ein riesiger Himmel mit Schäfchenwolken. Die Straße war bis auf zwei an einer Tankstelle wartende Menschen leer.

Fast so leer wie ich. Wenn sich nichts ändert, springe ich vor die S-Bahn.

Er rief Thornedike an mit der Bitte um weitere Therapiestunden.

„Ich kann Ihnen keine mehr geben. Mehr bewilligt die Kasse nicht, es ist Schluss", sagte der Therapeut, „Ihr Hauptproblem ist, dass Sie keine Vorstellung vom Leben haben, verdammt, begreifen Sie das endlich!"

„Zunächst einmal muss ich meine Ängste in den Griff bekommen. Dann können wir über so etwas wie ‚Vorstellung vom Leben reden'", antwortete Robert. Er war zornig und erinnerte sich daran, wie er einst an der Uni einen Vortrag vermasselt hatte. Er fühlte sich von den Kommilitonen kritisch beäugt und war in eine immer schnellere Redeweise verfallen, um den Vortrag schnell zu Ende gehen zu lassen. Voll Grauen dachte Robert daran, wie er damals immer tiefer auf seinem Sitzplatz gerutscht war, um irgendwie den Blicken seiner Kommilitonen auszuweichen. Seine Hände verbarg er nach dem Vortrag unter dem Tisch, sie strichen unentwegt über seine Oberschenkel, eine Ausweichhandlung. ‚Gott, lass es schnell vorübergehen', hatte er gedacht, aber für ihn war der Moment zu einer Ewigkeit geworden.

Robert zwang sich zu einem anderen Gedanken, denn er schämte sich seines Verhaltens, das er als Versagen einstufte. Wie gut, dass es auch andere Menschen gab, die nicht perfekt funktionierten.

Er musste plötzlich an Rebecca denken. Einer ihrer häufig verwendeten Sätze in seiner Gegenwart war: *„Ich bin ja nicht blöd."* Offenbar, dachte Robert, hat sie einen ziemlich großen Minderwertigkeitskomplex, ist vielleicht noch unsicherer, als ich es bin. Kann es das geben? Hat sie, die sonst so gut analysieren kann, es nicht erkannt? Sie schien tatsächlich sehr unsicher zu sein. Darauf ließ auch ein Vorfall schließen, den er mit ihr erlebt hatte.

Rebecca war neben ihm aus unerfindlichen Gründen gestürzt und hatte furchtbar zu zittern begonnen, unfähig sich zu erheben, wie ein angeschossener Cyborg, ohne Kontrolle ihrer Glieder. Der Anblick hatte Robert schockiert. Doch als er ihr die Hand gab, war die Situation wie aufgelöst. Er hatte sie aus dem Kontrollverlust ins Funktionierenmüssen zurückgerissen.

Kann ich mich auch zurückreißen?

Er blickte auf das Handy in seiner Hand, er konnte Thornedike dieses Mal nicht einfach so davonkommen lassen.

„Ich brauche praktische Tipps. Wissen sie: Ich habe Angst, die Kontrolle zu verlieren. Ein paar Mal habe ich sie auch verloren. Es gab Momente, da konnte ich mich am nächsten Morgen an nichts erinnern, an *nichts*, hören Sie! Ich habe wirklich Angst, mir oder anderen etwas anzutun. Einmal war morgens Blut in meinem Bett, und ein anderes Mal lagen fremde Haare in der Badewanne ..."

„Woher wissen Sie, dass es nicht Ihre waren?"

Thornedike wartete neugierig auf Roberts Reaktion und lauschte, auch ein wenig argwöhnisch und unbehaglich, doch der Psychologe in ihm gewann die Oberhand.

„Sie können ja eine Psychoanalyse beantragen, die ist allerdings langwierig. Zwei Jahre lang mindestens dreimal pro Woche auf die Couch, wollen Sie das?"

Thornedike dachte daran, dass er genau das vor wenigen Wochen in die Krankenakte von Robert eingetragen hatte, als er eine deutliche Verschlechterung des Zustandes seines Patienten konstatiert hatte. Und es ging weiter bergab, da war sich Thornedike sicher. Ihn schauderte.

„Ich brauche *jetzt* Hilfe, schnell und wirksam ..." Robert klickte das Gespräch weg.

Thornedike setzte sich an seinen Computer und machte einen neuen Eintrag. „Patient hochgradig verstört. Führe dies auf Drogen und eine Verstärkung der sozialen Phobie aufgrund unbekannter externer Faktoren zurück."

Robert glitt aus seiner Dauermelancholie in eine Depression hinüber, kämpfte gegen sie an, suchte Glücksmomente, verspeiste Berge von Schokolode, Müsliriegel, Currywürste, Kuchen, Torte, Gummibärchen, Chips. Es wirkte nur kurz.

Der Dealer wartete an einem Spielplatz und lachte. „Da bist du ja wieder, mein Freund, wie geht es diirrr?" Ratata-tatatt, die gewohnte Maschinengewehrstimme. Habibi gefiel sich darin. Er kannte die ganze Nachtszene Berlins, konnte Geschichten erzählen, von Schauspielerinnen, Architekten, Immobilienmaklern, Köchen, Theaterleuten, Ingenieuren und Restaurantchefs. Viele von ihnen verloren sich in der Nacht, wenn sie erst mal seinen Nachtisch gekostet hatten.

Manchmal wurde Habibi von einer Frau eingeladen. Sie wohnte in einem 250 Quadratmeter großen Appartement der Meissner-Porzellanfliesen-Arbeiterpalast-Stalinbauten an der Karl-Marx-Allee. Wenn es hell wurde, saßen beide auf ihrer Terrasse und blickten auf das helle Kreuz, das die Morgensonne auf die Kugel des Berliner Fernsehturmes zauberte. Habibi wurde für das Nachtischbringen und Erzählen belohnt. Über das, was er gesehen und erlebt hatte. Er wurde auch für sein Zuhören und seine Anwesenheit bezahlt, 200 oder 300 Euro gab sie ihm dafür, dass er ihr lauschte. Dafür bekam er auch Suppe, ob zwei oder fünf Uhr früh, Suppe war stets da. Die Suppenfrau konnte nicht genug hören.

Habibi grinste, während er davon erzählte. Er lachte das zynische Lachen eines Mannes, der irgendwann stark verletzt worden war, dessen Leben einer Odyssee glich. Als PLO-Krieger im Libanon, in Syrien, Marokko, Jordanien, dann Europa, Berlin, als Ausländer, Außenseiter, Aufgebrachter, Geduldeter, ein Fremder immerzu.

„Ich habe keinen Respekt vor den Deutschen, alles Schwanzlutscher, Kartoffffeln und Wassermälonen", sagte Habibi.

Du hast doch dem Land hier alles zu verdanken, sieh dich vor, du kleines Dealerschwein!

Robert spielte mit dem Gedanken, Habibi den Hals durchzuschneiden. Es gab immer einen richtigen Moment, für alles.

Herbert, the Koi

Er hatte eine neue Bar ausfindig gemacht, unweit der Rosenthaler Straße, in Berlin-Mitte, im Herzen des Taifuns. Sie lag an einem kleinen begrünten Platz, einem jener Plätze, die tagsüber von Müttern mit ihren Kindern aufgesucht wurden und auf denen in so mancher Nacht einige entkoppelte Pärchen kopulierten.

„Du musst erst nach 24 Uhr ausgehen, am besten ab zwei Uhr", hatte Habibi empfohlen, „da sind die meisten Frauen bereits angefixt, und man hat leichtes Spiel." Robert wollte wissen, ob es so war und machte sich auf den Weg.

In die Wände der Bar waren Aquarien integriert. Große Fische in den schillerndsten Farben und kleine, ganz in Weiß, zogen ihre Bahnen durch die Bassins. Robert drückte seine linke Gesichtshälfte gegen das Glas. Ein Koi-Fisch in

Alarmfarben glitt mit leicht wedelnden Bewegungen seiner Schwanzflosse nur wenige Zentimeter an Roberts weit aufgerissenen Augen vorüber.

Robert leerte hastig ein Weinglas, dann wandte er sich wieder den Aquarien zu. Er stellte sich vor, dem Leitfisch des Schwarms, wenn es denn einen solchen gab, einen kleinen Tragegurt umzuschnallen, an der eine wasserdichte Miniwebcam angebracht wäre. Die von ihr aufgenommenen Bilder würde er live ins Internet stellen und auch auf Bildschirme über dem Tresen übertragen. *Das wird der Wahnsinn, wenn sich die Leute selbst sehen, aus der Sicht des Fisches ... einfach Wahnsinn.* Robert lachte irre. Er presste seine linke Gesichtshälfte so stark an das Glas, dass die vorbeiziehenden Fische ein riesiges, verzerrtes Auge sehen müssten. Bei dem Gedanken lachte er lauthals.

„Vielleicht werden die Leute ein bisschen verzerrt wirken, so wie mein Gesicht, wie durch ein Fischaugenobjektiv. Aber genau das ist doch lustig. Hey ho, ich der Barbesucher aus Sicht eines Koi. Koi an Erde, Erde an Koi." Robert kriegte sich kaum noch ein, klatschte sich auf die Schenkel.

Der Barkeeper legte ihm die Hand auf die Schulter.

„Was hier gemacht wird, entscheide ich, denn ich bin der Chef, und wenn's geht, bitte ein bisschen leiser, sonst geht's heute ganz schnell nach Hause ... Übrigens, was deine Geschäftsidee anlangt, soweit ich das nachvollziehen kann, die fänden die Tierschützer sicher nicht okay."

„Also, tut mir leid, ich wusste ja nicht ..."

Hey, Koi, Herbert soll dein Name sein.

Robert lachte, während er nun eine Weinschorle orderte. Der Barkeeper blickte ihn aggressiv an. Doch Robert wurde abgelenkt, eine junge Frau lief aufgeregt an ihm vorüber. „Komm schnell mit, Coco hat sich eingekackt", sagte sie zu ihrer Freundin. Beide rannten zur Toilette, kamen wenig später mit einer verheult dreinblickenden Frau, zirka Ende 20, zurück. Sie hielt ihre Hose notdürftig am Gürtel fest. Robert lachte. Die beiden Mädchen, die ihre Freundin zum Taxi brachten, unterhielten sich darüber, was auf der Toilette passiert war. Die Hose des Mädchens zeigte hinten einen nass-feuchtbraunen Fleck. Offenbar hatte ihre Freundin etwas zu viel geschnupft, jedenfalls hatte sie es nicht mehr rechtzeitig zur Toilette geschafft.

„Das passiert dir nicht, Herbert, häh? Darauf trinken wir noch eine Schorle."

Robert war nur wenige Meter von dem Club entfernt, da machte sich auch bei ihm der Verdauungstrakt auf unrühmliche Weise bemerkbar.

„Verdammt ..."

Er rannte in ein Parkhaus, duckte sich hinter einer Mülltonne und riss sich die Hose runter. In derselben Sekunde schoss ein Strahl dampfender, dünnflüssiger Kot aus seinem Arsch. Es blieb nicht unbemerkt. Plötzlich rannte ein blau gekleideter Wachmann auf ihn zu. „Du verdammte Drecksau, dich kriege ich!"

Robert zog die Hose hoch und rannte, so schnell er konnte. Sein Auto ließ er stehen, er war zu betrunken, um zu fahren. Er lief zum S-Bahnhof Alexanderplatz, grimmig musterte er den Dreck und die Obdachlosen. Missmutig löste er ein Ticket, dann sprintete er die Rolltreppe zu den Bahnsteigen hinauf. Wie meist hatte die S-Bahn Verspätung. Roberts Laune verfinsterte sich vollends, dann kam der Zug.

Ein Stadtstreicher bat ihn in der S-Bahn um eine kleine Spende: „Willste 'nen ‚Straßenfeger'? Nur ein Euro." Roberts Hände schossen nach vorn, packten den Obdachlosen am Kragen, hoben ihn auf die Zehenspitzen und beförderten ihn mit einem Riesenschwung durch die S-Bahntür auf den Bahnsteig.

„Verdammter Penner!", rief Robert ihm nach. Der jedoch rappelte sich unversehens schnell auf dem Bahnsteig auf und hastete zur anderen Waggontür. Robert jedoch war schneller, er rannte durch den Waggon und haute auch die andere Tür zu. Eine ältere Dame schaute ihn entsetzt an.

„Der Stinker hat das verdient, ER HAT ES VERDIENT!", brüllte Robert. Niemand im Wagen erhob Widerspruch. Am nächsten Bahnhof wechselte Robert in ein Taxi. „Vinetastraße, bitte!" Robert nickte ein und wachte erst auf, als er bereits vor seinem Wohnhaus angekommen war. Er konnte kaum sprechen, drückte dem Taxifahrer 20 Euro in die Hand und sagte übertrieben laut, umnebelt von Alk und Koks: „TSCHÜSS." Er haute die Tür des Taxis mit einem Krachen zu.

„Du dumme Sau", schrie der Fahrer.

Robert kümmerte es nicht, er hatte andere Probleme, ihm war übel, im Kopf stellte sich bereits das verhasste Kreiselgefühl ein. Er hüpfte unter die Dusche.

Waschen, waschen, ja Vater, ich bin nicht dreckig, will bloß sauber werden...

Den Morgen darauf erwachte er, ohne Kopfschmerzen, aber mit Lust auf mehr. Dass er dabei war, jedweden Halt im Leben zu verlieren, kam ihm nicht in den Sinn.

Neonherzen

Über dem Eingang der Tür glomm ein rotes, von einer Neonröhre erhelltes Plastikherz, dahinter lag ein dunkler Flur. Ein dicker, von zahlreichen Flecken übersäter Teppich dämpfte die Trittgeräusche. An der Bar saßen drei untersetzte Frauen zwischen 25 und 45. Robert winkte der Kellnerin hinter der Bar zu.

„Einen Gin Tonic, bitte." Er musterte die Frau neben sich. Ihre linke Schulter zierte ein riesiges Tattoo, ein Adler. Einst mochte er stolz und filigran ausgesehen haben, doch nun verzog sich das Tattoo bei jeder Bewegung ihres Körpers zu einer Persiflage. Robert blickte in eine entstellte Adlerfratze.

Ihr aufgedunsenen Weiber wollt Geld mit euren Körpern verdienen, ein Witz.

Mit einem einzigen Schluck leerte er sein Glas, dann fasste er der Frau an den Arsch.

„Wo sind hier die Zimmer?"

„Hinten", die Dicke deutete in das Dunkle hinter der Bar, „kostet 80 Euro!"

„Was gibt's dafür?"

„Blasen, lecken, ficken, aber nur mit Gummi."

„Verkauft ihr auch Zeugs?"

„Was'n für Zeugs?"

„Na Schnee, das weiße Pulver, stell dich doch nicht so doof an. Alle Puffs in Berlin sind doch auf Koks. Das ist doch euer ... *Alles.*" Robert lachte irre und glaubte, dass er aus dem Stegreif ein gutes Wort gefunden hatte.

„Mano, bist du übel drauf."

Er nahm die Dralle am Arm und zerrte sie zu den Zimmern.

„Nun zieh dich mal aus, ich will deine Titten und Muschi sehen, dafür bezahl ich schließlich."

„Is ja gut." Die Dicke zog sich aus, ihre Brüste waren riesig.

„Ich brauch noch 'nen Drink, glaub' ich."

„Geh es mal etwas langsamer an, mein Junge."

„Haste nun was, oder kannste was verkaufen?"

„Kostet aber 100 Euro das Gramm, und das dauert 'nen bissel, muss erst jemanden anrufen."

„Ich nehm' drei Gramm."

„Na, dann warte mal, ich bestell was."

Die Dicke wickelte sich ein Handtuch um die Hüfte und verließ das Zimmer. Roberts Blick wanderte durch den Raum. Ein Stapel mit Handtüchern, ein paar Kondome in Klarsichtfolie und Popart-Nutten-Bilder an der Decke, einige kitschig verchromte Wandspiegel und korinthische Pappmascheesäulen in den Zimmerecken.

Wo bleibt die nur so lange, kann doch nicht so schwer sein...

Dann stand Miss Pummel wieder in der Tür. „Na, dann komm mal mit und zieh dir was an, brauchst deine EC-Karte."

Volltrunken lief Robert ihr hinterher, vorbei an den Männern, die an der Bar standen und ihn ungläubig musterten. Er war fast halbnackt, nur spärlich mit einem viel zu kleinen Handtuch um die Hüften herum bedeckt.

„Der Typ wird abgezogen ..."

Robert drehte seinen Kopf hektisch: „Wer hat das gesagt?" Er lallte, konnte nicht mehr scharf sehen, dann trottete er der Sexsucht gehorchend weiter zum Eingang.

Der Mann an der Tür war zugleich Kassierer.

„Bitte, Ihre EC-Karte!"

Robert nestelte an seinem Portemonnaie herum, dabei fielen seine Amex- und Visa-Karten auf den Boden. „Verdammte Scheiße." Er bückte sich und schob die „Amex" wieder ins Portemonnaie. Zitternd reichte er dem Mann seine EC-Karte.

„Ihren Pin-Code, bitte."

Robert tippte, erst beim dritten Mal klappte es. Ein Bon surrte aus dem Gerät.

„Danke Süßer", sagte die Dicke neben ihm, „gleich gibt's den Nachtisch. Zurück zum Zimmer."

Wieder musste Robert fast nackt – das Handtuch rutschte ihm nun ständig von der Hüfte, weil er zu betrunken war, es zu fixieren – an den Männern am Tresen vorbei. Sie nippten an ihren Drinks, aber keiner schien auch nur annähernd so betrunken wie Robert, das erkannte er noch. Trotz seines Alkoholrausches spürte Robert, dass er sein Limit diesmal in jeder Hinsicht weit überschritten hatte. Er schmiss sich nackt aufs Bett, das Handtuch nur notdürftig um seine Hüften gewickelt.

Dann klopfte es an der Zimmertür. Ein südländisch aussehender Mann betrat den Raum und überreichte der Pummeligen drei Plastikröhrchen, die Robert an kleine V2-Raketen erinnerten. Er grinste blöd, während die Dicke eines der Röhrchen in ihrer Hand verschwinden ließ. Langsam, aber stetig, schwand auch seine Fähigkeit, klar zu artikulieren.

„Du betrügst mich, du blöde Kuh."

„Beruhig dich mal, das ist für mich fürs Holen, hat alles seine Richtigkeit. Ich brauche übrigens noch 25 Euro."

„Hast doch 300 bekommen …"

„Is' für Service, hat alles seine Richtigkeit, Süßer", sagte sie und gab dem Lieferanten einen 20-Euro-Schein. Der Dealer verschwand, danach betraten zwei der Frauen das Zimmer, die bisher an der Bar herumgelungert hatten. Die eine kniete sich sofort hin und entleerte eines der Röhrchen auf einem Beistelltisch. Mit einer Karte zerrieb sie das Zeugs und legte sich und den anderen beiden Frauen eine Line. Eine trug extrem dick aufgetragene Schminke, sie verbarg nicht ihre riesigen Poren und Falten.

„Wollen wir ins Poolzimmer nebenan?", fragte Pummelchen, „kostet nur 260 die Stunde plus 100 für eine zweite Frau. Pool ist geilll."

Robert starrte an die Decke. Ihm dämmerte, dass er abgezogen wurde. Er schnupfte einen Krümel, den Pummelchen übrig gelassen hatte. Dann trieb sie ihn wieder, halbnackt wie er war, durch den Flur und an den Männern vorbei, zum Kassierer.

Der schaute ihn fragend an.

„Geht's Ihnen auch gut?"

„360 Euro zahlt unser Schatzi hier noch mal", Pummelchen lachte, sie hatte einen fetten Fang an der Angel, Robert, und sie wollte ihn nicht mehr hergeben. Doch es lief nicht, wie sie es sich erhofft hatte.

„Zahlung nicht erfolgt", stand auf dem Beleg, den die EC-Karten-Maschine ausgedruckt hatte. Robert versuchte es zwei weitere Male, beides Mal mit demselben Ergebnis.

„Tja, das war's dann wohl", sagte er zu Pummelchen, die protestierend die Hand hob. „Du hast doch noch die anderen beiden Karten, Süßer!"

„Nejj, die sind auch futsch." Robert erkannte, dass er das Bordell schleunigst verlassen musste, sonst würde er dort ohne Uhr und Portemonnaie und Wohnungsschlüssel aufwachen. Er wankte zurück ins Poolzimmer, in dem sich die andere Hure gerade den letzten Inhalt der dritten Plastikrakete reinzog. Mit schaufelnden Bewegungen raffte Robert seine Kleidung zusammen. Seine Hose schloss er nicht völlig, ein Socken und sein Designerschal blieben in dem Laden zurück. Er torkelte zur Ausgangstür. Pummelchen kam ihm hinterhergelaufen.

„Hier, meine Nummer, Schatz. Wenn du nachher noch Spaß haben willst. Wir gehen dann zu mir."

Robert griff den Zettel mit der Nummer, schaffte es jedoch erst beim dritten Mal, diesen in die Hosentasche zu schieben, dann wankte er am Kassenmann vorbei.

„Soll ich Ihnen ein Taxi besorgen ...?"

„Ja, gern ..."

Wahn und Tremo-Delirium

Schwankend stand Robert vor dem Puff. Er setzte sich auf den Bordstein, sein Herz raste. Robert legte zwei Finger ans Handgelenk und zählte: 190 Schläge pro Minute. Nach etwa 10 Minuten bog das Taxi in die Straße ein, langsam fuhr es an ihm vorbei, wie in Zeitlupe warf der Fahrer einen Blick auf ihn.

Was soll das werden?, dachte Robert.

Das Taxi fuhr weiter, dann hielt es doch noch und setzte zurück. Das Fenster auf der Fahrertür glitt herunter.

„Alles okay mit dir, Mann?", fragte er Fahrer.

„Nach Hause, nur nach Hause ...", stammelte Robert.

„Und wo ist das?"

„In ..."

Robert konnte den Satz nicht vervollständigen. Seine Zunge fühlte sich an wie eine bleierne vertrocknete Bockwurst an, die die gesamte Mundhöhle auszufüllen schien.

Er schaffte es gerade noch, dem Taxifahrer die Adresse einigermaßen verständlich mitzuteilen. Der brabbelte daraufhin Unverständliches. Obschon Robert sehr betrunken war, bemerkte er, dass das Taxi einen Umweg fuhr.

„Du willst mich wohl betrügen ..."

Weil seine pelzige Zunge ihren Dienst nun vollends quittiert hatte, entschloss sich Robert zu einer stummfilmreifen Aktion. Er griff in die Innentasche seines Jacketts und tat, als griffe er nach einer Waffe. Der Taxifahrer beobachtete ihn über den Rückspiegel argwöhnisch.

„Okay, Mann, ich will keinen Ärger, bleib schön ruhig.

Dann trennen wir beide uns in Frieden. Bitte 30 Euro ..."

„Ich schlag dich tot, hole die Polizei ..."

„RAUS, sofort!"

Das Taxi hatte fast sein Haus erreicht. Robert gab dem Fahrer das Kleingeld, das er noch besaß, dann stolperte er über die Straße. Er fingerte die Hausschlüssel hervor, dann stand er vor der Treppe, die zu seiner Wohnung in der vierten Etage führte. Nach jeweils rund einem Dutzend Stufen musste er eine Pause einlegen. Er hatte das Gefühl, dass sein Herz nun mehr als 250 Mal pro Minute schlug.

Du musst es schaffen.

Er stand wieder auf, schob sich weiter nach oben, Fuß vor Fuß, Zug um Zug. Wie ein Ruderer am Riemen zog er sich am Treppengeländer langsam zu seiner Wohnung. Mehrfach musste er sich setzen. Als er seine Wohnungstür erreicht hatte, zitterten seine Hände vollkommen unkontrolliert. Er packte den Schlüssel und führte ihn langsam zum Schlüsselloch. Den Daumen der linken Hand positionierte er unter dem Schlüsselloch, er diente als eine Art Führungsschiene. Nur so gelang es ihm, den Schlüssel trotz des Zitterns ins Türschloss zu bekommen.

Hinter sich hörte er ein Geräusch. Ganz langsam drehte er sich um. Seine Nachbarin, eine 55-jährige Lehrerin, stand in einem weißen Nachthemd im Eingang ihrer Wohnung. Sie schaute ihn ängstlich an. Robert fand, dass sie wie ein Gespenst aussah. Er grinste und schmiss seine Wohnungstür zu.

Ohne sich vollständig ausgezogen zu haben, warf er sich aufs Bett.

Ruhe, Ruhe, Ruhe ist wichtig, nicht sterben, nicht jetzt.

Es dauerte einen halben Tag, bis er eingeschlafen war. Als er am Abend aufwachte, fühlte er sich gemartert, wie ferngesteuert, ein Sklave des Kokses. In seiner Fantasie sah er einen dunklen Engel, der immerzu „free will" rief und laut lachte.

Robert betrachtete das Leben nur noch als Prüfung, als etwas, das man aushalten musste, einen Zustand ohne besonderen Ereignischarakter. Nicht dass er jemals zuvor an Gott geglaubt hatte, aber nun verspürte er Angst, einfach ganz banal zu sterben. Irgendwo, irgendwann. Ohne etwas von Bedeutung zu hinterlassen, ohne ein Talent gezeigt zu haben. Den Polizisten, der nach seinem unrühmlichen Ableben bei seinen Nachbarn klingeln würde, meinte er auch schon zu hören: „Er war ein Junkie." Unzählige Gedanken wirbelten durch seinen Kopf.

Gibt es zwei Ichs, ein großes auf der Festplatte im Großhirn, und ein kleines zweites, das beharrlich irgendwo im Hintergrund lauert, auf den Moment wartet, in dem das große Ich eine Schwäche zeigt? Kann das sein? Freud hatte von einem Ich, einem Selbst und einem Über-Ich berichtet, liegen sie alle im Kampf miteinander? Aber in der Antwort auf die Fragen kann die Lösung meiner Probleme liegen. Schlafen ...

Robert zog sich aus und ging ins Bad. In dem Schrank über dem Waschbecken hatte er ein Baldrian-Fläschchen deponiert. Mit wahnhaftem Blick drehte er den Verschluss ab und nuckelte die letzten Tropfen heraus, um seinen aufgeputschten Kreislauf zu beruhigen. Er zitterte am ganzen Leib, wankte zu seinem Bett, legte sich langsam darauf und streckte die Arme von sich wie ein Gekreuzigter. In seinem Zustand heruntergezwungener Hyperaktivität beobachtete er seine Atmung und jede Reaktion seines Körpers. Ihm wurde bewusst, dass er in der zurückliegenden Nacht ein kleines Vermögen ausgegeben hatte, dann brach er in Tränen aus. Seine Nase wurde feucht, er schnaubte in ein Papiertaschentuch und war entsetzt, als er sah, dass es Blut war. Am nächsten Tag untersuchte er seine Nase mit einem kleinen Spiegel. In der Nasenscheidewand entdeckte er ein kleines Loch, hineingebrannt vom Benzin, mit dem das Koks gewaschen wurde.

Die Schwingen des Todes

Vor Jahren hatte ein Arzt ihm nach einem großen Blut-
bildtest gesagt, dass er an Morbus Meulengracht leide, eine
Stoffwechselstörung, die die Leber betraf. Robert hatte die
Details vergessen. Er wusste nur, dass seine gesundheitli-
chen Probleme nun viel größer waren und dass er schnell etwas unternehmen musste. Nervös zwirbelte er an seiner
Halskette. An einem einfachen schwarzen Lederband hing
ein Lothringerkreuz, das Croix de Lorraine. Schon Jeanne
d'Arc sollte es getragen haben, hatte Robert in einer Zeitung
gelesen. Und wenn ein Mädchen Gottes Beistand erhielt, warum nicht auch er, er hatte doch ein *Recht* darauf. Es war
nicht der einzige Schmuck, von dem er sich Hilfe versprach.
In seinem Portemonnaie lag eine römische Goldmünze, die
er auf dem Hügel bei Gethsemane in Jerusalem entdeckt
hatte. Verärgert über den Müll, der auch dort herumlag,
hatte er eine Cola-Dose weggekickt. Darunter war etwas Me-
tallisches zum Vorschein gekommen, verwittert, aber an einer Stelle glänzend. Die Münze war von einem Experten auf
das Jahr 20 datiert worden, als Jesus dort umherwandelte.
Robert versprach sich von ihr segensreiche Wirkungen, genauso wie von dem Fläschchen mit Wasser der heiligen
Quelle von Lourdes, die er vor Jahren von einer Reise dorthin mitgebracht hatte.

Shermine war eine Göttin, zumindest in Roberts Denken.
Tatsächlich war sie eine Kollegin, die in dem Architekturbüro arbeitete. Sie kam aus Isfahan und sah aus wie eine ba-
bylonische Prinzessin in Hollywoodfilmen. Ihr Gesicht besaß einen natürlichen bronzenen Ton, die Augen waren nur
leicht mit Kajalstift betont. Eigentlich überflüssig, denn Shermine war eine Schönheit, darin waren sich alle Kollegen ei-
nig. Robert konnte nicht anders, als sie manchmal einfach
nur anzustarren.

Dann ereignete sich das Unfassbare. Shermine war an einem Gehirntumor erkrankt. Nur einmal kam sie noch ins

Büro, um sich zu verabschieden. Sie war Parsin, die ihrer Religion gefolgt war. Ihr Leichnam wurde in ihre Heimat gebracht und auf einen Turm gelegt. Dort dörrte er aus und wurde von Vögeln verspeist. Ganz in der Tradition der Parsen, die glaubten, dass alles in einem Kreislauf endete.

Robert setzte die Todesmeldung sehr zu, er musste sich auf der Toilette übergeben. Zwei Kolleginnen schauten ihn skeptisch an, als er wieder an seinem Arbeitsplatz saß. Er hörte, wie sie über ihn tuschelten.

„Hast du Roberts Augen gesehen, schlimm, der bewegt auch den Kopf so ruckartig, sind das Spasmen?" Er identifizierte Marlens Stimme, sie war von der Uni direkt in eine Festanstellung gewechselt und hatte dies nur geschafft, weil sie mit dem Chef schlief, wie es hieß.

Dir werd' ich' s noch zeigen, du kleines Pullermädchen. Du bekommst, was du verdienst, bald, wenn sich die Gelegenheit bietet.

Roberts Augen schmerzten, er wusste, was gegen das Tremolo seiner Hände zu tun war. Er schlenderte durch das Büro, drehte sich mehrfach um und ging zur Toilette, als er sicher war, nicht beobachtet worden zu sein. Mit einer schwungvollen Bewegung zog er aus seinem Sakko einen Jägermeister hervor. Er leerte das Fläschchen in einem Zug.

„Kleiner hilfreicher Flaschengeist", flüsterte er. Dann ging er zu Phil, einem untersetzten Amerikaner mit Glatze, der sein direkter Vorgesetzter war.

„Ich muss heute eher gehen", sagte Robert, während Phil aus dem Fenster schaute und in der Nase bohrte.

„Okay", sagte Phil, „aber morgen bist du früher hier", er hatte nun seine Beine auf den Schreibtisch gelegt.

Robert drehte sich um und ging.

Er war körperlich ausgepowert und brauchte Ruhe. In seiner Fantasie begegnete ihm noch einmal Shermine, die durch einen langen strahlend weißen Tunnel lief, der nur durch eine halbtransparente Membran von der Welt dahinter getrennt war. Immer wieder schoben sich Hände durch die Membran, die elastisch war und schließlich doch nachgab. Roberts Hände griffen nach Shermine. Blutige Hände, und blutig war auch Shermines Totenhemd.

„Wir kriegen dich", raunte es aus hunderten Stimmen.

Robert wollte Shermine beruhigen. Er erinnerte sich an ein paar buddhistische Leitsätze: Beunruhige den Sterbenden nicht, akzeptiere den Wandel, so stand es in einem Buch. Robert erzählte es ihr. Dann endete der fantastische Moment, die Hände zogen sich zurück. Shermine war frei.

Robert saß auf einem Bauhaus-Freischwinger in seinem Wohnzimmer. Draußen zwitscherten Vögel, die Sonne schickte ihre wärmenden Strahlen auf die Erde herab, aber ihn beschlich die Angst, vollends den Verstand zu verlieren.

Er meldete sich in seinem Job krank und rief Thornedike an. Wenn der Therapeut Geld von ihm verlangte, würde er es ihm geben, nur *musste* er mit ihm reden. Am nächsten Tag saß er in dessen Praxis.

„So geht das nicht weiter", sagte Robert.

„Was ist vorgefallen?", fragte der Therapeut genervt.

Robert schilderte, wie er jüngst eine Präsentation bei seinem Job vermasselt hatte, erzählte von dem Zittern und seinen Ängsten, vor Publikum zu agieren.

„Ein phobischer Schock. Stellen Sie sich das wie eine Stoßwellenfront auf psychischer Ebene vor, vermutlich kommt es da auch zu sehr verstörenden Vorgängen auf neurophysiologischer Basis. Ich denke, wenn man Ihren Kopf während einer solchen Attacke auf kleinste Entladungen hin scannen könnte, würde man ein Funkengewitter sehen, ein sich aufschaukelndes ..., bei Ihnen wäre es wohl sogar ein Funken-Hurricane ... Und was Ihre Probleme mit Sex anbelangt: Es gibt neue Studien, die zeigen, dass sich immer mehr Männer Sex entziehen, die einfach nicht mehr wollen, die Nein sagen. Also muss bei Ihnen nicht notwendigerweise symptomatisch ..."

„HALT! Ich halte das nicht mehr aus, dieses endlose Gerede. Das alles nützt mir nichts."

„Entschuldigung, ich bin hier der Therapeut. Wir können noch eine Hypnosesitzung absolvieren, wenn Sie selbst zahlen."

„Wenn Sie meinen", sagte Robert resignierend.

Thornedike nickte und versetzte ihn mit der üblichen Prozedur in Hypnose, wobei Robert stets glaubte, nicht hypnotisiert zu sein.

„Bitte stellen Sie sich dieses Mal Ihre Kollegen vor ... was sehen Sie?"

„Raubtiere, Krokodilmenschen, Hammerhaimenschen ..."

Robert beschrieb ihm die Tiermenschenähnlichen, dann holte ihn Thornedike mit einem Fingerschnippen zurück in die Realität. Er ließ nach der Hypnose immer eine kurze Pause vergehen, in der sich Robert sammeln sollte. Doch Robert nervte dies nur.

„Guuut, sehen Sie, das sind eigentlich Sie selbst, Ihre Projektionen", sagte der Therapeut.

„Ich glaube, Sie verstehen meine Probleme nicht, da kann ich genauso gut mit meiner Haushaltshilfe reden. Lassen wir's gut sein für heute, bitte ..."

„Unter diesen Voraussetzungen kann ich ..."

„Kann ich, kann ich ..., hahaha, was *können* Sie denn?", fragte Robert aggressiv.

Thornedike war verängstigt.

„Sie sind sehr erregt ... ich sehe Ihnen das nach", sagte Thornedike, der nervös auf seine Uhr schaute, „und nicht vergessen: KEINE Drogen. Ach ja, ich habe nun direkt im Anschluss noch eine Patientin und brauche die Vorbereitungszeit, wenn Sie verstehen ..." Thorndike ging zur Tür, um Robert in seine Jacke zu helfen, was er sonst nie tat. Als Robert seine Praxis verlassen hatte, atmete er mehrfach tief durch. Er setzte sich an seinen Schreibtisch und aktivierte das darauf liegende iBook.

„Kaum noch zu bändigen Aggressionen, extreme Gewaltbereitschaft, erwäge, Medikation von R. beim nächsten Termin anzusprechen", notierte er.

Robert fuhr mit dem Fahrrad nach Hause, er legte alle Aggressionen in seine Kraft, als er seine Wohnung erreichte, war er schweißüberströmt. Er duschte kurz und schob ein

Fertiggericht in die Mikrowelle. Mit dem Essen, das in eine der typischen Aluminiumfolien eingepackt war, und einem überraschend großen Appetit nach Monaten der Appetitlosigkeit setzte er sich vor den Fernseher. Während er mit der rechten Hand die Aluminiumfolie aufriss, schaltete er mit der linken Hand über die Fernbedienung einen TV-Dokukanal ein. Ein Mann namens David Chapman schlich um das Dakota-Building am New Yorker Central Park. Unter dem Arm das Buch „Fänger im Roggen" und in der Tasche einen Revolver. Chapman wollte John Lennon umbringen, er hatte Erfolg. Ein TV-Kommentator attestierte bei Chapman eine krankhafte narzisstische Störung. Robert dachte kurz darüber nach und blickte dann lange in den Spiegel.

Kastratensturm

Die Mächtigen waren in Berlin. Wladimir Putin und Gerhard Schröder speisten am Gendarmenmarkt. Das „Vau" und „Borchardt" waren die Plätze der Reichen, Schönen und Einflussreichen. Dort trafen sie Absprachen und Gleichgesinnte.

Robert las es in der Tageszeitung, es interessierte ihn nicht. Gelangweilt schaltete er den CD-Player an, er hatte schon immer Jimmy Summerville gemocht, nun gab es Ersatz. Aus dem Reich der Countertenöre. Philippe Jaroussky hieß der Sänger, Robert hatte sein Album „The Voice" ausgewählt. Der Sänger ließ erahnen, warum die Kastraten im 18. Jahrhundert hysterisch verehrt worden waren. Er stellte die Musik auf eine mittlere Lautstärke. Parallel dazu genoss Robert einen Fetischfilm von Andrew Blake. Er zeigte eine auf einem Teppich liegende Frau. Sie war gefesselt, ihre in High Heels steckenden Füße waren mit den Seilen bis fast an ihren Po gezurrt. Ihr gegenüber saß auf einer Art Thron eine Blondine mit Sophia-Loren-Augen und sehr großem Mund. Sie trug einen Schuh, dessen Absatz wie ein Dildo geformt war. Den Schuh ließ sie vor der Muschi einer Tänzerin pendeln. Sie lachte dabei lasziv.

Robert aktivierte die PC-Funktion seines Fernsehers und steuerte die Homepage eines Escortservices an. Langsam ließ er die Bildergalerie der Hostessen über den Bildschirm laufen. Eine Stunde später saß Betty neben ihm. Schaudernd schaute sie zu, wie er mit zittrigen Händen auf einem flachen, aus Kambodscha mitgebrachten Tropenholztisch Line nach Line legte. Auch Ecstasy war dabei.

„Muss daaas sein?", fragte das Escortgirl.

„Du musst ja nicht ..."

„Kann ich mich mal frisch machen?"

Betty ging zum Badezimmer, spähte über ihre Schulter blickend noch einmal zu Robert zurück, dann schloss sie die Tür hinter sich, nicht vergessend, diese auch abzuschließen. Denn sie musste kurz ihren Zuhälter anrufen, um ihm einen Lagebericht zu geben. Dabei musste der irre Typ im Wohnzimmer nicht zuhören, und am allerwenigsten brauchte sie, dass er sie dabei belauschte. Betty ließ sich nach dem Telefonat viel Zeit. In den Spiegel über dem Waschbecken schauend musterte sie lange ihr Make-up. Sie summte dabei ein Lied, dessen Ursprung und Text sie längst vergessen hatte. *Wie kann ich den Typ nur loswerden, ohne mit ihm zu ficken? Ich werde schon ... Wenn er seine Breitling abmacht, ist es meine. Die richtige Gelegenheit kommt bestimmt. Ich muss nur warten.*

Robert fand, dass sich sein Escort im Bad besonders dumm anstellte, warum sonst sollte es so lange dauern? Nach 20 Minuten kam sie zurück. Er konnte sich des Eindrucks nicht erwehren, dass sie die Wertgegenstände in seiner Wohnung eingehend musterte. Aber dagegen hatte er ein probates Mittel, angepulvert...

Sie erzählte in brüchigem Englisch, dass sie aus Spanien stamme und vor der Arbeitslosigkeit dort geflüchtet sei.

„Am Anfang hab ich mich sehr geekelt, aber mit der Zeit. Na, ich war auch verklemmt, sehr streng katholisch erzogen. Dann hab ich zum ersten Mal Drogen genommen. Natürlich ist das nicht gut, aber es hat trotzdem mein Bewusstsein geweitet ..."

„Ahh ..."

„Darf ich noch eine Line haben? ... Also ich bin heute viel lockerer ... im Ruhrgebiet, wo ich auch ... gearbeitet hab, also da habe ich ... viel gemacht ...", sie legte eine Pause ein, „... und eine Sklavinnenausbildung bekommen."

Er starrte sie kommentarlos an und legte ihr etwas zum Schnupfen hin.

„Autobahn, Autobahn, so breit wie 'ne Autobahn", rief Betty.

Robert, dessen Mimik sich nun völlig verselbstständigt hatte, verzog genervt das Gesicht. Dennoch gierte er noch weiteres Zeugs hinein. Es dauerte nicht lange, da bedeckten große rote Flecken seine Wangen und seinen Hals.

„Weißt du, schön mit dir, aber nun musst du gehen. Ich bin fertig ..."

„Aber wir haben doch noch gar nicht ..."

„Tschüss."

Robert zog Betty an einem Arm zur Tür, er steckte ihr 50 Euro zu, dann warf er sie hinaus. Als sie seine Wohnung verlassen hatte, erbrach er sich mehrfach auf der Toilette. Dieses Mal lachte er nicht.

Wie lange noch?

Bombenstimmung

Eine Halle am Schlossplatz präsentierte Angesagtes, eine haushohe Installation des Gegenwartskünstlers John Bock. Die Veranstalter hatten einen DJ engagiert, es gab Rotwein und Häppchen. Einige aufgehübschte Mitte-Mädchen hüpften bei der Aftershowparty zu Housemusik aufgekratzt umher. Nebenan, in der Repräsentanz eines deutschen Konzerns, wurde ebenfalls gefeiert, etwas zu intensiv, kostbare chinesische Vasen waren zu Boden gekracht. Einige Gäste waren auf der Toilette heftig zugange gewesen. Robert nahm es zur Kenntnis als eine typische Berliner Erscheinung. Er wollte an diesem Abend nicht feiern und hatte die SIM-Karte seines Handys an sicherem Platz verstaut.

Ciao, Habibi, ich hasse dich! Vorbei, dass ich deine Familie mit durchfüttere und Schlachtlämmer und Handys im Libanon für deinen Anhang finanziere.

Twitter meldete, dass eine bekannte US-Sängerin in Berlin war, im „Soho-House". Robert mied die Gegend, denn die Torstraße mit der benachbarten „Odessa"-Bar, der „Seifenfabrik" oder dem „Muschi Obermeier" betrachtete er als riskante Orte.

Er fuhr stattdessen zum Wasserturm in Prenzlauer Berg. Dort gab es einen kleinen Hügel, von dessen Plateau aus man über Berlin blicken konnte. Er schaute in den wolkenlosen Himmel, zählte die Kondensstreifen der Stratosphärenclipper. Es wurden täglich mehr. Der Himmel war verkauft an die Economy. 299 Euro, go to Turkey, 199 to Tunis or Madrid. Or spend more and fly to Acapulco, Bikini or Raratonga. Small world. Robert zählte die Kondensstreifen, an diesem Tag in dieser Stunde sah er von seinem kleinen Platz auf dem Plateau 22 Streifen. Er hatte sich zum Zählen auf den Rücken gelegt. Mehrfach döste Robert dabei ein. Riesige Wolkenschiffe zogen derweil über ihn hinweg.

Kinderkreischen weckte ihn. Ein paar Mütter hatten mit ihren Kinderwagen einen wagenburgähnlichen Kreis um ihn gebildet. Er beschloss, sich eine Latte Machiatto zu holen.

Anatol, der einen kleinen Backshop an der Knaackstraße betrieb, gab ihm einen Rat mit auf den Weg. „Du brauchst eine Frau." Anatol hatte auch schon eine in petto, eine 48-jährige Polin, die in der Nachbarschaft putzte. Robert bedankte sich. Nicht sein Abend, das spürte er schnell. In grüblerische Gedanken versunken und mit nach vorne geneigtem Kopf schlenderte er nach Haus.

Wie so oft, fiel es ihm schwer, einzuschlafen. Lange wälzte er sich hin- und her. Irgendwann in der Nacht, gegen 3 oder 4 Uhr, stand er auf, ging zum Kühlschrank und goss sich ein Glas Milch ein. Er hatte sich daran erinnert, dass warme Milch beim Einschlafen helfen sollte, es funktionierte nicht. Er tappte durch die dunkle Wohnung, denn nichts hasste er mehr, als nachts Licht zu machen. Es beleuchtete ihr Nichts und das fürchtete er.

So tastete er sich zu seinem Fernseher, ein Klick, ein sachter Tastendruck auf das Schaltmenü, dann saß er vor seinem LED-HD-Superwidescreen und zappte durch die 148 Programme. Ein Historienfilm zeigte Bilder aus dem Zweiten Weltkrieg.

US-Piloten aus Alabama bestiegen in Südengland einen B-17-Bomber, eine ‚Fliegende Festung‘. Andrew, Bob, Frank ... zehn Mann Besatzung. Dann ging es über den Ärmelkanal nach Schweinfurth. Das Ziel waren die Kugellagerfabriken, ein kriegswichtiges Gut. Bereits über Frankreich geriet der Bomber ins Abwehrfeuer deutscher Jagdflugzeuge. Er wurde zersiebt, stürzte ab.

Robert wurde schlecht, er schaltete den Fernseher aus, legte sich wieder ins Bett und schlief diesmal ein. In einem kurzen Traum sah er sich selbst als MG-Schützen in einer der drehbaren Glaskanzeln der fliegenden Festung. Dann wurde sein Arm von Abwehrfeuer zerfetzt. Er band den Stumpf mit seinem Fliegerschal ab. Die weiße Seide färbte sich rot. Das Blut tropfte auf den Boden der Kanzel, gefror zu kleinen dunkelroten Kugeln. Robert hob die Blutkügelchen auf und warf sie hinaus. Er wollte nicht am Boden aus der Kanzel geborgen werden, wenn all das gefrorene Blut sie in ein rotes Fanal verwandelt haben würde.

Als er die letzten Kügelchen aus dem MG-Stand schmeißen wollte, war plötzlich kein Glas mehr da. Robert fiel, raste mit unglaublicher Geschwindigkeit dem Boden entgegen. Der Aufprall würde furchtbar enden, so wie in seinen Kindheitsträumen.

Aber bin ich nicht stets wieder aufgewacht?, dachte Robert in seinem Traum. Dann öffnete er die Augen. Der Albtraum kam nie wieder.

Der nächste Tag begann mit einem Azurwonderlandhimmel über Berlin. Robert stand auf dem Kreuzberg. Mehr als 10.000 Jahre zuvor hatte dort der kilometerdicke Panzer eines Gletschers während der letzten Eiszeit eine Pause eingelegt, bevor er sich wieder nach Norden zurückzog. Berlin war in einer Senke geboren worden. Tieffenland, Gletscher-rastland.

Sind alle in Berlin so verrückt, weil die Stadt und vor allem die Partyorkanzelle in Mitte inmitten eines ehemaligen Tales liegen, etwa zu tief, um klar zu bleiben? So wie am Toten Meer, das unter dem Meeresspiegel liegt, und sind dort nicht auch alle irre?

Robert lachte, einige Touristen drehten sich um. Ein Japa-ner bat ihn, ein Gruppenfoto zu schießen.

„Excuse me ..."

„No problem." Robert drückte auf den Auslöser und merkte, dass er die Kamera nicht still halten konnte. Er betätigte mehrfach den Auslöser.

„Don't worry. It has special mechanism for stabilization and correction of image ..."

Robert verspürte eine ungeheure Aggression, die nach Entladung strebte. Bald, das war gewiss.

Die Bestie hatte das Zuhause der gesuchten Seele erreicht. Der Mann, in dem die Seele wohnte, malte. Was die Bestie schön fand. Am meisten gefiel ihr ein Bild, das gefallene En-gel zeigte. Dort wo ihre Flügel in den Rücken übergingen, waren die Flügel verhornt. Und wenn die Engel sie bewegen wollten, riss das Horn und heraus strömte Blut, und die En-gel brüllten zum Himmel. Aber dort waren sie vergessen, seit langem. Der Bestie gefiel das Bild. Sie würde die Seele kosten, lange.

Toilettenäffchen und Fake-Kiddo-Puppets

Wenn es einen Ort für seltsame Partys gab, dann war das der „Medaillenclub" in Berlin-Mitte. Er befand sich mitten im Auge des Party-Taifuns, und so manches Mal war er das Zentrum des Sturms. An diesem Tag hatte ein Fashionlabel zu einer Modenschau in den Club geladen. Die üblichen Ma-germodels schritten den Catwalk ab, der sich durch mehrere Räume schlängelte. An der Bar hingen die üblichen schlak-sigen Typen ab, deren Jeans im Schritt stets zu tief hingen und immer mit ein paar Sportklamotten kombiniert waren.

Mittes Boheme mochte XS-Jeans.

Auf der Unisextoilette saß ein bekannter Pop-Autor, Arme und Beine eng an den Körper gezogen, wie ein Äffchen, er zitterte am ganzen Körper - *overdosed, overexposed,* dachte Robert.

Die Tür der Toilette stand halb offen, davor lungerte eine voyeuristische Meute. Sie lachten über das Zitteräffchen.

„Was glotzt ihr denn so blöd, es ist nnnnniiichts, garrr nnnichts, ein allergischer Anfall. Das Licht, das Licht stimmt einfach nicht. Die Wellenbestandteile des Halogenlichts ..., wisst ihr, das ist schädlich, hat euch das mal jemand gesagt ..."

Die Zitteräffchenbeobachter hörten nicht zu, sondern legten sich ihre Lines. Ein Schauspielerpärchen kam dazu, sie aus Deutschland, er ein Brite. Die beiden hungerten die Gruppe an. Die Meute jauchzte und gab dem Paar nur ein Bröckchen ab. Jahre später wurde aus dem Mann ein Weltstar.

Robert torkelte aus dem Laden, vorbei an der „Astra-Bar", vor der ein weiterer Stamm des Homo ludens Brillensis saß.

„Hey, warum guckste so grimmig? Be happy ...", rief ein schlaksiger Jüngling.

Robert fuhr in sein neues Appartement, das er sich in Prenzlauer Berg organisiert hatte. Die Hausflure rund um den Kollwitzplatz waren zugeparkt mit Kinderwagen. Nirgendwo in Berlin kamen mehr Kinder zur Welt als dort. Eltern umkurvten die Käthe-Kollwitz-Statue auf dem Platz mit ihren Doppel- und Kastenwagen. Vor dem Gartenhaus, in dem Roberts Maisonette-Wohnung lag, stand ein Kinderwagen mit einem Logo von Ferrari. Das dazu gehörende Kind wohnte in der dritten Etage. An diesem Tag schrie es wieder unaufhörlich. Die Eltern feierten beide gern, und das Aupair verspätete sich öfter, wie an diesem Tag.

„Halts Maul, du. Halt endlich dein Maul", brüllte Robert, „diese Kackeltern schaffen es nicht ..."

Aus einer oberen Etage schrie jemand Unverständliches

zurück.

Wer in dieser Gegend kein Kind besaß, machte sich beinahe verdächtig. Irgendwann hatten militante Eltern ein Plakat mit einer Warnung vor einem Mann aufgehängt, der angeblich Kinder beim Spielen beobachtete. Robert wurde daraufhin mehrfach von Müttern angesprochen, wenn er einen Spielplatz passierte, was er oft tat, denn sein Supermarkt lag neben einem Spielplatz, der unter besonderer Bewachung der Alarmwalküren stand.

Robert hatte eine Idee, um solcherlei Verdachtsmomenten von vornherein die Grundlage zu entziehen. Begeistert berichtete er einer Nachbarin von seinen Plänen. Sie hieß Janine.

„Ich werde eine Puppe bauen lassen, die Kinder nachahmt. Per Knopfdruck werden alleinstehende Männer wie ich ihre Baby-Fake-Puppe im Kinderwagen aktivieren. Die Puppe wird ein Ärmchen aus dem Kinderwagen recken. Und ein Stimmengenerator wird daraufhin einen „öööhm, äääähhh"-Babylaut generieren, und Fake-Vati, der für alle andere Real-Dad ist, wird ihm ein Waffeleis in das Händchen drücken und nie mehr verdächtigt, ein Kinderschänder zu sein." Robert lachte, Janine zweifelte an seinem Verstand, ihn störte es nicht.

„Ich werde die Firma Fake Kiddo Dolls nennen, und ihr Markt wird riesig sein", er redete sich in Rage, „die Puppe wird auch mein Alleinsein mildern ... Übrigens habe ich Pläne für ein Herrendeodorant. Ich werde es ‚Autumn-Revitalizer' nennen. Es soll verblühten Männern den Herbst zurückbringen ..." Er bemerkte nicht, dass Janine längst gegangen war.

Herzschaukel und Beichtgemurmel

Irgendwer in seinem Haus hörte überlaut Callas-Musik. Robert stemmte derweil ein paar Liegestütze. 1, 2, ... , 17, 18, 19, da spürte er in der Herzregion einen heftigen stechenden Schmerz. Mit angstverzerrtem Gesicht ließ er sich auf seine

Couch plumpsen. Irgendwo dort hatte er doch am Vorabend sein Handy verlegt. Panisch schob er die Sitzpolster auseinander. Kissen eins: Popcornreste, Kissen zwei: Schokosplitter, Kissen drei: das Handy. Er rief die Feuerwehr. Sie brachte ihn in ein Krankenhaus.

„Na, was haben wir denn heute angestellt, waren wir wieder ungezogen?" Der Helfer, der ihn mit einem Kollegen auf die Krankentrage hob, war ein Zyniker. Doch Robert war nicht nach einer feurigen Erwiderung zumute. er hatte genug damit zu tun, nicht von der Trage zu rutschen, während ihn die Feuerwehrleute die Treppe herunterbrachten.

„Vorsicht, das wird jetzt etwas kühl." Eine Krankenschwester rieb Robert ein Gleitgel auf die Brust, verkabelte ihn mit Sensoren und fuhr dann mit der Schallsonde über seine Brust, nebenher unterhielt sie sich mit ihrem Chef. Er wollte mehr von Robert sehen.

Einige Arzthelfer hoben ihn auf eine Liege und schoben ihm einen Ohrschutz über den Kopf.

„Keine Angst. Sie spüren gar nichts", sagte einer von ihnen. Dann glitt Robert in den Tunnel des Magnetresonanztomografen. Klack, klack, klack. Eine unsichtbare Schockwellenfront scannte seinen Körper, traf auf Atome, Moleküle, Sehnen, Muskeln, Arterien und projizierte schließlich das Abbild des Gewebes und Knochengerüstes auf einen Monitor, im Zentrum der Aufnahme sein Herz.

„Ja, was sagen Sie Herr Kollege ...?" Ein Arzt, halb verborgen durch ein Monitorpult, unterhielt sich mit einem Kollegen. Langes Schweigen. Dann: „Klarer Fall, um eine Operation kommen wir nicht herum ..."

In einem mit Monitoren vollgepackten Raum wurde ihm eine Bleischürze über seine Hüfte gelegt, dann ein Kontrastmittel verabreicht. Ein Arzt stülpte ihm eine Maske über Mund und Nase. Dann sah Robert nichts mehr, bis er mit schmerzverzerrtem Gesicht wieder zu sich kam. Vier Männer hievten ihn an Armen und Beinen von dem aluminiumfarben schimmernden Tisch, auf dem noch etwas Blut gelegen hatte, auf eine fahrbare Liege. Auf Roberts Brust lag ein kleines Steuerpult mit zwei Knöpfen, von dem zwei Drähte unterhalb der Rippenbögen durch die Bauchdecke bis zum Herzen führten. Robert spielte an einem der Knöpfe herum. Ein Linksdreh und der Herzschlag verlangsamte sich, ein Rechtsdreh und es begann zu rasen. Auf und ab, auf und ab. Seine Herzschaukel, eine schauderhafte Wippe.

„Was machen Sie denn da, sind Sie verrückt?", rief ein Pfleger, „... die Sauerstoffsättigung Ihres Blutes ..."

Robert wachte schweißgebadet auf, die Operation war nur ein Albtraum gewesen, einer seiner vielen. Was ihn irritierte, war der Umstand, dass seine Träume immer realer wurden.

Müde trottete er durch seine Wohnung, öffnete den Kühlschrank, brach ein Joghurt an und ließ es halbvoll stehen.

„Ich bin am Ende, reif für die Klapse oder das Grab", sagte er leise, während er zu dem Baldachin starrte, der sein Bett überspannte.

Die Köpfe rrrrechts, Angetreeeeten! – zum Lebenszeit bonieren!

Die Radio- und TV-Stationen berichteten über schwere Bombenanschläge in Bagdad, außerhalb der grünen Zone, in der sich die Amerikaner verschanzt hatten. Robert nahm es nur am Rande wahr, während er mittels seines iPhones durchs Netz surfte und zu seinem Job fuhr.

Er ließ sich beim Oberchef des Architekturbüros, Dr. Wang, einen Termin geben. Normalerweise fertigte Wangs Sekretärin Patty alle Terminsuchenden ab, aber an diesem Tag war es anders. Wang, ein stark untersetzter Typ von nur 1,65 Meter Körpergröße, der deshalb Schuhe mit hohen Absätzen trug, und der mit seinem länglichen Spitzbart wie eine jugendliche Ausgabe des Konfuzius aussah und Hemden mit den Initialen seines Namens an Revers und Manschetten trug, feierte seinen fünften Hochzeitstag. Er empfing an diesem Tag routinemäßig *Bittsteller*, er liebte diese Formulierung, es hatte etwas Höfisches, und das passte irgendwie zu ihm, dachte er. Schließlich sollten seine Ahnen während der Ming-Dynastie am Hofe des Kaisers gut gelitten gewesen sein und einem bevorzugten Stand angehört haben. *Gott sei Dank war kein Eunuch darunter, dann säße ich heut nicht hier.* Wang lachte und strich mit der rechten Hand über sein kahlköpfiges Haupt, das er nach der morgendlichen Toilette mit einer Tinktur aus Lavendel, Ingwer und Haifischflossenextrakt bestrichen hatte, über die er gelesen hatte, sie halte die Haut selbst von Mumien straff. Nun ja, er hatte vor, vorerst nicht zu sterben, sondern in seinem Job noch etwas zu *spielen.*

Leistung durch Leidenschaft, lautete die Maxime einer großen Bank, sie hätte auch von mir sein können, dachte er. Er liebte Herausforderungen, und davon gab es in Berlin noch einige. Wenn die fetten Aufträge abgearbeitet waren und neue nicht mehr in Sicht wären, würde er weiterziehen, so hatte er es immer gehalten in seinem Leben. Als er von Taiwan nach Seoul, Singapur und Dubai schließlich nach Berlin gekommen war. Die Stadt wollte zu den großen Metropolen der Welt gehören, aber Wang sah nur *Langsamkeit.* Die Stadt hatte einfach keinen *Drive,* sie war so verdammt *durchschnittlich und schmuddelig,* er würde, er musste weiter. Was scherten ihn die *Bauern,* wie er seine Angestellten nannte. Allenfalls Patty, ja, sie … war etwas *Besonderes.* Mit ihr konnte er sich so einiges vorstellen. Er liebte ihre Röcke, die bis unter die Knie reichten, aber hauteng geschnitten waren. Das kleine Luder wollte ihn provozieren, und er war bereit, auch diese Herausforderung anzunehmen. Zumal dies ein guter Anlass wäre, sich seiner Frau Marsha zu entledigen. Ein Anwalt, eine Abfindung, er war ihrer schon lange überdrüssig, zu lange.

„Also bitte!" Wang hatte mit der Faust auf die Gegensprechanlage gehauen, die dies mit einem Ächzen des Plastiks beantwortet hatte. Es galt, sich den unangenehmen Dingen des Lebens zu stellen (*kein Preis ohne Schweiß*) – „Wer ist der Nächste ...?", fragte Wang gelangweilt. Er gab sich erst gar keine Mühe, seine Verachtung für die *Bauern* hinter irgendwelchen geheuchelten Worten zu verbergen. Er war für klare Verhältnisse, immer.

Patty schaute auf ihre Fingernägel, um dann zu der langen Reihe von Stühlen zu spähen, die sich bereits fast vollständig gelichtet hatte. Nur dieser eine Typ, diese *Nervensäge*, dieser Robert, saß noch dort und verkürzte dadurch unweigerlich ihre restliche Mittagspause. Patty meldete ihn bei ihrem Chef an.

„Bitte … sehr" Mit einem Kopfnicken in Richtung von Wangs Büro bedeutete sie Robert, dass er nun zu seinem Chef konnte.

Mit schwingendem Schritt betrat Robert Wangs Büro. Er sah gerade noch, dass sein Chef hastig ein Männermagazin in einer der oberen Schubladen seines Werkbundschreibtisches verschwinden ließ.

„Und?" Wang gab sich betont selbstsicher, etwas zu selbstsicher, wie Robert fand. Er, der einiges dafür gegeben hätte, um so sicher zu wirken wie Wang, würde dies ändern, darin war er sich sicher. Er nahm unaufgefordert in einem der Barcelona-Sessel am gegenüberliegenden Ende von Wangs Büro Platz. Der Mann, dachte Robert, hat etwas Raubtierhaftes, trotz seiner Behäbigkeit. *Man kann nicht vorsichtig genug sein. Ein wenig Abstand ist gut, zumal …*

„Ich habe ein Anliegen: Ich bin völlig erschöpft … ich kann nicht mehr, ich bin durch, mit allem. Ich möchte … meinen Job quittieren und einen Aufhebungsvertrag."

Wang saß sprachlos vor Robert und versuchte zu verarbeiten, was der ihm gerade gesagt hatte.

„Sie sind einer meiner besten Mitarbeiter, einen, den ich …" (*sogar mitnehmen würde, wenn ich diese Klitsche hier auflöse*) „… wenn auch kein typischer, wenn Sie verstehen. Geht es Ihnen nicht gut, hat sie irgendjemand beleidigt, ist die Bezahlung zu schlecht, der Arbeitsinhalt ungenügend, wollen Sie eine Zielvereinbarung?"

„Ich will hier einfach nur noch raus …", Robert strich sich mit zitternden Hände über seine Diesel Jeans, er war zu allem entschlossen, „wenn Sie das nicht verstehen, könnte ich nachhelfen, mich zum Beispiel in Ihren Glastisch werfen, oder schreiend aus ihrem Büro rennen und sagen, dass Sie mich … tätlich angegangen sind, dass … Sie mich *ficken* wollten." Robert grinste unbeholfen, er hatte lange darüber nachgedacht, ob er mit seinen Worten bis zum Äußersten gehen sollte, und sich dann spontan dafür entschieden. Nun war es raus. Der Zweck heiligte die Mittel. Robert strich sich nun deutlich schneller über die Jeans.

Wang schnappte nach Luft, starrte Robert Windhorst sekundenlang fassungslos an. Dieser miese kleine Bauer, dachte er, und sein Hirn arbeitete fieberhaft an einer für diesen Moment passenden Lösung. Wie konnte er ihn möglichst geräuschlos entfernen. Er hätte jetzt sein Scheckbuch zücken und es Windhorst leicht machen können. Aber das wollte er nicht, man musste solche Leute spüren lassen, dass sie sich nicht alles rausnehmen konnten. „Gehen Sie! Gehen Sie mir aus den Augen, sofort!" Mit einer Handbewegung, als würde er ein Insekt verscheuchen, wies Wang zur Tür.

Robert zögerte einen Augenblick. Er war wütend, auf sich, auf Wang, und auf den Umstand, dass er reagiert hatte wie so oft zuvor. Dass sich das Zittern wieder eingestellt hatte, die Unsicherheit, sein altes Leiden, nur um ein Vielfaches verstärkt.

Inferno

Wang starrte noch auf die Buddhastatue, als Robert längst sein Büro verlassen hatte. Ihn ärgerte Roberts Auftritt gerade weit weniger als die Tatsache, das ihm so ein kleiner Nobody, ein unsicherer und rotzfrecher Kröterich in sein Büro stampfen musste, um ihn daran zu erinnern, das umzusetzen, was er sich längst vorgenommen hatte ….

Dr. Wang hatte sich nämlich etwas ausgedacht, er war der Dinge in seinem Büro überdrüssig. Der Vorfall mit Robert hatte ihn in seinem Beschluss bekräftigt, zu gehen, nur musste alles noch viel schneller gehen. Und dazu musste er Ballast abwerfen, wie er es nannte, er meinte damit: Personal. Es galt, allzu große Unruhe unter seinen Mitarbeitern zu vermeiden. Wang lächelte, denn er hatte schon ein Rezept dafür, wenn er es recht bedachte, er hatte es mehrfach ausprobiert, mit Erfolg. Sein Grinsen wurde breiter, während er zurückgelehnt in seinem Bürosessel mit den Beinen auf dem Schreibtisch in Richtung der Buddhastatue blickte, die neben der Eingangstür zu seinem Büro stand. Er entschied sich, eine externe Personalberaterin einzustellen, er wusste auch schon, wen. Sie würde die Drecksarbeit machen, dafür würde er sie auch gut bezahlen. *Sie soll es als Wandel verkaufen, als unaufhaltsamen Wandel, der Opfer fordern wird, was sie natürlich nicht sagen wird.* Wang musste nun lauthals lachen, so sehr, dass einige Mitarbeiter ihn durch die große Glaswand hindurch beobachteten, die sein Büro von dem fabriketagengroßen Arbeitsraum seiner Mitarbeiter trennte. Er hatte die Glaswand wenige Monate zuvor anstelle einer Ziegelwand einziehen lassen. Seine Mitarbeiter und selbst Patty hielten dies für den Ausdruck einer übertriebenen Auffassung von guter Raumästhetik. Aber er wollte sehen, was seine Mitarbeiter so taten, und er wollte, dass sie sahen, dass er zusah. Wieder lächelte Wang, er rieb sich seinen Bauch, es war Zeit, etwas zu essen und einen Telefonanruf zu tätigen. Er aktivierte die Gegensprechanlage zu seinem Sekretariat.

„Patty, Können Sie mich bitte mit Janine Coulthard verbinden, ja?"

„Gern, *Chef.*" Patty betonte das letzte Wort übertrieben. Hätte Wang gesehen, wie sie dabei gelächelt hatte, er hätte sofort alles stehen- und liegenlassen. Aber er war auf die nächstliegende Aufgabe fokussiert – und die lautete: Coulthard erreichen.

Er hatte Janine vor Jahren in einem feinen Londoner Club kennengelernt, sie war charmant, gut aussehend und äußerst zielstrebig, für Geld tat sie so ziemlich alles, er hatte es herausgefunden. Auch war ihr Name äußerst treffend, wie

Wang fand, denn man konnte ihn „Cold Heart" aussprechen, und ein kaltes Herz hatte sie. Auch das hatte er herausgefunden. Er ließ es länger bei ihr klingeln. Janine ging nicht ans Telefon, er hinterließ ihr eine Nachricht auf dem Anrufbeantworter.

Eine Woche später nahm Janine Coulthard ihren Job auf. Wang beobachtete aus seinem Büro die Sitzungen, die sie mit seinen Mitarbeitern abhielt. Er grinste in sich hinein, denn er hatte mit ihr im Voraus alles abgesprochen, die Botschaft war klar, sonnenklar, er hatte sie ihr sozusagen ins Stammbuch diktiert: BERUHIGEN, AUF UMWÄLZUNGEN VORBEREITEN, NICHTS GENAUES SAGEN.

Wang amüsierte sich, während er seine Mitarbeiter beobachtete, er hatte seine *Bude*, wie er das von ihm aufgebaute Architekturbüro selbst nannte, vor wenigen Stunden verkauft, an einen internationalen Player der Branche, mit allem, was er an Aufträgen in der Pipeline hatte. Bald, sehr bald, würde er sich mit Patty-*Püppie*, seiner Sekretärin, absetzen und dann konnten sie ihn alle mal. Er würde neue Zelte aufschlagen, ohne diese Leute.

Belustigt lief er an dem verglasten Konferenzraum vorbei, in dem sich seine Mitarbeiter versammelt hatten.

Janine Coulthard stand an der Stirnseite des Raums. Die Beraterin malte mit einem Farbmarker ein paar Kurven auf ein großes Blatt, das an einem Clipboard hing. Darunter stand „Lebenskurvenmodell". Wang ging wieder in sein Büro, er schaltete die Lautsprecher im Konferenzraum auf Mikrofonfunktion um. Ein Elektriker hatte ihm dies gegen ein kleines Entgelt eingerichtet, Wang liebte die Kontrolle, er wollte stets wissen, was vor sich ging in seiner Firma.

Coulthard referierte nun darüber, dass das Lebenskurvenmodell doch den Lebensphasen eines Unternehmens ähnlich sei. „Bei Ihnen und auch bei einem Unternehmen geht es immer hoch und runter, hoch und runter, JA. Und wenn Sie glauben, dass Sie an einem Tiefpunkt sind, an einer Talsohle, dann denken Sie immer daran, dass nach einem Tal *immer* ein Berg kommt, den sie besteigen werden, denn Sie wollen doch nicht in dem Tal bleiben, oder …?" Janine Coulthard legte eine rhetorische Kunstpause ein, um sogleich mit ihrem Vortrag fortzufahren. „Nein, das wollen Sie nicht, Sie wollen den Berg besteigen. JA, und was müssen Sie dazu leisten? Na, weiß es jemand, der junge Herr dort vielleicht?" Coulthard deutete auf Robert, der sich auf seinem Stuhl deutlich kleiner machte. Ihm war es unangenehm, im Zentrum der Aufmerksamkeit zu stehen, er errötete und wandte seinen Kopf ruckartig in Richtung eines der Fenster.

Coulthard grinste, schwenkte den Farbmarker in einem bedeutungsvollen Kreis, fast wie einen Dirigentenstab, um sodann selbst die Antwort auf ihre Frage zu geben: „Sie müssen *Gepäck* abwerfen." Sie legte wieder eine kurze Pause ein und setzte deutlich nach: „UND SICH VON FALSCHEN ERWARTUNGEN TRENNEN. Denn, und das können Sie hier auch lernen: In dem Wort Erwarten liegt immer das Wort *Warten*. Und wenn Sie nur darauf warten, dass Ihr Chef, Dr. Wang, auf Sie zukommt, weil Sie abgeholt werden wollen, weil Sie unsicher sind, was Neuerungen und Umwälzungen im Unternehmen für Sie privat bedeuten, und wenn er auch wartet, dass Sie zu ihm kommen, mit Ihren Problemen und falschen Erwartungen, dann warten Sie beide und finden nicht zueinander. Und dann haben wir, dann hat Ihre Firma ein Problem. Denn naturgemäß passen Angestellte und Chefs nicht zueinander …"

„Entschuldigung", Robert hatte sich gemeldet, er war immer noch rot im Gesicht, „darf ich mal auf Toilette? Ich müsste mal?"

Coulthard nickte gönnerisch, „aber beeilen Sie sich, bitte! *Wandel* muss man lernen." Sie widmete sich wieder den anderen Gruppenteilnehmern. „Im Grunde genommen ist doch dieses Ballast-Abwerfen, was wir lernen wollen, um aus dem Tal herauszukommen, etwas, das wir alle schon Hunderte Male selbst erlebt haben. Es ist, ja, wie mit einer unglücklichen Liebe. Überlegen Sie mal, wie Sie unter einer solchen Qual gelitten haben, und jeder hier in diesem Raum war doch schon mal unglücklich verliebt, o-d-e-r ?" Coulthard schwenkte erneut den Farbmarkerdirigentenstab. „Und wie befreiend war es, als Sie sich von dieser unglücklichen Liebe getrennt hatten, überlegen Sie mal. SIE WAREN FREI UND WAREN PLÖTZLICH AUF AUGENHÖHE MIT DENEN, AN DIE SIE ZUVOR ANGEKETTET WAREN. SEIEN SIE STOLZ, BRINGEN SIE SICH EIN, ALS WISSENS-UNTERNEHMER. ALS JEMAND; DER ETWAS *KANN*. UND DER *WEISS*, DASS ER ETWAS KANN … UND … „ (sie legte eine kurze Pause ein, während dieser Robert von der Toilette zurückkam) „… WAS IMMER DIE UMWÄL-ZUNGEN DES INFORMATIONSZEITALTERS AN FRA-GEN AUFWERFEN, OB SIE ETWA NOCH EINEN SCHREIBTISCH BRAUCHEN ODER EIN BÜRO. ODER OB DAS INTERNET IHREN JOB INFRAGE STELLT, WEIL DIE CLOUD, DAS NETZ, NEUE ARBEITSABLÄUFE SCHAFFT, ES IST WIE BEI EINER UNGLÜCKLICHEN LIEBE, WER-FEN SIE BALLAST AB. DANKE!" Janine Coulthard hatte die letzten Worte fast herausgebrüllt. Sie wusste, sie war gut, Wang würde zufrieden sein. Sie nahm die Charts vom Clipboard und packte sie in ihre Tasche, dann ruckelte sie ihren Rock etwas herunter. Das verdammte Mistding hatte es an sich, dass es stets ein wenig zu hoch rutschte. Sie guckte kurz in Richtung des unsicher wirkenden jungen Mannes, der daraufhin sofort zu Boden schaute. Sie lächelte, aber nicht weil sie die Reaktion sympathisch gefunden hätte, sie dachte an Pete Lombardi, einen attraktiven Mann von Mitte 30. Sie hatte den Berater in demselben Club kennengelernt, in dem sie auch Wang erstmals getroffen hatte. Bisher hatte sie Lombardi hingehalten, aber heute Abend …

Dumme Kuh, dachte Robert, *aber die dumme Kuh sieht geil aus. Auch wenn sie zu diesen verblödeten Cloud-Klerikern gehört, die das Heil im Internet sehen, obwohl sie eigentlich blind sind.* Etwas nervös, aber auch amüsiert über seine gedankliche Formulierung strich er sich mit den Fingern über seine Hosen. Als Coulthard das Büro verlassen hatte und während Wang sich in seinem Büro vor lauter Lachen den Bauch hielt, leerte Robert mit zitternden Händen auf der Toilette eine kleine Jägermeister-Flasche.

Zwei Tage später sollte Robert das Architekturbüro zum letzten Mal sehen. Wang akzeptierte seine Kündigung und schob ihm wortlos einen 25.000-Euro-Scheck über den Tisch. Ein *Bauer* mehr oder weniger? Wen interessierte das? *Bauern* gab es zur Genüge, sie waren ersetzbar, seit jeher. Wang schwang in seinem ledernen Sessel herum, wandte Robert den Rücken zu, er hatte Wichtigeres vor. Die Geste war unmissverständlich. Er hörte, wie die Tür hinter ihm geöffnet wurde und dann leise ins Schloss fiel. Windhorst war fort.

Zehn Minuten Besserung und eine starrende Krähe

Ein Buch, das er vor einiger Zeit gekauft hatte und das seither ungelesen auf einer balinesischen und mit allerlei aufwändigen Schnitzereien reich verzierten Anrichte in seinem Schlafzimmer lag, gab Tipps, wie man durch Beklopfen des eigenen Körpers soziale Ängste abbauen konnte. Robert starrte es an, während er in Gedanken seine Performance bei Wang Revue passieren ließ. Gelangweilt nahm er das Buch in die Hand, blätterte das Inhaltsverzeichnis durch, wählte das Kapitel „10 important rules in ten minutes" aus. Er las es, mehrfach, und stellte keine Besserung fest.

Roberts Telefon klingelte. Am anderen Ende war ein Cuxhavener Freund, ein Mann, der sich auskannte im Reich der virtuellen Vergnügungen. Er empfahl Robert die Homepage „Kindly Girls".

„Schöne Frauen, in Lack, Leder, Dessous und splitternackt. Modelgesichtige, mit dünnen Armen, flachem Bauch und wunderbar geformten Naturbrüsten. Alles, was du magst."

Robert klickte den Werbevideotrailer von Anice und Kimberley an. Sie waren intimrasiert. Sein Schwanz stellte sich auf.

Er ging zu einer Vase, die er in Murano einst gekauft hatte, kippte diese leicht zur Seite und brachte ein Briefchen

Ecstasy zum Vorschein. Er zerhäckelte die Bröckchen auf seinem Belle-Epoche-Rosenholz-Schreibtisch. Guter Stoff. Robert spielte den Trailer so weit vor, bis sich die Mädchen auszogen. Er öffnete seine Hose, während die Frauen in die 69er-Position robbten. Er mochte es, wenn sie *unartig* waren und ihr Schönstes küssten. Als er über den Widescreen durchs Fenster blickte, Sonnenstrahlen hatten ihn von dem Clip abgelenkt, entdeckte er auf dem seiner Wohnung schräg gegenüber liegenden Dachgiebel eine Krähe.

Saß das Vieh nicht immer dort, wenn ich kokse?

Die Paranoia hatte wieder Besitz von ihm ergriffen. Mit rasendem Herzschlag öffnete er die Kammer hinter seiner Küche, die einst einem Haushaltsmädchen eine Schlafstatt war. Nun staute sich darin vieles, ein Staubsauger, Werkzeug, ausrangiertes Motorradzubehör und auch ein geladenes Luftdruckgewehr.

„Kackviech", lallte Robert und ging mit dem Gewehr zum Fenster. Er nahm auf einem Schemel Platz und justierte das Fernglas. Als er hindurchblickte, war der Vogel nicht mehr da. Stattdessen die Nachbarin, eine Studentin, die auf ihrem Balkon nasse Wäsche aufhängte. Robert beobachtete sie durch das Visier.

„Puch, puch, puch", sagte er leise, während Kimme, Korn und das Fadenkreuz auf ihr rosafarbenes Höschen zielten.

Du kleine dumme Kuh, willst du einen Schwanz? Magst du Schwarze, Araber oder deutsche Luden?

Robert hatte nur einmal mit ihr gesprochen, als der Postbote ein für ihn bestimmtes Expressgutpäckchen bei ihr abgegeben hatte, weil er nicht zu Hause war. Wenn sie gewusst hätte, dass das Päckchen voller Fetischpornos war, vielleicht würde sie ja auch geil, dachte Robert, während er nun ihre Titten anvisierte.

„Puch, puch, puch ...", säuselte er.

Die Medinas von Marokko

Im Last-Minute-Büro eines Reiseveranstalters saß eine junge Frau vor ihm, sie hieß Mandy.

„Guten Tag, ich möchte nach Marokko", sagte Robert.

„An was für ein Hotel haben Sie denn gedacht?"

„Das ist mir völlig egal."

„Halbpension, All inclusive oder nur ein Flug ohne Unterkunft, oder vielleicht doch nur eine Unterkunft, falls Sie bereits einen Flug gebucht haben? Und auch einen Mietwagen? Wir haben mehrere Klassen, auch was die Versicherungen betrifft. Premium, Standard ..."

Robert zuckte kurz. Er hasste dieses endlose Nachfragen, wie es auch in Hamburgerläden oder den immer zahlreicher werdenden Coffeeshops üblich war. „Wünschen Sie diese oder jene Sauce, diesen oder jenen Dip, den Kaffee mit Zucker und die Milch laktosefrei, in was für einem Becher, large, small and for to go, mit einem Papphalter, oder wünschen Sie eine Tüte?"

Du musst dich zusammenreißen, konzentrier dich.

Er antwortete: „Am besten ein schönes Hotel mit Halbpension am Meer." Mandy nickte, sie schien zufrieden und drückte die Enter-Taste ihres PCs.

Zwei Tage später saß er in einem Jet nach Agadir. Er schloss sich einer Reisegruppe an, fuhr über den Atlas und Antiatlas, durch die Wüste nahe der Spanisch-Sahara, nächtigte in Ouarzazade, besichtigte die Souks in Rabat, Fes, Marrakesch und Casablanca, berauschte sich an den fremden Gerüchen, Geräuschen, Farben und Formen in den Medinas, eilte in den Basaren an kleinen pyramidenförmigen Bergen bunter Gewürze und Ledertaschen für Touristen vorüber, die noch nach Gerbemitteln rochen. Bettelnde Kinder und Invaliden baten um ein Almosen.

„Monsieur, Monsieur ..."

„Aujourd'hui, non." Robert war nicht in Geberlaune.

Für den folgenden Vormittag buchte er eine Thalasso-Behandlung. Ein in Weiß gekleideter Mann richtete einen

Feuerwehrschlauch auf seine Fersen, dann drehte er den Hahn auf.

„Oh ... ahhh"

Robert hatte den Eindruck, als würden seine Beine zerfetzt. Er bedeutete dem Mann mit einem energischen Winken, dass er genug hatte. Zwei Masseurinnen mit Kajalstiftumrandeten Augen führten ihn in den nächsten Raum. Sie musterten Robert eindringlich, bevor sie ihn durchkneteten. Manchmal ertasteten sie kleine Fettknötchen. Robert sinnierte kurz darüber, ob sie genauso stark mit Schadstoffen angefüllt waren wie das Fett einiger Lachsarten, nur dass bei ihm wohl Streckmittel gefunden würden, wenn die Zellen aus seinen Fettknöllchen in einem Labor untersucht worden wären.

„You have hard point right under your shoulder and there ..." Eine der Masseurinnen hatte Robert aus seinen Gedanken gerissen. Beinahe lustvoll, das verriet ihre Stimme, drückte sie auf das Knötchen, das ihre Finger unterhalb seines linken Schulterblattes lokalisiert hatten. Robert zuckte zusammen.

„Oh, thanks, yes, ahhh, thanks ..."

Fatima, die Masseurin, betrachtete Robert neugierig, während sie seinen Rücken durchwalkte. *Gar nicht so schlecht gebaut, und er trägt keinen Ehering, allein in Marokko. Ich werde seine Zimmernummer rausbekommen, Sharif am Empfang ist mir noch was schuldig. Wenn der Deutsche allein ist ..., vielleicht hat er ja Lust auf einen Ausflug nach Agadir, und wenn er mich nicht mag, vielleicht eine Freundin von mir, oder uns beide. Der Weg von Ceuta nach Tarifa ist fast unüberbrückbar, dabei sieht man doch eure europäische Küste von unseren Bergen aus. Aber mit dir, mein deutscher Prinz, kann der Weg ein kurzer sein. Aber zunächst knete ich dir die Lipome in deinen Fettpölsterchen weg.*

Über Robert schaufelte der Deckenventilator kühle Luft vom Atlantik in die Thalassoräume. Am Strand brachten verschleierte Marokkaner Touristinnen das Reiten bei. Sie jagten durch die Gischt. Robert drehte seinen Kopf auf der

Massageliege so, dass er die Tuareg-Imitationen im Blick behielt. Ihn amüsierte das Geschehen, er sah es als billigen Nepp. Während er darüber nachdachte, warum so viele Touristen sich darauf einließen, fiel er in einen unruhigen flachen Schlaf. Er träumte von Thornedike. „Verlassen Sie die Autobahn Ihres Denkens. Suchen Sie die abseits gelegenen Pfade auf. Arbeiten Sie sich durch das Buschwerk Ihrer Blockaden hindurch, das Ihnen den Blick auf nicht routinisierte Denkmuster verwehrt", riet der Therapeut.

„Was sind das für absurde 08/15-Ratschläge?", fragte Robert. Doch Thornedike begann wie ein Schinn zu rotieren und löste sich auf.

Am nächsten Morgen verschlief Robert das Frühstück. Er setzte sich in die Lobby seines Hotels, in dem ein kleiner Springbrunnen plätscherte. Hotelpagen wuselten durch die Halle, kehrten ein paar Palmenblätter fort, die der Wind hineingeblasen hatte. Robert orderte einen Orangensaft. Gegenüber saßen düster dreinblickende marokkanische Männer. Offenbar keine Hausangestellten oder Hotelgäste, was Robert merkwürdig fand, denn die Reiseleitungen der großen Konzerne waren darauf bedacht, dass ihre Kunden nicht belagert wurden.

Ein deutschsprachiger Führer neben Roberts Tisch erzählte einer Reisegruppe etwas über islamische Deckenmalereien und die Bedeutung der Suren in opulenten Stuckornamenten und die Logik, der diese Muster folgten. „Ein Miniuniversum, dessen Geometrie mathematischen Gleichungen folgt. Überlegen Sie: Wie interessant, dass alles aus dem Nichts kommen soll, dass tote Materie zu Leben wird und schließlich Seele fängt", sagte der Touristenführer.

„Seele fangen." Robert fand diesen Begriff außerordentlich interessant und notierte ihn in einem Büchlein, die alte Angewohnheit aus seiner Kindheit, nur dass er keine Buchstaben mehr mit einer Schere aus Zeitungen ausschnitt. Er lächelte darüber. Einer der düsteren Männer fühlte sich angesprochen. Er kam zu Robert an den Tisch.

„Do you like men?"

„Not at all ..."

Der Mann nickte zufrieden und ging.

Begegne mir allein in der Medina und du wirst sterben.

Robert ließ ein paar Münzen auf den Tisch fallen, draußen rief der Muezzin zum Gebet.

Scharfe Klingen

Der Rückflug nach Berlin verlief ereignislos. Robert war froh, der Bettelei entkommen zu sein. Es hatte ihn genervt, in und vor den Souks angesprochen zu werden und permanent Dinge zum Kauf angeboten zu bekommen, die man nicht benötigte. Er schnappte sich eine Zero-Coke aus dem Kühlschrank und machte es sich vor dem Fernseher bequem.

Im Nachtfernsehen liefen Animationsclips. Halbnackte Frauen telefonierten darin mit irgendwelchen notgeilen Männern. Gelegentlich blockten die Sender ein „Frau in der Leitung" als Textinsert ein, das unter dem Fernsehbild wie ein endloses Nachrichtenband durchlief. Jeder Anruf kostete mehrere Euro pro Minute, als Gegenleistung gab es ein: „Was magst du, Süßer?" oder: „Soll ich mich umdrehen?" oder: „Magst du meine Boobies?" Robert lachte zynisch.

Er rieb seinen Schwanz, bekam aber wegen des heftigen Drogenkonsums keine Erektion mehr. Depressiv schaltete er den Fernseher aus. Regungslos lag er auf der Couch, unfähig, etwas Sinnvolles zu tun. Hatte er nicht noch ein paar Gramm versteckt? Vielleicht konnte ihn das ja aus seiner Lethargie befreien. Er schlurfte zu einem Schrank, kippte ein paar Bücher zur Seite und fingerte ein Drogenbriefchen hervor. Unentschlossen starrte er minutenlang das Briefchen an, dann trottete er zu seiner Couch zurück. Wer ihn kannte, hätte gesehen, dass er in diesem Moment einen inneren Kampf ausfocht.

Einerseits ..., andererseits ...

Robert konzentrierte sich, schloss die Augen und haute sich dann unvermittelt mit einer Faust auf den Oberschenkel seines rechten Beins.

„JETZT, jetzt!" Robert sprang von der Couch hoch, rannte zur Toilette und schleuderte die Drogenreste hinein. Mit zitternden Händen goss er sich ein Glas warmes Wasser ein, in das er mehrere Dutzend Tropfen Baldrian füllte, empfohlen waren 10 bis 12, er nahm das Doppelte.

Appetit verspürte er seit langem nicht mehr. Meist aß er aus einer Art Pflichtgefühl, einfach weil es Zeit war, etwas zu essen, morgens, mittags, abends. Im Kühlschrank lagen alte vergammelte Früchte, verschimmelte Nektarinen, von Fäulnispilzen überwucherte Weintrauben, schwarz angelaufene Karotten und dunkel verfärbte Bananen.

Er trottete zu seinem Computer, warf einen Blick auf seinen Facebookaccount und betrachtete verwundert die Bilder, die dort eingestellt waren. Solche aus dem Urlaub, vom Balkon, aus dem Schlafzimmer, von Haustieren und neuen Freunden. Videos, Livestreams. Robert haute mit der Faust auf den Off-Schalter, ein Plastikteil des PC-Chassis splitterte ab. Er schmiss es durch das Zimmer. Dann rannte er zum Kühlschrank zurück, nahm das verfaulte Obst heraus und warf es von seinem Balkon. Wenige Minuten später klingelte es Sturm vor seiner Wohnungstür. Robert blickte ängstlich durch den Spion. Er konnte doch in diesem Zustand nicht die Tür öffnen, zumal es ein Nachbar war. Wenn der ihn in seinem Zustand sah, würde er bald zum Gespräch der Hausgemeinschaft. Es klopfte, Robert blieb nichts übrig, als aufzumachen.

„Haben Sie eben Essen von Ihrem Balkon geworfen?" Die Stimme seines Nachbarn überschlug sich. Er hatte seine Hände zu Fäusten geballt, die Wangen waren knallrot.

„Ich weiß nicht, wovon Sie reden!", entgegnete Robert. Er trug lediglich kurze Frotteeshorts. Der Nachbar schaute auf die Beule, die sich in den Shorts abzeichnete.

„Ich warne Sie, wenn das nochmal vorkommt, benachrichtige ich die Hausverwaltung!"

Robert erwiderte nichts und schlug die Haustür zu. Durch den Türspion beobachtete er, wie der Nachbar noch mindestens fünf Minuten vor seiner Tür stand und sich offenbar nur schwer unter Kontrolle halten konnte.

„Du dummes, dummes Arschloch, klingel' noch einmal und ich FICK dich!", flüsterte Robert. Sein Körper schmiegte sich an das Holz der Tür.

Der Nachbar klingelte nicht mehr, saß nun aber vor Roberts Wohnungstür auf den Stufen des Treppenhauses.

Robert überlegte, zu seinem Wohnzimmerschrank zu gehen. Er hatte dort ein Schwert zu liegen, das er auf einem Trödelmarkt in Toledo gekauft hatte.

Lass uns ein bisschen „Kill Bill" spielen, Bang, Bang. Ein Schwert macht keine Geräusche, allenfalls ein feines Sirren. Was würde von dem Typen übrig bleiben, vielleicht würde ja der Rumpf noch ein paar Sekunden aufrecht stehen, bevor er die Treppe hinabstürzt?

Das Schwert bestand aus dutzendfach gefaltetem Stahl. Es konnte Papier schneiden. Robert ging zu dem Schrank und ließ dessen Schiebetüren auseinander gleiten, fühlte den kühlen Griff des Schwertes und bekam erneut einen Steifen. Er grinste, *es geht doch*. Dann poste er vor dem Spiegel, den kalten Stahl betrachtend.

Kernschmelze und Wasserspiele

Am nächsten Tag ging die Welt unter, zumindest beinahe. TV-Stationen berichteten über die Explosion eines Reaktors im japanischen Kraftwerk Fukushima und eine drohende Kernschmelze.

„Das ist der GAU, der größte anzunehmende Unfall", rief ein Reporter, als im Bildhintergrund ein weiterer Meiler explodierte und seine radioaktive Fracht Dutzende Meter himmelwärts schleuderte. Die strahlende Glut werde sich bis zum Erdkern durchschmelzen, rief der Journalist hysterisch. Man wusste nicht, ob ihn die Nachricht ängstigte oder begeisterte.

Robert betrachtete seine Hände, sie zitterten, obwohl er seit Tagen nichts getrunken hatte. Er suchte Ablenkung, lief die Cafés an der Kreuzberger Bergmannstraße ab und fand einen Platz in der Expressolounge.

„Bitte eine heiße Schokolade mit Chili". Robert vermied Koffein, um das Zittern nicht noch zu verstärken.

„Kommt sofort", sagte die Bedienung.

Missmutig fingerte er ein paar Magazine aus dem Zeitungsständer. Eine Meldung erregte seine Aufmerksamkeit. In Berlins Mitte waren bei einer Ausgrabung Artefakte gefunden worden, die 8.000 Jahre alt waren, vielleicht sogar noch älter, wie interessant, dachte Robert.

Er wurde von Klingelgeräuschen gestört. Eine Gruppe von Fahrradfahrern hielt vor dem Café. Der Guide rief: „And here you can see one of the best areas ...", der Schluss des Satzes wurde vom Dröhnen eines vorbeifahrenden Lastwagens übertönt. Die Gruppe fuhr weiter, Robert atmete erleichtert auf. Fünf Minuten später stoppten Touristen auf Segways vor dem Café, jene irritierenden Fahrhilfen, die nur aus zwei Rädern und einer Lenkstange bestanden. Es folgte eine Kolonne knatternder Trabbis, deren blaue Zweitakterabgaswolken zu Roberts Fensterplatz hinüberwehten, dann eine jener Bierwagen, die vornehmlich von Skandinaviern und Briten gebucht wurden. Genervt legte Robert die Illustrierten zur Seite, neben ihm ruckelte jemand einen Stuhl weg.

„Darf ich?"

„Bitte?"

„Ist neben Ihnen noch Platz?"

Vor Robert stand eine Frau, die er trotz einer Brille, die sie trug, sehr attraktiv fand.

„Kennen Sie sich hier aus?"

„Ich äh ..., bitte entschuldigen Sie mich mal ..."

Er stand auf und lief zur Toilette. Dort angekommen, setzte er eine dunkle Brille auf. Er war an diesem Morgen, das spürte er ganz klar, überhaupt nicht fähig zu einem Gespräch, aber er wusste, dass es nur eine Ausrede war, dass er wieder ausbüxte wie ein Kind. Ohne die Frau angesehen zu haben, hatte er das Café verlassen.

„Ich werde es ändern, falls nötig mit brutalen Methoden", schwor sich Robert. Bereits nach Mitternacht, vor ihm stand ein Glas mit warmer Milch und Honig darin, wählte er Thornedikes Nummer.

Schlaftrunken hob dieser ab.

„Hallo?"

„Ich bin's, Ihr Lieblingspatient", Robert mochte die Formulierung. Er erzählte, dass er es nicht mehr aushalte und an einem Wendepunkt stehe, dass er erstmals daran gedacht habe, sich etwas anzutun, eine Lüge, aber sie wirkte. Thornedike gab ihm einen Termin für den nächsten Tag.

Robert saß pünktlich in der Praxis, die so schneeweiß und perfekt aufgeräumt aussah wie stets. Ein Raum ohne Leben, dachte Robert.

„Was haben Sie erlebt?", fragte der Therapeut.

„Nichts", antwortete Robert. Zwar ebenfalls gelogen, aber der Mann musste ja nicht alles über ihn wissen.

Thornedike musterte ihn kurz und forderte ihn dann auf, ein neues Traumbild zu assoziieren.

„Bitte legen Sie sich hin ... Sie sind ganz entspannt. Ihre Arme und Beine sind leicht, der Atem geht ruhig. Wenn störende Gedanken aufkommen, lassen Sie sie gehen ... Wo sind Sie jetzt?"

Robert sah sich als Parlamentär, als einen Franzosen des 18. Jahrhunderts mit langem Rock, hohen Socken, Schuhen mit Schlaufen, Rüschenhemd und einem Hut mit Federboa. Der Franzose stand mit einem Indianer vom Stamm der Huronen auf dem Turm eines Forts. Sie blickten auf den Delaware River, der sich träge durch den schier endlosen Wald unterhalb des Forts entlangschlängelte. Auf dem Hügel gegenüber stand ein britisches Expeditionskorps. Robert nahm eine Flöte zur Hand. Er spielte auf und alle tanzten, seine französischen Landsleute, die Briten und Mohoks und Irokesen, Gesellen wie Herren. Er spielte und spielte, dann ritt er zu dem Kommandeur der Briten. Er redete, wie er spielte, war ein Verführer, ein Parfümeur der Worte, ein Sprachenbalsamierer, dem alle gehorchten.

Thornedike hörte gebannt zu, dann schnipste er mit dem Finger und holte Robert aus der Hypnose zurück.

„Was fühlen Sie?", fragte der Therapeut.

Robert sagte nur: „Sei der, der du sein kannst, das ist wohl die Kunst im Leben. Dies riet mir ein Freund."

Menschenfern an der Mosquitocoast

Ich bin in einem Kreislauf gefangen, dem ich nicht entkomme.

Als Robert dies letztgültig erkannte, verbrachte er gerade einen Urlaub in Miami Beach. Er hatte sich in der Nähe des Strands einquartiert, im Artdeco Quartier mit Villen in Pink, Rosa, Blau, Lindgrün. Er lief den Strip hoch und runter, blickte den Beachbeautys in ihren Bikinis nach und überlegte, wie er am besten die kommenden Tage verbringen konnte. Der Zufall wollte es, dass er gerade vor einer Avis-Autovermietung haltgemacht hatte. Sie warb in den Schaufenstern mit 14-Tage-Specials für ihre besten Sportwagen. Robert wählte eine Corvette. Der Vermieter hatte ihm einen Trip nach Pensacola an der Golfseite Floridas empfohlen, und so lenkte er die Corvette direkt dorthin. Drei Stunden später tuckerte er durch ein beschauliches Städtchen, das nur aus ein paar notdürftig zusammengenagelten Hütten bestand. Eine der Bretterbuden diente als Bar. Träge ließ sich Robert auf ihrer Veranda nieder und blickte auf den Golf hinaus. Delphine schossen aus dem Türkis des Golfes nach oben, vollführten Loopings und tauchten wieder ein. Es schien ein zeitloses Spiel. Er beobachtete sie stundenlang. Der zahnlose Besitzer der Bar, der sich als ein Nachfahre der Seminolen-Indianer ausgab, brachte ein Bud. Dunkle Flecken bedeckten seinen Hals.

„Stay here, Sir, good place for staying ... "

Robert ekelte sich vor dem Mann, den er als extrem krank aussehend empfand.

Bei Sonnenuntergang, er hatte neun Budweiser getrunken und war längst fahruntüchtig, lenkte Robert die Corvette zu einem nahen Motel. Dass die Teppiche modrig rochen, dass aus dem viel zu hoch montierten Waschbecken Urindüfte emporstiegen und die einzig funktionierende Lampe in seinem Zimmer, eine Neonröhre, summend flackerte, bemerkte Robert nicht mehr. Er war sofort eingeschlafen. Als er wieder aufwachte, bereits Mittag, war sein Körper übersät mit Hunderten Mückenstichen. Die Wände des Appartements wiesen Dutzende schwarz-rote Flecken auf, ebenso das Handtuch, das neben seinem Bett auf dem Boden. Es gab nur eine Erklärung. Offenbar hatte er irgendwann in der Nacht viele der Moskitos mit dem Handtuch gekillt, aber bei Weitem nicht alle. Er konnte sich jedoch an nichts erinnern. Es ängstigte ihn.

„You shouldn't drink that much, Sir!", sagte die Vermieterin, die ebenfalls entfernt indianisch ausschaute.

„I hate Mosquitos ...", sagte Robert. Ein Arzt verschrieb ihm eine Spezialsalbe und riet zu einem Routenwechsel.

Er fuhr zu den Everglades, dann über die Perlenschnurbrücke zu den Keys, jenen Minitupftupfinseln, die sich seicht aus dem Golf erheben und deren letzte Erhebungen pfeilförmig Richtung Kuba weisen. Robert wandte den Blick beim Fahren nach links und rechts, ließ seinen Kopf von der Luft umwirbeln. Irgendwo hinten am Horizont türmten sich Kumuluswolken zu einem Himmelsgebirge auf, eine Superzelle, ein Hurricane.

Auf Key West besuchte er Hemingways Haus, musterte die Katzen, die über das Grundstück streunten, trank in einer Bar gegenüber zwei Mojitos und starrte lange auf ein Bild, das Hemingway zeigte, er war ein starker Alkoholiker gewesen, davon zeugten Bücher und Selbstbeschreibungen des Schriftstellers. Zahlreiche Fotos in einer Bar in Downtown Key West zeigten den Schriftsteller in einem bedenklichen Zustand. Robert vermied es, sie allzu lange anzuschauen. Er ließ seinen Drink stehen und beschloss, nach Miami zurückzufahren. Das Gewitter war nun nur noch ein paar Meilen von der Inselkette entfernt.

Als er wieder das Festland erreicht hatte, bog er eine Ausfahrt zu früh vom Highway ab und fand sich in einem Viertel mit zerfallenen Häusern wieder, meilenweit vom Artdeco Hotel entfernt. Dunkle Gestalten in Gangsta-Rapper-Montur standen gelangweilt an den Straßen, Crack-Dealer. Aus einigen betont lässig auf den Gehwegen abgestellten Ghettoblastern drang laute Rap-Musik. Robert fühlte sich unwohl, doch er hatte Glück. Hinter ihm ertönte eine Sirene, ein paar Cops auf Streife. Zwei Mal ertönte noch kurz das „Hui-hui" der Sirene, dann verließ einer der beiden Polizisten den Wagen und kam gemächlichen Schrittes auf Roberts Corvette zugelaufen. Die rechte Hand des Cops lag auf seinem Revolver, seine Augen waren von einer Spiegelreflexbrille verdeckt. Er wurde von seinem Kollegen, der am Polizeiauto geblieben war, ‚Chuck' gerufen.

„Sir, please leave your hands at the steering wheel. And just let me know: What are you doing here."

„Well, I think I got a little bit lost... stranded in the middle of nowhere..." Robert bemühte sich um eine bedrückt aussehende Mimik.

„Please, show me your driver license, Sir."

Er zeigte seine Fahrerlaubnis, der Officer schien zufrieden.

„This is not a safe area, Sir. Follow the ... " Der Cop wies ihm die Richtung zu seinem Hotel in Miami Beach. Er sah Roberts Corvette noch lange hinterher. Als sie hinter einem Hügel verschwunden war, dachte Chuck: *Deinen Arsch hätte ich mir gern vorgenommen, Bursche.*

Robert folgte der Routenempfehlung, machte jedoch noch einen kurzen Abstecher zur Villa der Vanderbilts, der neben den Fords und Carnegies größten Industriellen der USA. Die Vanderbilts hatten sich ein Schloss ans Meer gebaut, mit kleinen Geheimtüren und einer Anlegestelle für kleine Schiffe. Einiges für den Bau kam aus Frankreich. Und das war kein Zufall. Denn die Vanderbilts sehnten sich wie alle der anderen Tycoone Amerikas nach einer Aristokratie, was lag da näher, als sich die Bausteine aus dem Land des Sonnenkönigs zu beschaffen.

Kurz vor der Dämmerung erreichte Robert sein Hotel. Er hatte die Corvette ein paar Mal über das erlaubte Geschwindigkeitslimit von 55 Meilen gepuscht, denn vor dem Einbruch der Nacht graute ihm. Die Bars am Strip waren voll mit Gästen. Robert schritt sie ab und betrachtete die Gesichter, die Fröhlichkeit und ein Angekommen-Sein signalisierten. Ihm war es nur ein Schmerz.

Die Einsamkeit zerfetzt mich, ich werde noch verrückt...

Er plünderte die Minibar seines Hotelzimmers und trank, bis er sich erbrach. Danach ließ er sich in einen großen Bastsessel auf seinem Balkon fallen. Der Atlantik war spiegelglatt. Ein türkisfarbener Riesenteppich, dessen Horizont zum Träumen animierte. Ein paar Flamingos stolzierten umher, Pelikane zogen ihre Bahnen, stießen manchmal überraschend schnell ins Wasser, wenn sie einen Fisch gesichtet hatten. Kein LSD der Welt konnte schönere Farben herbeizaubern, davon war Robert überzeugt, oder war es der Alkohol, der ihn das Denken ließ? Irgendein Verrückter schoss auf Touristen, das berichtete ein Radioreporter, dessen Stimme aus einem Nachbarzimmer herüberwehte.

„Nicht mit mir", brabbelte Robert. Sein Blick fiel auf ein Buch. Daraus lugte ein Zettel hervor, auf ihm stand eine Mahnung seiner Schwester Feli: „Pass auf dich auf, in jeder Hinsicht." Robert vergaß selten etwas. Trotz der Sucht.

Minenfelder

Robert empfand Berlin nach seiner Rückkehr aus Florida noch trister als sonst. Er konnte nicht verstehen, was den Reiz der Stadt für Touristen ausmachte. Er brauchte dringend Gesellschaft. Eine Mitte-Bar kündigte einen bekannten DJ an. Robert fuhr hin.

Todo, der Reinlasser, erzählte von „netten Chicks", die er getroffen hatte und ..., so genau wollte es Robert gar nicht wissen. Robert lauschte Todo, gefiltert und manchmal durch ein paar Drinks heruntergedimmt, ein anderes Mal hellwach. Sie sprachen über Ausflüge nach Kamtschatka, über einen Besuch auf der Kreuzfahrerfeste Krak, die christlichen Pilgern eine Heimstatt im Heiligen Land war, über Transjordanien, die Cyrenaia, Tripolitanien, die Chancen des Arabischen Frühlings, die Verlockungen Isfahans und eine Reise nach Damaskus, irgendwann nach dem Krieg in Syrien, wenn es wieder ging. Dann wollten sie auch dort hin.

Wohin auch immer er kam, wenn er getrunken hatte, was nun fast jeden Tag der Fall war, sah er nur noch Nurmundfrauen, Erdbeermünder, High Heels und rot lackierte Nägel. An einem solchen Abend blickte er auf ein mit Wodka gefülltes Glas und sagte im Flüsterton zu sich selbst: „Dieses bleibt stehen, denn es wäre mein Tod." Sechs Wochen lang trank er nichts.

Das Architekturbüro, in dem er nun arbeitete, setzte voll auf die Macht des Internets. „Es reicht nicht, dass wir attraktive Entwürfe liefern", referierte Marketingmann Randolph. „Wir müssen im Netz eine Marke von uns hinterlassen. Nutzt die sozialen Netzwerke, twittert, hinterlasst ‚footprints' im Web, kreiert Follower, erzeugt Traffic, News, die uns zum Thema machen."

Robert musste laut lachen, alle im Raum schauten ihn an. Er errötete stark, stand auf, weil ihm es ihm peinlich war, stieß dabei eine Kollegin an und glaubte deshalb, noch stärker in den Fokus der anderen zu geraten. Wie in alten Zeiten, eine Panikattacke, verursacht durch die Aufmerksamkeit, die er erregt zu haben glaubte.

„Ich muss mal eben frische Luft schnappen, sorry."

Eine Delegation des Büros, unter ihnen auch Robert, flog nach Kabul. Die Weltentwicklungsorganisation hatte ein Projekt gestartet für nachhaltiges und günstiges Bauen. Randolphs Truppe sollte dabei helfen. Sie bezog am Kabuler Stadtrand eine Villa, deren beste Tage wohl in den 70er Jahren gewesen waren. Im Swimmingpool sammelte sich nun der von Keimen durchseuchte Sand aus den Straßengräben der Stadt, dazwischen lag vergammeltes Laub. Minifahnenstangen säumten die Straßen. Zwischen den Wimpeln lagen

tote Katzen und Hunde. Minenland, Todesland und Heroin-
land. Robert entgingen nicht die Händlerblicke. 1.000 Euro
für etwas Opium, dachte er, aber es gab keines, zumindest
für ihn.

Alles nur Kopfkino, hätte Thornedike gesagt.

Er hatte den Glauben an die Realität und die Gestaltbar-
keit des Lebens verloren. Nicht ein bisschen, sondern vollends. Er lachte über das, was als Realität galt, er verspottete
sie. Alles erschien ihm wie ein Film, und er nahm das Leben
wie einen Film. Er war nur ein Statist darin, dessen einzige
Aufgabe war: laufen.

Von seinem Zimmer aus, dessen Heizung seit Generationen kaputt zu sein schien, blickte Robert auf das Gebirge hinter Kabul, dessen Gipfel schneebedeckt waren. Irgendwo
jaulten ein paar Hunde, dann gellten Schüsse durch die
Nacht. Aus dem Nachbarraum in der Villa wehte der Geruch
von Marihuana herüber. Robert folgte den Schwaden bis in
den Keller der Villa. Ein Flur führte auf eine durch einen
Vorhang verdeckte Kammer zu. Robert schlich sich heran
und lupfte den Vorhang ein wenig zur Seite. Er sah Randolph und den Koch, die irgendein Kraut rauchten.

„Darf ich auch mal?"

Randolph reichte Robert das Gras. Es benebelte ihn. Die
naiven Malereien, die Kinder mit ihren Händen an zahlreiche Wände in der Villa gemalt hatten, verschwammen vor
seinen Augen. Er träumte von Gerhard Richter, dem deutschen Künstlerstar, der international höchste Preise erreichte. Richter fuhr in Roberts Traum auf einem Golf-Caddie, das
Papa-Mobil der Superkünstler, durch ein Spalier von Menschen. Tausende Hände streckten sich ihm entgegen, von
links und von rechts, oben und unten, aus jeder Richtung,
und alle mit einem Buch in den Händen, und ihre Besitzer
erflehten ein Autogramm.

„Bitte, bitte, bitte", bat der Menschenozean.

Richter tupfte mit einem Pinsel in jedes Büchlein, mal ein
paar Punkte, mal einen Federstrich, Instant-Kalligrafien von
unschätzbarem Wert. Mochte das Papier auch vergilben, der

Wert der Tupfer würde steigen. Richter war ein Millionenmacher, ein König Midas der Kunst. Er hatte nun auch diese Meute der Bittenden wohlhabend gemacht. Und Richter lachte, wie jemand, dem ein guter Spaß gelungen war. Mit diesem Bild endete der Tagtraum.

Hinter Randolph und dem Koch, die weiter gierig Krautwölkchen inhalierten, hing ein zersplitterter Spiegel. Robert sah darin ein Gesicht und Hunderte andere, alle entstellt und entrückt.

„Ich würde euch gern alle ... und von dort, wo ich euch hinschickte, kämt ihr nicht zurück", sagte Robert leise.

„Ist alles gut bei Ihnen?", rief Randolph, der eine kurze Rauchpause eingelegt hatte.

„Es geht ...", sagte Robert, seine Worte klangen merkwürdig gedehnt, „es wird schon ..., ganz sicher."

Robert lachte, stand auf und zerschlug sein Spiegelbild.

Am Limit

Habibi wartete am Rosenthaler Platz in Mitte. Der Dealer redete wie ein Besessener auf eine junge Frau ein. Sie begleitete den Dealer und Robert in eine Hotelbar. Die Dachterrasse des Hotels bot einen wunderbaren Blick über Berlin-Mitte. Habibi bot der Frau Stoff an. Wenige Minuten später fingerte er an ihrem Slip herum. *Diese Schlampe*, dachte er, *eine Hure wie alle deutschen Frauen, in meiner Heimat wäre sie längst tot.*

„Kannst du mir deine Muschmusch zeigen?", fragte Habibi.

Robert zweifelte am Verstand des Dealers und daran, dass er mit dieser billigen Nummer durchkam, aber es funktionierte. Sie grinste, schob ihren Rock hoch und zog den engen schwarzen Balken ihres Tangas zur Seite.

„Wollen wir mit ihr zu dir gehen?", fragte Habibi.

„Niemals", antwortete Robert.

Der Dealer ließ nicht locker, er sagte: „Erst ficke ich sie, dann du, Pulverino hab ich genug. Du wartest im Nachbar-zimmer, bis ich fertig bin." Sie checkten in einem Hostel am Anhalter Bahnhof ein, dessen trostlose Fassadenreste nicht mehr davon kündeten, dass die Station einst Europas größter Kopfbahnhof war.

Sie bekamen ein Zimmer für 39 Euro, ein Budgethotel für Budgetbegehren, Berlin war billig. Habibi ging sofort ins Bad, duschte sich und kam nach wenigen Minuten, immer noch in Boxershorts gekleidet, heraus.

Oxana, so hieß das Mädchen, das angeblich aus der Ukra-ine kam, hatte sich bereits entkleidet.

Robert beobachtete die beiden durch den Türspalt zum Flur, ohne dass dies die anderen beiden bemerkten, drückte auf seine Hose, um einen Steifen zu bekommen, und ver-folgte, wie Habibis nur halbgeschwollener Alkoholschwanz in sie hineinglitt, meistens aber abrutschte.

„Ich spüre zu wenig. Vielleicht kannst du mir Finger in Muschi stecken …", bat Oxana. Habibi zog seinen Schwanz aus ihrer Muschi, dabei flutschte das Kondom runter, er be-kam einfach keinen hoch.

„Kannst sie haben, eine Katastrophe, diese Frau riecht nach Sardelle …", sagte Habibi. Aber auch Robert hatte keine Erektion mehr, stattdessen spürte er eine aufkommende De-pression. Er zog seine Hose hoch und rannte, ohne sich ver-abschiedet zu haben, aus dem Zimmer.

Der Flur sah auf einmal gänzlich anders aus, als er ihn in Erinnerung hatte. Nicht mehr in der kaum zu erinnernden belanglosen Moderne einer Hostelkette, sondern alt wie der eines Klosters. Er suchte den Fahrstuhl und lief doch nur an anderen Türen und Fluren vorbei. Immer wieder sah er in kniehohen Socken steckende Beine, die um eine Ecke bogen und rannten und in Gänze nicht zu sehen waren, weil sie zu schnell waren. Und die ihre Besitzer wegtrugen, die nicht ge-sehen werden wollten und die wisperten, so laut, dass Ro-bert wieder Kopfschmerzen bekam. Und dann stand er in ei-nem Kegel aus Licht. Robert sackte in die Knie und schrie.

„Oh, Gott, was ist das?" Der Schrei holte ihn zurück in die

Realität, er war vor dem Fahrstuhl des Hostels zusammengesackt. Er drückte den Knopf.

Zu Hause war er immer noch angeturnt von der Wirkung der Droge. Robert erinnerte sich daran, dass wenige Kilometer von seiner Wohnung entfernt ein schwarz verkleideter Laden eröffnet hatte. „Discover the Unknown" stand auf einem Schild im Fenster. Er rannte mit offenem Hemd und offener Hose durch die Nacht.

Sein Atem zauberte kleine Wölkchen in die kalte Luft. Dann stand er vor dem Laden. Der Klingelknopf war in Form eines Teufelskopfes gestaltet, er drückte ihn. Eine Matrone in roter Korsage und schwarzem Rock öffnete.

„Du warst noch nie hier, was? Das sieht man sofort. Komm rein. Hier gibt's nur besondere Dinge."

SM und Todesahnungen

Robert blickte sich um. Im Hintergrund des Ladens standen zwei große Käfige, einer war schlauchförmig gestaltet, wie jene Apparaturen, durch die im antiken Rom die wilden Kreaturen in die Arenen gelenkt worden waren. Der andere war ein menschenhoher Käfig. Neben diesem Käfig stand eine Art Holzpodest, eine Mischung aus Analpenetrationszwinger und Sit-up-Bank. Dahinter ein Gerät wie eine mittelalterliche Garotte. Mit Schlaufen zum Fixieren der Hände und Füße, und ein Knebelband, das den Hals abschnüren sollte. Daneben stand eine Rüstung, die nur eine Öffnung für den Kopf eines Menschen besaß.

„Das ist unser STAHLGESCHIRR", sagte die Matrone.

„Ist so etwas überhaupt zugelassen? Ich meine, die Polizei, irgendwelche Ämter ..." Sie antwortete nicht.

Ein junger Mann trat aus einer dunklen Nische hervor, die Robert wegen der nur dürftigen Beleuchtung der Räume nicht aufgefallen war. Darüber hing ein Schild: „Johnys Alkoven" stand darauf. Der Mann, der ungefähr Ende 20 war, trug ein gazeartig-transparentes Hemd und eine schwarze Lederhose.

„Du siehst so stark aus. Ich mag starke Männer, möchtest du mich haben? Du kannst mich in das Geschirr zwingen und tun, was immer dir gefällt."

Roberts Mundwinkel zuckten unkontrolliert, er betrachtete den jungen Mann, dessen Augenlider geschminkt waren.

Gerne würde ich dir eine Lektion verpasst haben, aber nicht hier und jetzt.

„Wir amüsieren uns … ein andermal, versprochen." Robert war so betrunken, dass er das „uns" ausgelassen hatte. „Darfst dich schon freuen. Ich lange richtig zu."

„Fick dich doch selbst." Wütend hatte sich der Gazehemdträger abgewandt.

Die Matrone, die die Tür geöffnet hatte, gesellte sich nun statt des Jünglings zu Robert: „Ich kann dich gern verwöhnen, du stehst doch auf Frauen, oder? Soll ich dir mal unseren Geräteraum im Keller zeigen? Der ist viel interessanter. Kann dir auch einen Klistier legen, wenn du darauf stehst, ha-ha-ha." Ihr Reibeisen-Lachen endete in einem Hustenanfall, wie ihn nur langjährige Raucher hervorbringen. Aus der Seitentasche ihres Korsetts zog sie ein schwarzes Spitzentuch, in das sie einen gelblichen Speichelballen hineinspuckte. Robert betrachtete angewidert ihren fetten Leib, der ein Eigenleben zu führen schien und wie ein monströser Wackelpudding zitterte.

„Ich muss erst Geld holen, dann können wir Spaß haben."

Die Wirkung des Alkohols hatte ihn zwar voll erwischt, aber er wusste, wie er unter einem guten Vorwand aus jedem Nepper-Laden entkommen konnte. Er musste nur die Gier der Meute anfachen. Robert wankte auf den Ausgang zu, betrachtete noch einmal die Peitschen, Doppeldildos, Cockringe mit Nagelkränzen, Nippelclips und anderen Folterutensilien, die als Dekoration an den Wänden des Clubs hingen.

„Komm schnell wieder!" schallte es hinter ihm her.

„Sicher nicht …" Er hatte es so leise gesagt, dass nur es verstand.

Am Ausgang drehte sich Robert noch einmal um, er nahm die Matrone und ihre Begleiter nur noch verschwommen wahr, da fühlte plötzlich einen extremen Schmerz unter dem Brustbein.

„Nicht schon wieder ..."

In den folgenden acht Tagen blieb er zu Hause, kein Wodka – die Papptüte mit den leeren Flaschen in seiner Küche war bis zum Bersten gefüllt. Robert würde sie nicht runtertragen können, ohne dass sie riss.

Ich könnte ja Flaschendrehen spielen. Er lachte, trotz seiner Schmerzen und seiner Angst.

Die Fügung

Pierre, der Maler, rief an.

„Hey Robert, möchtest du eine Freundin von mir kennenlernen? Sie war auf meiner Sommerparty und hat nach dir gefragt, sie hat dich damals gesehen und fand dich nett, und jetzt kommt es: Sie ist gerade in Berlin und sieht zurzeit umwerfend aus."

„Warum hat so eine Frau keinen Mann?" Robert glaubte, dass Pierre sich über ihn lustig machte.

„Die haben alle Schiss vor ihr. Wie ist es: Hast du Lust, sie zu treffen?"

„Wie kann ich sie erreichen?"

„Ich geb' dir einfach ihre Nummer, ruf sie an. Ich sage ihr Bescheid, dass du dich melden wirst." Pierre war immer schnell, eine Mensch-ärgere-dich-nicht-Empathie-Maschine. Kontakte waren sein Kapital und mit dem wusste er perfekt umzugehen. Nur Sekunden später erschien auf Roberts Handydisplay Carinas Telefonnummer, darunter eine Anmerkung: „Nur Mut!"

Robert ärgerte sich über das Wort, schätzte Pierre ihn als so schwach ein? Dann drückte er die Wähltaste. Es klingelte drei Mal, eine angenehme Frauenstimme sagte: „Hallo?"

„Ja, ich bin Robert. Pierre hat mir deine Nummer gegeben. Wenn du Lust hast, könnten wir uns treffen. Wie wär's?"

„Gern, wann kannst du denn? Ich habe zwischen 12 und 14 Uhr nichts zu tun."

Damit hatte Robert nicht gerechnet. Seinem alten antrainierten Denkmuster folgend hatte er mit einer Zurückweisung gerechnet, mindestens mit einer neutral formulierten Absage, obwohl er wusste, dass dazu kein Grund bestand. Sie vereinbarten ein Treffen am Pariser Platz. „Sammeln Sie Körbe!" – Robert wiederholte stereotyp den Satz, den Thornedike ihm einst als Rat mit auf den Weg gegeben hatte. Dann betrat er die Bar im Hotel „Adlon". Hinter ihr standen mehrere attraktive Frauen. Er griff zu seinem Handy.

„Ich bin schon im Hotel, wie erkenne ich dich?"

„Hallo ...?" Carina stand direkt hinter ihm. Robert musste lachen. Sie hatten Rücken an Rücken zueinander gestanden. Er blickte sie an. Sie war die mit Abstand attraktivste Frau in der Hotel-Lounge.

„Wollen wir ein bisschen raus, spazieren?", fragte er.

„Gern."

Sie liefen die Ebertstraße entlang, vorbei am Holocaust-Mahnmal, Brandenburger Tor und Reichstag. Carina erzählte von ihrem Job, sie beriet auch Unternehmen.

Robert wagte alles: „Hast du heute Abend noch Zeit? Ich könnte dir ein bisschen von Ost-Berlin zeigen."

Carina grinste. „Gern." Sie verabredeten sich für denselben Abend. Robert dachte kurz daran, Habibi anzurufen, ließ es aber. Er kaute an seinen Fingernägeln. Seine Hände zitterten, obwohl er seit Tagen nichts getrunken hatte. Um die Zeit bis zum Date zu überbrücken, schaltete er das Fernsehen ein. Ein Privatsender brachte eine scripted Reality-show, auf mehreren anderen Kanälen liefen Kochshows, es gab so viele von ihnen wie Bäckereien, Gesangs-, Model- und Castingshows. Robert schleuderte die Fernbedienung zum Fernseher. Mit einem „Plopp" schaltete sich das Gerät aus. Er duschte sich, gelte sein Haar, dann war es soweit.

Robert traf Carina neben der ehemaligen jüdischen Mädchenschule in Mitte. In den 20er Jahren erbaut, waren dort nun Restaurants und Galerien untergebracht. Ein Galerist mit Sitz in New York und Berlin hatte das Gebäude saniert. Und weil er viele Menschen kannte und selbst ein Netzwerker war, kamen viele in die neue Location. Nicht nur Groupies, sondern auch Millionäre, um die anderen, die Multimultimillionäre zu sehen. So feierte dort das Magazin „Interview" seinen Start. Mit dabei: Naomi Campbell und ihr russischer Milliardärspartner Doronin. Robert erzählte Carina davon. Dann steuerten sie seine Lieblingsbar an, einen Glaskubus an der Karl-Marx-Allee. Es war ein Wohnzimmer, mit Sicht nach draußen in alle Himmelsrichtungen. Sie tranken zwei Caipirinha, redeten viel und die Zeit verstrich wie im Fluge. Er brachte Carina zum Taxi. Sie wandte sich ihm zu, streckte ihm ihre Wange zu. Ein Kuss.

Etwas verlegen, er wusste nicht welche Seite zuerst, drückte er sie. Ein Farewell – „mach's gut".

Robert blickte ihr hinterher, sie war nicht besonders groß, aber recht gut gebaut, wie er fand.

Wie schön, viel zu schön, um ...

Ein wenig schämte er sich dieses Gedankens.

Als die Minister in Brüssel über Euro-Rettungsschirme berieten und Journalisten eruierten, ob die Gemeinschaftswährung bald kollabieren würde, holte Robert aus zu einem Wurf, der ihm ein neues Leben schenken sollte. Er nahm sein Handy und warf es in hohem Bogen auf eine Baustelle.

„Alles wird gut", flüsterte Robert. Wochen und Monate waren vergangen, in denen er relativ normal gelebt hatte, für seine Verhältnisse. Er ging früh ins Bett und trank kaum noch Alkohol. Hatte er zuvor sein Leben nur als Wiederholung, als vorhersehbar empfunden und immerzu gedacht: alles tausendmal gemacht, erlebt, gesagt. So entwickelte er nun wieder Lust am Leben und vor allem an einer Idee.

Wenn schon nichts von mir bleiben wird, dann soll mein Leben doch wenigstens eine Wirkspur hinterlassen, etwas anstoßen. Ich werde eine Stiftung für Kinder aus Problemfamilien gründen, ihnen eine Perspektive und einen Raum eröffnen – ihnen eine Vorstellung vom Leben geben. So werde ich es auch in die Satzung schreiben. Ich werde Vorstand, General Manager, Spiritus Rector, der Mann im Hintergrund, der Zauberfürst der Stiftungswelt, alles in einem. Ich werde Petitionen im Bundestag einreichen und ein neues Stiftungsrecht initiieren, eine neue Stiftungskultur begründen, ja, das werde ich.

Für einen kurzen Moment war seine Melancholie vergessen. Ein Gefühl innerer Heiterkeit erfüllte ihn, er sah gesünder aus und besuchte wieder sein Fitnessstudio. Aus den Lautsprechern trällerten Lana-del-Rey-Songs. Das Studio war gut besucht. Auf den Steppern mühte sich eine Phalanx von Mitte-Mädchen in Britney-Spears-Optik ab, die alle bemüht waren, nicht vorhandene Fettrollen wegzusteppen.

Greifen, schänden, greifen...

Robert legte eine Trainingspause ein und musterte die Fitness-Girls. Er hatte den Eindruck, dass die Farben ihrer Jane-Fonda-Anzüge plötzlich changierten, dass er für einen kurzen, kaum denkbaren Zeitraum in eine andere Wirklichkeit verrückt wurde, aus der er gleichsam phasenverschoben alles noch wahrnehmen, aber nicht mehr eingreifen konnte. Dann war der Moment auch schon vorüber. Er maß der Erscheinung keine Bedeutung bei, aber sie sollte wiederkommen, in einem ungeahnten Ausmaß.

Sein Handy machte „Plick", eine eingehende SMS von Carina. Sie fragte an, ob er Lust hatte, sie in Garmisch zu treffen. Robert schlug München vor, sie sagte zu.

Er schlenderte vorbei an den klassizistischen Prachtbauten Leo von Klenzes, dann schwenkte er in den Englischen Garten ein und folgte dem wirbelnden Wasser des Eisbaches, vorbei an Hitlers Haus der Deutschen Kunst. Carina wartete in einem Biergarten. Sie erzählte, wie sie einst hatte Architektin werden wollen. Doch obwohl auch ihr Vater Architekt war, der ihr hätte Unterstützung geben können, funktionierte es nicht. Er hörte ihr gern zu, wenn er nur nicht so viel getrunken hätte an diesem Tag.

„Entschuldige", sagte Robert und ging zur Toilette.

Als er dort zugange war, dachte Carina darüber nach, was er eigentlich von ihr wollte.

Er macht mir Komplimente, aber er greift nicht an, wagt seine
Liebe nicht auszusprechen, woran kann das liegen? Mache ich et-
was falsch und wenn ja: was?

Aber sie kam nicht dazu, den Gedanken weiterzuspin-
nen, denn Robert hatte sich beeilt.

„Sorry, hat ein bisschen gedauert."

Sie sprachen über Kunst, Schauspiel, Politik, Kriege, die
Geschlechter – und Robert verlor seine Scheu, seine Angst,
nicht zu bestehen, zumindest für einen Moment. Auch diese
anderen dunklen Stimmen in ihm, die er manchmal zu hören
glaubte, waren verstummt.

Und so redeten sie und redeten sie, und sie lachte ihn an.

Erst gegen Mitternacht klang ihr Abend aus. Robert zögerte kurz, dann gab er ihr einen Kuss auf die Wange, „War
schön, komm mal nach Berlin, ich würde mich sehr freuen."
Auch die andere Seite in ihm, die dunkler, aber still geworden war, freute sich.

„Gern", antwortete Carina, sie winkte ihm zum Abschied
zu. Er wusste, er musste sie wiedersehen.

Robert lief in die Nacht hinein, vorbei an den Peepshows
und Sexkinos des Bahnhofsviertels. Sie hatten ihren Reiz verloren. In seinem Hotelzimmer legte er sich sofort ins Bett.
Schlaftrunken betrachtete er den rotierenden Deckenventilator, der die schwüle Spätsommerluft umherschaufelte. Dann
schlief er ein. Das Ventilatorengeräusch verwandelte sich in
seinem Traum zum Rotorengeräusch eines Apache-Helikop-
ters. Die Landschaft blieb diffus, ließ sich keinem Land und
keiner Region zuordnen, aber die Uniformen waren es: GIs
auf dem Kriegspfad, angemalt wie Ponys, Cheyenne, Irokesen, Lakotas – die blutlüstern grinsten und Koka-Blätter
kauten, die sie unempfindlich für Schmerzen und aggressiv
machten. So saßen die Soldaten mordlüstern in der Kabine
ihrer Helis. An ihren Ärmeln befanden sich nicht die Trup-
penabzeichen der 101. Airborne, der Seals oder Marines,
sondern rote Kreuze auf weißem Grund. Das Zeichen der
Templer. Doch mit ihnen hatten sie nur die Kriegslust ge-
mein. An ihren Gürteln und Halftern hingen konservierte

Skalps, aus Korea, Vietnam, dem Irak und Afghanistan.

Nun zogen die GIs wieder in den Krieg, in den Kampf der Kulturen. „Nach Damaskus, auf nach Damaskus", lautete ihr Schlachtruf.

Und das Kind, dessen Gesicht voller Kriegsbemalung war und das hinter der Pilotenkanzel saß und das die Truppenstandarte hielt, schrie: „Du hast mich allein gelassen, Papa. Jetzt spiele ich mit anderen."

Erlösung

Der Wecker neben seinem Bett klingelte lange, noch im Halbschlaf tastete Robert nach der ‚Aus'-Taste. Das Flugzeug aus München war erst spät in Berlin-Tegel gelandet. Carina ging ihm nicht aus dem Sinn.

Er hatte das Gefühl, seinem als ausweglos erachteten Leben eine wundersame Wendung gegeben zu haben. Sich gerettet zu haben, wo längst keine Rettung mehr zu erwarten war. Robert entsann sich der leeren Schnapsflaschen und ging in die Küche, um sie zu entsorgen. Doch sein Enthusiasmus wurde jäh gebremst. Am Kühlschrank haftete ein mit einem Magneten befestigter Zettel. Darauf stand in einer mit rotem Filzstift umrandeten Schrift: „Püppchen sammeln macht Spaß." Die Handschrift sah aus wie die eines Kindes, das gerade das Schreiben erlernt hatte.

Robert dachte einige Minuten in gänzlich stiller Haltung darüber nach, wer der Autor sein konnte, während sein Gesicht in kurzer Zeit mehrfach komplett den Ausdruck verschiedener Persönlichkeiten anzunehmen schien. Nach einer ganzen Weile, in der er nur starr vor dem Kühlschrank gestanden hatte, knüllte er den Zettel zusammen und schmiss ihn in die Mülltonne. Er musste an die frische Luft, dringend.

Er lief über den Alexanderplatz, vorbei am Fernsehturm, dem DDR-Retrodesigndildo, der selbst auf Tapeten in Schanghaier Clubs als abstraktes Printbildchen prangte und schwenkte dann Richtung Kreuzberg. Am U-Bahnhof Schönleinstraße, ein sozialer Brennpunkt und eine Gegend, in der sich viele Dealer aufhielten, stoppte Robert kurz. Ein Kiosk offerierte eine Auswahl ungewöhnlicher Berlin-Postkarten. Unentschlossen drehte Robert den Kartenständer, bis er die passende schließlich gefunden hatte. Eine Karte mit dem Motiv der Stalinbauten an der Berliner Karl-Marx-Allee, wo er mit Carina abends einen Drink genommen hatte. Er würde sie zu den Rosen legen, die er ihr schicken wollte, später.

„Behalten Sie das Restgeld", sagte er zu dem türkischen Kioskbesitzer.

Gänzlich in Gedanken versunken verließ er den Kiosk und trat auf den Kottbusser Damm heraus. Aus den Augenwinkeln heraus meinte Robert wenige Meter weiter neben einem Hauseingang – die Sonne war längst untergegangen – ein paar Bewegungen gesehen zu haben. Er kniff die Augen zusammen, denn er war etwas nachtblind. Offenkundig zerrten zwei junge Männer an einer Frau. Männer mit arabischem Migrationshintergrund, wie Robert beim Näherkommen feststellte.

Einer von ihnen rief: „Du dumme Fotze, gib uns gefälligst dein Geld, los du Schlampe."

Der Randalierer presste die junge Frau gegen einen Laternenpfahl und fasste ihr zwischen die Beine. Robert drängte sich zwischen den Mann und die Frau und brüllte den Angreifer an.

„Sorry, das geht so nicht. Lass sofort die Frau los!"

„Was willst du, hah, verpiss dich, Alter ..."

„Ali, Mensch scheiße, die Bullen", schallte es von hinten in dürftigem Deutsch.

Ein Streifenwagen näherte sich mit großem Tempo und eingeschaltetem Blaulicht.

Robert drehte sich um, griff in seine Tasche, wollte den Angreifern Geld anbieten, damit sie die Frau losließen.

„Scheiße, was macht der da, siehst du das?", hörte er den anderen Mann sagen. In dem Moment spürte er etwas Kaltes am Bauch. Er sah hinunter. Eine dunkle purpurfarbene Flüssigkeit Blut ergoss sich über die Gürtelschnalle. Verwundert betrachtete Robert den kleinen stetigen Niagarafall roten dunklen Blutes, der aus seinem Bauch quoll. Er sah es wie in Zeitlupe. Die Hand des Angreifers zog das Messer heraus und stach es erneut in seinen Bauch, immer wieder.

Robotergleich und hundertfach vor dem heimischen Spiegel geübt, fasste Robert in das Futteral seiner Jacke, in das er vor langer Zeit eine Innentasche für sein Bowiemesser hatte einnähen lassen.

„Nimm das", sagte Robert und stach das Messer dem anderen unter das Brustbein, er drehte es leicht nach links und rechts, schaute dem Angreifer dabei in dessen riesig geweiteten und staunenden Augen. Noch einmal hebelte Robert das Bowiemesser im Körper das anderen herum. Es riss eine große klaffende Wunde. Robert ließ los. Er sackte auf die Knie, fiel auf die rechte Seite, sah das verzerrte Gesicht der jungen Frau, die nun weinte.

„Scheiße, man was ist das nur für 'ne Scheiße, hast du sie nicht alle, warum hast du das gemacht?"

Der andere Mann hatte den Angreifer am Ärmel gefasst und wollte mit ihm wegrennen. Robert meinte zu sehen, dass der verwundete Mann torkelte. Dann verschwamm das Bild. Dann Schritte ganz in seiner Nähe und das Stoppen und Türenknallen von Fahrzeugen. Im Hintergrund erklang eine Feuerwehrsirene.

„Wir brauchen einen Notarztwagen", schrie ein Polizeibeamter in ein Funkgerät – und an Robert gewandt: „Wer hat das gemacht? Wo sind die Täter hin?"

Robert konnte nicht mehr sprechen, während ihn der Beamte in die stabile Seitenlage schob. Er sah auch die Frau, die ihn erleichtert anschaute, aber ebenfalls verletzt worden war. Auf dem Pullover, den sie trug, bildete sich ein großer dunkler Fleck.

„Sie haben mich ..."

Er hörte es, dann war es dunkel um ihn herum.

In einem Innenhof drei Häuserblocks entfernt lag der schwer verwundete Angreifer. Was Robert nicht gesehen hatte: Habibi, der diesmal eine Basecap und Brille getragen hatte. Seine Taschen waren prall gefüllt mit Koksbriefchen. Er rief keine Ambulanz, sondern übergab sich dem Schicksal. Er hatte mit Arafat gegen die Juden gekämpft, hatte seine Familie mit Geld versorgt. Es würde kommen, wie es ihm bestimmt war.

„Mutter, Vater, ich habe keine Ehre über uns gebracht", brabbelte Habibi. Dann war er verblutet.

Erbarmungslos

Robert lag auf der Intensivstation, zu seiner Linken piepte es unentwegt aus dem Lautsprecher eines Überwachungsmonitors, während aus einem Tropf Flüssigkeit in seine Armvene floss. „Sie sind noch einmal davongekommen", sagte eine Ärztin. Hinter ihr, am Türrahmen des Zimmers, lehnte ein Polizeibeamter. Als die Ärztin fertig war, trat er an Roberts Bett heran.

„Sie müssen sich nicht allzu sehr sorgen. Ihre Handlung wird als Notwehr betrachtet. Der Frau, die Sie retten wollten, konnten wir aber nicht mehr helfen. Sie ist verblutet."

Robert glaubte, sich verhört zu haben. Er blickte zum Fenster des Krankenzimmers, vor dem sich ein eiserner Beschlag wölbte. Er weinte wie nie zuvor. Er ließ es geschehen, und ihm war, als weinte er mit den Tränen auch allen Schmerz aus sich heraus.

Die Mörder mussten zur Rechenschaft gezogen werden, das war Roberts Vorsatz. Er recherchierte und erfuhr, dass der überlebende Täter – von Habibis Tod hatte er nach seiner Entlassung aus dem Krankenhaus regungslos Kenntnis genommen – wieder auf freiem Fuß war. Wann es zu einem Prozess kommen würde, war unklar. Robert wollte die Dinge selbst in die Hand nehmen. Er ahnte, wo er den anderen Mann treffen würde. Habibi hatte in betrunkenem Zustand viel geredet.

Robert fuhr zum Rosenthaler Platz in Mitte. Im U-Bahnhof darunter warteten die Dealer in Pulks, mittags und nachts. Die Linie 8 war die Linie des Stoffes. Er erkannte die

Dealer sofort, sie trugen alle Sportklamotten und schlichen wie reuige Katzen durch die Station.

Ich würde euch am liebsten alle...

Aber alle wollte er ja nicht. Er blickte immer wieder auf ein Foto, das ihm einer der Ermittler gegen ein kleines Handgeld überlassen hatte. Robert verglich es mit den Gestalten im U-Bahnhof. Dann entdeckte er den Typen, den er suchte. Ein arabischstämmiger Junge, dessen Alter Robert auf etwa 16 schätzte. Er erinnerte sich nun, ihn auch oft in Prenzlauer Berg gesehen zu haben. Es schien ein Zufall und war doch keiner.

Habibi hatte stets erklärt, dass der Junge Heroin verkaufe und dass er ihn deshalb verachte. Aber ganz anders, wie der Polizist Robert in der Klinik erklärt hatte. Habibi habe mit Koks gehandelt und sein angeblich so junger und deshalb nicht strafmündiger Kompagnon, der nie einen Pass dabeihatte, vertickte Heroin.

Er stand hinter einem Pfeiler und beobachtete den Kerl, der auf seine aus der U-Bahn strömenden Käufer wartete. Als der Dealer seinen Stoff verkauft hatte, verließ er den U-Bahnhof. Er sah nicht, dass Robert ihm folgte.

Der Dealer lief die Brunnenstraße Richtung Wedding. In gleichmäßigen Zeitabständen drehte er sich um. Robert duckte sich weg, er war wie unsichtbar. Ihm war klar, dass sie sich nun dem Drogendepot näherten, wo der Typ Nachschub holen wollte. An der Mauergedenkstätte Bernauer Straße bog der Dealer auf ein unbebautes Grundstück, in dessen Mitte ein Zaun aufragte. Robert beschleunigte seinen Gang. Der Dealer durfte ihm nicht entkommen. Robert nahm Anlauf, sprang auf eine Mülltonne und zog sich dann an dem Zaun hoch. Der Dealer schaute überrascht hoch, er hatte soeben eine Steinplatte angehoben, unter der Dutzende Drogenkügelchen lagen. *Wie ein Eiergelege, wenn es so lange dort läge, dass es versteinerte, was würden wohl unseren Nachkommen denken?*

Robert hechtete den Dealer an und warf ihn nieder. „Das wird dir eine Lektion sein. Dealerboy, oh Dealerboy. Ich will und werde ..."

Robert sang diesen Satz leise und immer wieder, er agierte wie ein Roboter. Alles erschien ihm zwangsläufig, notwendig und als vor langer Zeit beschlossen.

„Ich will und werde ..."

Robert blickte auf ein paar auf dem Boden liegende Glassplitter.

Waren die Geblendeten in der Antike nicht auch Seher? Wenn ich ihm also jetzt sein Augenlicht raube, ... wäre es falsch, denn es wäre eine Auszeichnung.

Als Robert mit dem Dealer fertig war, zog er eine kleine Flasche mit Feuerzeugbenzin aus seiner Jacke, schüttete den Inhalt über die Drogenkügelchen und zündete sie an. Ein gurgelnder Laut drang aus der Kehle des Dealers. Robert bückte sich zu ihm herab, tastete dessen Jacke ab und zog ein Handy heraus. „Da sind sicher die Nummer all deiner Freunde und Kunden drauf gespeichert, du kleiner Drecksack ..., aber mir geht es nur um ..."

„Fick dich ...", flüsterte der Dealer.

Er fuhr mit dem Taxi zum Stuttgarter Platz. Ein üppiges Trinkgeld für den Taxifahrer sicherte ihm die Bestätigung, dass der Fahrer sich nicht an ihn erinnern würde. Robert stieg aus dem Taxi und lief auf einen Sexclub zu. Sein Ziel war jedoch nicht der Club, sondern der Durchgang neben ihm. Er führte zu den Hinterhöfen, die trister kaum sein konnten und nach Müll stanken. Robert lief bis zum zweiten Hof, dann bog er in das Quergebäude und rannte in die fünfte Etage hinauf. Er wartete, bis sich sein Atem normalisiert hatte. Die Adresse hatte ihm vor langer Zeit der Händler gegeben, bei dem er das Bowiemesser gekauft hatte. Nun würde er sie nutzen. Auf einem schäbigen, mit Kugelschreiber auf Pappe geschriebenem Klingelschild prangte genau der Name, den er suchte: J. Carver.

Carver war ein aus Glasgow stammender Brite, der sich in Hamburg und Berlin als Zuhälter verdingt hatte, dann jedoch von arabischen Großfamilien aus dem Geschäft gedrängt worden war. Seither verdiente er sich das Geld mit anderen Dingen.

Robert klingelte drei Mal. Dann öffnete sich quietschend die Wohnungstür. Carvers Haare waren dünn, fettig und von gelblicher Farbe.

Der Ex-Zuhälter blickte Robert misstrauisch an, ließ ihn dann aber ein.

„Ich dachte schon, Sie kommen nicht mehr ..."

Kommentarlos führte er ihn zu einem kleinen Abstell-raum hinter der Küche. Nach einer halben Stunde hatte Robert, was er brauchte. Er gab Carver 1.000 Euro. Er musste nun nur noch seiner Aggression, die er stets gebändigt hatte, freien Lauf geben. Mit Wehmut dachte er einen kurzen Moment an Carina.

Was es hätte werden können, wenn es hätte werden sollen.

In einem 60er Jahre Bau in Neukölln wartete Robert, bis es Nacht war. Er saß im Treppenhaus, immer wieder ging das Licht an, dann wieder aus. Robert summte Lieder, aß Kaugummi, trommelte mit dem Finger auf der Nike-Tasche herum, die neben ihm stand und prall gefüllt war. Dann zog er seinen iPod hervor, wählte einen Countertenor aus, der einem Kastraten alle Ehre gemacht hätte. Nebenher bastelte Robert aus der Stanolfolie der Kaugummis kleine Miniflug-zeuge, wie es Kinder mit Papierblättern tun. Wann hatte er das letzte Mal etwas gebastelt, war es nicht mit Parrish ge-wesen, dem kauzigen Professor, damals, vor so langer Zeit in Tel Aviv? Robert lächelte.

Als er die fünfte Packung Kaugummi geleert hatte, hörte er plötzlich die Schritte mehrerer Männer. Sie kamen die Treppe herauf. Robert schlich ein Stockwerk höher. Die Kerle stoppten vor der Wohnung. Der Blick eines der Män-ner fiel auf einen Fetzen Stanolfolie, den Robert versehent-lich auf der Treppe hatte liegen lassen. Der Mann sagte nichts. Einer seiner Kompagnons schloss die Wohnung auf. Robert betrachtete sie genau, sie glichen exakt den Personen, die er suchte. Freunde und Hintermänner von Habibi und dem Heroinhändler.

Robert schaltete den iPod aus, obschon er die Stimme des

Kastraten nun allzu gern bei voller Lautstärke genossen hätte. Aber es ging nicht. Er benötigte für die anstehende Aufgabe ungetrübte Sinne. Als die Klänge trampelnder Schritte auf dem Dielenfußboden hinter der Wohnungstür verklungen waren, schlich Robert die Treppe herunter.

„Eins, zwei, drei."

Er nahm Anlauf und warf sich mit voller Wucht gegen die Tür. Er tat, *was zu tun war*. Einer musste es schließlich tun.

Eine Stunde später war in der Wohnung absolute Stille eingekehrt. Zwei der Männer lagen auf dem Bauch. nicht zu erkennen, was mit ihnen geschehen war, aber sie bewegten sich kaum noch. Vor ihre Münder waren kleine, kompliziert aussehende Drahtgestelle gespannt, die entfernt Mäusefallen ähnelten.

„Ich würde mich nicht zu sehr bewegen", sagte Robert, „die SCHIESSER reagieren verdammt nervös." Er nannte die Drahtgestelle so, die kleinen Katapulten ähnelten, die auf kleinste Bewegungen empfindlich reagierten, indem sie ihre Ladungen abfeuerten. Der „Schießer" umfasste ein Geflecht aus Metall und ein paar anderen dienlichen Gegenständen, die Robert bei Carver gekauft hatte, dazu gehörten auch kleine Zeitmesser. Nach Ablauf einer gewissen Frist würden die Apparate das auf kleine Löffel gespannte Koks und Heroin in die Kehlen von Habibis Hintermännern schleudern.

„Macht man das nicht so mit Verrätern?", fragte Robert. Mit einem Messer, das er in der Küche gefunden hatte, fuhr er summend über die Genitalregion der Männer. Er überlegte, ihnen die Penisse abzuschneiden und sie ihnen in den Mund zu stecken.

„Ich weiß, das ist die sizilianische Variante, aber ich bin mit euren Gebräuchen nicht so vertraut. Entschuldigt das bitte ..." Er lachte. Der vor ihm liegende Mann schaute ihn aus angstgeweiteten Augen panisch an.

„Es ist noch nicht vorbei, Drecksspatz." Robert lachte, seine Wortwahl gefiel ihm ausnehmend gut.

Aus einer Sporttasche brachte er nun eine bei Carver gekaufte Browning zum Vorschein, eine der gängigsten amerikanischen Standardwaffen. Er drückte sie auf die Brustwarze des vor ihm liegenden Mannes. Aus irgendeinem Grund musste Robert nun laut lachen. Alles so zwangsläufig, er war clean und wurde zum Cleaner.

Und plötzlich war da wieder jenes Flirren, jene Phasenverschiebung, die Robert schon einmal erlebt hatte und die ihn nun hinfort trug in eine andere Wirklichkeit.

„Keine Sorge, du behältst deinen Pimmel. Du musst meinen nur lutschen!" Robert riss die Browning hoch, steckte deren Schalldämpfer in den Mund des Mannes und ließ den Schalldämpfer an dessen Backenzähnen entlangkreisen.

Klack, klack, klack.

Eine metallische Zahnseide, auch sie putzt, sogar nachhaltiger, und ist Nachhaltigkeit nicht das Thema der Zeit, dachte Robert, er lachte bei dem Gedanken.

Er hatte dem Mann, der der Chef der Drogendealerbande war, keinen seiner „Schießer" spendiert.

Etwas Schmutzarbeit muss man immer selbst erledigen. Das ist nur fair. Und die Schuld, die daran klebt, ... beschleunigt das Notwendige.

Nach wenigen Minuten hatte Robert seine Utensilien in der Sporttasche verstaut. Er konzentrierte sich auf seinen Atem, setzte sich auf eine der Stufen und zählte: Eins, zwei, drei. Eins, zwei, drei ... es half, wie so viele Male zuvor, sein Atem beruhigte sich. Er horchte umher.

Wieso ist es so still in dem Haus, warum öffnet niemand eine Tür? Mich werdet ihr nicht bekommen, fast alle Morde geschehen im Verwandten- und Bekanntenkreis ... ,wenn aber keine Beziehung von Täter und Opfer besteht, zumindest keine direkte, kann der Mörder entkommen, und das werde ich.

Ruhig lief er die Treppe hinunter. An der Straße erwartete er Polizeiwagen, Sirengeheul, aber es gab nichts davon. Robert hatte das Gefühl, durch eine Filmkulisse zu laufen, aufgebaut nur für ihn. Er aktivierte den iPod mit dem Kastratengesang und beschloss, den darauf folgenden Tag in der Natur zu verbringen.

Drei Wochen später berichtete das Lokalfernsehen, dass drei mutmaßliche, seit langem gesuchte Drogenhändler einer namhaften Bande in Neukölln tot aufgefunden worden waren. Anwohner hatten die Polizei alarmiert, nachdem aus einer Wohnung beißender Gestank drang. Robert verfolgte den Bericht aufmerksam.

„Hab gema-hacht, was zu ma-chen war, hab gema-hacht, was zu ma-chen war", sang Robert.

Aber was habe ich eigentlich gemacht, was davon stimmt? Ich kann mich nur an Fetzen von Bildern erinnern.

Seine Hände zitterten dieses Mal nicht, aber sein Gesicht sah gänzlich der Wirklichkeit entrückt aus.

Waschen, waschen, Vater, ich bin dreckig, will bloß sauber werden...

Robert erinnerte sich daran, als Friedrich seine zur Schau getragene Gleichgültigkeit ihm gegenüber voll und ganz vergessen hatte. Als er, Robert, noch klein war und Erdnussbutter gegessen hatte, damals vor langer Zeit, als sie in Hongkong wohnten. Wie oft Friedrich zugeschlagen hatte, wusste Robert nicht mehr. Er wollte es auch nicht wissen. Denn er war ja schuldig ...

Lieber Gott, lass es bitte, bitte schnell vorübergehen. Und mach bitte, dass es nicht so wehtut, bitte Papagott, tust du das?

Legionärsschmerzen

Schöner konnte ein Tag nicht beginnen. Über Berlin schien die Sonne, nichts störte ihre Pracht. Lediglich winzige Wolken trieben gemächlich über den Himmel, wie Schiffe, die es nicht eilig hatten, ihren Hafen zu erreichen. Die Zeitungen meldeten, dass André Balasz, ein gut aussehender Kalifornier, dem nicht nur das berühmte Künstlerhotel „Chateau Marmand" in Los Angeles gehörte, in dem unzählige Hollywoodstars wie Errol Flynn übernachtet hatten, nun hinter dem Soho-House in Berlin-Mitte ein Hotel plante. Einen Namen gab es angeblich auch schon: „Chateau du Nord". Der smarte und äußerst vermögende Hotelier, der oft

Maßanzüge trug und so gut vernetzt war, dass es niemanden wunderte, wenn er mit *Pulp Fiction*-Star Uma Thurman oder anderen VIPs auf St. Barth in der Karibik urlaubte, kommentierte die Gerüchte nicht.

„Schau an", sagte Robert, als er davon las. Er war auf dem Weg zum Weinbergspark. Er war voller junger Mütter mit ihren Kindern. Er hatte sich selten besser gefühlt, bestellte im Café „Nola" Schweizer Sahnetorte und beobachtete die Menschen, die es sich auf dem Rasen rund um das Café bequem gemacht hatten. Als es kühl wurde, es war Abend geworden, zahlte er und ging. Seine Hände glitten über die Spitzen einiger wild wachsender Rosenbüsche.

„So schön ..."

Jemand schrie. An der Kastanienallee, die am Weinbergspark einen kleinen Hügel hinabführt, war ein Kinderwagen ins Rollen geraten. Eine Mutter hatte einen Moment lang nicht aufgepasst. Robert sah den rollenden Wagen und erkannte, dass er ihn stoppen konnte. Denn er war viel näher dran als die Mutter. Er rannte und bekam den Wagen tatsächlich zu fassen. Die Frau hielt sich vor Schreck und Erleichterung die Hände vors Gesicht.

„Ich hätte den Wagen nicht mehr erwischt. Danke, ganz großen Dank. Man denke nur, die Straßenbahn ... Also, ich weiß gar nicht, wie ich Ihnen ausreichend danken kann, für das, was Sie getan haben. Kann ich Ihnen etwas im Café spendieren? Sagen Sie es, und ich werde es tun."

Mit einem Lachen stellte Robert den Wagen vor ihr ab.

„Sie sind eine solch schöne Mutter und lachen so schön. Das ist Dank genug", sagte er, dann wandte er sich ab und lief weiter. Er hatte noch etwas Gedankenarbeit zu erledigen, wie er es nannte. Er verstand einfach nicht, warum ihn die Morde kaum beschäftigten.

Sie waren schuldig. Und ich bin ein Lancelot, der Retter der Welt.

Der Tagtraum, dessen fantastische Brüder Robert während seiner Kindheit das Überleben gesichert hatten, indem sie ihn in ein Land des Staunens und der Wunder entführt hatten, war sein letzter Traum. Das Klingeln der Straßenbahn nahm er noch wahr, auch das stählerne Quietschen der bremsenden Räder auf den Schienen, er sah den Funkenflug und die aufgerissenen Augen des Fahrers.

Die Bestie hatte den ungeheuren Raum durchquert und sah die Seele unter sich. Sie leckte mit ihrer Zunge über sie, aber etwas stimmte nicht. Die Seele fühlte sich tot an und doch irgendwie auch nicht.

Und während ein britischer Lord sich auf seinem Landsitz von seinem indischen Bediensteten einen Assam-Tee eingießen ließ, während die Pioneer-Sonde der Nasa die äußersten Grenzen des Sonnensystems verließ und auf dem Markusplatz in Venedig eine Taube zur Landung ansetzte, wurden Roberts Beine von der Tram abgetrennt. Sekunden zuvor war sein Kopf bereits von der Metallschürze unterhalb der Fahrerkabine zerschmettert worden.

Es wurde gesagt, dass Zeit von Menschen unterschiedlich wahrgenommen wird. Dies war so ein Moment. Für Robert schien die letzte Sekunde vor seinem Tod, als stünde die Zeit für einen kurzen Moment still. Dann löste sich alles auf: der Zorn, das Gefühl von Leere, der Schuld und Einsamkeit.

Auf seinem und Habibis Grab lagen keine Rosen. Der eine war am Leben vorbeigelaufen, der andere hatte in der Lüge gelebt. Nun hatten sie Ruhe. Und wenn es einen Gedanken gab, den er dachte, während er starb, so war es der: Ich habe die Welt nie erfahren.

Und doch war auch dies nur die halbe Wahrheit.

„Hallo, wachen Sie auf! Hallo! Wir können doch sehen, dass Sie bei Bewusstsein sind. Sehen Sie das, Schwester, die Augenbewegung, ganz klar, er kommt zu sich. Öffnen Sie die Augen, bitte!"

„Und Robert du Prey, ein 44-jähriger Mann, der in einer Klinik in Marseille lag, öffnete die Augen. Das Erste, das er erkannte, war ein Arzt, der am Ende seines Bettes stand. Bernsdorf stand auf einem Schild an seinem Kittel.

„Ich bin Chef des Militärhospitals."

„Wie ..., wo bin ich, was ist geschehen?"

„Sie haben zwei Jahre im Koma gelegen. Sie wurden in Nordafrika bei einem Spezialeinsatz schwer am Kopf verwundet und dann hierher gebracht."

Robert du Prey tastete seinen Kopf ab. Oben fühlte er eine große Narbe. Langsam erinnerte er sich, wer er war.

„Ich habe geträumt, ich habe ein vollständig anderes Leben geträumt. Wie ist dies möglich?"

„Traumforscher ... aber ... Sie brauchen jetzt Ruhe", Bernsdorf leuchtete ihm mit einer kleinen Stablampe in die Augen, „ich komme später noch einmal vorbei ..."

Bernsdorf, der Chefarzt der Legion, übergab der Krankenschwester eine Kladde, dann verließ er das Zimmer.

„Es wird alles gut", sagte die Schwester.

Dasselbe hat in meinem Traum Renée gesagt, dachte Robert du Prey, der sich an fast alle Details des Traums erinnerte, nur nicht daran, warum er Renée schlicht im Traum vergessen hatte. Seine Mutter – ein Traumrelikt. Und er erinnerte sich an den *ungeheuren Raum*, diesen gigantischen leeren Raum, den er halluzinierend bei einem Stopover auf dem Weg nach Australien viele Jahre nach seiner Kindheit in Hongkong erlebt hatte. Und nun wusste er, was der Raum war, wofür er stand – es war die Leere in ihm selbst.

Traurig wandte er seinen Blick von der Schwester ab. Er blickte aus dem Fenster zum Glockenturm der Fremdenlegion, die hier, in Aubagne, ihren Hauptsitz hatte. Was war das nur für ein verrückter Traum gewesen, er ein Drogensüchtiger, in Berlin?

Sicher, er kannte Berlin, hatte dort vor Jahren einen Freund besucht, in der Cité Foch, der Garnison der französischen Besatzungsarmee im Berliner Norden. Er war auch durch die Welt gekommen wie der andere Robert, hatte in Indochina Opium geraucht, in Ruanda Wurzelkräuter und Pilze aufgekocht, halluziniert und gesponnen, und auch einem Therapeuten die furchtbaren Bilder in seinen Gedanken geschildert. Aber so etwas zu träumen, das war doch etwas anderes. Du Prey schüttelte den Kopf, rieb sich an seiner Kopfnarbe, hatte nicht auch der Robert in seinem Traum eine

Narbe gehabt, von einem Motorradunfall irgendwo bei Troja? Du Prey glaubte, sich zu erinnern, dann war der Gedanke wieder fort. Er blickte auf einen Kameraden im Krankenbett neben ihm. Draußen erklang die morgendliche Fanfare. Die Legion rief, sie würde auf ihn aufpassen. Bis zu seinem Tod. Das wusste er. Ein Versprechen. Nicht weniger.

Anmerkungen des Autors: Ich danke den Anregungen meiner Freunde Tatiana Stein, „Jezz", Frank Kuenster, Peter Schubert und Kai. Einige der in diesem Buch erwähnten Orte gibt es ebenso wie einige Namen von Personen und manches Prominenten. Das Gros der Personen ist frei erfunden, jede Ähnlichkeit mit lebenden Personen ist reiner Zufall und nicht beabsichtigt. Die Orte, die mit richtigem Namen erwähnt werden, dienen nur als Staffage und sind in keinen *bösen* Zusammenhang gestellt. Und dann gibt es noch jene Orte, die es zwar wirklich gibt, die in dem Buch eine Rolle spielen und tatsächlich benannt werden und mit einigen ihrer wahren Spezifikationen aufgeführt werden, aber an denen nur Fantastisches geschieht, das allenfalls in Träumen vorkommt.

Der Autor:

Dirk Westphal wurde Mitte der 60er Jahre in Berlin geboren. Er wechselte mehrfach den Wohnort, lebte in Frankreich, Belgien und den Vereinigten Staaten, bis er in seine
Heimatstadt zurückkehrte. Er berichtet zurzeit als Journalist
für eine große deutsche Wochenzeitung aus der deutschen
Hauptstadt.